SHOW ME THE STARS

KIRA MOHN

ROMAN

KysS

3. Auflage Januar 2020

Originalausgabe
Veröffentlicht im Rowohlt Taschenbuch Verlag,
Hamburg, August 2019
Copyright © 2019 by Rowohlt Verlag GmbH,
Hamburg
Umschlaggestaltung ZERO Werbeagentur, München
Umschlagabbildung Matt Porteous / Getty Images
Satz aus der TheAntiqua
Gesamtherstellung CPI books GmbH, Leck, Germany
ISBN 978 3 499 27599 9

Want to rewrite the story of my *life*, only broken pencils, torn papers around.

1

An fast jedem Schreibtisch in dem offenen Großraumbüro der *Globus*-Redaktion wenden sich mir die Gesichter zu, als ich an diesem Vormittag beschwingt die Tür zu Jan Brehmers Besprechungsraum hinter mir schließe.

So wie mich alle angucken, hat er die frohe Botschaft über mein Interview offensichtlich schon in der Redaktion verkündet, doch die Euphorie meines Redaktionsleiters teilt nicht jeder: Einem Großteil der Belegschaft ist deutlich griesgrämige Skepsis anzusehen.

Ausgerechnet mir, der noch nie in den Fokus des allgemeinen Interesses geratenen Liv Baumgardt, soll es gelungen sein, an Kristina Atkins heranzukommen? Diese irre Schauspielerin, Exkinderstar, die sich seit Jahren in einer Villa am Strand von Santa Monica verkriecht, mit niemandem mehr spricht und mit Reportern erst recht nicht? Das will keinem in den Kopf.

Ginge es um einen Christian Atkins, würde es in der Gerüchteküche sicher demnächst überkochen. Aber nachdem ich Kristina Atkins im Austausch für ein Interview kaum mit Nacktbildern von mir bestochen haben kann, werden hoffentlich keine allzu haarsträubenden Behauptungen die Runde machen.

Ich habe das fertige Interview erst heute Morgen an Jan Brehmer geschickt. Er hat mich sofort in die Redaktion gebeten. Zum Glück nicht, um mich zurechtzuweisen, weil ich ihm bisher nichts davon erzählt hatte – ich wollte erst sicher sein, dass es mit dem Interview auch wirklich klappt –, sondern um meine Eigeninitiative als freie Mitarbeiterin zu loben, ein paar Textänderungen zu besprechen und mir die weiteren Maßnahmen zu erläutern, die in erster Linie auf Vorabwerbung abzielen. Jetzt schwebe ich förmlich zwischen den Schreibtischreihen hindurch.

Klaus Maaßen tritt mir in den Weg. «Herzlichen Glückwunsch.» Nach beinahe zwanzig Jahren beim *Globus* ist Maaßen ein Urgestein in der Redaktion und der Mensch mit dem falschesten Lächeln dieser Erde. «Wer hätte gedacht, dass ein junges Ding wie Sie bereits über solche Kontakte verfügt?»

«Ach, Kristina und ich haben uns nur zufällig auf einer Party getroffen», erwidere ich leichthin. «Bei einem meiner Wochenendtrips. Was junge Dinger eben so tun.» Ich schicke ein kurzes Lachen hinterher und achte sorgfältig darauf, daraus kein Grinsen entstehen zu lassen.

Klaus Maaßen reckt einen unsicheren Daumen nach oben und wendet sich ab, um seine Verwirrung zu verbergen.

Es ist weiß Gott nicht das erste Mal, dass er oder einer seiner alteingesessenen Kollegen mich mehr oder minder subtil auf meine mangelnde Erfahrung hinweisen. Erfolge in dieser Größenordnung stehen den jüngsten Mitarbeitern nicht zu, und wenn es sich auch noch um eine freie Mitarbeiterin handelt – eine, die froh sein muss über jeden Schnipsel Tratsch und Klatsch, den sie im Unterhaltungsressort veröffentlichen darf –, schon gleich gar nicht.

«Liv!» Dana winkt mit beiden Armen, und ich mache einen Schwenk zu ihrem heutigen Arbeitsplatz, froh, endlich jemanden ehrlich anstrahlen zu können. Dana ist Volontärin beim *Globus*. Sie hat keinen eigenen Schreibtisch, deshalb steht ihr Notebook im Moment vor dem Rechner einer Kollegin, die sich für diese Woche krankgemeldet hat. Ebenso wie ich arbeitet Dana auf eine feste Redakteursstelle hin, doch obwohl ich mein Journalismus-Studium in Rekordzeit und mit guten Noten abgeschlossen habe, ist sie mir ein Stück voraus, was dieses Ziel betrifft. In ihrem zweiten Jahr beim *Globus* hat sie bereits mehrere Ressorts durchlaufen, im Kulturressort arbeitet sie nun auf eigenen Wunsch. Ich dagegen bin nach dem Studium eher zufällig hier gelandet – um beim *Globus* arbeiten zu dürfen, hätte ich sogar die Rezepte-Ecke übernommen, gäbe es eine. Wobei Rezepte vielleicht sogar interessanter wären als die kurzen Promi-News, die ich derzeit für die Online-Ausgabe schreibe. Doch jetzt, nach meinem Interview mit Kristina Atkins, kann ich vielleicht darauf hoffen, in Zukunft über gehaltvollere Themen berichten zu dürfen.

«Und? Was hat Brehmer gesagt?», will Dana wissen. «Heute Morgen hat er in der Redaktionssitzung von deiner Heldentat erzählt. Er tat ganz cool, aber ich wette, ihm ist einer abgegangen vor Glück.»

Zufrieden lehne ich mich an die Schreibtischkante. «Das Interview hat ihm sehr gut gefallen.»

«Natürlich hat es ihm gefallen! Das ist ein Riesending.» Dana streckt den Rücken durch, bevor sie sich gegen die rotgepolsterte Lehne des Drehstuhls sinken lässt. «Ein Interview mit Kristina Atkins, dem abgewrackten Kinderstar. In dem sie auch noch über Privates spricht und nicht nur über ihre albernen Teenie-Filmchen.»

«Ich mochte *Und irgendwo ich.*»

Mit einer beiläufigen Geste tut Dana meine Bemerkung ab. «Schickst du's mir nach dem Überarbeiten zu? Ich übernehme das Korrektorat für dich. Und hast du jetzt noch Zeit? Wir könnten zusammen mittagessen.»

Eigentlich hatte ich vor, mir zu Hause eine Fertigpizza in den Ofen zu schieben und beim Essen erst das Interview zu überarbeiten und anschließend die nächsten Promi-News zu schreiben, die daneben nicht untergehen dürfen. Aber nachdem mir nach Feiern zumute ist und Danas Mittagspause ohnehin nur eine Stunde dauert, sitzen wir kurz darauf vor zwei Tellern im überfüllten *Friedhelms*, einem angesagten Hamburger Mittagscafé in der Nähe, und bemühen uns, einander über klapperndem Besteck und den Gesprächen an den anderen Tischen hinweg zu verstehen.

«Ich würde diese Info auf keinen Fall draußen lassen.» Gerade hat Dana ihre Spaghetti unter einem Berg Parmesan begraben. «Du solltest die Gerüchte zumindest anreißen.»

Eigentlich würde ich lieber von jedem Detail meines Gesprächs mit Jan Brehmer erzählen, doch sie ist viel interessierter daran, mehr über mein Interview mit Kristina zu erfahren.

«Ich habe es Kristina versprochen, Dana. Sie will nicht, dass es öffentlich breitgetreten wird.»

«Warum hat sie dann überhaupt darüber geredet?»

«Das hat sich einfach so ergeben.»

Dana weiß nicht, dass ich Kristina Atkins jahrelang Fanbriefe geschrieben habe, nachdem ich sie in der Serie *Lilly & Snowflake* zum ersten Mal gesehen hatte. Damals wohnte ich noch nicht bei meinen Großeltern, sondern zog mit meiner Mutter, die im diplomatischen Dienst arbeitet, alle paar Jahre um – Kristina auf Englisch schreiben zu können, war wenigstens ein Vorteil unseres unsteten Diplomatenlebens. Sydney, New York, Kopenhagen – von den meisten Ländern habe ich nicht mehr im Kopf behalten als ein paar Namen und Gesichter aus den jeweiligen Internationalen Schulen und vereinzelte Erinnerungen an die Kindermädchen, die meine

Mutter für mich einstellte, bis ich in die vierte Klasse kam. Vater unbekannt. Meine Mutter redet nie über ihn.

Ich war damals zehn oder elf, Kristina nur wenig älter. Wegen ihr wollte ich reiten, obwohl Pferde mir aufgrund ihrer Größe nicht geheuer waren, wegen ihr weigerte ich mich, mit Zöpfen in die Schule zu gehen, und wegen ihr wollte ich mir sogar meine dunkelbraunen Haare blond färben.

Unmöglich zu zählen, wie viele Briefe Kristina Atkins von mir erhalten hat. Ein einziges Mal erhielt ich eine Antwort, eine Autogrammkarte mit einigen unverbindlichen Zeilen. Ich führte mich auf, als habe mir der süßeste Junge der Schule einen Liebesbrief geschrieben.

Es dauerte lang, bis sich meine Bewunderung für Kristina auf ein normales Maß einpendelte, und kurz nachdem das passierte – ich muss etwa fünfzehn gewesen sein –, verschwand sie weitestgehend von der Bildfläche. Was man noch von ihr hörte, betraf Drogen, Alkohol und Nervenzusammenbrüche, und als ich irgendwann las, sie sei in einer Klinik, setzte ich mich hin und schrieb einen Brief an die letzte Fanadresse, die ich von ihr besaß.

Zu behaupten, sie habe sich gefreut, von mir zu hören, wäre wohl übertrieben, doch sie erinnerte sich an mich – wie hätte sie auch das Mädchen vergessen können, das ihr einmal eine türgroße Collage aus Pferdebildern geschickt hatte, jedes einzelne davon so weiß wie Snowflake?

Dieses Mal erhielt ich keine Autogrammkarte, sondern einen Brief. Er war nicht wirklich persönlich, doch wir blieben lose in Kontakt. Oft vergingen Wochen oder sogar Monate, bis Kristina mir antwortete, und sie erzählte nur sehr wenig über sich. Stattdessen stellte sie mir viele Fragen, die ich gewissenhaft beantwortete. Vielleicht war ich für sie so etwas wie ihre Verbindung zur normalen Welt, weshalb sie den Kontakt nie ganz abbrechen ließ. Aber aus welchem Grund auch immer, als ich sie vor ein paar Wochen fragte, ob sie mir ein Interview für den *Globus* geben würde, willigte sie tatsächlich ein. Auf gar keinen Fall würde ich jetzt ihr Vertrauen missbrauchen und aus einigen ihrer Bemerkungen irgendwelche reißerische Geschichten zusammenschreiben. Davon hätte ich Dana überhaupt nichts erzählen sollen.

«Wenn sie nicht wollen würde, dass du darüber schreibst, hätte sie diesen Typen gar nicht erwähnt, Liv. Das ist großartige Publicity für sie, für so was interessiert sich jeder. Leibwächter vergeht sich an Kinderstar!»

«So war es doch gar nicht. Die beiden waren zusammen.»

«Er war acht Jahre älter als sie. Wäre das aufgeflogen, säße er jetzt im Knast.»

Ich schüttele den Kopf. «Sie war fast achtzehn, als das zwischen ihnen begann. Und jetzt lass es gut sein, ja?»

«Und warum willst du nichts über ihre Wahnvorstellungen schreiben?»

«Weil sie das nicht möchte.»

«Na und?»

«Dana!»

Dana wickelt seelenruhig Spaghetti auf die Gabel. Ein paar Nudeln lösen sich wieder, als sie damit auf mich zeigt, Soße landet auf der Tischplatte. «Entspann dich, Liv», erwidert sie friedfertig. «Du musst echt noch einiges lernen. So kommst du nicht weit.»

Mein Magen zieht sich unangenehm zusammen, während ich den Blick auf meine Pizza richte und mich frage, ob sie recht hat. Natürlich will ich vorankommen. Aber nicht so. Nicht, indem ich mich wie ein Trüffelschwein durch das Privatleben anderer Menschen wühle, auf der Suche nach etwas, das sich publicitygenerierend unters Volk werfen ließe. Jan

Brehmer zumindest schien nichts zu vermissen. Stattdessen will er das Interview noch in die Dezemberausgabe packen, er will dafür Werbung schalten, und er hat bei unserer Verabschiedung etwas gesagt, das mein Herz höherschlagen ließ: «Klaus Maaßen wird zum Ende des Jahres beim *Globus* aufhören, wissen Sie das bereits? Wir werden seine Arbeit, auch für die anderen Ressorts, neu verteilen müssen. Ich könnte mir vorstellen, dass da auch etwas für Sie dabei wäre, was meinen Sie?»

Allein beim Gedanken daran muss ich schon wieder lächeln.

«Was sagt Brehmer denn zu den Schaf-Ladys, über die du schreiben willst?», unterbricht Dana meine Gedanken.

Woher weiß Dana denn ... ach richtig, ich hatte ihr ja von den beiden älteren Damen erzählt, die sich über eine Zeitungsannonce fanden, mittlerweile auf einem Hof in der Nähe von Winsen leben und dort Schafe halten.

«Ich habe ihn noch nicht darauf angesprochen.»

«Aber das wolltest du doch?»

«Ich dachte, ich mache das nach der Veröffentlichung des Atkins-Interviews.»

Dana wirft mit einem Schulterzucken die Serviette auf ihren Teller. «Meine Meinung dazu kennst du.»

Da Dana mit ihrer Meinung normalerweise nie länger als maximal vier Sekunden hinter dem Berg hält, kenne ich sie natürlich: Sie findet ein Porträt über alte Frauen und Schafe sterbenslangweilig.

«Darf ich Ihnen noch etwas bringen?» Die Kellnerin ist an den Tisch getreten, um die Teller abzuräumen, und hat dabei Danas leeres Wasserglas entdeckt.

«Nein, ich möchte zahlen.» Dana bückt sich nach ihrer Tasche. «Ich muss zurück. Wann schickst du mir das Interview?»

«Heute Abend. Es sind nur noch ein paar Kleinigkeiten zu ändern.»

«Alles klar. Ich lese es Korrektur und leite es dann zur Freigabe direkt an Kristina Atkins' Management weiter, in Ordnung?»

«Wenn dir nichts Größeres auffällt, gern. Brehmer hat es eilig damit.»

«Klar hat er es eilig damit. In ein paar Stunden wird es online groß angekündigt», erwidert Dana mit einem Grinsen. «Kommst du diese Woche noch mal in die Redaktion?»

«Nein, vorerst ist alles geklärt.»

«Na dann – überleg dir schon mal ein paar Fragen für deine Schaf-Ladys. Garantiert lässt Brehmer dich demnächst da ran.» Sie schlingt sich ihren extralangen Schal um den Hals, bis kaum noch ihre Nase zu sehen ist, und greift nach ihrer Tasche. «Wir hören uns.»

✦ ✦ ✦

Den Nachmittag verbringe ich an Harvey. Harvey ist mein Schreibtisch, ein antikes Ungetüm aus Wurzelholz. Hätten sich die Platte und die Füße nicht abschrauben lassen – kein Mensch hätte das Ding jemals durch die Tür meiner winzigen Mietwohnung gebracht.

Eigentlich ist Harvey für Häuser mit Flügeltüren und Salons bestimmt, aber bereits in seinem vorherigen Zuhause musste er darauf verzichten. Zuletzt stand er im Arbeitszimmer meines Opas, von ihm erhielt Harvey auch seinen Namen. Schon bevor ich zu meinen Großeltern zog, war ich oft damit beschäftigt gewesen, die Schubladen und Klappen von Harvey zu inspizieren und mit den Füllfederhaltern, die ich fand, kurze Geschichten auf dem schönen Briefpapier meines

Opas zu verfassen. Im Gegensatz zu meiner Mutter, die diese Papierverschwendung sicher unterbunden hätte – meine Angewohnheit, vor mich hin zu träumen und dabei Geschichten zu schreiben, hat sie schon immer genervt –, fanden meine Großeltern nichts dabei. An Harvey beschloss ich erstmals, mit dem Schreiben mein Geld zu verdienen, Opa nannte das «eine ehrenvolle Aufgabe». Meine Mutter fand die Idee natürlich absurd, doch sie war ja weit weg und Opa zu begeistert, als dass sie sie mir hätte ausreden können.

Zu Beginn meines Studiums hat Opa mir Harvey geschenkt, das war zu der Zeit, als meine Oma starb, und als wir zwei Jahre später beide aus dem alten Haus zogen, fand er auch neue Besitzer für viele weitere seiner Möbel, darunter für einen Ohrenbackensessel namens Fred und für Fleur, die französische Kommode. Letztere hätte ich liebend gern ebenfalls übernommen, aber Opa, ein leidenschaftlicher Briefeschreiber, bot Fleur einer Postbeamtin namens Cornelia an, die sich sehr über dieses Geschenk freute. In meinem winzigen Ein-Zimmer-Apartment wäre ohnehin kein Platz mehr für Fleur gewesen. Neben Harvey müssen sogar die Billy-Regale den Bauch einziehen.

Sobald er die ihm wichtigsten Dinge gut untergebracht wusste, verkaufte und spendete Opa den Rest, um nach Cheddar in die englische Grafschaft Somerset zu seinem ältesten Brieffreund Ernest Ford zu ziehen. Die beiden Männer schrieben sich bereits seit über dreißig Jahren und hatten sich einige Male gegenseitig besucht, trotzdem beeindruckt mich Opas Entschluss noch heute. Einfach so etwas völlig Neues zu beginnen … irgendwie macht mich das immer ein bisschen stolz auf ihn.

Wir schreiben uns mindestens zwei- oder dreimal pro Monat. In seinen Briefen berichtet Opa von den Wanderungen, die er mit Ernest unternimmt, und dass sie abends am Kamin sitzen und über das Leben reden. Während ich diese Briefe lese, streichele ich Harvey, und danach seufze ich meistens, bevor ich mich wieder den drängendsten Fragen in meinem eigenen Leben widme, zum Beispiel ob diese eine Schauspielerin jetzt eine Brustvergrößerung nach ihrer Nasen-OP hat vornehmen lassen oder nicht. Nicht im Traum käme ich auf die Idee, solche Details in den Antworten an meinen Opa zu erwähnen, seinen Fragen nach meiner Arbeit weiche ich meistens lieber aus. Im Gegensatz zu meiner Mutter, die ihre Verachtung darüber kaum verbirgt, hat er zwar keine Probleme mit den Promischnipseln, aber ich mag das Bild von mir als ernsthafter Journalistin. Jetzt muss es nur noch Wirklichkeit werden, und das Interview mit Kristina ist der erste Schritt.

Nachdem ich es noch einmal gelesen habe, gönne ich mir eine Pause, um Kaffee zu machen, verbrauche dafür die letzte Milch und beschließe, im nahe gelegenen Supermarkt sofort Nachschub zu besorgen. Kein Leben morgens vor acht Uhr ohne Kaffee.

Auf dem Rückweg begegnet mir im Treppenhaus eine der beiden Studentinnen, die unter mir wohnen. Gerade ist sie dabei, einen Zettel über die Briefkästen im Flur zu kleben.

«Hey!» Sie strahlt mich an. «Kann sein, dass es heute Abend ein bisschen lauter wird. Ich feiere in meinen Geburtstag rein.»

«Alles klar, kein Problem», erwidere ich im Vorbeigehen.

«Wenn du willst, komm einfach auch. Du wirst ohnehin die Musik hören, da kannst du dir auch gern ein Bier dazu nehmen.»

Überrascht bleibe ich stehen. «Das ist nett, vielen Dank.» Im Geiste gehe ich die Dinge durch, die heute noch erledigt werden müssen. «Ich hab noch ein bisschen was zu tun, aber vielleicht schaff ich's trotzdem.»

«Würde mich freuen. Dann vielleicht bis später.» Sie wendet sich der Haustür zu.

«Okay. Viel Spaß auf jeden Fall!», rufe ich ihr hinterher, bevor ich die Treppen in den dritten Stock hinaufsteige. Eine Party. Ich war schon hundert Jahre auf keiner Party mehr. Das letzte Mal ... das muss meine Abifeier gewesen sein. An der Uni gab es immer eine Seminararbeit, die erledigt werden musste, oder eine Klausur, für die ich den Stoff wiederholen wollte, sodass ich einfach keine Zeit für Partys hatte. Mir die Zeit auch nicht nehmen wollte. Stattdessen trieb mich immer der Gedanke vorwärts, möglichst schnell bei einem angesehenen Magazin Fuß fassen zu müssen, irgendwo eine Stelle zu ergattern, mit der ich meiner Mutter beweisen konnte, dass das Journalismus-Studium keine idiotische Idee war und ich durchaus in der Lage bin, vernünftige Entscheidungen zu treffen. Mittlerweile habe ich es fast aufgegeben. Keine Ahnung, warum sie einfach alles an meinem Leben zu hassen scheint, ich versuche jedenfalls nicht mehr so oft, es für sie zu ändern. Wann war in ihren Augen schon mal irgendwas von dem, was mir wichtig ist, gut genug? Eben.

Nach dem zweiten Kaffee überarbeite ich die paar Punkte des Interviews, die ich mit Brehmer besprochen habe. Es ist ein tolles Interview, ein wirklich schönes Porträt, und wenn mein Chef tatsächlich mit dem Gedanken spielen sollte, mich aus der Promiecke rauszuholen, dann muss ihn dieser Text einfach überzeugen. Kristina ist nämlich die einzige Person von Bedeutung, die ich kenne. Sollte dieser Trumpf ohne jeden Effekt verpuffen, werde ich mich in naher Zukunft kaum von den Popstars und Königshäusern dieser Erde fortbewegen dürfen.

Als ich jede Änderung gefühlte hundertmal überprüft habe – ich kann das Interview inzwischen fast auswendig aufsagen –, leite ich den Text an Dana weiter und wende mich meinen Promis zu. Königin Sylvia hat vier Kilo abgenommen. Vielleicht ist sie auch magersüchtig. Wüsste nicht, was mich mehr interessieren könnte.

Gelangweilt tippe ich einige Zeilen, dann öffne ich spontan ein zweites Dokument und beginne einen neuen Artikel.

Auf einem frisch renovierten Hof in der Nähe von Winsen leben zwei tatkräftige Frauen, zusammen mit sehr vielen Schafen. Und wer glaubt, Annemarie Lerch (58) und Sarah Tindemann (61) hätten bei der Renovierung ihres Anwesens auf Handwerker zurückgreifen müssen, begeht gleich den ersten Fehler, nämlich diese beiden Damen zu unterschätzen ...

Ich habe mich mit Annemarie und Sarah schon zweimal getroffen. Wenn ich mal so alt bin, werde ich hoffentlich auch noch über so viel Energie verfügen wie die beiden, die ihr Leben noch einmal völlig umgekrempelt haben. Ohne «Ehemänner, die attraktive, jüngere Kolleginnen auf ihren Schreibtischen vögeln», wie Annemarie bei meinem letzten Besuch trocken angemerkt hat. Schade, dass Brehmer dieses Zitat vermutlich nicht durchgehen lässt, wenn er sich denn überhaupt für den Artikel erwärmt. Annemarie zumindest hätte nichts dagegen, sich derart verewigt zu sehen. «Das kannst du ruhig genau so schreiben. Und schreib auch dazu, es war doch kein Versehen, dass sein Smartphone auf dem Cerankochfeld lag.»

Bei dieser Erinnerung muss ich lächeln. Vielleicht wird Brehmer die Idee ja doch mögen. Wie könnte man diesen beiden älteren Damen widerstehen?

Es ist Viertel nach neun, gerade habe ich noch einen schnellen Blick auf das korrigierte Interview geworfen, das Dana mir zur Info zurückgeschickt hat, bevor ich den Rechner herunterfahre. Meine Augen fühlen sich trocken an vom fortwährenden Starren auf den Monitor, und mit einem unbehaglichen Gefühl im Magen stelle ich fest, dass es finster im Zimmer geworden ist. Ich beeile mich, die Deckenlampe anzuknipsen, bevor das Licht des Monitors erlischt. Dunkelheit und ich, wir sind keine Freunde.

Aus der Wohnung unter mir dröhnt Musik, einige Minuten lang mustere ich mein aufgeräumtes Zimmer, die praktischen weißen Bücherregale, die ordentlich glattgestrichene Tagesdecke, unter der sich gepunktete Bettwäsche verbirgt, und den Lesesessel, den ich mir hätte sparen können. Entweder sitze ich an Harvey, oder ich liege in meinem namenlosen Bett, und zwar allein. Immer.

Auf dem Weg in die Küche knipse ich auch die Lampe in der Diele an und stehe anschließend eine Weile vor dem geöffneten Kühlschrank. *Kühlschrankmeditiation*, hat mein Opa diese Angewohnheit genannt. Als mein Starren leider nicht dazu führt, dass sich eine fertige Mahlzeit vor meinen Augen materialisiert, nehme ich aus der Gemüseschublade eine gummiartige Möhre. Wenig enthusiastisch wedele ich damit hin und her.

Auch in der Küche ist die Partymusik noch zu hören. Kurz entschlossen werfe ich die Mohrrübe zurück und marschiere ins Bad. Statt als Nächstes Meghan Markle zu ihrem gelungenen Outfit zu gratulieren, werde ich jetzt runtergehen. Einfach, um mal hallo zu sagen. Ich kenne keinen einzigen meiner Nachbarn etwas näher – das wird sich jetzt ändern.

Wimperntusche, Kajal, die langen Locken über Kopf bürsten. Das weite Shirt zur engen Jeans dürfte okay sein.

Während ich noch überlege, wo ich mein Handy zuletzt gesehen habe, beginnt es zu klingeln. Es liegt auf Harvey, wo auch sonst, und nachdem ich auf das Display geblickt habe, lasse ich mich auf den Schreibtischstuhl sinken. Meine Mutter. Sind denn schon wieder die üblichen vier Wochen zwischen ihren Anrufen um?

«Liv? Hallo. Passt es dir gerade?»

«Ja, sicher.»

Mit diesen Worten beginnen die meisten unserer Gespräche. Passt es dir? Natürlich. Und wie geht es dir? Gut, und dir? Darauf folgt in der Regel ein mehrere Minuten andauernder Monolog über all die Dinge, die dafür sorgen, dass man als Mitarbeiterin im diplomatischen Dienst kaum eine freie Minute hat, bevor sie mich fragt, wie es Opa gehe und dass sie sich freue, mal wieder mit mir geplaudert zu haben. Diesmal jedoch unterbreche ich den gewohnten Ablauf, bevor sie das Ende des Telefonats einleiten kann. Das, was ich ihr jetzt erzählen werde, müsste ihr doch eigentlich gefallen.

«Ich habe übrigens ein Interview mit Kristina Atkins geführt.»

«Mit wem?»

«Kristina Atkins, weißt du noch? Die Schauspielerin? Die ich früher so mochte? Aus der Pferde-Serie?» Als meine Mutter nicht gleich antwortet, setze ich hinzu: «Sie lebt jetzt in Santa Monica und gibt eigentlich keine Interviews mehr, aber mit mir hat sie geredet.»

«Das ist sehr schön, Liv», erwidert meine Mutter. «Wie geht es Opa?»

«Dem geht's prima. Aber verstehst du, was das bedeutet? Dieses Interview? Es ist etwas Besonderes, keiner hätte damit gerechnet, dass ausgerechnet ich ...»

«Wie ist dir das gelungen?»

«Bitte?»

«Wie ist es dir gelungen, in die Privatsphäre dieser Schauspielerin einzudringen?»

«Ich bin nicht in ihre Privatsphäre eingedrungen. Ich habe sie einfach gefragt, ob sie mir ein Interview geben würde, und sie hat zugestimmt.» Das Schweigen am anderen Ende macht mich nervös. «Es ist wirklich gut geworden, sehr gut. Es wird schon im Dezember erscheinen, in der Printausgabe, und Herr Brehmer geht sogar davon aus, dass es die Auflage in die Höhe treibt.»

«Herr Brehmer?»

«Mein Redaktionsleiter.»

Abermals vergehen einige Sekunden, und ich beginne damit, meinen Daumennagel gegen Harveys harte Kante zu drücken.

«Liv, was soll ich dazu sagen? Das freut mich natürlich für dich.» Die Worte sind hohl, durchlöchert von der Geringschätzung, mit der sie sie ausgesprochen hat. «Ich muss jetzt leider ...»

«Dadurch komme ich endlich von den Promi-News weg!»

«Du schreibst immer noch diese Klatschnachrichten?» Jetzt trieft ihre Stimme mal wieder vor Verachtung, und ich bereue den letzten Satz augenblicklich.

«Ja, aber das ist es doch. Nach diesem Interview werde ich mit Sicherheit andere Themen bearbeiten dürfen.»

«Na, dann hätte es ja immerhin etwas Gutes, das Privatleben einer Schauspielerin vor der Welt auszubreiten, nicht wahr?», ätzt meine Mutter. «Herzlichen Glückwunsch.»

Ihre Verabschiedung fällt kühl aus. Die Zähne zusammengebissen, lege ich das Telefon auf den Schreibtisch zurück. Jetzt weiß ich wieder, wieso ich es aufgegeben habe, um die Anerkennung meiner Mutter zu betteln. Es ist so sinnlos.

Keine Ahnung, wie lange ich einfach ins Leere starre, aber als endlich die Partymusik wieder zu mir durchdringt, bringe ich mit einem Tastendruck den Monitor des Rechners zum Leuchten. Ich werde jetzt nicht nachlassen, nicht gerade jetzt. Stattdessen werde ich noch heute den Artikel über Annemarie und Sarah fertig schreiben und ihn morgen Brehmer präsentieren. Er wird ihn lieben. Er muss. Ich kann mehr, als nur Unterhaltungstratsch zusammenzufassen. Das Interview mit Kristina ist mein Türöffner – und diese Chance darf ich nicht vergehen lassen. Sobald ich den nächsten Schritt getan habe, ist für irgendwelche Partys immer noch Zeit.

2

Um Viertel nach sechs klingelt der Wecker. Draußen ist es noch so finster, dass ich die Lampen, die ich nachts immer brennen lasse, erst gar nicht ausschalte. Zusammen mit dem ersten Kaffee sitze ich kurz darauf am Rechner, um meine monatliche Kolumne für eine Apothekenzeitschrift anzugehen, die ich bis Montag abgeben muss. Bevor ich damit beginne, schicke ich noch schnell meinen Annemarie-&-Sarah-Artikel an Jan Brehmer, dann schließe ich das Mailprogramm und öffne ein neues, blütenweißes Dokument für fünfundsiebzig bis achtzig Zeilen Hypochondergejammer. Der eingebildete Kranke kommt bei der Apothekenzeitschriften-Klientel gut an, und solange niemand erfährt, dass eine Zweiundzwanzigjährige hinter Heribert Baldauf steht, der sich diesen Monat in Rekordgeschwindigkeit von vagen Kopfschmerzen hin zu einem Hirntumor fabuliert, kann ich damit vermutlich weitermachen. Auch kein Job, an dem mein Herz hängt. Genau genommen bin ich mir nicht mal sicher, was ich schlimmer finde: Hypochonder oder Promis.

Kurz nach elf summt das Handy, und als ich sehe, wer es ist, reiße ich es erfreut an mich. Brehmer. Wenn er so schnell anruft, kann er meine Idee eigentlich nur gut finden. «Hallo?»

«Hätten Sie wohl die Güte, umgehend in die Redaktion zu kommen?»

«Jetzt? Sicher, ich ... worum geht es?»

«Gut. Bis gleich.» Mit diesen Worten legt er auf.

Was war das denn? Verwirrt starre ich aufs Handy. Brehmer hat sich ... sauer angehört. Ganz eindeutig nicht so, als wolle er mir zu meinem guten Gespür für interessante Artikel gratulieren. Vielleicht findet er Schafe genau so langweilig wie Dana? Aber deswegen muss er mich doch nicht in die Redaktion zitieren. Was zum Teufel ist bloß los?

Mit klopfendem Herzen fahre ich den Rechner herunter, versenke das Smartphone in der Tasche, schlüpfe in eine Regenjacke und ziehe mir eine Mütze über die Ohren. Jetzt noch Handschuhe – der Winter hat noch nicht einmal begonnen, aber Hamburg duckt sich bereits Mitte Oktober unter graupeligem Schneeregen –, dann werfe ich die Wohnungstür hinter mir zu und haste die Treppen hinunter.

Geht es vielleicht um das Interview mit Kristina? Hat Brehmer es sich im Laufe des Vormittags noch mal durchgelesen, habe ich etwas übersehen?

Sosehr ich auch grübele, mir fällt nichts ein, das so dramatisch sein könnte, mich umgehend einzubestellen, statt es einfach anzumarkern und mir noch einmal zum Überarbeiten zu schicken.

Beim Betreten der Redaktion schaue ich mich nach Dana um, während ich versuche, meine wirren Haare mit den Fingern zu ordnen. Sie sitzt am selben Schreibtisch wie gestern, und als sie meinen Blick auffängt, hebt sie überrascht die Augenbrauen. Bevor ich mich dem stelle, was Brehmer zu sagen hat, laufe ich zu ihrem Platz – vielleicht weiß sie ja mehr als ich.

«Was machst du denn hier?», fragt Dana. «Ich dachte, du wolltest diese Woche nicht noch mal reinschauen?»

«Brehmer hat angerufen», erkläre ich halblaut. «Er wollte, dass ich sofort komme, und irgendwie klang er nicht besonders freundlich.» Unbehaglich mustere ich die Tür am Ende des Großraumbüros und ignoriere dabei einige in meine Richtung geworfene Blicke. «Hast du vielleicht eine Ahnung, was er will?»

Dana schüttelt den Kopf. Jetzt sieht sie neugierig aus. «Dir noch einmal gratulieren? Für die zu erwartende Auflagensteigerung?»

«Ich hab doch gesagt, er klang eher unzufrieden.» Ich umklammere den Schulterriemen meiner Tasche fester. «Na ja, gleich werde ich es wissen.»

«Ist sicher ganz harmlos.»

Nervös erwidere ich ihr Lächeln und durchquere dann das Büro, um an Brehmers Tür zu klopfen.

«Bitte?» Jan Brehmer sieht auf, als ich den Kopf in sein Zimmer stecke, und lehnt sich in seinem wuchtigen schwarzen Bürostuhl zurück. «Na, da haben Sie sich ja beeilt.»

Er mustert mich wie eine Kakerlake, die gerade eiligst aus der Kanalisation herangekrochen gekommen ist, und es fällt mir schwer, mein Lächeln aufrechtzuerhalten.

«Setzen Sie sich.» Mit einem Räuspern wendet er sich von seinem Rechner ab und dreht sich so, dass er mich über seine verschränkten Finger hinweg ansehen kann. Unsicher lasse ich mich auf den Stuhl vor seinem Schreibtisch nieder. So angespannt war ich nicht mal vor einigen Monaten, als ich auf ebendiesem Stuhl saß, um mich als freie Mitarbeiterin vorzustellen.

«Das Interview mit Kristina Atkins», beginnt Brehmer, und ich beiße die Zähne zusammen. Es geht also tatsächlich darum. Klar. Worum auch sonst? Warum ich Königin Sylvia doch keine Magersucht angedichtet habe, wird er wohl kaum persönlich mit mir besprechen wollen. «Das Interview mit Kristina Atkins war ein von Ihnen eigeninitiativ erarbeitetes

Projekt. Ich kann Ihnen daher nicht wirklich vorwerfen, Sie hätten einen wichtigen Job vermasselt.»

Vermasselt? Wieso denn vermasselt?

«Nichtsdestotrotz hätte ich von Ihnen erwartet, sich Hilfe bei einem erfahreneren Kollegen zu suchen, wenn Sie sich mit einer Aufgabe wie dieser überfordert sehen.»

Ich hätte mir Hilfe suchen sollen? Aber ...

«Nachdem ich das Interview gestern gelesen habe, wurde es online bereits für die nächste Printausgabe angekündigt. Ich denke, das habe ich Ihnen gesagt?»

«Ja, Sie haben ...», beginne ich verwirrt, komme jedoch nicht allzu weit.

«Dann können Sie sich vielleicht vorstellen, dass es für ein Magazin mit unserem hervorragenden Ruf einen beträchtlichen Image-Schaden nach sich zieht, wenn ein bereits angekündigter Artikel nicht erscheint? Zumal ein Artikel in dieser Größenordnung?»

«Aber wieso ...?»

«Ich gebe zu, dass mir beim Lesen des Interviews nichts aufgefallen ist, das Kristina Atkins dazu veranlasst haben könnte, ihre Zustimmung zu einer Veröffentlichung zurückzuziehen, aber vielleicht war ich da voreilig. Nein, mit Sicherheit war ich das. Sie sind sehr jung und noch nicht sehr vertraut mit den Abläufen in einer großen Redaktion ...»

«Würden Sie mir jetzt bitte erst einmal sagen, wo genau das Problem liegt?», platze ich heraus. Es ist vermutlich nicht die beste Idee, Brehmer zu unterbrechen, aber ich verstehe einfach nicht, was hier gerade passiert. «Kristina Atkins will nicht, dass das Interview erscheint? Warum nicht?»

Ein paar Sekunden lang starrt Brehmer mich an, vermutlich, um mir wortlos mitzuteilen, wie sehr ihm mein Verhalten missfällt. Dann greift er nach dem obersten Zettel des

Papierstapels, der sich am Rande seines Schreibtischs türmt, und hält ihn mir unter die Nase. Es sind nur einige wenige englische Zeilen, und ich habe sie schnell gelesen.

> Kristina Atkins untersagt den Abdruck des Interviews, welches sie am 8. Oktober mit Liv Baumgardt telefonisch geführt hat, da Sinnzusammenhänge entstellt und Aussagen aus dem Kontext gerissen worden sind. Besonderen Wert legt sie darauf festzustellen, dass sie von dem Zerrbild der Wirklichkeit, das dieses Interview darstellt, in höchstem Maße enttäuscht ist.

Als ich den Kopf wieder hebe, spießt Brehmer mich noch immer mit Blicken auf. In diesem Moment kann ich nur nach Luft schnappen. Das darf doch nicht wahr sein.

«Das kam heute Vormittag per Mail von ihrem Management. Ich dachte nicht, mich mit Ihnen über die Methoden einer sorgfältigen Transkription und Zusammenfassung unterhalten zu müssen.»

«Das müssen Sie auch nicht!», widerspreche ich vehement. Meine Stimme ist zu laut, das höre ich selbst, doch ich kann nichts dagegen tun. Wie konnte das passieren? «Es ist ... ich denke ...»

Bereut Kristina, mit mir gesprochen zu haben? Hat sie das Gefühl, sie habe zu viel über sich verraten? Aber ich habe mich strikt an ihre Vorgaben gehalten, ich habe nichts ...

«Frau Baumgardt?» Erschrocken stelle ich fest, dass Brehmer weitergesprochen hat und ich kein einziges Wort davon mitbekommen habe. «Sind Sie noch anwesend?»

«Ich ... Entschuldigung. Ich habe gerade darüber nachgedacht, wieso ...»

«Darum geht es. Finden Sie heraus, was genau einer Veröffentlichung des Interviews im Wege steht, und beheben Sie das.» Er beugt sich vor, und ich bemühe mich, seinem Blick nicht auszuweichen. «Kontaktieren Sie Ms. Atkins' Management oder an wen auch immer Sie sich gewendet haben, um das Interview zu bekommen. Und bedenken Sie bitte, dass es in diesem besonderen Fall nicht darum geht, irgendwelche haarsträubenden Details ans Licht zu zerren. Ms. Atkins hat trotz des großen öffentlichen Interesses an ihrer Person so lange mit niemandem mehr gesprochen ...»

«Wo lesen Sie denn bitte haarsträubende Details aus dem Interview heraus?» Verflucht, das war schon wieder zu laut. Und außerdem habe ich ihn zum zweiten Mal unterbrochen. «Ms. Aktins war sehr klar darin, was sie veröffentlicht sehen wollte und was nicht», fahre ich mit mühsam beherrschter Stimme fort, doch es ist bereits zu spät.

«Ich war nicht dabei. Ich kann Ihnen nicht sagen, wo Sie übers Ziel hinausgeschossen sind», knurrt mir mein Chef zwischen zusammengepressten Zähnen entgegen. «Aber so was schreibt niemand ohne Grund.» Er atmet einmal tief durch, bevor er in weniger scharfem Ton weiterspricht. «Schicken Sie mir den Mitschnitt des Gesprächs, dann sehen wir weiter.»

Ich zucke zusammen. Oh verdammt. «Ich habe nur Notizen gemacht.»

Aufseufzend lehnt er sich zurück, noch bevor ich den Satz beendet habe. Inzwischen scheint er mehr resigniert als wütend zu sein. Ich bin mir nicht sicher, ob das besser ist. «Wieso das denn?»

«Sie wollte keine Aufnahme.»

«Sie hätten zu Ihrer Absicherung darauf bestehen können! Das wäre auch im Interesse von Ms. Atkins gewesen.» Er reibt sich übers Gesicht, doch als er mich wieder ansieht, ist seine Stimme eiskalt, und ich schlucke gleich zweimal hintereinander. «Wie auch immer Sie es bewerkstelligen – sorgen Sie dafür, dass das Interview wie angekündigt in der Dezemberausgabe erscheinen kann. Sie haben bis morgen Vormittag Zeit.»

✦ ✦ ✦

«Diese dämliche Kuh!», faucht Dana. So stinkwütend habe ich sie selten erlebt. «Die denkt auch, nur weil sie mal für einen Oscar nominiert gewesen ist, kann sie sich alles erlauben! Du solltest ihr schreiben, dass sie mit ihrem Rückzieher deine Karriere gefährdet! Was denkt die sich eigentlich dabei?» Scharf schnippt sie mit den Fingern, um die Kellnerin im *Friedhelms* auf uns aufmerksam zu machen. Es ist dieselbe wie gestern, und mit unbewegtem Gesicht nimmt sie unsere heutige Bestellung entgegen. Pasta, ergänzt durch Gin Tonic. Den habe ich jetzt wirklich nötig.

Eigentlich war mir nicht danach, essen zu gehen, doch Dana ließ nach einem Blick in mein Gesicht keine Widerworte zu, und letztlich war es sicher klüger, ihr hier von dem ganzen Ärger zu erzählen statt im Büro, wo es um uns herum garantiert sehr, sehr leise geworden wäre.

Danas Empörung tröstet mich jedoch nur bedingt. Meine einzige Trumpfkarte hat sich in eine miese Karo-Sieben verwandelt, und nichts von dem, was Dana sagt, kann daran etwas ändern.

«Das Interview ist wirklich großartig, Liv», fährt Dana in mein Schweigen hinein fort. «Es gibt überhaupt nichts daran auszusetzen.»

«Irgendwie muss ich Kristina erreichen», murmele ich. «Das gibt's doch alles gar nicht.»

«Wenn du willst, übernehme ich das Gespräch mit ihrem Management für dich. So down, wie du bist.»

Geknickt schiebe ich mein Glas von links nach rechts. «Danke für das Angebot, aber diesen Rückzieher sollen die mir gefälligst selbst erklären. So plötzlich und ohne jede Vorwarnung.»

Dana nickt bekräftigend. «Das ist echt unmöglich. Wie stehst du jetzt da? Es tut mir echt so leid. Dabei warst du so stolz darauf.»

Das war ich. Sehr stolz sogar. Auch wenn Dana der Ansicht war, ich hätte nicht alles aus diesem Interview herausgeholt. «Vielleicht ist ja alles nur ein Missverständnis?», überlege ich laut. Irgendein Typ quetscht sich an unserem Tisch vorbei und streckt mir dabei seinen Hintern ins Gesicht. Ich bewahre mein Glas vor dem Umstürzen und lehne mich zurück. «Vielleicht hat Kristina irgendetwas falsch verstanden? Vielleicht wurde etwas falsch übersetzt? Du hast ihr das Interview doch genau so weitergeleitet, wie ich es dir geschickt habe, oder?»

«Na klar! Du hast meine Mail mit der korrigierten Fassung doch bekommen. Ich habe nur ein paar fakultative Kommata und ein paar Formatierungen geändert. Ich hätte zwar die ganzen interessanten Details auf keinen Fall draußen gelassen, aber das war ja deine Sache.» Dana schüttelt den Kopf. «Ich denke, sie hat einfach Muffensausen gekriegt. Offenbar kam der Schritt an die Öffentlichkeit doch zu früh.»

«Ja, vielleicht», erwidere ich ohne Überzeugung. Ich verstehe es einfach nicht. Wenn es darum ginge, hätten wir das Interview auch kürzen können. Oder sie hätte schlicht gesagt, dass sie ihre Meinung geändert hat. Aber in der E-Mail von ihrem Management stand, Kristina hielte das Interview für ein Zerrbild der Wirklichkeit. Ich bin ziemlich sicher, dass mein Interview das nicht war.

«Vielleicht war sie einfach noch nicht so weit und bereut das Interview inzwischen. Oder ihre Wahnvorstellungen sind doch heftiger als gedacht.» Dana greift nach meiner Hand. «Wäre jedenfalls gut möglich. Trotzdem war es natürlich nicht in Ordnung, dich so auflaufen zu lassen.»

Das stimmt allerdings. Die Kellnerin tritt mit unserem Essen an den Tisch, und ich entziehe Dana die Hand, um nach meiner Gabel zu greifen. Es interessiert mich wirklich, was Kristina zu alldem zu sagen hat.

✦ ✦ ✦

Nichts. Kristina Atkins, Bewahrerin unzähliger Liv-Baumgardt-Briefe, sagt zu der ganzen Geschichte einfach – nichts.

Mein Wecker war heute Morgen kaum aus, da habe ich schon zum Handy gegriffen und mein Mailpostfach kontrolliert. Aber auch kein «Bitte, bitte, bitte»-Denken, bis die Seite fertiggeladen hatte, konnte irgendetwas an der Tatsache ändern, dass sich unter Werbemist und SPAM keine einzige Nachricht von Kristina befand.

Verdammt! Wieso tut sie das?

Ich besitze keinerlei Möglichkeit, sie direkt zu kontaktieren, außer über ihre Mailadresse. Ihr Management hat mir gestern schon klipp und klar erklärt, dass sie das Thema als erledigt betrachten und ich sie nicht weiter belästigen möge. Trotzdem verbringe ich den Morgen damit, noch drei weitere E-Mails zu schreiben und zwischendurch wie eine Irre durch die Wohnung zu tigern. Als ich schließlich geschlagen die Telefonnummer von Jan Brehmer anwähle, weiß ich nicht, was ich noch tun soll. Seit gestern habe ich Kristina sieben Nachrichten geschickt, auf die sie allesamt nicht reagiert hat. Ich war freundlich. Ich war höflich. Ich war verzweifelt. Ich habe das korrigierte Interview, das Dana mir weitergeleitet hat, noch einmal durchgelesen, es mit meinen Notizen verglichen, den gesamten Text übersetzt und Kristina im Anschluss alles noch einmal geschickt, mit der Bitte, mir mitzuteilen, was ihr nicht gefallen habe – doch jede Reaktion blieb aus.

Brehmer dagegen reagiert sofort. «Frau Baumgardt. Ich hoffe, Sie haben eine erfreuliche Botschaft für mich.»

Er klingt so frisch, energiegeladen und ausgeschlafen, dass ich froh bin, ihm in dieser Sekunde nicht gegenüberzusitzen.

Im Laufe des Vormittags habe ich nicht nur Mails ins Nirwana versendet, sondern auch viel zu viel Kaffee getrunken. Jetzt sitze ich mit manisch wippendem Fuß an Harvey, den Blick auf mein geöffnetes Mailpostfach gerichtet.

«Frau Baumgardt? Haben Sie mit Ms. Atkins gesprochen?»

«Nein, ich ...» Angestrengt unterdrücke ich ein nervöses Lachen. «Leider hat sie auf all meine Kontaktversuche nicht geantwortet.»

Am anderen Ende bleibt es still, und mit jeder Sekunde, die vergeht, verkrampft sich mein Magen mehr. Das alles ist nicht gut. Gar nicht gut.

«Nun», hebt Jan Brehmer endlich an. «Dazu gibt es jetzt leider nicht viel zu sagen. Ich habe die Vorabwerbung auf unserer Homepage bereits gestern herausnehmen lassen. Jetzt muss ich die Verlagsleitung informieren.» Er macht eine Pause, die die Worte zu Stahlspitzen werden lassen. «Ich wünsche Ihnen noch einen schönen Tag.» Es klickt, bevor ich mich auch nur von ihm verabschieden kann.

Er wünscht mir noch einen schönen Tag. Genauso gut hätte er mir auch noch ein schönes Leben wünschen können.

Grob reibe ich mir mit dem Arm über die brennenden Augen. Tja. Das war's dann wohl. Immerhin habe ich meiner Mutter gegenüber nicht gelogen, als ich zu ihr sagte, ich würde demnächst diese bescheuerten Promikurzmeldungen abgeben. Dass ich dann aber so gut wie arbeitslos sein werde ... das erzähle ich ihr für Erste besser nicht. Ich habe ihren vorwurfsvoll-selbstgerechten Ton auch so schon im Ohr. *Ich hab's dir doch gesagt. Deine Schreiberei bringt nichts.*

Egal. Tief durchatmen.

Mit geschlossenen Augen atme ich ein paarmal bewusst ein und aus.

Es ist ein Rückschlag, mehr nicht. Daraus werde ich jetzt kein Drama machen. Auch wenn die Arbeit beim *Globus* etwa zwei Drittel meiner Einnahmen ausgemacht hat. Wenn die wegfällt, ist mein einziger regelmäßiger Auftrag die Kolumne für die Apothekenzeitschrift. Das Honorar dafür reicht aber nicht mal annähernd für die Miete meiner Wohnung, und spätestens im Dezember werden meine kümmerlichen Ersparnisse aufgebraucht sein. Wie soll ich denn so schnell an neue Aufträge kommen? Unwahrscheinlich, dass Jan Brehmer mir ein Empfehlungsschreiben mitgeben wird.

Trotzdem gibt es Schlimmeres. Ich bin zwar quasi arbeits- und demnächst obdachlos, aber immerhin gesund, worüber sollte ich also heulen?

Ich zögere einen Moment, weil wir außerhalb der Arbeit eigentlich nicht so viel miteinander zu tun haben, doch dann wähle ich Danas Nummer. Es klingelt viermal, bevor sie rangeht. «Liv? Hi. Alles okay bei dir? Hast du Kristina Atkins erreicht?»

«Nein.» Verdammt. Meine Augen brennen immer noch, dabei habe ich doch gerade festgestellt, dass es nichts zu heulen gibt. «Ich hab ihr unendlich viele Mails geschrieben, aber sie hat einfach nicht darauf geantwortet.»

«Kannst du sie nicht anrufen?»

«Sie hat für das Interview mit unterdrückter Nummer angerufen.»

«Ach so ...» Im Hintergrund sind Stimmen zu hören, jemand lacht. «Was sagt Brehmer dazu?»

«Na ja, was wohl.» Mein Versuch, unbeschwert zu klingen, misslingt mir gründlich. «Dass er es bereut, mich jemals kennengelernt zu haben, so ungefähr.»

«Ach, Liv. So ein Mist.»

Schweigen breitet sich zwischen uns aus, unterbrochen irgendwann durch ein schnelles «Leg's einfach dahin, ich seh's mir gleich an» von Danas Seite.

«Du bist beschäftigt», stelle ich fest.

«Sorry, ja, aber ich melde mich später noch mal bei dir, okay? Dann können wir in Ruhe reden», erwidert Dana, und ihre Stimme klingt mitleidig. «Es tut mir echt leid, Liv. Brehmer kommt vielleicht auch wieder runter.»

Sekunden später lege ich das Smartphone behutsam auf die Schreibtischplatte. Mir ist übel. Müde betrachte ich die Unterlagen auf meinem Schreibtisch.

Klug wäre wohl, jetzt einfach etwas Produktives zu tun. Mich mit neuen, überzeugenden Ideen bei Zeitungen und Zeitschriften bewerben. Vielleicht biete ich meinen Bericht über Annemarie und Sarah einfach einer anderen Zeitschrift an? Ich meine, alte Frauen und Schafe, das ist doch ...

Ich glaube, ich brauche jetzt erst mal einen Gin Tonic.

Ein paar Stunden später würde ich zwar nicht behaupten, es ginge mir wirklich besser, aber immerhin habe ich irgendwann den Laptop angeschaltet. Daneben steht ein Glas mit Gin, das Tonic Water ist mir schon vor einer ganzen Weile ausgegangen.

Was hat es mir eigentlich gebracht, dieses beschissene,

überflüssige, dämliche Studium in Rekordzeit heruntergerissen zu haben? Frustriert mustere ich die Liste mit Kontaktdaten von festangestellten Journalisten, mit denen ich bereits zu tun hatte. Eine zweite Liste mit namhaften Zeitungen und Magazinen, zu denen ich noch keinen Kontakt hatte, habe ich ebenfalls angelegt. Die erste ist erbärmlich kurz, während die zweite immer weiter wächst.

Ich habe mich so ins Zeug gelegt, habe mich um nichts anderes gekümmert als um meine Seminare und Hausarbeiten. Ich habe jedes Praktikum mitgenommen, das ich kriegen konnte, habe nächtelang durchgearbeitet, um möglichst viele Pflichtkurse in einem Semester unterzubringen, und wo hat mich das hingebracht? In die Promiecke des *Globus* und von dort aufs Abstellgleis. Mit zweiundzwanzig. Ausgebremst, gegen die Wand gefahren, den ersten wirklich wichtigen Job – wie sagte Brehmer es doch so deutlich? – vermasselt. Versiebt. In den Sand gesetzt. Und ich weiß nicht mal, woran es gelegen hat, verflucht!

Seit geraumer Zeit unterdrücke ich das Bedürfnis, Kristina noch eine Mail zu schreiben, in der ich ihr sage, was ich von ihr halte. Meine Pferdecollage sollte ich zurückfordern und all meine Briefe. Unsere Beziehung ist beendet.

Auf dem Weg zur Toilette halte ich mich erst an Harvey, dann am Türrahmen fest. Mittlerweile ist es dunkel geworden, und ich brauche mehrere Anläufe, um Küche, Diele und schließlich das Badezimmer zu erleuchten. Miese kleine, schwankende Lichtschalter.

Dana hat sich auch nicht mehr gemeldet, dabei ist es schon ... ist es schon fast sieben. Sie sitzt bestimmt noch in der Redaktion fest, trotzdem hätte sie ja zwischendurch mal anrufen können. Immerhin bin ich ihre einzige Freundin, und mir geht es verdammt noch mal dreckig.

Moment mal, nein, das ist falsch. Sie ist *meine* einzige Freundin. Das ist wohl etwas anderes. Vielleicht ist sie nicht mal eine richtige Freundin. Mehr eine Arbeitskollegin, mit der ich mich hin und wieder zum Essen treffe, und wenn das zukünftig nicht mehr stattfindet ...

Beim Weg zurück an meinen Schreibtisch stoße ich mir die Zehen an der Türschwelle, und mit einem Aufschrei hüpfe ich durch den Raum, knalle mit der Hüfte gegen eine von Harveys spitzen Ecken und stolpere beim Versuch, mich hinzusetzen, fast über den Stuhl.

Oh Gott, geht's mir schlecht. Und keinen interessiert das. Was, wenn ich mir eben nicht die Hüfte gestoßen, sondern den Schädel an der Schreibtischplatte einschlagen hätte? Wetten, das würde ewig niemand mitbekommen? Wem sollte das schon auffallen? Mit meiner Mutter ist erst in ungefähr vier Wochen wieder zu rechnen, Opa würde ein oder zwei ausbleibende Briefe vermutlich auf die Post schieben, und beim *Globus* würde mich auch niemand mehr vermissen. Mir bleibt nur noch Heribert Baldauf, der Hypochonder, und ich glaube, den lasse ich in meiner nächsten Kolumne an gebrochenen Zehen sterben. Blutvergiftung oder so was.

Zählt es als Selbstmordgedanke, wenn man sein literarisches Alter Ego umbringen will? Irgendwie kommt mir das bedenklich vor. Ich sollte mich besser wieder meiner Zukunftsplanung widmen. Die zweite Liste ist noch nicht annähernd vollständig.

Mein Blick schweift zum leuchtenden Monitor.

Oder vielleicht ...

Ich gebe ‹Stellenangebote› in die Suchmaschine ein. Wieso nicht? Mal gucken, ob irgendetwas dabei ist, das ich übergangsweise tun könnte, an irgendeiner Kasse sitzen oder so. Um demnächst nicht unter irgendeiner Brücke sitzen zu müssen.

Elektronikerin, medizinische Fachangestellte, Mitarbeiter im Außendienst. Projektleiter und Teamassistenten, an die Anforderungen gestellt werden, die ich dank meines Gin-umwaberten Hirns nicht mal aussprechen kann. Ein Citrix-Administrator? Was um alles in der Welt ist das denn? Durchführung von 2nd-Level-Tätigkeiten im Rahmen des Entstörprozesses und der Problembearbeitung – bitte was? Mit Sicherheit wird aus mir keine Citrix-Administratorin.

Warum steht hier nirgendwo ‹Job für unfähige, frustrierte Anfang Zwanzigjährige. Besondere Kenntnisse nicht erforderlich, kaum vorhandenes Selbstvertrauen von Vorteil›?

Ich scrolle und scrolle, über Business Teamleiter und Softwareentwickler, Volljuristen, Bankkauffrauen und Sales Consultants. Mein Leben unter der Brücke wird schön. Ich werde Blumen pflanzen.

AUSZEIT!

Hastig scrolle ich zurück. Auszeit? Jemand sucht eine Auszeit? Zwischen den Stellenangeboten? Ich klicke auf die Anzeige.

AUSZEIT!
Housesitter für mindestens sechs Monate gesucht, möglichst ab sofort. Kost und Logis frei, großzügiges Taschengeld. Ideal für eine Person, die keine Probleme damit hat, für die Dauer des Aufenthalts weitestgehend vom gesellschaftlichen Leben ausgeschlossen zu sein.

Konzentriert lese ich die Anzeige gleich dreimal hintereinander. Sie ist bereits über eine Woche alt, aber diese Zeilen sind so wenig aussagekräftig, dass sich vielleicht nicht viele Leute beworben haben? Ich meine, wer will schon ganz realistisch für mindestens sechs Monate aus seinem bisherigen Leben aussteigen?

Sechs Monate.

Ein Stift rollt über die Schreibtischkante, als ich mich nach der Ginflasche strecke, um ein winziges Schlückchen nachzuschenken.

Bestimmt steht dieses Haus am Ende der Welt, irgendwo, wo niemand hinwill. Sonst wäre die Anzeige sicherlich mit mehr Details gespickt. Vielleicht ist das Haus auch gar kein Haus, sondern … sondern ein Baumhaus im Regenwald, irgendwo in dreißig Metern Höhe. Oder eine Höhle.

Eine Höhle wäre schlecht.

Es sei denn, es handelt sich um eine ausgebaute Höhle mit Lichtschaltern. Und Whirlpool. Darüber ließe sich doch bestimmt ein spannender Artikel schreiben. ‹Wie ich sechs Monate in einer Luxus-Höhle am Ende der Welt lebte.›

Eine Weile denke ich darüber nach, bevor ich den Kopf schüttele und schnell wieder damit aufhöre, weil mir dadurch schwummerig wird. Besser keine Höhle.

Mein Blick fällt wieder auf die Anzeige. Auszeit.

Die Zeit anhalten, innehalten, nachdenken. Vielleicht kämen mir am Ende der Welt ja neue Ideen. Je länger ich diesen Gedanken hin und her drehe, desto besser gefällt er mir.

Meine Wohnung ließe sich bestimmt untervermieten. Es wäre eine Atempause. Ich könnte in dieser Zeit nach neuen Aufträgen suchen. Und Probleme damit, vom gesellschaftlichen Leben ausgeschlossen zu sein, habe ich überhaupt keine. Ich besitze kein gesellschaftliches Leben.

Bei dieser Tatsache angekommen, setze ich mich so aufrecht hin, wie es mir aktuell möglich ist.

Natürlich hat sich niemand auf diese kleine, unscheinbare Anzeige hin gemeldet, weil die nämlich für mich geschrieben wurde, für die kleine, unscheinbare Liv Baumgardt, wohnhaft in Hamburg-Ottensen. Sie wurde für mich geschrieben, um mich davor zu bewahren, von meinen Katzen angefressen zu werden, sollte ich in meiner Wohnung sterben.

Während ich noch mit der Frage kämpfe, ob es trauriger ist, von seinen Katzen angefressen zu werden oder nicht einmal Katzen zu besitzen, die einen anfressen würden, führe ich den Mauszeiger zu dem Wort ‹Kontakt› unter der Anzeige. Anschließend brüte ich mehrere Minuten lang über eine geeignete Anrede.

> Sehr geehrter Anzeigenersteller/
> Sehr geehrte Anzeigenerstellerin.

Das liest sich jetzt irgendwie minder eloquent, aber vielleicht verdeutlicht es sehr schön, dass ich für ein gesellschaftsloses Leben geschaffen bin.

> Mit Interesse habe ich Ihre Anzeige gelesen und würde mich sehr gern um die Stelle als Housesitterin irgendwo im Nirgendwo bewerben.

Moment, stand in der Anzeige ‹Irgendwo im Nirgendwo›? Egal, es wird schon passen.

> Ich würde mich freuen, wenn Sie noch niemanden gefunden hätten, dem stärker danach ist, ab morgen sechs Monate lang im australischen Dschungel zu leben.

Irgendetwas habe ich da, glaube ich, durcheinandergebracht, aber was soll's.

Falls Sie doch bereits jemanden gefunden haben, werde ich demnächst mein Quartier unter einer hübschen Hamburger Brücke beziehen und lade Sie sehr herzlich ein, mich dort zu besuchen.

Bisschen Druck machen. Kann nicht schaden. Ob ich zusätzlich erwähnen sollte, dass ich eventuell sogar von Katzen angefressen werde?

Noch ein Schlückchen. Wie voll war diese Ginflasche eigentlich?

Die Katzen lasse ich weg, man muss es ja nicht übertreiben. Stattdessen füge ich meine Kontaktdaten hinzu, setze einen freundlichen Gruß unter alles und klicke auf *Senden*.

So. Damit wäre mein Leben dann wohl gerettet. Zumindest für die nächsten sechs Monate.

Ungelenk erhebe ich mich, um eine Tasche zu packen. Wenn ich mir das richtig gemerkt habe, geht es ja morgen schon los.

Irritierenderweise scheint der Boden meinen Füßen entgegenzukommen. Taumelnd schleppe ich mich durchs Zimmer, betrachte eine Weile meine Sporttasche, die in gefühlt acht Metern Höhe oben auf dem Kleiderschrank liegt, und setze mich dann sehr behutsam auf das Bett. Es scheint sachte vor- und zurückzuschwingen. Mir wird schwindelig. Und auch ein bisschen übel.

Vielleicht ... kümmere ich mich einfach morgen um alles Weitere. Reicht ja sicher, wenn ich mittags losfahre.

3

Das Licht der Deckenlampe fräst sich durch meine geschlossenen Augenlider. Stöhnend rolle ich mich auf den Bauch und presse das Gesicht ins Kissen, in dem Versuch, den pochenden Schmerz in meinem Schädel zum Verstummen zu bringen.

Die Ereignisse des vergangenen Tages erreichen mein Hirn nur in einzelnen Fragmenten.

Oh Gott.

Kristinas Rückzieher. Das Gespräch mit Jan Brehmer. Gin Tonic. Gin ohne Tonic.

Mühsam setze ich mich auf und sehe mich mit halb zusammengekniffenen Augen um. Immerhin scheint es mir gelungen zu sein, mich nicht in irgendeine Ecke zu übergeben.

Mit einem Ächzen schiebe ich vorsichtig die Beine über die Bettkante. Einen Filmriss hatte ich bisher nur ein einziges Mal im Leben, auf einem Musikfestival. Damals bin ich in einer Klinik aufgewacht, die Roadies hatten mich – eine kaum noch ansprechbare Minderjährige – ohne viel Federlesens von den Sanis abtransportieren lassen.

Insofern sollte ich jetzt vermutlich dankbar sein, ohne Zeugen in Richtung Bad schwanken zu dürfen, statt in die besorgten Augen meines Opas blicken zu müssen.

Vielleicht wird mir dieser Blick aber noch zuteil, wenn ich

ihn demnächst fragen muss, ob ich zu ihm und Ernest ziehen darf. Ausgehend von meinem aktuellen Kontostand, kann ich noch die Miete für November bezahlen. Und genug Essen, um nicht zu verhungern, müsste auch noch drin sein. Aber das war's dann auch. Wenn ich innerhalb des nächsten Monats keine größeren Aufträge auftue, wird es eng. Und nur im allergrößten Notfall werde ich meine Mutter um Hilfe bitten, vielleicht nicht einmal dann.

Im Bad spritze ich mir jede Menge kaltes Wasser ins Gesicht, bevor ich aus den zerknitterten Klamotten steige und mich unter die Dusche stelle.

Zwanzig Minuten später fühle ich mich fast menschlich. Die feuchten Haare zu einem unordentlichen Knoten gewickelt und in mein Lieblingssweatshirt gehüllt, schlurfe ich in die Küche, um die Kaffeemaschine anzuwerfen. Keine Neuordnung des eigenen Lebens ohne Kaffee.

Während die Maschine vor sich hin röchelt, suche ich nach dem Handy und finde es auf Harvey. Es versetzt mir einen Stich zu sehen, dass Dana sich nicht mehr gemeldet hat. Klar, wir telefonieren nicht täglich miteinander, aber irgendwie bin ich doch davon ausgegangen, dass sie mich an einem Tag wie gestern nicht vergessen würde.

Mit immer noch pulsierendem Schädel setze ich mich an den Schreibtisch, klappe den Laptop auf und überprüfe meine Mails. Vielleicht hat Kristina ja doch …? Aber nein.

Gibt bestimmt Leute, die sich mit traurigen Tatsachen sehr viel schneller abfinden als ich.

Ein Tastendruck öffnet die erste meiner beiden Redaktionslisten. Okay, da stehen sie alle und warten. Warten auf zündende Ideen, innovative Vorschläge, spannende Artikel.

Noch einmal stehe ich auf, weil mittlerweile der Kaffee durchgelaufen ist. Ich gieße mir eine erste Tasse ein, gebe warme Milch dazu, setze mich damit zurück an Harvey – und beginne zu brüten.

✦ ✦ ✦

Gegen halb drei habe ich ein Dokument mit elf Ideen. Elf potenzielle Aufträge, mehrere davon ließen sich zu einer Serie ausbauen. Ich sortiere sie unter die passenden Ansprechpartner und beginne, Begleitschreiben aufzusetzen. Textproben und eine Kurzvita für die Redaktionen, mit denen ich noch nie etwas zu tun hatte, also für die meisten. Meiner Apothekenzeitschrift biete ich einen Beitrag über die positiven Aspekte veganer Ernährung an. Ich selbst bin Vegetarierin, aber damit kann heutzutage keiner mehr punkten, viel zu unspektakulär.

Um sechs habe ich alle meine Ideen in die Welt gejagt, die meisten an gleich mehrere Redaktionen, und einigermaßen zufrieden recke ich seufzend die Arme in Richtung Decke. Seht alle her, Liv Baumgardt, erwachsen, souverän und wieder Herrin ihres Lebens.

Gerade überlege ich, ob ich zur Feier des Tages mal wieder kochen sollte, vielleicht sogar vegan, der Recherche wegen, da summt mein Handy. Dana, denke ich, und habe das Gespräch bereits angenommen, bevor mein Hirn die Information verarbeitet hat, dass eine unbekannte Nummer auf dem Display steht. Mein Herz beginnt schneller zu schlagen. Vielleicht schon eine erste Reaktion auf meine Mail-Armada?

«Guten Tag, Max Wedekind mein Name. Spreche ich mit Liv Baumgardt, deren künftiger Wohnsitz sich unter einer von Hamburgs Brücken befinden wird, sollte dem nicht schnellstens entgegengewirkt werden?»

Mir verschlägt es für mehrere Sekunden die Sprache. «Verzeihung ...?», erwidere ich schwach. Ein paar Erinnerungsfetzen der letzten Nacht drängeln sich bereitwillig in das schwarze Loch des Entsetzens, das sich in mir auftut. Ach du Scheiße.

«Ich sitze gerade vor Ihrem Schreiben, mit dem Sie sich auf meine Anzeige hin als Housesitterin bewerben. Sie sind doch Liv Baumgardt, oder?»

«Ja», bringe ich mit zu hoher Stimme heraus und räuspere mich schnell. Oh Gott, wie peinlich. In fliegender Hast gleiten meine Finger über die Tastatur, auf der Suche nach der Mail, die ich offenbar vergangene Nacht an den eindeutig amüsiert klingenden Herrn am anderen Ende der Leitung geschickt habe.

Oh Gott, oh Gott, oh Gott, bitte, lass nicht alles von dem stimmen, was sich mir gerade auf einer mit Scheinwerfern bestrahlten Bühne inmitten meines Hirns präsentiert.

Australischer Dschungel, lese ich und das mit den Brücken. Herrgott, ich kann wohl froh sein, nicht auch noch die leichenfressenden Katzen hinzugefügt zu haben.

«Besteht denn tatsächlich Interesse an dieser Aufgabe?»

Herr Wedekind hat eine tiefe Stimme, er spricht langsam und mit leicht norddeutschem Akzent. Und er ist sehr geduldig, davon ausgehend, wie unbeirrt er die Sekunden verstreichen lässt, in denen ich nach einer Antwort suche.

«Sicher», bringe ich schließlich heraus, obwohl ich in diesem Moment alles andere als sicher bin. «Es wäre ...»

Was genau wäre es denn? Mir eine Freude? Sehr aufregend? Ausgesprochen bescheuert?

«Dann schlage ich vor, dass wir uns persönlich treffen, um einen Eindruck voneinander zu gewinnen und eventuell die genauen Details zu besprechen», füllt Herr Wedekind die sich schon wieder ausdehnende Gesprächspause. «Wann würde es Ihnen denn passen?»

«Also ...» Nett von Herrn Wedekind, dass er trotz des Eindrucks, den ich gerade am Telefon abgebe, mehr von mir hören will. «Ich könnte es noch diese Woche einrichten.»

«Dann vielleicht gleich morgen Nachmittag? Fünfzehn Uhr?»

Zwei Minuten später habe ich Herrn Wedekinds Adresse auf der Schreibtischunterlage notiert und lege das Smartphone daneben.

Verrückt.

Das ist absolut verrückt.

Warum habe ich einem Treffen zugestimmt? Auf keinen Fall werde ich sechs Monate am Arsch der Welt verbringen, sei es in Australien oder sonst wo. Ich sollte jetzt gleich zurückrufen und dem freundlichen Herrn Wedekind genau das erklären.

Stattdessen stehe ich auf und gehe in die Küche, um mal wieder vor der geöffneten Kühlschranktür nachzudenken.

Wie sähe so etwas wohl im Lebenslauf aus? Wie die Flucht einer Sozialphobikerin?

Gleichmäßig brummt der Kühlschrank vor sich hin, während mein Blick über Margarine, Milch und ein angebrochenes Plastikschälchen Hummus schweift. Ich hätte Lust auf Sushi, aber das kann ich mir nicht mehr leisten. Lieber Nudeln kochen und das Hummus aufbrauchen.

Vielleicht sähe es so aus, als hätte ich die Arbeit beim *Globus* unterbrochen, um ... um ... irgendwie neue Erfahrungen zu sammeln. Neue Eindrücke. Den eigenen Horizont erweitern. Gibt es nicht sogar Seminare in Klöstern für gestresste Manager? Wo alle sitzen und schweigen, monatelang? Okay, mit Anfang zwanzig falle ich wohl nicht unter die Kategorie ‹gestresste Managerin›, aber es könnte aufgeschlossen wirken. Mutig. Bereit, festgefahrene Pfade zu verlassen. Ich schmeiße die Kühlschranktür zu und setze Nudelwasser auf.

Letzten Endes bedeutet ein Treffen mit Herrn Wedekind noch überhaupt nichts. Damit unterschreibe ich ja nicht gleich einen Vertrag. Gut möglich, dass ich nicht einmal seinen Vorstellungen entspreche – es schadet also nicht, mir das morgen einmal anzuhören.

Mit einem Teller Spaghetti kehre ich kurz darauf an den Schreibtisch zurück, um einen schnellen Blick ins Mailpostfach zu werfen. Jemand will mir einen Treppenlift verkaufen.

Und es schadet sicher auch nicht, einen Plan B zu haben. Nur für den Fall.

✦ ✦ ✦

Am nächsten Tag drücke ich zur vereinbarten Zeit auf Max Wedekinds Klingel, eingelassen in eine edel wirkende Natursteinplatte. Herr Wedekind wohnt in einer weiß verputzten Jugendstilvilla in einer ruhigen Nebenstraße in Blankenese, vom schmiedeeisernen Tor herunter starrt mich eine Kamera an.

«Ja, bitte?»

«Liv Baumgardt, ich bin für ein Vorstellungsgespräch hier», erwidere ich und schenke der Kamera ein Lächeln. Es summt, das Tor schwingt sachte nach innen, und neugierig betrete ich den Vorgarten. Hübsch hier, sogar jetzt, im eher kahlen Oktober. Efeu rankt sich die Hauswände entlang, bereits entlaubte Bäume strecken ihre Äste hoch über das Haus mit den weißen Sprossenfenstern. Sollte es sich bei Herrn Wedekind um einen durchgeknallten Irren handeln – eine Option, die ich nicht vollkommen ausgeschlossen habe –, so ist er zumindest ein sehr wohlhabender durchgeknallter Irrer.

Die Haustür öffnet sich, und ein älterer Mann erscheint im Türrahmen, die Hand auf einen Stock gestützt. Das dürfte wohl Herr Wedekind sein. Er trägt ein kariertes Jackett, seine kreuz und quer abstehenden weißen Haare sehen aus, als hätte ich ihn gerade aus einem gemütlichen Mittagsschläfchen gerissen. Das getupfte Halstuch in Dunkelgrün beißt sich mit dem senfgelben Grundton des Karomusters – er erinnert mich an meinen Opa und ist mir sofort sympathisch.

«Moin, Moin!» Einladend weist er ins Innere. «Schön, dass Sie so pünktlich sind. Das ist ja heutzutage nicht mehr selbstverständlich.» Er schließt die Tür hinter uns und deutet mit charmantem Lächeln zur geöffneten Flügeltür am anderen Ende des Foyers. «Darf ich Sie in den Salon bitten?»

Er setzt seine Schritte vorsichtig und mit Bedacht, scheint den Gehstock aber nur zur Sicherheit zu gebrauchen, während er mich durch die Flügeltür führt.

Ganz kurz bleibt mir der Mund offen stehen, als ich den Salon betrete. Ich hätte Harvey mitbringen sollen. Der Raum ist ungefähr so riesig wie meine komplette Wohnung, Himmel, meine halbe Küche würde in den Kamin aus rotem Mauerwerk passen. Auf dem breiten Sims stehen mehrere goldgerahmte Fotografien. Neugierig trete ich näher.

«Möchten Sie gern etwas trinken?»

Ich wende meinen Blick von den Fotos ab, auf denen ein sehr viel jüngerer Herr Wedekind zusammen mit einer Frau zu erkennen ist. Das charmante Lächeln hat er über all die Jahrzehnte nicht verloren. «Ein Wasser, wenn Sie haben. Das wäre sehr freundlich, vielen Dank.»

Er greift nach einer Karaffe auf dem Beistelltisch neben dem mit dunkelrotem Samtstoff bezogenen Sofa. Es plätschert beim Einschenken. Bevor er mir das fein geschliffene

Kristallglas gibt, lässt er mit einer silbernen Zange noch ein Scheibchen Zitrone hineinfallen. Ich achte darauf, nichts zu verschütten, als ich mich in einen dick gepolsterten Sessel sinken lasse.

Der Whirlpool irgendwo im Nirgendwo rückt wieder in Reichweite. Mein Interesse ist ernsthaft geweckt, auch wenn noch einige Fragen offen sind. Einen Housesitter für eine Villa wie diese hier zu finden, dürfte kaum ein Problem darstellen. Wo also ist der Haken? Befindet sich das Grundstück in Nordkorea? Wohnt man unmittelbar neben Trump? Muss man nicht nur ein Haus hüten, sondern auch noch achtunddreißig Hunde versorgen? Ich hätte kein Problem damit, mich um Hunde zu kümmern, aber nach Nordkorea fliege ich ganz sicher nicht.

«Nun.» Herr Wedekind hat sich mir gegenüber auf dem Sofa niedergelassen. «Sie haben die Annonce gelesen und dürften nun zu Recht neugierig auf die genauen Umstände sein.»

Das bin ich in der Tat, also nicke ich.

«Dürfte ich Sie zuvor jedoch fragen, wieso Sie sich auf meine Anzeige hin gemeldet haben? Ihrer Mail entnehme ich, Sie haben finanzielle Probleme?»

«Noch nicht», antworte ich nach einem Moment. Verlegen umkrampfe ich das Wasserglas, entscheide mich aber trotzdem für die Wahrheit. «Ich arbeite als freie Journalistin. Bis vor kurzem unter anderem für das Magazin *Globus*. Leider wird es wohl in absehbarer Zeit so sein … also, meine regelmäßigen Aufträge für diese Zeitschrift …» Laut ausgesprochen wirkt meine Beinahe-Arbeitslosigkeit plötzlich so real, dass ich die Worte nicht über die Lippen bringe.

«Sie arbeiten seit neuestem nicht mehr für den *Globus*», fasst Herr Wedekind meine Bemühungen zusammen.

Plötzlich erschöpft trinke ich einen Schluck Wasser mit Zitronenaroma. «So ist es», bestätige ich.

«Weshalb Sie spontan beschlossen haben, Familie und Freunde zu verlassen und auf eine Anzeige antworteten, die Ihnen sechs Monate Flucht versprach?»

«Genau. Nein, ich meine ...» Herrgott, Liv, reiß dich zusammen. Ich atme einmal durch, um mich zu sammeln und diesmal hoffentlich in ganzen Sätzen zu antworten. «Meine Familie lebt nicht in Hamburg. Wir halten überwiegend telefonisch oder brieflich Kontakt. Und ich ... habe nicht viele Freunde.» Gar keine, schiebe ich in Gedanken hinterher, noch immer gekränkt über Danas Schweigen. «Ich würde diese sechs Monate dazu nutzen, um beruflich wieder Fuß zu fassen.»

«Sie sind noch sehr jung.»

«Zweiundzwanzig.» Ich sehe mich seinem grübelnden Blick ausgesetzt. «Ist wohl ein bisschen früh, um beruflich gegen eine Wand gefahren zu sein, was?» Hoffentlich lächle ich gerade selbstironisch und nicht kläglich.

«Ach, so etwas ist mir in meinem Leben mehr als einmal passiert ...» Herr Wedekind winkt ab. «Mir fällt nur zugegebenermaßen die Vorstellung schwer, dass ein junger Mensch wie Sie sich tatsächlich frohen Herzens aus seinem bisherigen Lebensumfeld verabschieden möchte.»

Frohen Herzens ... Ich mag Herrn Wedekinds Art, sich auszudrücken. So angenehm altmodisch.

«Ich habe mich sehr auf mein Studium konzentriert. Und danach auf meine Arbeit. Es blieb nicht viel Zeit für andere Dinge.»

«Dann muss es sehr hart für Sie sein, Ihre Arbeit beim *Globus* verloren zu haben.»

Es ist eine Feststellung, keine Frage, und ich beschränke mich wieder darauf, wortlos zu nicken.

Herr Wedekind sieht mich noch einen Moment nachdenklich an, bevor er auf dem Sofa ein Stück nach vorn rutscht und sich dabei auf seinen Stock stützt, der neben ihm gelehnt stand. «Dann wollen wir Ihnen mal das Objekt beschreiben, um das es geht, ja? Es handelt sich um einen Leuchtturm im Nordatlantik, etwa zwölf Kilometer von der Südwestküste Irlands entfernt. Kein besonders spektakulärer Leuchtturm, stellen Sie sich nichts Falsches vor. Er ist schlicht weiß und auch nicht sonderlich groß. Na ja.» Herr Wedekind nippt an dem Wasser, das er sich ebenfalls eingegossen hat. «Zumindest kommt die Bezeichnung Weiß seiner Farbe am nächsten. Die obere Aussichtsplattform schmückt ein hübsches rotes Geländer, aber an Ihrer Stelle würde ich mich nicht dagegenlehnen.»

«Ein Leuchtturm.» Mein Whirlpool versinkt mit einem leidenden Glucksen. «In Irland.»

«Jawoll. Ein kleiner Leuchtturm, der nicht mehr in Betrieb ist. Keins von diesen Ungetümen, wie es sie an den schottischen und irischen Küsten gibt. Bis vor kurzem habe ich selbst darin gewohnt.»

«Sie. In einem Leuchtturm.» Obwohl Herr Wedekind sein Bestes gegeben hat, mir genau dieses Bild auszutreiben, entsteht ein imposanter Turm vor meinem inneren Auge, thronend über schwarzen Klippen, umtost von stürmischen Wellen.

«Im Frühjahr weiden auf der kleinen Insel Schafe», ergänzt Herr Wedekind.

Irritiert versucht mein Hirn, inmitten scharfkantigen Gesteins Wiesen für Schafe unterzubringen.

«Leider hatte ich vor einiger Zeit einen kleinen Unfall – unterschätzen Sie nie einen einzelnen, locker sitzenden Stein. Es ist nichts Ernstes, aber alte Knochen brauchen ihre Zeit, bis sie sich vollständig erholt haben, nicht wahr? Deshalb habe ich beschlossen, die Wintermonate hier in Hamburg zu verbringen. Das freut auch die Ärzte, die ihre Reha-Maßnahmen ungern nach Südirland verlegen wollten.»

Unmöglich, sein fast schon spitzbübisches Lächeln an dieser Stelle nicht zu erwidern. «Und da kämen nun Sie ins Spiel.»

«Aber ... wenn dieser Leuchtturm doch gar keine Funktion mehr hat ...?» Braucht ein Leuchtturm, der nicht mehr leuchtet, wirklich einen Housesitter? Es ist ja nicht so, als würde sich der durchschnittliche irische Einbrecher für einen leeren Leuchtturm auf einer einsamen Insel interessieren, oder?

«Nun, ich sage es Ihnen freiheraus, junge Dame, denn ich bin ein verrückter alter Mann, und nur meines Geldes wegen nennt man es Exzentrik: Dieser Leuchtturm liebt es nicht, allein zu sein.»

Ich unterbreche mich in meinen Gedanken, um ihn fasziniert anzustarren.

«Elf Jahre habe ich auf der Insel gelebt, und in dieser Zeit waren wir nie länger voneinander getrennt. Im Gegensatz zu Ihnen ist es ein sehr geselliger Leuchtturm.» Herr Wedekind zwinkert mir zu.

«Würde es denn nicht reichen, wenn ab und zu jemand ...»

«Auf diese Art entsteht aber doch keine Bindung.» Sanfte Entrüstung spricht aus Herrn Wedekinds Stimme. «Obwohl ich zugegebenermaßen darüber nachgedacht habe. Doch stellen Sie sich vor, ich hätte mich dafür entschieden? Welche Brücke würden Sie sich aussuchen?»

Da hat er recht. Ich würde tatsächlich lieber *in* einem Leuchtturm als *unter* einer Brücke wohnen. Irgendwie erinnert mich Herr Wedekind immer mehr an meinen Opa. An meinen Opa und seine Möbel. Bei diesem Gedanken kommt mir eine Frage in den Sinn: «Hat der Leuchtturm einen Namen?»

«Aber natürlich.»

Natürlich.

Sechs Monate. In einem Leuchtturm. Damit der Leuchtturm nicht einsam wird.

Um ganz ehrlich zu sein, hört es sich tatsächlich ziemlich verrückt an.

✦ ✦ ✦

Ich habe mir Bedenkzeit bis zum nächsten Tag erbeten, nachdem Herr Wedekind mir den Job am Ende des Gesprächs mit einem feinen Lächeln angeboten hat. Er habe ein gutes Gefühl bei mir, sagte er. Jetzt muss ich nur noch meine eigenen Gefühle dazu sortieren.

Ein halbes Jahr allein unter Schafen. Oder erst mal ganz allein, denn die Schafe werden frühestens Ende Februar übergesetzt. Ich würde dort frei wohnen und essen, der Turm verfügt über fließendes Wasser, Strom und über eine einigermaßen stabile Internetverbindung. Und alles, was ich benötigen würde, bekäme ich auf die Insel geliefert. Wie genau das funktionieren soll, habe ich noch nicht so recht kapiert.

Herr Wedekind sagte auch, ich könne jederzeit aufs Festland nach Castledunns übersetzen, das Dorf, von dem aus ich meine Überfahrt antreten soll.

Zu Hause breite ich alle Unterlagen – Umgebungspläne, Fotos, Infozettel und einen Arbeitsvertrag –, die Herr Wedekind mir mitgegeben hat, auf Harvey aus. Am meisten interessieren mich die Fotos von der Insel – Caorach Island heißt sie, ich frage mich, was das bedeutet – und natürlich die Bilder vom Leuchtturm. Ein bisschen schmucklos ist er schon, wie er sich da so weiß gegen einen strahlend blauen Himmel abhebt. Trotzdem ist das Bild meiner Vorstellung gar nicht unähnlich. Der Leuchtturm thront tatsächlich über mächtigen schwarzen Klippen, gegen die sich schaumgekrönte Wellen werfen.

Gerade sehe ich mir den Grundriss der Zimmer genauer an, da summt mein Smartphone. Dana. Erinnert sie sich also doch noch an mich.

«Liv, entschuldige! Ich hoffe, du bist nicht sauer. Ich saß gestern noch fast bis Mitternacht am Rechner, musste heute Morgen wieder früh in die Redaktion und habe quasi den ganzen Tag durchgearbeitet ...»

«Schon in Ordnung», unterbreche ich sie. Und das ist es wirklich. Es tut zwar weh, die Worte *Redaktion* und *Arbeit* zu hören, doch der Schmerz ist nicht ganz so scharf wie erwartet. Ich sehe wieder auf die Fotos hinab. Schroffe Klippen, ein felsiger Strand. Und auch grüne Wiesen, auf denen man sich unschwer Schafe vorstellen kann.

«Es tut mir trotzdem leid», erklärt Dana geknickt. «Wie geht es dir?»

«Eventuell habe ich mir eine neue Stelle aufgetan.»

«Was? Wie hast du das denn geschafft? So schnell? Und wo?»

Bei dieser Frage fällt mir ein, dass ich seit meiner Heimkehr noch kein einziges Mal mein Mailpostfach kontrolliert habe, und ich fahre den Rechner hoch.

«Ich werde einen Leuchtturm hüten.»

«Was?»

«Ich kümmere mich um einen Leuchtturm, der es nicht leiden kann, allein zu sein.»

«Bist du betrunken?»

Beim Anblick meines Postfachs scheint mir eine Wiederholung der Gin-Orgie von vorletzter Nacht gar keine schlechte

Idee zu sein. Keine einzige der angeschriebenen Redaktionen hat sich auf meine Vorschläge hin gemeldet. Nicht einmal meine Apothekenzeitschrift. Das Gras auf der Leuchtturminsel wirkt in dieser Sekunde sogar noch etwas grüner.

«Vor mir liegt ein Arbeitsvertrag, und wenn ich den unterschreibe, werde ich ein halbes Jahr lang auf einer einsamen Insel in einem Leuchtturm wohnen. Vor Irland.»

«Du willst in einem Leuchtturm wohnen? Auf einer Insel?»

«Ja», sage ich. Und stelle fest, dass ich es wirklich so meine. Ja, ich denke, ich will diesen Job. Diese Auszeit.

«Aber ... aber ... gleich für ein halbes Jahr ... Ich meine, wenn dir jetzt erst mal nach Urlaub ist ...»

«Mir ist nicht nach Urlaub», unterbreche ich Dana. «Ich kann mir keinen Urlaub leisten. Ich werde meine Wohnung untervermieten, auf diese Insel ziehen und mir in den nächsten Monaten überlegen, wie alles weitergehen soll.»

«Was soll das kosten?»

«Nichts. Ich sagte ja, es ist ein Job.»

Einen Moment ist es still am anderen Ende. Meine Gedanken kreisen um das Wort Urlaub. Es spricht eigentlich nichts dagegen, das Ganze auch ein bisschen als Urlaub zu betrachten. Der Nordatlantik ist jetzt nicht das Mittelmeer, aber vielleicht kann man trotzdem irgendwo schwimmen? In einer Bucht vielleicht? Im Frühling?

«Und der Leuchtturmbesitzer?», fragt Dana schließlich.

«Was soll mit ihm sein?»

«Wohnt der auch da?»

«Nein», erkläre ich geduldig. «Normalerweise tut er es, aber er ist vor einigen Wochen gestürzt. Jetzt macht er Reha und hat beschlossen, seinen Leuchtturm erst im Sommer wieder zu beziehen.»

«Sieht er gut aus?»

«Der Leuchtturm?»

Dana lacht auf. «Nein, der Besitzer natürlich. Ist er Ire? Vielleicht will er ja doch gelegentlich seinen Leuchtturm besuchen?»

Typisch Dana. Ich muss lächeln. «Der Besitzer trägt senfgelbe Karojacketts und ist über sechzig», hole ich sie auf den Boden zurück. «Aber davon abgesehen ist er sehr süß.»

Danas Interesse an Herrn Wedekind ist ebenso schnell wieder verschwunden, wie es aufgetaucht ist. «Ich könnte das nie! Sechs Monate auf einer einsamen Insel? Ganz allein? Und was machst du, wenn es da plötzlich nachts an die Tür klopft?»

«Es ist eine einsame Insel, Dana.»

«Umso schlimmer.»

Mit einem nervösen Lachen wische ich Danas Worte beiseite. «Ich sehe das Ganze als Herausforderung.»

«Na ja, ich weiß ja nicht … wie lange hast du Zeit, dir das zu überlegen?»

«Bis heute Abend», erwidere ich, doch so viel Zeit brauche ich nicht einmal mehr. Nachdem ich mich ein paar Minuten später von Dana verabschiedet habe, überfliege ich ein weiteres Mal sämtliche Unterlagen und unterschreibe nach einem letzten Blick auf den kleinen weißen Leuchtturm den Vertrag.

✦ ✦ ✦

Nicht im Traum hätte ich es jemals für möglich gehalten, innerhalb von nicht einmal drei Wochen mein bisheriges Leben auf mehrere Gepäckstücke zu verteilen, einem portugiesischen Studenten namens André mit genauen Instruktionen, vor allem Harvey betreffend, die Schlüssel zu meiner Wohnung auszuhändigen und an einem verregneten grauen Donnerstag in aller Herrgottsfrühe in einem Taxi zum Flughafen zu sitzen.

Herr Wedekind war nicht überrascht, als ich ihn anrief, um zuzusagen. Wir vereinbarten meinen Einzug für heute, den 1. November, und er versprach, sich um die Flugtickets und alles Weitere vor Ort zu kümmern.

Den portugiesischen Studenten hat Dana zwei Tage nach unserem Telefongespräch angeschleppt. Bisher nächtigte er in einer überfüllten WG und brach beinahe in Tränen aus, als ich ihm meine kleine Wohnung zur Zwischenmiete anbot.

Den letzten Punkt auf meiner Reisevorbereitungsliste habe ich gestern abgehakt und mich in einem Outdoorladen derart ausgerüstet, dass ich vermutlich auch im australischen Dschungel mehrere Monate überleben könnte. Theoretisch, meine ich. Zum ersten Mal in meinem Leben besitze ich Wanderstiefel und eine Jacke, die teurer war als jedes andere Kleidungsstück, das ich jemals gekauft habe. Man kann sie auseinandernehmen, und wenn ich den Verkäufer richtig verstanden habe, ist sie sowohl für Wüstenexpeditionen geeignet, weil man darin nicht schwitzt, als auch für die Antarktis, weil sie so kuschelig ist. Es war ein guter Verkäufer.

Dana, die gestern Abend anrief, um mir alles Gute zu wünschen, fragte lachend, ob ich vorhätte, meine kleine Insel mit den neuen Wanderschuhen zehnmal täglich zu umrunden? Dass ich mir auch noch einen Mini-Survivalrucksack habe aufschwatzen lassen, habe ich daraufhin lieber unter den Tisch fallen lassen.

Regen klatscht gegen die Fensterscheiben des Taxis, nur durch Schlieren lassen sich andere Autos erkennen, rotverwischte Flecken von Rücklichtern. Alles kommt mir seltsam irreal vor. Die letzten Wochen sind an mir vorbeigerast, und in diesem Moment würde es mich nicht überraschen, wenn das Taxi nur einen großen Kreis fahren würde, um mich wieder bei meiner Wohnung abzusetzen, und alles ginge weiter seinen gewohnten Gang.

Meine Apothekenzeitschrift ist interessiert an dem Veganer-Artikel. Es will mir einfach nicht in den Kopf, dass ich ihn in einem Leuchtturm schreiben werde. In dieser Sekunde sitze ich noch in der muffigen Wärme eines geräumigen Mercedes und fahre durch Hamburgs volle Straßen, doch morgen um dieselbe Zeit stehe ich auf einer Insel. Nur ich. Und ein Leuchtturm. Das ist … absurd.

✦ ✦ ✦

Mein Ziel ist der Kerry Airport. In London und Dublin muss ich umsteigen, doch alles läuft erstaunlich unkompliziert, da ich meine beiden Koffer auf den Zwischenstationen nicht wieder einsammeln und nur einen Trolley hinter mir herziehen muss. Das Einzige, was sich bereits am Heathrow Airport unangenehm bemerkbar macht, sind meine Schuhe. Sie drücken. Ich hoffe, das liegt nur daran, dass sie noch nicht eingelaufen sind, denn ich habe nur noch ein weiteres Paar Schuhe eingepackt, und dabei handelt es sich um Sandalen. Für den Frühling.

Von Dublin aus fliege ich mit einer kleinen Propellermaschine weiter. Das Land unter mir ist sanft gewellt und erstreckt sich in allen Schattierungen von Braun und Grün, wie sich immer mal wieder durch die dichte Wolkendecke hindurch erkennen lässt. Das Wetter scheint von Hamburg aus mitgereist zu sein, aber etwas anderes als windige Nässe habe ich zu Beginn eines irischen Novembers auch nicht erwartet.

Bei der Landung klebe ich an der Fensterscheibe und kann nicht fassen, nur wenige Meter vom Rollfeld entfernt Kühe stehen zu sehen, die nicht einmal den Kopf heben, als die Maschine aufsetzt.

Im Flugzeug habe ich meine Schuhe ausgezogen und bin nach der Landung widerwillig wieder hineingeschlüpft. Der Schuh passe sich perfekt jeder Fußform an, hat der Verkäufer behauptet, und im Laden schien das noch zu stimmen. Jetzt jedoch scheinen sich die blöden Stiefel lieber anderen Füßen anpassen zu wollen. Kleineren Füßen. Jeder Schritt schmerzt, außerdem sind die Dinger unangenehm schwer.

Für Bergschuhe erstaunlich leicht, hat der Verkäufer gesagt. Wofür genau brauche ich überhaupt Bergschuhe? Ich werde damit sechs Monate lang über Wiesen laufen und ganz sicher nicht in den Klippen herumkraxeln, wieso habe ich mich also nicht für simple Trekkingschuhe entschieden?

Wenn Ihnen da mal ein Stein auf die Zehen fällt, das merken Sie gar nicht, hat der Verkäufer gesagt. Dieser blöde Verkäufer. Er zumindest hätte merken müssen, dass mir die Schuhe nicht passen! Okay, er hat mich mehrfach gefragt, ob ich vorne anstoßen würde, aber es hat sich einfach nur eng, kompakt und genau richtig angefühlt. Woher soll ich wissen, ab wann aus ‹eng› ‹zu eng› wird?

Vielleicht sind sie ja doch einfach nur noch sehr neu.

Oder lassen sich etwas weiten.

Abgesehen davon habe ich weit größere Probleme, wie mir aufgeht, während ich vor dem Gepäckband stehe und der letzten Tasche hinterhersehe, die gerade von einem Mann auf einen Gepäckwagen gelegt wird. Eine Viertelstunde später erklärt mir eine freundliche Dame am Informationscenter, dass meine beiden Koffer nicht mitgeflogen sind. «Ihr Gepäck befindet sich leider noch in Dublin», bestätigt sie mir bedauernd. «Aber im Laufe des morgigen Tages wird es auf jeden Fall hinterhergeschickt.»

Ich habe jetzt ein Formular, das mich als Besitzerin von zwei weiteren Koffern ausweist, und die Fluggesellschaft verfügt über die Adresse des B&Bs, in dem ich heute übernachten werde. Trotzdem fühle ich mich verloren, als ich ohne meine Sachen das Empfangsterminal betrete. Es sind nur Klamotten, versuche ich mir klarzumachen, nur Klamotten. Fast alle wichtigen Dinge sind im Rollkoffer, sogar den Kulturbeutel habe ich in letzter Sekunde noch hineingequetscht.

Starte ich meine sechsmonatige Auszeit eben nur mit einem Rollkoffer bewaffnet. Ich brauche auf der Insel ja nicht viel, richtig? Meine hübsche kleine Insel, deren Klippen in meiner Vorstellung mittlerweile etwa aufs Dreifache angewachsen sind, von der Höhe der Wellen fange ich gar nicht erst an. Und mein hübscher kleiner Leuchtturm, in dem ich ganz allein sitzen werde.

Ganz. Allein!

Im Terminal geben riesige Fenster den Blick frei auf einen grau verhangenen Himmel. Schwer zu sagen, ob es nur die Regenwolken sind, die den Ausblick so dunkel erscheinen lassen, oder ob bereits die Dämmerung einsetzt.

Hoffentlich gibt es im Leuchtturm viele Lampen. Er wird doch nicht umsonst Leuchtturm heißen, oder?

Auf einmal genervt von mir selbst, straffe ich den Rücken. Max Wedekind hat mehrere Jahre dort gelebt, und es ist sehr unwahrscheinlich, dass er das im Dunkeln getan hat.

«Entschuldigung?»

Ich fahre herum. Vor mir steht ein hochgewachsener Mann mit dunklen Haaren und einem Lächeln, bei dem sich jede Sorge für den Moment in Luft auflöst. Dana würden in dieser Sekunde Fangzähne wachsen, da bin ich sicher. Herrgott, *ich* muss mich bemühen, ihn nicht dämlich anzustarren, und ich bin normalerweise die Letzte, die wildfremden Männern hinterhersieht. Er ist fast einen Kopf größer als ich und mustert mich interessiert aus silbergrauen Augen. Ausgehend von der Gelassenheit, mit der er meinem perplexen Gesichtsausdruck begegnet, ist er eindeutig gewohnt, dass Blicke an ihm hängenbleiben. Klar. Klar, dass mir so ein Typ ausgerechnet hier und jetzt begegnet.

Verdammt.

«Ich bin Kjer», sagt er. «Bist du Liv Baumgardt?»

Seine Stimme ist angenehm dunkel und melodiös, der irische Akzent, mit dem er den für ihn ungewohnten Namen Baumgardt ausgesprochen hat, zum Dahinschmelzen.

Statt einer Antwort räuspere ich mich, wie in einem dieser Filme, in denen die weibliche Hauptdarstellerin sich plötzlich und unerwartet einem extrem attraktiven Mann gegenübersieht, und ich schwöre, ich werde darüber nie wieder blöde Sprüche reißen. Man *muss* sich dann räuspern, sonst piepst man nämlich.

«Genau», erwidere ich mit dankenswert fester Stimme. «Die bin ich. Und du bist ...?»

«Kjer», wiederholt er. «Kjer Whelan. Ich soll dich im Auftrag von Mr. Wedekind abholen. Ist das alles, was du an Gepäck dabeihast?» Er deutet auf meinen Rollkoffer.

«Ja. Also ... nein. Natürlich nicht. Der Rest treibt sich noch in Dublin rum, fürchte ich.»

«Kann schon verstehen, dass es lieber in Dublin geblieben ist. Da ist deutlich mehr los als hier.» Mit einer Geste weist er in Richtung Ausgang. «Mein Wagen steht draußen.»

Er nimmt mir den Rollkoffer ab, und ich verbringe den Weg zum Wagen damit, ihn unauffällig zu mustern. Himmel, solche Männer laufen in Irland rum? Soll ich jetzt froh darüber sein, auf meiner einsamen Insel nicht von einem Typen wie Kjer abgelenkt zu werden, oder heule ich ein bisschen deswegen? Ich meine, ich habe keine Beziehung mehr geführt, seit ich siebzehnjährig mit meinem ersten und einzigen Freund Schluss gemacht habe. An der Uni gab es für eine Weile jemanden, aber das lässt sich allenfalls als kurze Affäre bezeichnen. Und wieso denke ich überhaupt darüber nach? Hallo? Ich bin auf dem Weg in eine sechsmonatige Auszeit, und dieser Typ wird wohl kaum den Leuchtturm auf der Insel nebenan bewohnen.

«Bitte.» Kjer hält mir die Beifahrertür eines Pick-ups auf, und ich laufe beinahe dagegen. Reiß dich zusammen, Liv. Verlegen klettere ich in den Wagen. Noch während ich mit dem Sicherheitsgurt hantiere, ist Kjer auf seiner Seite eingestiegen. «Der klemmt, warte mal.»

Er beugt sich zu mir, und ich presse mich in die Rückenlehne. Der Geruch von Regen, Gras und Meer steigt mir in die Nase, und dazwischen noch etwas anderes, Wärmeres ...

Glücklicherweise lässt Kjer sich zurückfallen, bevor ich in Versuchung komme, an ihm zu schnuppern. Das alles ist ... äußerst verwirrend.

«Also, wo soll's hingehen?»

Schockiert reiße ich den Kopf herum. «Was?!»

Lachend lässt er den Motor an. «War nur ein Scherz.» Er sieht nach hinten, während er langsam aus der Parklücke schert. «Ich bring dich zu Airin, bei ihr hast du für heute Nacht ein Zimmer, bevor du dann morgen auf der Insel ins Exil gehst.»

«Das ist kein Exil», erkläre ich würdevoll. «Ich nutze diese Zeit für eine berufliche Neuorientierung.»

«Berufliche Neuorientierung?» Kjer ist auf eine mit Hecken und Bäumen gesäumte Fernstraße eingebogen, der

Verkehr ist spärlich genug, um mir problemfrei einen neugierigen Blick zu schenken. Ich versinke für einen Moment in seinen grauen Augen, so auffallend hell im Vergleich zu seinen dunklen Haaren, doch gerade dieser Gegensatz ist ... beinahe hätte ich *betörend* gedacht. Ich sollte vielleicht besser aus dem Seitenfester gucken.

«Wie alt bist du? Neunzehn?»

Na danke. An seinem Charme könnte er eindeutig noch arbeiten. «Ich bin zweiundzwanzig. Und ich habe vor kurzem einen wichtigen Job verloren.»

«Mit zweiundzwanzig? Wird von Caorach aus aber schwierig mit den Vorstellungsgesprächen.»

Im ersten Moment habe ich keine Ahnung, wovon er spricht, bis mir aufgeht, dass das Wort, das sich in meinen Ohren wie ein halbes Räuspern angehört hat, wohl der Name meiner Insel sein muss. «Was bedeutet das?»

«Was meinst du?»

«Keio... Käir...»

«Caorach? Schafe.»

«Ah.» Wie ... prosaisch. «Ich bin freie Journalistin», erkläre ich dann weiter, «und vor einigen Wochen hat sich leider mein wichtigster Auftraggeber gegen eine weitere Zusammenarbeit entschieden.» Das klingt doch sehr souverän. Inzwischen bringe ich diesen Satz ohne Stottern hervor. «Ich will in den nächsten Monaten Ideen entwickeln, Artikel schreiben und mich bei anderen Magazinen und Zeitungen damit bewerben. Das kann man alles sehr gut online machen, und ein stabiles Netz gibt es ja auf der Insel. Oder?» Obwohl Herr Wedekind mir das mehrfach bestätigt hat, wird mir allein beim Gedanken daran, ich könnte in einer digitalen Einöde landen, die Kehle eng.

«Normalerweise ja», erwidert Kjer.

«Was heißt normalerweise?», hake ich nach.

«Bei extremen Wetterbedingungen versagt es mitunter. Kommt aber nicht oft vor. Glaube ich.»

Glaubt er. Großartig. Ich werde als Allererstes die Internetverbindung auf der Schafsinsel testen und sofort wieder zurückrudern, sollte das nicht funktionieren. Und was meint er überhaupt mit extremen Wetterbedingungen?

Die Wiesen und Felder weichen zurück, während wir durch ein Dorf fahren. Gelbe Häuschen, in der nun tatsächlich einsetzenden Dämmerung noch gut zu erkennen, adrett und mit winzigen Giebeln über den Haustüren, stehen hinter schmalen Vorgärten. Am Himmel drängen sich gewaltige graublaue Wolkenberge, fast als befände sich der Nordatlantik direkt über uns.

«Warum hast du nicht von Hamburg aus versucht, etwas Neues zu finden? Scheint mir einfacher.»

Schulterzuckend wende ich mich vom Fenster ab. «Hab ich ja.» Eigentlich wollte ich Kjer nur einen kurzen Blick zuwerfen, doch da er sich gerade auf die Straße konzentriert, gerät dieser Blick etwas länger. Eine feine, blasse Narbe zieht sich durch seine linke Augenbraue. Woher die wohl stammt?

Er schaut zu mir herüber, und ich brauche wieder eine Sekunde zu lang, um wegzusehen. Verflucht. Das ist albern. *Ich bin albern.* Es ist bloß die Aufregung, versuche ich mich zu beruhigen. Vielleicht auch das immer schwieriger zu unterdrückende Gefühl, mich überschätzt zu haben, was die nächsten sechs Monate betrifft.

«Aber?», fragt Kjer.

«Was aber?»

«Du hast versucht, etwas Neues zu finden, aber?»

«Aber es hat nicht geklappt. Nicht schnell genug», präzisiere ich.

«Und deshalb ziehst du jetzt für sechs Monate in einen Leuchtturm.»

So, wie er das sagt, klingt meine Entscheidung herzukommen plötzlich ausgesprochen übereilt, naiv und unausgegoren. Unangenehm berührt, durchforste ich mein Hirn nach der bisherigen Gewissheit, dass es sich dabei um einen genialen Plan handelt. Neue Herausforderungen, ungewöhnliche Erfahrungen sammeln, nicht zu vergessen keine Miete und genug Zeit, um sich neu aufzustellen – das ist doch perfekt. Mein Opa zumindest war sehr angetan, als ich ihm davon erzählt habe.

Mir fällt ein, dass ich demnächst auch meine Mutter über die neuesten Entwicklungen in meinem Leben informieren muss. Wenn ich ihr das verpatzte Interview verschweige, nimmt sie mir vielleicht tatsächlich ab, dass es sich bei dem ganzen Vorhaben um eine brillante Karrierestrategie handelt.

Die gelben Häuser sind hinter uns zurückgeblieben, stattdessen hüllt mich die zunehmend in Grau getauchte Landschaft wieder ein. Blaugrün, braungrün, dunkelgrün, die umgebende Weite lässt mich freier atmen. Ich bin schon so oft umgezogen – was sind im Vergleich dazu ein paar Monate in Irland? Immerhin geht es nur um ein halbes Jahr und nicht um mein restliches Leben.

Nachdem ich auf Kjers Feststellung nicht geantwortet habe, fahren wir eine Weile schweigend an Hecken, Wiesen und Hügeln vorbei, und fast vergesse ich den Mann, der mit mir im Auto sitzt, weil es mich seltsam berührt, hier zu sein. In nicht einmal einer Stunde werde ich am Meer stehen.

«Brauchst du für heute noch irgendetwas?»

Kjers Stimme reißt mich aus meinen Gedanken. «Was?»

«Das meiste von deinen Sachen ist noch in Dublin», erinnert er mich. «Hast du alles, was du für die nächsten zwei

Tage brauchst, oder willst du irgendwo noch schnell etwas einkaufen?»

Gute Frage. So genau habe ich mir das noch nicht überlegt. Heute Abend werde ich irgendwo essen gehen, das Frühstück ist in der Unterkunft inklusive, und nachdem mein Kulturbeutel zum Glück mit mir gereist ist, fehlt mir nicht einmal eine Zahnbürste. «Ich bin nicht ganz sicher», antworte ich zögernd. «Für heute habe ich alles, aber was ist mit dem Leuchtturm? Herr Wedekind meinte, jemand würde mir regelmäßig Nahrungsmittel und alles andere vorbeibringen. Wenn ich dort morgen ankomme, meinst du, für die ersten Tage ist gesorgt?»

«Bestimmt.» Kjer klingt zuversichtlich. «Heute Abend brauchst du also nichts mehr? Zahnbürste? Socken?»

«Hab ich alles im Handgepäck.» Ich deute nach hinten zur Ladefläche, wo Kjer den Rollkoffer untergebracht hat. «Vorerst brauche ich nichts, schätze ich.» Die Summe, die mir Herr Wedekind bereits zu Beginn meiner Reise über die Verpflegung und alltäglichen Gebrauchsgegenstände hinaus zur Verfügung gestellt hat, fiel zwar höher aus, als ich erwartet hatte, trotzdem muss ich dieses Geld ja nicht für Sachen ausgeben, die ich dann in zwei Tagen doppelt hätte. Allerdings ... «Ist es kompliziert, Wanderschuhe weiten zu lassen?»

Von dem Blick, den Kjer mir jetzt zuwirft, hätte ich gern ein Foto. Oder vielleicht lieber doch nicht. Ich muss mich ja nicht ständig daran erinnern, wie blöd es war, diese überteuerten Dinger für meine Mini-Insel zu kaufen.

«Synthetik oder Leder?», fragt er schließlich, ohne dass seiner Stimme die Überraschung anzuhören wäre, und dafür bin ich ihm ein wenig dankbar.

«Leder.»

«Wie lange trägst du sie schon?»

«Seit heute Morgen.»

Kjer antwortet nicht sofort, doch ihm ist deutlich anzusehen, dass es ihm schwerfällt, seinen neutralen Gesichtsausdruck beizubehalten.

«Ich weiß selbst, dass das nicht besonders klug war, okay? Ich bin davon ausgegangen, dass die Schuhe im Laufe der Zeit immer bequemer werden und nicht umgekehrt. Im Geschäft passten sie schließlich.»

«Aber jetzt drücken sie?»

«Ja», sage ich knapp. «Vermutlich hätte ich sie erst einlaufen müssen.»

Überrumpelt hole ich Luft, als Kjer auf die Bremse tritt und den Wagen einfach am Straßenrand zum Stehen bringt. Schon wieder beugt er sich zu mir hinüber, diesmal, um meine Schuhe genauer ins Visier nehmen zu können.

«Das sind Bergstiefel», stellt er fest und sieht mich dann an. Er ist noch nicht wieder zurückgewichen, und ich schließe für einen Moment die Augen, um mich nicht davon ablenken zu lassen, dass einer der attraktivsten Männer, die ich jemals zu Gesicht bekommen habe, sich gerade dreißig Zentimeter von mir entfernt das Lachen verkneift.

«Weiß ich selbst.»

«Zieh sie erst mal aus.»

Ich reiße die Augen wieder auf. «Ähm ...»

Ich trage diese knöchelhohen Schuhe, seit ich in Kerry gelandet bin, und wir befinden uns in einem geschlossenen Auto. Ich denke nicht, dass ich in diesem Moment wirklich meine Schuhe ausziehen möchte. Gibt bestimmt bessere Wege, einen Mann zu bezaubern.

Ohne meine Antwort abzuwarten, reißt Kjer jedoch die Fahrertür auf und läuft um die Motorhaube herum. Im nächsten Moment hat er die Beifahrertür geöffnet. «Na los.

Zunächst einmal solltest du sicher sein, dass du die Schuhe nicht einfach zu klein gekauft hast. Dann kannst du dir jedes Weiten schenken.»

«Ich war in einem Fachgeschäft ...»

«Morgens oder abends?»

«Vormittags.»

Er seufzt deutlich hörbar. «Fachgeschäft», murmelt er, während er auf die Knie geht, nach meinem Bein greift und sich ohne Umschweife an den Schnürsenkeln zu schaffen macht. Mit einer Hand umfasst er meine Wade, während er mir den Schuh vom Fuß zieht. Ob Aschenputtel sich auch so unfassbar dämlich vorgekommen ist, als der Prinz ihren Fuß gemustert hat? «Socken mit Nähten», sagt er, «schon mal nicht so gut.» Dann holt er die Einlegesohle aus dem Schuh und legt sie auf den Asphalt. «Stell dich mal drauf.»

Mittlerweile ist es ziemlich dunkel geworden. Der Wind bläst so heftig, dass Kjer die Sohle festhalten muss, bis ich in dem Licht, das aus dem Wagen fällt, meinen Fuß darauf abgestellt habe. «Passt genau», sage ich erleichtert.

«Zu klein», widerspricht Kjer trocken. «Und dann auch noch Bergschuhe. Deine Zehen fühlen sich bestimmt an, als wäre ein Auto drübergefahren.»

Das trifft es leider ziemlich exakt.

Kjer stopft die Sohle zurück und reicht mir den Stiefel. «Heute Abend bekommst du nirgendwo mehr andere Schuhe, aber hoffentlich finden wir morgen was.»

Was meint er mit wir? Will er etwa mit mir Schuhe kaufen gehen? «Wenn du mir sagst, wo ich einen Schuhladen finde ...»

«In Castledunns gibt's keinen Schuhladen. Aber ich kann dich morgen nach Cahersiveen fahren, da müsstest du Glück haben.»

«Das musst du nicht.»
«Wer sonst, wenn nicht ich?»
«Ich könnte mir ein Taxi ...»
Er grinst schon wieder.
«Es gibt keine Taxen in Castledunns», stelle ich fest.
Kjer nickt. «Ich fahr dich morgen nach Cahersiveen.»
Damit ist die Sache wohl beschlossen.

✦ ✦ ✦

Eine halbe Stunde später verstehe ich Kjers Grinsen deutlich besser. Castledunns ist nicht mehr als eine Ansammlung von Häusern, die sich in geringer Entfernung zur Küste einen sanft geschwungenen Hügel hinauf verteilen. Schon eine ganze Weile ließ sich rechts von uns immer wieder das Meer erahnen, jetzt führt die Straße zwischen Häusern auf der einen und einer niedrigen, breiten Mauer auf der anderen Seite direkt am Meer entlang.

Als ich Kjer bitte, kurz anzuhalten, parkt er den Pick-up wie schon zuvor einfach am Straßenrand. Worauf sollte er auch achten müssen? Auf der ganzen Strecke haben wir kein einziges anderes Auto überholt, und kaum eine Handvoll kam uns entgegen.

Mit den Hüften lehne ich mich gegen die Mauer, hinter der zottiges Gras zum Meer hinunter abfällt. Der Wind, der über die Wellen fegt, bläst mir die Haare aus dem Gesicht. Es riecht nach Salz und nassen Felsen. Kein Stern ist durch die Wolkendecke zu sehen, doch im Licht der Straßenlaternen erkenne ich gerade noch die ersten Ausläufer der Wellen, die auf einen schmalen Streifen Sandstrand treffen. Ich meine, feine Gischt auf dem Gesicht zu spüren, in der Stille der Nacht dröhnt die Brandung so laut, als müssten die Wellen fünf

Meter hoch sein. Mit beiden Händen stütze ich mich auf, weil mir plötzlich schwindelig wird. Heute Morgen noch Hamburg. Und jetzt?

«Kann man ihn von hier aus sehen?»

«Den Leuchtturm?» Kjer ist ebenfalls ausgestiegen. «Nein. Selbst wenn er noch in Betrieb wäre, die Insel liegt weiter südlich, hinter der Landspitze.»

Das Schwindelgefühl verfliegt, und was sich jetzt in mir öffnet, trifft mich genauso unerwartet: Es war richtig herzukommen.

Eine einzige Entscheidung hat mich aus Hamburgs überfüllten Straßen an die Küste des Nordatlantiks getragen. Mein bisheriges Leben verblasst vor dem Gefühl der mit weichem Moos bewachsenen Mauer unter meinen Händen. Dieser Moment hämmert mit einer solchen Wucht neue Eindrücke in mich hinein, dass die letzten Jahre mit einem Mal unwichtig, farblos, beendet erscheinen.

Hier will ich sein. Hier und nirgendwo anders. Es war eine gute Entscheidung.

Ein Leuchtturm, eine Insel und ich. Es wird ... es wird ...

Ich trete einen Schritt von der Mauer zurück und stöhne auf.

«Schuhe?», höre ich Kjer neben mir.

Es wird unfassbar großartig werden, sobald ich neue Schuhe habe.

4

Das Haus, in dem sich Airins Bed & Breakfast befindet, liegt in einer engen Straße ein Stück den Hügel hinauf. Gelbes Laternenlicht beleuchtet mit Ranken bewachsenes Mauerwerk, eine schlichte Holzbank steht neben dem mit Ziegeln eingefassten Eingang, und die Haustür öffnet sich, noch bevor Kjer die Wagentür zugeworfen hat.

«Willkommen im *Seawinds*!» Airin ist nicht die ältere, herzliche Dame, die ich mir aufgrund des heimeligen Hauses vorgestellt habe. Eine junge Frau in Jeans und Kapuzenpullover tritt auf uns zu, ihre roten Haare kringeln sich bis auf die Schultern, und ihr Lächeln ist so offen, dass ich meinen ersten Eindruck unmittelbar korrigiere: Airin passt doch perfekt zu der herzlichen, einladenden Atmosphäre ihres Gasthauses. Sie streckt mir eine Hand entgegen. «Ich bin Airin, Kjer hat dir das vermutlich schon gesagt.»

Kurz lächelt sie in Kjers Richtung, der zur Ladefläche des Pick-ups getreten ist, und ihren Gruß mit einem Nicken erwidert. Direkt nachdem er meinen Trolley neben mir abgeladen hat, steht er auch schon wieder in der offenen Fahrertür. «Ich muss gleich weiter. Habt noch einen schönen Abend!» Er unterstreicht seine Aussage mit einem leichten Schlag aufs Fahrerhaus und schwingt sich wieder ins Innere des Wagens. Mein «Vielen Dank» geht im Knall der zuschlagenden Autotür unter. Rückwärts fährt er aus der engen Gasse heraus, schert nach rechts und verschwindet Sekunden später aus meinem Blickfeld.

«Ist das dein ganzes Gepäck?» Airin mustert meinen Rollkoffer.

«Der Rest befindet sich leider noch in Dublin», erwidere ich. «Morgen sollen die Sachen nachkommen.»

«Wenn du Glück hast.» Mit einer einladenden Handbewegung weist sie auf die geöffnete Haustür. «Das kann auch gern mal länger dauern.»

Obwohl Airin vermutlich aus Erfahrung spricht, hoffe ich, dass sie sich irrt. Ich werde mit dem Inhalt des Rollkoffers die ersten Tage schon irgendwie zurechtkommen, aber die Patchworkdecke, eine Erinnerung an meine Oma, hat nicht mehr reingepasst. Mein Notfallvorrat Schokolade. Und eine extrastarke Taschenlampe inklusive Ersatzbatterien.

Ich schüttele die Gedanken ab und trete durch die Tür. Das Innenleben des Hauses ist so behaglich, wie es der äußere Eindruck vermuten lässt. Von einer engen Diele ausgehend führt eine Treppe ins obere Stockwerk, und ich folge Airin hinauf.

Mein Zimmer befindet sich rechts neben dem Treppenaufgang. Das Kopfteil des Bettes und die Türen des Kleiderschranks sind mit Schnitzereien verziert, die Vorhänge vor dem Fenster bereits zugezogen. Ein zerrupfter Teppich liegt auf dem Holzboden, und eine geblümte Tagesdecke lässt den Raum zusammen mit den Blumen auf dem Tisch vor dem Fenster einladend und freundlich wirken, trotz der Tatsache, dass es der Deckenlampe nicht so recht gelingt, ihr Licht bis in die letzten Winkel zu werfen.

«Das Bad ist direkt gegenüber. Es wird während deines Aufenthalts nur von dir benutzt, du kannst also alles stehenlassen», erklärt Airin. «Aber du bleibst ja ohnehin nur eine Nacht. Ziehst du wirklich in den alten Leuchtturm, ja?»

Ich sehe zu Airin, die sich gegen den Türrahmen gelehnt hat. «Weiß das jeder hier?» Irgendwie ahne ich die Antwort bereits.

Airin zuckt lächelnd mit den Schultern. Mir fällt auf, dass sie Grübchen in den Wangen hat. «Mr. Wedekind hat sich zuerst in Castledunns umgehört, ob jemand dort einziehen will. Aber die, die Zeit gehabt hätten, fühlen sich dafür zu alt, und die, die Lust gehabt hätten, haben keine Zeit. Ich zum Beispiel.» Jetzt gerät ihr Grinsen ein wenig schief. «Man muss ja seinen Alltag über all die Monate trotzdem irgendwie aufrechterhalten, und wer soll sich um das hier kümmern, wenn ich nicht da bin?» Sie macht eine Geste, die das komplette Haus zu umfassen scheint. «Ich kann mich ja nicht täglich hin- und herschippern lassen.»

«Bist du allein für alles verantwortlich?», will ich wissen und setze mich zwischen die Tagesdeckenblumen.

«Gastgeberin, Buchhalterin, Putzkraft und Köchin deines Frühstücks, alles in einer Person vereint», erwidert Airin und lacht. «Wann möchtest du übrigens frühstücken?»

«Gegen acht?»

«In Ordnung.»

Um halb elf soll ich beim Hafen sein, von dort geht es dann übers Meer zur Insel der Schafe. Allerdings würde ich gern ohne drückende Schuhe anreisen. Airin hat bestimmt Kjers Nummer. Ich habe ganz vergessen, ihm zu sagen, wann ich morgen losmuss.

Bevor ich Airin jedoch darauf ansprechen kann, fragt sie: «Hast du noch Hunger? Falls ja, empfehle ich dir *Brady's Pub*. Das Essen dort ist lecker, und davon abgesehen ist es der einzige Pub in Castledunns.»

«Dann wird es wohl *Brady's Pub*», erkläre ich trocken.

«Vielleicht sehen wir uns dort nachher noch.» Airin tritt

einen Schritt zurück und greift nach der Klinke. «Heute Abend gibt's Livemusik. Falls du noch etwas brauchst, lass es mich wissen.» Mit diesen Worten zieht sie die Tür hinter sich zu.

Erst ein paar Sekunden später fällt mir ein, dass ich nach Kjers Nummer fragen wollte. Egal, das kann ich auch später noch tun.

Unschlüssig wandert mein Blick durchs Zimmer. Obwohl ich tatsächlich Hunger habe, fühle ich mich plötzlich so erschöpft, dass ich ein paar gefährliche Minuten lang in Versuchung gerate, mich auf der Tagesdecke zusammenzurollen und einzuschlafen. Das Ticken des Weckers auf dem Nachtschrank zerteilt meine fortdriftenden Gedanken in akkurate Bruchstücke. Leuchtturm. Tick. Das Meer. Tack. Dunkelheit. Tick. Attraktive irische Männer. Tack.

Dann knurrt mein Magen so laut, dass er das Ticken der Uhr übertönt. Das letzte Mal habe ich auf dem Flug von Hamburg nach Dublin etwas gegessen, und diese Mahlzeit bestand aus einem eiskalten trockenen Brötchen und ein paar Bissen einer seltsam wabbeligen Gemüsepaella. Ich könnte natürlich auch noch eine Weile über die Konsistenz dieser Paella nachdenken, bis mein Hunger wieder verflogen ist.

Doch statt des Flugzeugessens sehe ich plötzlich meine Mutter vor mir, wie sie über meine Trägheit den Kopf schüttelt. Dämliches Unterbewusstsein. Trotzdem richte ich mich schuldbewusst auf, um den Kulturbeutel aus dem Trolley zu holen.

Eine Viertelstunde später – mit geputzten Zähnen, die Haare zu einem lockeren Zopf zusammengefasst und die Füße zurück in die Schuhe gezwungen – laufe ich wieder die Straße zum Meer hinunter, die ich vorhin mit Kjer hinaufgefahren bin. Es gibt keine abgegrenzten Fußwege, Steinchen knirschen unter meinen Füßen, während ich unter den Lichtkegeln der wenigen Laternen entlangeile. Laut Airin ist es zu *Brady's Pub* nicht weit. Kein Wunder, ganz Castledunns ließe sich vermutlich innerhalb einer Viertelstunde zu Fuß durchqueren.

Als ich die Straße erreiche, die an der breiten Mauer entlangführt, bleibe ich kurz stehen. In der nächtlichen Dunkelheit verschwimmt die Linie des Horizonts zwischen Himmel und Meer und erzeugt in mir das Gefühl, direkt in die Tiefe des Weltalls hineinsehen zu können. Erst nach einigen Minuten reiße ich mich fröstelnd von diesem Anblick los und laufe weiter.

Viele der Häuser haben nur schmale Fenster, durch die kaum Licht auf die Straße fällt, doch *Brady's Pub* begrüßt mich mit fröhlichen Lichterketten.

Wärme und Gelächter drängen sich mir nach dem Öffnen der schweren Holztür entgegen, und als ich den Vorhang beiseiteziehe, der die Gäste vor der Zugluft schützen soll, stelle ich fest, dass es überraschend voll ist. Vermutlich hat es sich halb Castledunns auf den Bänken und Stühlen bequem gemacht.

Ich hatte mich auf neugierige Blicke eingestellt, vielleicht sogar auf geflüsterte Bemerkungen, doch tatsächlich bin ich den Anwesenden nicht mehr wert als ein freundliches Nicken hier und da. Falls jemand über mich würde reden wollen, müsste er es ohnehin schreiend tun.

Brady's Pub ist wesentlich größer als erwartet. Dunkles Mahagoni und Messinglampen bestimmen die Einrichtung, an den Wänden hängen vergilbte Fotos und halbblinde Spiegel, die kaum das Licht der flackernden Kerzen auf den Tischen zurückwerfen.

Hinter einer langen Theke versucht ein Barkeeper, ein ziemlich attraktiver Typ mit Undercut, Man Bun und gepflegtem, dichtem Bart, all den Leuten gerecht zu werden, die sich gegen den Tresen lehnen. Es riecht nach Holz, Alkohol und Menschen, ein wenig muffig, aber nicht unangenehm. Zwei Typen in karierten Hemden drängeln sich an mir vorbei, und ich trete zur Seite, um nicht im Weg zu stehen.

Es gibt eine winzige Bühne, eine Empore im hinteren Teil, auf der sich ein abgedecktes Piano und ein einsamer Mikrophonständer befinden. Ganz in der Nähe entdecke ich einen freien Tisch, vermutlich saßen dort die beiden Männer, die gerade an mir vorbeigegangen sind. Keine Jacken auf den Stühlen, also werden die beiden den Platz hoffentlich nicht gleich wieder für sich beanspruchen. Ich steuere entschlossen den Tisch an und lasse mich auf einen der Stühle plumpsen.

Während ich noch überlege, ob ich an der Bar bestellen muss und was ich überhaupt möchte, taucht eine junge Frau mit kurzen, dunklen Haaren vor mir auf, wischt mit ausholenden Bewegungen den Tisch ab und legt mir eine Speisekarte vor die Nase. «Hi, ich bin Seanna. Weißt du schon, was du willst?», erkundigt sie sich.

Ganz kurz habe ich einen Blick auf die Innenseite ihres linken Handgelenks werfen können. Seanna trägt dort in schlichten Drucklettern ein Tattoo:

Never
Never
Never
Give up

Welche Geschichte wohl dahintersteckt?

«Das stammt von Churchill, oder?», frage ich und weise auf ihren Unterarm.

Seanna lächelt. «Vielleicht. Für mich ist es nur eine Abmachung mit mir selbst.» Ihr Gesichtsausdruck ändert sich nicht, trotzdem erscheint mir ihr Lächeln plötzlich nicht mehr ganz so unbeschwert. «Möchtest du schon was zu trinken bestellen?», fragt sie dann geschäftig.

Ich nicke und greife nach der Karte. Am liebsten würde ich meinen Einstand in Castledunns mit irgendetwas typisch Irischem beginnen, habe aber keine Ahnung, was genau das sein könnte. «Erst mal ein Wasser», erkläre ich daher, woraufhin Seanna davoneilt, ohne gefragt zu haben, ob ich ein kleines, ein großes, ein stilles oder ein sprudelndes Wasser haben möchte. Tja, ich bin definitiv nicht mehr in Hamburg.

Ich schlage die Karte auf, die nur aus wenigen Seiten besteht. Geräucherter Schellfisch. Fischsuppe. Chicken Wings. Zunehmend enttäuscht, suche ich nach irgendwas Vegetarischem. Räucherlachs. Salat mit Hühnchen. Black Pudding. Was war das noch mal? Meine vage Erinnerung daran, dass ein Black Pudding keine Süßspeise darstellt, wird durch den Zusatz ‹mit Meerrettichsoße› bestätigt. Und ich dachte, die Iren auf ihrer grünen Insel wären Gemüsefans. Darüber hätte ich mich im Vorfeld vielleicht informieren sollen. Irish Stew, mehrere Steak- und Burger-Varianten – es scheint auf der Karte tatsächlich kein einziges fleischloses Gericht zu geben. Für einen Moment liebäugele ich mit *crusty crubeens*, die in meinen Ohren zumindest nach Gemüse klingen – *kommt und kauft, Leute, frisch geerntete* crubeens –, doch dass sie direkt zwischen einem *Beef Burger* und einem *Rib Eye Steak* angeboten werden, lässt nichts Gutes hoffen.

Als Seanna zurückkommt, entscheide ich mich sicherheitshalber für einen Beilagen-Salat und bestelle dazu ein Ginger Ale, und erst als sie mir alles gebracht hat und unmittelbar danach wieder verschwunden ist, fällt mir ein, dass ich sie einfach hätte fragen können, ob es vegetarische Hauptgerichte gibt.

Der Salat ist immerhin frisch und die Vinaigrette hervorragend, leider wird mein Hunger dadurch erst richtig entfacht. Gerade halte ich noch einmal nach Seanna Ausschau, da lässt sich Airin an meinem Tisch nieder. «Hi!» Sie hat ihr Sweatshirt gegen ein schwarzes Top mit tiefem Ausschnitt getauscht, das ihre roten Locken toll zur Geltung bringt. Mit einem Blick auf meinen leeren Teller fügt sie hinzu: «Hat's geschmeckt?»

«Sehr. Ich wollte mir gerade noch etwas anderes bestellen.»

«Nimm den Fisch. Der soll sehr gut sein.»

Fragend ziehe ich die Augenbrauen hoch. «Soll? Du hast ihn noch nie probiert?»

«Ich esse keinen Fisch.»

«Ich auch nicht.»

«Überhaupt keinen?»

Ich schüttele den Kopf. «Vegetarierin.»

«Wirklich?» Airin lacht. «Damit wirst du es Kjer schwermachen. Aber warte, wenn du tatsächlich noch Hunger hast, hätte ich was für dich.» Sie winkt Seanna heran, ohne meinen verwirrten Blick zu bemerken. «Seanna, dürfen wir noch was bei dir bestellen?»

Seanna ist so offensichtlich im Stress, dass sie Airins Wunsch – «zweimal Spezial-Stew mit braunem Reis und zwei Guinness» – fast schon im Vorbeilaufen notiert und Airins Lächeln nur kurz erwidert. Eine zweite Bedienung habe ich noch nicht entdecken können; sollte sie hier allein für alles zuständig sein, kann sie einem leidtun.

Airin lehnt sich auf ihrem Stuhl zurück, und jetzt muss ich doch nachhaken. «Inwiefern werde ich es Kjer schwermachen?»

«Er ist derjenige, der dich auf der Insel mit allem versorgen wird, was du brauchst», erklärt Airin, «und Castledunns bietet Menschen, die weder Fisch noch Fleisch essen, nicht besonders viel Auswahl.»

«Kjer versorgt mich ...?»

«Mit allem Notwendigen, genau. Er wird dich auch morgen nach Caorach bringen, hat er dir das nicht erzählt?»

Verdutzt sehe ich Airin an. «Hat er nicht.» Okay, zumindest muss ich ihn dann nicht anrufen, um das Schuh-Shopping zu organisieren.

«Typisch. Kjer erzählt nie mehr, als er unbedingt muss.»

Airin nimmt von Seanna ihr Guinness in Empfang und nickt ihr freundlich zu, während ich in Gedanken die letzten Stunden noch einmal durchgehe. Sonderlich schweigsam fand ich Kjer eigentlich nicht.

«Kjer ist also ...» Ich finde nicht wirklich ein Wort. Boots-Chauffeur?

«Ein bisschen so was wie Castledunns' Fremdenführer», vervollständigt Airin meinen Satz. «Er hat auch Mr. Wedekind immer übergesetzt und fährt oft Touristen zu Buchten, die man nur übers Meer erreicht. Es gibt hier ein paar sehr hübsche. Frag ihn doch mal, ob er dir welche zeigt.»

«Ja, vielleicht.»

Zwei Schüsseln mit dampfendem Eintopf werden vor uns abgestellt, und obwohl Seanna auch noch mehrere Biergläser auf ihrem Tablett balanciert, nimmt sie sich zumindest die Zeit, uns einen guten Appetit zu wünschen. Tief inhaliere ich den köstlichen Duft, der von unseren Tellern aufsteigt. Kartoffeln, Möhren und Champignons schwimmen in einer sämigen Soße. «Und ich dachte, ein Stew sei immer mit Fleisch», merke ich an, während ich den Löffel eintauche.

«Ist es normalerweise auch, aber für mich hat Nelly immer einen kleinen Extra-Vorrat Spezial-Stew im Kühlschrank. Sie ist hier die Küchenchefin.»

«Wie nett.» Langsam dämmert es mir. «Bist du etwa auch Vegetarierin?»

«Und damit Castledunns' Exotin.» Airin lacht. «Ich mochte schon als Kind nichts essen, was ich im lebendigen Zustand gestreichelt hätte. Aber jetzt, erzähl mal, wieso hast du den Leuchtturm-Job angenommen?»

Sie führt den Löffel zum Mund, ohne den Blick von mir zu nehmen, und vielleicht sind es ihre aufmerksamen Augen oder ihre offene Art, aber plötzlich fällt es mir leicht, Airin von den letzten Wochen zu erzählen, von meinem Interview mit Kristina Atkins und dem Moment, als ich in Brehmers Büro erfuhr, dass Kristina die Zustimmung zur Veröffentlichung zurückgezogen hatte. Von der Tatsache, dass es immer noch an mir nagt, nicht zu wissen, was eigentlich schiefgelaufen ist.

Obwohl es um uns her sogar noch voller geworden ist – die Leute stehen mittlerweile mit Gläsern in den Händen zwischen den Tischen –, lässt Airin sich nicht ablenken, sondern hört mir interessiert zu. Nur als Seanna unsere Schüsseln abräumt, sieht sie kurz auf, um sich bei ihr für das Essen zu bedanken.

«Ich kann mir nicht vorstellen, dass es wirklich an deinem Interview lag», erklärt sie schließlich. «Bestimmt hat sie einfach Angst vor ihrer eigenen Courage gekriegt. Wenn man sich so lang vor der Gesellschaft verkrochen hat …»

«Vielleicht.» Ich drehe mein Glas in den Händen und trinke den letzten Rest, bevor ich einmal tief durchatme. «Und das wäre ja sogar in Ordnung, ich hätte mir nur gewünscht …»

Einige Leute beginnen plötzlich zu klatschen, erwartungsvolles Gemurmel brandet auf. Neugierig recke ich den Hals. Vor unserem Tisch stehen mehrere Männer, die mir die Sicht versperren. Airin, die sich ebenfalls etwas aufrechter hingesetzt hat, deutet auf ihr Glas. «Ich spendiere uns eine Runde.»

«Nein, lass», erwidere ich. «Das geht auf mich. Als Dank, dass du dein Essen mit mir geteilt hast.»

Ich greife nach unseren leeren Gläsern und bin gerade aufgestanden, um mich durch die dicht aneinandergedrängten Leute zu schieben, da sind die vollen Akkorde einer Gitarre zu hören. Unmittelbar darauf beginnt jemand zu singen, und ich halte inne. Diese Stimme. Die kenne ich. Gleichzeitig sanft und etwas rau dringt sie durch die Reihen der Menschen, die weichen Töne einzeln gezupfter Saiten begleiten ihr tiefes Timbre, und unwillkürlich setze ich mich wieder hin. Das ist doch ...

Ich werfe Airin einen Blick zu, die den Kopf schräg legt und hin zur winzigen Bühne nickt. «Wenn du ihn sehen willst, musst du ein bisschen Kraft aufwenden, fürchte ich. Ich warte hier auf dich.»

Ohne etwas zu erwidern, stelle ich die Gläser zurück auf den Tisch und beginne damit, mich zwischen verschränkten Oberarmen, harten Schultern und knochigen Ellbogen hindurchzuschlängeln, bis ich fast direkt vor dem breiten Podest stehe. Noch immer ist das Piano darauf mit einem schwarzen Tuch abgedeckt, doch in der Mitte der Bühne, auf einem Barhocker und mit einer Akustikgitarre, sitzt Kjer.

Der Song ist melancholisch und schwermütig, Kjers dunkle Stimme passt perfekt dazu, und mir bleibt das Herz für eine winzige Sekunde stehen, als seine silbergrauen Augen sich auf mich richten. Er wirkt ... traurig? Die Musik scheint auf ihn abzufärben.

Unser Blickkontakt dauert nur ein paar Sekunden, dann wendet er den Kopf ab, schaut hinüber zu einigen Frauen, die ihn anschmachten und sich zum Takt der Musik bewegen. Als das Lied zu Ende ist, lächelt er ihnen kurz zu, während seine schlanken Finger bereits den nächsten Song anstimmen.

Noch ganze zwei Stücke länger stehe ich da wie ein Schulmädchen auf einem Konzert ihrer Lieblingsband, bevor ich mich zur Ordnung rufe und mit leisem Bedauern zu Airin zurückkehre. Irgendwie ist es ihr gelungen, zwei Guinness zu organisieren, ohne unseren Tisch aufzugeben.

«Na?» In ihrer Stimme schwingt gutmütiger Spott. «Bist du verliebt?»

«Bitte?» Überrumpelt starre ich sie an.

«Ist schon okay», sagt sie lachend. «Kjer hat diese Wirkung auf Frauen. Vor allem, wenn er einen unvorbereitet erwischt.» Sie schiebt mir ein Glas Bier zu. «Pass auf deiner Insel lieber ein bisschen auf.»

«Worauf soll ich denn aufpassen?», frage ich in dem neutralsten Tonfall, der mir in dieser Sekunde zur Verfügung steht. Erwischt. Sieht man mir die Schwärmerei so offensichtlich an?

«Na ja. Sechs Monate Einsamkeit ... und dann kriegst du ausgerechnet jemanden wie Kjer regelmäßig zu Gesicht. Da kann man schon mal schwach werden.» Sie zwinkert mir zu. «Lass dir nur nicht das Herz brechen.»

«Mach dir darüber mal keine Gedanken», erwidere ich entschieden. «Ich habe nicht vor, mich auf irgendjemanden einzulassen. In erster Linie bin ich zum Arbeiten und Kopf-frei-Kriegen hier. Die Zeit im Leuchtturm wird eine Art Klausur für mich.»

Airin nippt nur mit einem wissenden Lächeln an ihrem Bier.

«Aber du könntest mich ja ab und zu besuchen, wenn du magst», füge ich hinzu, nicht ganz sicher, ob dieser Vorstoß vielleicht zu gewagt ist. «Also, wenn deine Arbeit das zulässt.»

«Gern.» Ihr Lächeln vertieft sich, und ich bin froh, dass wir vom Thema Kjer abgekommen sind. So irritierend die Gefühle sind, die allein seine Stimme auslösen, so vehement steigt plötzlich der Entschluss in mir auf, sie zu ignorieren. Es ist ja nicht so, als würde ich zuverlässig bei jedem halbwegs attraktiven Kerl schwach werden, der meinen Weg kreuzt.

Auch nicht bei einem ziemlich attraktiven Kerl.

Ach verdammt, nicht einmal ein Typ wie Kjer wird mich dazu bringen, selbst wenn der weit mehr als nur extrem gutaussehend ist. Er ist ... er ist ...

«Liv?», dringt Airins Stimme zu mir durch. Der Lautstärke nach zu urteilen ist es nicht das erste Mal, dass sie mich angesprochen hat.

«Entschuldige, was hast du gesagt?»

«Ob du auch einen Whiskey möchtest?»

Ich zögere nur kurz, bevor ich zustimme. Immerhin war mir vorhin nach einem typisch irischen Einstieg, und ein Whiskey würde Stew und Guinness perfekt abrunden.

Während Airin sich zur Bar durchkämpft, kann ich nicht verhindern, von Kjers Stimme erneut in Bann gezogen zu werden. Der Applaus zwischen den einzelnen Stücken ist mittlerweile lauter geworden, deutlich sind aufgekratzte Frauenstimmen herauszuhören.

Gerade habe ich den letzten Schluck Guinness ausgetrunken, als Airin wieder auftaucht. «Uff, heute ist es unglaublich voll!» Sie drückt mir einen Whiskey in die Hand und erhebt ihren eigenen, um anzustoßen. «Sláinte! Auf dein zukünftiges Inselleben!»

Das Klirren der aneinanderschlagenden Gläser geht in der uns umgebenden Geräuschkulisse unter.

«Sag mal ...» Nach den ersten beiden Schlucken hat ein angenehm rauchiges Brennen den Geschmack des Biers ersetzt. «Kennst du Kjer eigentlich näher?»

In Airins Augen blitzt es auf, sie beugt sich grinsend über den Tisch, und plötzlich peinlich berührt, verlagere ich meine Aufmerksamkeit auf die honigfarbene Flüssigkeit in meinem Glas.

«Ich meinte es ernst, Liv.» Ihren Worten zum Trotz hört Airin sich an, als halte sie sich gerade davon ab, mit einem lauten Lachen herauszuplatzen. «Kjer näher kennenzulernen ist leicht. Ihn wirklich kennenzulernen allerdings unmöglich.»

«Wie meinst du das?» Gerade habe ich damit begonnen, den Whiskey im Glas kreiseln zu lassen, jetzt stelle ich ihn auf den Tisch zurück.

«So, wie ich es sage. Du willst ein bisschen Spaß mit Kjer? Das dürfte kein Problem sein. Nur verlieben solltest du dich nicht in ihn. Das geht mit ihm nicht gut aus.»

«Ach, wer redet denn davon, sich zu verlieben? Ich finde ihn nur ...» Mein Hirn rotiert einen Moment auf der Suche nach einem unverfänglichen Wort, «... interessant.»

«Interessant?» Airin lässt sich zurückfallen. «Gib es zu, als du ihn zum ersten Mal gesehen hast, fandest du ihn nicht *interessant*. Du bist in seinen silbernen Augen ertrunken, bei seinem Lächeln dahingeschmolzen und bei der ersten Berührung zusammengezuckt. Und glaub mir, du bist nicht die Erste, die versucht, mir zu erzählen, ein Mann wie Kjer sei einfach nur *interessant*.»

Meine Wangen fühlen sich unangenehm heiß an. Ein Gedanke steigt in mir auf. «Du und Kjer, wart ihr mal ...?»

Jetzt verkneift sich Airin das Lachen nicht mehr. «Nein, Gott bewahre! Wir kennen uns seit Ewigkeiten, aber zwischen uns lief nie was.» Mit einem feinen Lächeln fügt sie hinzu: «Was nicht heißt, dass ich mir nicht mitunter ... Dinge vorgestellt hätte. Aber ich kann darauf verzichten, ein weiteres von vielen gebrochen Herzen in Kjers Vergangenheit zu sein, und außerdem würde meine Schwester mir den Kopf abreißen. Er meint es nicht böse ... er ist einfach so.»

«Warum?»

Airins Lächeln verschwindet, sie zuckt mit den Schultern. «Jeder hat seine Geschichte. Ich an deiner Stelle würde mich auf Caorach jedenfalls tatsächlich lieber darauf konzentrieren, den Kopf freizubekommen, statt Kjer in deine Gedanken zu lassen. Himmel!», jetzt kichert sie wieder. «Es könnte peinlich werden, wenn du deinem einzigen Kontakt zur Außenwelt aus dem Weg zu gehen versuchst.»

«Nun hör aber auf.» Mein Glas ist leer, und ich stehe auf, um Nachschub zu holen. «Du tust ja gerade so, als sei er mit der Anziehungskraft eines schwarzen Lochs gesegnet.» Airin drückt mir ihr ebenfalls leeres Whiskeyglas in die ausgestreckte Hand. «Letzten Endes ist Kjer einfach nur ein gutaussehender Typ. Und weiß Gott nicht der erste gutaussehende Typ in meinem Leben.» Das ist nicht mal gelogen. «Ich kenne eine Menge attraktiver Typen.» Das allerdings ist gelogen. «Er sticht da nicht mal besonders raus.» Und für diese unfassbare Lüge wandere ich bestimmt geradewegs in die Hölle.

Sicherheitshalber warte ich Airins Antwort nicht ab, sondern quetsche mich durch die laute, schwankende Menge, um unsere Gläser auffüllen zu lassen. Es dauert eine Weile, bis ich zur Theke vorgedrungen bin, und als ich endlich dort stehe, gelingt es mir nicht, den Barkeeper auf mich aufmerksam zu machen. Kein Wunder, ich kann mich kaum selbst hören zwischen all den biergeschwängerten Gesprächen um mich herum.

«Was willst du?»

Die sanfte, tiefe Stimme erklingt direkt hinter mir, so nah, dass ich fast meine, die Worte auf der Haut zu spüren. Für einen Moment schließe ich die Augen, um mich zu wappnen.

Ein freundliches, neutrales Lächeln liegt auf meinen Lippen, als ich mich halb zu Kjer herumdrehe. «Noch einmal zwei Whiskey. Für Airin und mich.»

«Was hattet ihr vorher?»

«Ähm ... Whiskey», wiederhole ich, unsicher, worauf er hinauswill. Einmal mehr grinst Kjer mich breit an. Ich drehe mich wieder um, und die langen Reihen glitzernder Flaschen, die in den Regalen hinter der Bar stehen, geraten in mein Blickfeld. Gleichzeitig wird mir bewusst, dass es in einem irischen Pub vermutlich nicht nur die Whiskey-Hausmarke gibt, aber es ist bereits zu spät, um noch eine elegante Kurve hinzukriegen.

«Dean!» Auf Kjers Ruf hin wendet der Barkeeper sich sofort in unsere Richtung. «Drei Whiskey!»

Der Typ namens Dean fragt nicht nach, sondern greift zielsicher nach einer der Flaschen.

Ich verschränke die Arme. «Wieso darfst du nur Whiskey sagen und ich nicht?»

«Weil Dean weiß, was ich trinke», erklärt Kjer, nimmt zwei der drei Gläser, die der Barkeeper zwischen die Schalen mit Erdnüssen gestellt hat, und drückt mir eins davon in die Hand. «Auf dein Wohl.»

Er trinkt einen Schluck, und auch ich nippe an der scharfen Flüssigkeit, obwohl Airin auf mich wartet. Nur noch eine Minute länger hier mit Kjer stehen und – wie hat Airin das vorhin so hübsch formuliert? – in seinen Augen ertrinken. In Kjers Augen zu ertrinken ist nicht schwer.

«Wie gefällt es dir in Castledunns bisher?»

Okay, Smalltalk, kein Problem. Wenn ich lange genug in Kjers Nähe bin, entwickle ich irgendwann bestimmt so eine Art Immunität.

«Was ich bisher gesehen habe, gefällt mir ziemlich gut»,

sage ich und bereue es sofort. Das klang nicht wirklich unverfänglich, oder? Ob Kjer diese Worte vielleicht anders auffasst, als ich sie gemeint habe? Und wie habe ich sie überhaupt gemeint?

«Das freut mich.» Kjer nimmt noch einen Schluck von seinem Whiskey. «Es bietet sich hier auch mehr, als man sich vielleicht so vorstellt.»

Ich fühle mich wie eine Maus vor der Schlange. Wie Bambi vor einem Jäger. Hat Kjer sich jetzt auf Castledunns' touristische Attraktionen bezogen, und zählt er sich selbst vielleicht dazu?

Das Verlorene, das auf seinem Gesicht lag, als er vorhin Gitarre spielte, ist einem Ausdruck abwartenden Interesses gewichen.

«Airin hat mir erzählt, du bringst mich morgen zum Leuchtturm?», weiche ich auf ein unverfängliches Thema aus, weil es mir nicht wirklich klug erscheint, mit dem einzigen Mann zu flirten, den ich in der nächsten Zeit zu Gesicht bekommen werde. Kjer mag nichts von festen Beziehungen halten, doch ich bin auch nicht für eine Kerbe in einem Bettpfosten gemacht genau genommen bin ich nicht mal für lockere Affären gemacht, und für eine tragische Liebesgeschichte von sechs Monaten Dauer schon gleich gar nicht. Es ist mir durchaus ernst damit, hier einen Neustart hinzulegen, was meinen Job betrifft. Wieso denke ich also gerade allen Ernstes über so etwas wie Beziehungen nach?

«Das stimmt. Und vorher fahren wir nach Cahersiveen.» Er sieht für einen Moment zu meinen Füßen hinunter. «Nicht besser geworden, oder?»

Ich schüttele den Kopf. Meine Zehen fühlen sich immer noch wie durch die Mangel gedreht an, und ich schaffe es gerade so eben, nicht zu humpeln.

«Kjer! Wo bleibst du denn?» Eine junge Frau tritt neben Kjer und umschlingt bei meinem Anblick besitzergreifend seinen Arm. Sie hat lange, hellblonde Haare, trägt ein tief ausgeschnittenes Shirt und einen abweisenden Ausdruck auf ihrem Gesicht. «Hallo.»

Das galt mir, doch den kühlen Unterton hätte es gar nicht gebraucht, um mich den Rückzug antreten zu lassen. Ich erwidere ihren Gruß nickend und verabschiede mich von Kjer. «Ich muss zurück zu Airin. Bis morgen.»

Mit dem misstrauischen Blick von Kjers Begleiterin im Rücken und den beiden Whiskeys in den Händen drängele ich mich zu Airin zurück, und es gelingt mir sogar, dabei keinen Tropfen zu verschütten. Kurz bevor ich unseren Tisch erreiche, stelle ich fest, dass mein Platz von einem Typen mit hellbraunen Haaren und Bart besetzt ist, der gerade über irgendetwas lacht. Als ich direkt neben den beiden stehe, dreht Airin sich zu mir um. «Da bist du ja endlich. Ich wollte dich schon ausrufen lassen.»

Der Typ wirft mir einen Blick zu und erhebt sich langsam. Meine Güte. Der ist ja riesig. Das helle Shirt spannt über seiner Brust, er sieht aus, als verbringe er den halben Tag im Fitnessstudio. Freundlich mustert er mich einmal von oben bis unten, bevor er erst mir und dann Airin zunickt. «Wir sehen uns. Viel Spaß noch euch beiden.»

«Bis dann, Ryan.» Airin lächelt ihm flüchtig zu, dann wendet sie sich an mich. «Wo warst du denn so lange?»

«Ich hab Kjer an der Bar getroffen», erkläre ich. «Nur dank ihm befindet sich jetzt wieder Whiskey in unseren Gläsern. Allein habe ich es nicht hinbekommen, den Barkeeper auf mich aufmerksam zu machen. Sorry, ich hab euer Gespräch unterbrochen.»

«Nicht weiter tragisch, Ryan ist ein alter Freund, wir laufen uns im *Brady's* ständig über den Weg. Worüber hast du mit Kjer sonst so geredet?», will Airin neugierig wissen.

«Über ...» Worüber haben wir geredet? Vermutlich nicht über seine Augen, auch wenn die ein paar Sekunden lang das Einzige sind, das mir in den Sinn kommt. «Über meine Schuhe.»

«Was?»

«Sie sind zu klein. Kjer will mit mir morgen noch nach Cahersiveen deswegen. Nachdem wir das geklärt hatten, hat seine Freundin ihn weggezerrt.»

«Kjer hat keine Freundin», sagt Airin. «Jedenfalls keine feste», fügt sie hinzu. «War sie blond?»

«Hellblond, lange, glatte Haare, eher klein.»

«Könnte Abigail gewesen sein. Sie wäre auf jeden Fall gern seine Freundin.»

Kurz überlege ich, unser Gespräch durch eine Aussage wie *Egal, was interessieren mich Kjers Freundinnen* in eine andere Richtung zu lenken, doch mit meiner Willensstärke ist es im Moment nicht weit her. «Wenn es nicht einmal jemandem wie dieser Abigail gelingt, ihn umzustimmen, muss er feste Beziehungen ja wirklich ziemlich schrecklich finden.» Von wegen ‹interessiert mich nicht› – ich will alles darüber wissen.

«Na ja, früher war er anders.» Airin dreht ihr Glas zwischen den Fingern und wirkt, als überlege sie, ob sie noch etwas hinzufügen solle. «Aber mittlerweile hält er einfach nichts mehr von solchen Geschichten.»

«Soll das heißen, er ist nur ein oberflächlicher Schwachkopf, der alles mitnimmt, was sich ihm anbietet?»

«Nein, das ist er mit Sicherheit nicht. Obwohl ...» Sie zögert. «Ich kann dir nicht viel dazu sagen, Liv. Vielleicht machst du dir einfach selbst ein Bild von ihm.»

«Das werde ich.» Entschlossen kippe ich den Rest des Whiskeys hinunter. Das Zeug schmeckt mit jedem Schluck besser.

Vielleicht sollte ich meine Haltung gegenüber Kjer noch einmal überdenken. Sechs Monate auf einer einsamen Insel sind schon eine lange Zeit. Und tragische Liebesgeschichten können ja auch sehr romantisch sein. Mit wehendem Haar sehe ich mich auf einer grasbewachsenen Klippe stehen, mein weißes Kleid flattert im Wind, während ich nach dem Geliebten Ausschau halte. Ob es mir morgen irgendwie gelingen könnte, auch noch ein weißes Kleid zu besorgen, ohne dass Kjer das mitbekommt? Es würde den Effekt verderben, wüsste er schon vorher davon.

Airin hat ebenfalls ihr Glas geleert und Seanna an unseren Tisch gewunken. «Ich mach mich mal auf den Heimweg. Kommst du mit, oder willst du noch bleiben?»

«Ich komme mit.» Ein dritter Whiskey wäre wohl übertrieben.

Beim Aufstehen muss ich mich an der Stuhllehne festhalten, und Airin lacht, während sie dankend das Wechselgeld ablehnt, das Seanna ihr in die Hand drücken will. «Es beruhigt mich zu sehen, dass du einfach nur betrunken bist.»

Kurz muss ich überlegen, welcher Teil ihrer Aussage mich mehr verwirrt. Dass ich betrunken bin? Oder dass sie das beruhigt? «Ich bin nicht betrunken, jedenfalls nicht sehr», stelle ich schließlich klar. «Und wenn doch, was genau wäre daran beruhigend?»

Sie hakt sich bei mir unter und zieht mich nach draußen, salzig-kühle Nachtluft schlägt uns entgegen.

«Überleg dir das mit Kjer lieber noch mal», meint sie nur. «Du wirst deinen Kopf mit Sicherheit nicht freikriegen, wenn du ihn dort hineinlässt, glaub mir.»

✦ 5 ✦

Am nächsten Morgen bin ich dankbar, dass Airin mich nicht darauf anspricht, wie ich sie gestern wie ein verknallter Teenie über Kjer ausgefragt habe. Offenbar vertrage ich keinen Whiskey. Auf jeden Fall sollte ich es vermeiden, in Kjers Nähe zu sein, wenn ich das nächste Mal zu viel trinke – wer weiß, was ich ihm alles erzählen würde.

Das Frühstück in Airins gemütlicher Küche sieht ausgesprochen appetitlich aus. Auf dem Tisch befinden sich Marmelade, Brot und Toast, ein Teller mit Bohnen und eine Schale mit körnigem Brei, hübsch garniert mit Nüssen und Blaubeeren.

«Guten Morgen! Möchtest du Rührei oder Spiegelei?» Airin ist dabei, in einer Eisenpfanne Butter zu zerlassen.

«Spiegelei», erwidere ich, obwohl das Angebot mich bereits jetzt erschlägt. «Eins reicht. Bin ich im Moment dein einziger Gast?»

«Bist du.»

«Du isst hoffentlich mit?»

«Ich hab schon gegessen.»

Trotz dieser Aussage stellt Airin einen zweiten Teller auf den Tisch, nachdem sie mir nicht nur ein Spiegelei, sondern auch noch gebratene Champignons und Tomatenscheiben aufgetan hat. «Lass es dir schmecken. Möchtest du noch eine halbe Grapefruit?»

Hastig winke ich ab. «Wenn ich das alles aufesse, habe ich erst in zwei Wochen wieder Hunger.»

Airin lacht und greift nach den Bohnen. «Freust du dich auf die Insel? Immerhin siehst du sie heute zum ersten Mal.»

«Doch, ich denke schon», erwidere ich langsam. Zu tief darf ich nicht in mich hineinspüren, denn unter meiner tatsächlich vorhandenen Freude schwelt Unsicherheit. «Es fühlt sich ... unwirklich an.»

«Das glaube ich dir sofort. Leider hast du Pech mit dem Wetter, es schüttet wie aus Eimern.» Wir blicken beide zum Fenster, gegen das unablässig der Regen trommelt. «Der Wetterbericht lässt für den Rest des Tages nicht viel Hoffnung aufkommen. Hast du schon beim Flughafen angerufen?»

Ich schlage mir mit der Hand vor die Stirn. Daran habe ich bisher nicht einmal gedacht. Alle meine Gedanken kreisen um die Tatsache, dass ich mich in wenigen Stunden allein auf einer Insel befinden werde. Vielleicht war das alles doch keine wirklich gute Idee.

«Soll ich das für dich übernehmen?» Airin ist schon aufgestanden und greift in der Sekunde nach ihrem Smartphone, in der es zu summen beginnt. «O'Shea, hallo?»

Sie geht zum Fenster, und ich stochere halbherzig zwischen den Pilzen auf meinem Teller herum. Obwohl Kjer gestern meinte, für die ersten Tage im Leuchtturm sei gesorgt – und wenn er das sagt, wird es wohl stimmen –, sollte ich mir besser gleich über eine Einkaufsliste Gedanken machen. Hoffentlich hat er den Kühlschrank nicht nur mit Schinken und Räucherfisch gefüllt.

«Liv?» Airin kehrt zum Tisch zurück. «Es ist Kjer, er will wissen, wann du losfahren willst. Die Geschäfte in Cahersiveen öffnen um zehn.»

«Sobald ich herausgefunden habe, ob mein Gepäck heute vorbeigebracht wird.»

«Dann klären wir das besser mal sofort.» Airin bestellt Kjer für halb zehn, legt auf und sucht die Nummer für den Flughafen raus.

Ein paar Minuten später weiß ich, dass meine Koffer frühestens morgen ankommen werden. Kjer hingegen wird bereits in einer knappen Stunde hier sein, und diese Tatsache ersetzt meine Frustration wegen des fehlenden Gepäcks durch Herzklopfen.

«Du kriegst in Cahersiveen sicher alles, was du brauchst, bis Kjer dein Gepäck nachbringen kann», versucht Airin mich aufzumuntern. «Ich könnte dir auch ein paar Sachen leihen, wenn du möchtest.»

«Danke, aber für zwei, drei Tage bin ich ganz gut ausgerüstet, denke ich.»

Das Einzige, das ich tatsächlich gebrauchen könnte, wären Unterwäsche und Socken, und so etwas leiht man sich nicht aus, Punkt. Ich werde mir in Cahersiveen Ersatzwäsche kaufen, davon abgesehen kann ich die nächsten Tage sicher problemlos mit meinem Handgepäck überbrücken.

«Nimmst du deine Sachen mit, wenn Kjer dich gleich abholt?», erkundigt sich Airin.

«Ja, ist bestimmt am einfachsten.»

«Spannend, Liv, oder? Ab heute Nachmittag wohnst in einem Leuchtturm!»

Zu meinem Herzklopfen gesellt sich ein Anflug von Panik. «Ziemlich spannend, ja.»

Oh Gott.

✦ ✦ ✦

Als es klingelt, sitze ich zusammen mit Airin und meinem gepackten Rollkoffer wieder in der Küche. Den ganzen Morgen haben wir – mit Ausnahme der praktischen Absprachen – kein einziges Wort über Kjer verloren, aber ich nehme an, dass Airin seit dem Aufwachen auch nicht immer wieder an ihn denken musste.

Offensichtlich bin ich eine oberflächliche Idiotin, die sich viel zu stark durch Äußerlichkeiten beeinflussen lässt. Tja, jetzt weiß ich zumindest auch mal das über mich.

Airin hat die Haustür bereits geöffnet, als ich hinter ihr meinen Koffer in die Diele ziehe. Kjer steht vor der Schwelle unter dem Vordach, beide Hände locker in den Taschen seiner Jeans vergraben und mit diesem Lächeln im Gesicht, das einige Bereiche meines Hirns einfach lahmzulegen scheint. Hinter ihm prasselt der Regen auf die Straße.

«Hey. Alles fertig?»

Auf mein Nicken hin schnappt er sich mit einem Schritt in die Diele hinein den Rollkoffer, verabschiedet sich von Airin und hat den Trolley schon auf den Beifahrersitz geworfen, bevor ich mich überhaupt in Bewegung gesetzt habe.

Airin schließt mich in die Arme. «Tausend neue Ideen wünsche ich dir. Und natürlich viel Spaß.» Sehr viel leiser fügt sie hinzu: «Ich bin gespannt, für welche Art von Spaß du dich entscheidest.» Sie zwinkert und tritt zurück. «Wir telefonieren. Ich komm dich auf jeden Fall besuchen. Genieß die Zeit, es wird eine tolle Erfahrung.»

Ich nicke überzeugter, als ich mich fühle. «Bis bald. Und danke für alles.»

Ein letztes Lächeln, dann sprinte ich durch den Regen zum Wagen und schiebe beim Hinsetzen den Rollkoffer in den letzten Winkel des Fußraums. Für die Ladefläche ist es heute zu nass.

Airin winkt, und ich winke zurück, bevor ich nach dem widerspenstigen Gurt greife. «Wie lange fahren wir nach Cahersiveen?»

Kjer lenkt uns bereits auf die Straße, die zum Dorf hinausführt. «Keine zwanzig Minuten.»

Die Scheibenwischer werden kaum mit den Wassermassen fertig, und ich reibe über den feuchten Ärmel meiner Hightechjacke. Jetzt kann dieses Ding zumindest mal beweisen, was es so draufhat. Kjer hat seine Regenjacke ausgezogen und hinter den Sitz gestopft. Obwohl es im Wagen nicht unbedingt warm ist, trägt er nur ein schwarzes T-Shirt. Ein T-Shirt! Unwillkürlich ziehe ich die Jackenärmel über meine Handgelenke und reiße den Blick dann endlich von seinen muskulösen Armen los, um aus dem Fenster zu sehen.

Weiße Gischt schäumt über die Felsen am Strand, der Horizont verschwindet im grauen Dunst, der die drückend niedrig stehenden Wolken mit den Wellen zu verweben scheint.

«Ist dein Gepäck schon angekommen?»

Kjers Stimme wirkt irgendwie intimer als gestern Abend, was vielleicht an dem prasselnden Regen und der damit einhergehenden Weltuntergangsatmosphäre liegt, wahrscheinlicher jedoch an all den Gedanken, die ich mir seit gestern über ihn gemacht habe.

«Es fliegt mir frühestens morgen hinterher.»

«Dann brauchst du doch ein paar Sachen mehr, oder?»

«Nicht viel.» Ein weißes Kleid blitzt vor meinem inneren Auge auf, und ich bin sehr froh, dass Gedanken die angenehme Eigenschaft haben, unsichtbar zu sein. «Gibt es in Cahersiveen ein größeres Kaufhaus?»

«Sicher. Was genau brauchst du?»

«Zum Beispiel Socken.» Und Unterhosen. Aber wo es Socken gibt, wird es auch Unterwäsche geben.

«Dann würde ich vorschlagen, wir kümmern uns zuerst um deine Schuhe, und danach setze ich dich beim Kaufhaus ab und warte im Café daneben, bis du fertig bist.»

Ich nicke und überlege, was ich noch brauche. «Gibt es Kaffee im Leuchtturm?»

«Nein.»

«Aber eine Kaffeemaschine?»

«Ich bin nicht sicher. Herr Wedekind ist Teetrinker.»

Darauf werde ich es ankommen lassen und auf jeden Fall ein Päckchen Kaffee mitnehmen.

Kurz darauf habe ich mich einmal mehr in der uns umgebenden Landschaft verloren. Das Meer ist hinter weitläufigen Hügeln verschwunden. Der unablässig herabströmende Regen lässt die Wiesen, die vereinzelten Bäume und die immer wieder dazwischengetupften hellen Flecken, Ziegen oder Schafe, zu einem Kaleidoskop aus Grün, Braun, Blau und Grau werden. Ab und zu fahren wir an einsam wirkenden Häusern vorbei, doch ein geparkter Wagen oder Kinderspielzeug im Vorgarten zeigen, dass hier Menschen leben, selbst wenn man sie anscheinend nur im *Brady's Pub* zu Gesicht bekommt.

Irgendwann weicht die struppige Moorlandschaft zurück und wird zunehmend ersetzt durch Felder und Weiden. Wir fahren immer häufiger an Häusern vorbei, und die menschenverlassene Weite, die mein Herz die ganze Fahrt über in sich aufzunehmen versuchte, verschwindet. Es ist verrückt, wie schnell sich das Auge durch Mauern und Wände eingeschränkt fühlt, nur weil der Blick für kurze Zeit davon ungehindert umherschweifen durfte.

Cahersiveen ist ein hübscher kleiner Ort mit einer bunten Geschäftsmeile und einer beeindruckenden Kirche. Kjer stellt den Wagen auf einem Parkplatz ab und zieht sich seine Jacke über. «Ich habe leider keinen Schirm dabei. Aber du scheinst ja gut ausgerüstet zu sein.»

Hoffentlich. Ich zerre mir die Kapuze über den Kopf und ziehe den Kordelzug so eng zusammen, dass nur noch ein kleines Guckloch frei bleibt. Leider befindet sich die Regenhose, die ich in Hamburg erstanden habe, derzeit in Dublin, da ich nicht auf den Gedanken gekommen bin, sie bereits zu brauchen, bevor ich den Leuchtturm überhaupt erreicht habe.

Direkt nach dem Aussteigen bläst mir ein scharfer Wind den Regen gegen die halb zugekniffenen Augenlider. Innerhalb weniger Minuten klebt mir die Hose kalt an den Beinen. Ich kaufe mir besser auch noch eine Jeans. Für den Fall, dass es im Leuchtturm keinen Trockner gibt.

Neben Kjer stemme ich mich gegen den Wind, laufe an Häuserfronten vorbei, in deren unteren Geschossen sich überwiegend Geschäfte befinden. Ein Take-away, eine Bank, mehrere Pubs und ein winziger Fischladen, in dessen Schaufensterauslage heute frisch gefangener Wildlachs angepriesen wird.

In dem Schuhgeschäft, das wir schließlich betreten, ist es angenehm warm, und erleichtert streife ich die Kapuze herunter. Wir sind nicht die einzigen Kunden, der Verkäufer redet gerade mit einer weißhaarigen Dame, doch Kjer beachtet ihn gar nicht, sondern läuft zielstrebig zu einem der Regale.

«Welche Größe hast du?» Er nickt hinunter zu den Schuhen an meinen Füßen.

«39.»

«Setz dich.» Mit zwei verschiedenen Stiefeln in der Hand dirigiert er mich Sekunden später zu einem grauen Stoffwürfel.

Der erste Schuh erscheint mir im Vergleich zu meinen

Bergtretern erstaunlich leicht. Trotz meiner schmerzenden Zehen durchströmt mich Erleichterung, als ich vorsichtig auftrete. «Er passt.»

«Sicher? Du darfst darin nicht rutschen.»

«Nein, er passt wunderbar. Vielleicht drückt er ein wenig am Knöchel, aber ich glaube, das kommt nur durch die zu enge Schnürung.»

«Probier den anderen an. Da darf überhaupt nichts drücken.»

Von meiner Theorie, ein Wanderschuh müsse erst einmal eingelaufen werden, hält Kjer eindeutig nicht viel.

Der zweite Schuh schmiegt sich ebenfalls bequem an meinen Fuß, doch diesmal hüte ich mich davor, ihn sofort in den Himmel zu loben. Erst als ich damit einmal durch den Laden marschiert bin und nirgends eine unbequeme Stelle ausmachen kann, erkläre ich ihn für perfekt.

Kjers Vertrauen in mein Urteil scheint gering, er geht vor mir in die Hocke und tastet durch den nachgiebigen Trekkingschuh hindurch nach meinen Zehen, und unmittelbar darauf tut dies auch der Verkäufer noch einmal, der seine vorherige Beratung abgeschlossen hat.

Ein wenig ungeduldig blicke ich auf dessen dünnes, graues Haupthaar hinab. «Der Schuh passt. Todsicher. Ich weiß ja nun, wie es sich anfühlt, wenn ein Schuh nicht passt.»

«Sehr schön.» Mit einem zuvorkommenden Lächeln erhebt sich der Verkäufer. «Ich bringe Ihnen den zweiten Schuh.»

Kjer hat sich ebenfalls wieder aufgerichtet. Ich wüsste gern, was ihm im Kopf herumgeht, wenn er mich so mustert, wie er es gerade tut. Er weicht Blicken nicht aus, er vertieft sie, und ich mag das. Ich mag erstaunlich viel an einem Mann, den ich nicht einmal zwei Tage lang kenne.

Zehn Minuten später stapfen wir wieder durch den Regen, und das macht zwar immer noch nicht sonderlich viel Spaß, ist aber dank meiner neuen Schuhe zumindest sehr viel erträglicher geworden.

Die schweren Bergstiefel sind ordentlich in einer Tüte verstaut, keine Ahnung, was ich jetzt mit ihnen anfangen soll.

Kjer führt mich die Hauptstraße entlang zu einem Kaufhaus, und nach nicht einmal einer Stunde verstaut er meine Einkaufstaschen in dem schmalen Spalt zwischen dem Fahrersitz und der Kabinenwand seines Pick-ups. Vom Taschengeld, das ich von Herrn Wedekind erhalte, ist für diesen Monat nicht mehr viel übrig.

Fragend blickt Kjer mich an. «Und jetzt?»

Tja. Jetzt sollten wir wohl zurück nach Castledunns fahren. Oder vielleicht hat Kjer ja auch noch Zeit für einen Kaffee? Oder mir fällt noch irgendetwas anderes ein, wodurch ich den letzten Schritt noch eine Weile vor mir herschieben könnte?

In meinen Händeln prickelt es, als ich einmal tief durchatme. Schluss jetzt.

«Jetzt geht's zur Insel, schätze ich.»

Auf dem Rückweg spüre ich immer wieder Kjers Blick auf mir, doch ich bin zu sehr damit beschäftigt, meine Unruhe zu beschwichtigen, um mir darüber Gedanken zu machen. In Castledunns stopfe ich meine Einkäufe in den Trolley, der dadurch ernsthaft aus allen Nähten zu platzen droht. Die Tüte mit den Bergstiefeln überlasse ich Kjer. Auf meine Bitte hin, sie an irgendjemanden weiterzureichen, nickt er nur. In sechs Monaten werde ich die Dinger in Hamburg wohl kaum zurückgeben können.

Der Weg zum Hafen ist erschreckend kurz, aber wenigstens hat Kjers Boot nichts mit der Außenbordmotor-Nussschale gemein, die ich mir vorgestellt hatte. Stattdessen liegt eine gut und gern zehn Meter lange Motoryacht an der Anlegestelle vertäut und schaukelt im aufgepeitschten Wasser unruhig hin und her. Die nasse, schmale Planke sieht nicht unbedingt vertrauenerweckend aus, und Kjer, der meine Skepsis bemerkt, reicht mir eine Hand. Ich zögere nur eine Sekunde, bevor ich sie ergreife. Seine warmen Finger schließen sich um meine, ein paar Sekunden lang vergesse ich den Regen, die Kälte und alles, was in den nächsten Wochen vor mir liegt. Erst als wir sicher nebeneinander im Cockpit der Yacht stehen, lässt er los. Ich kann nicht anders, als die Wärme seiner Hand zu vermissen, und schlinge stattdessen die Arme um mich.

«Du kannst auch unter Deck gehen», sagt Kjer, doch ich schüttele den Kopf und setze mich auf eine der gepolsterten Bänke hinter ihm.

Kjer startet den Motor, und es dauert nicht lange, bis Castledunns' Hafen hinter uns immer kleiner wird.

Zu einem anderen Zeitpunkt hätte ich mir vermutlich alles genau angesehen, hätte das Meer bewundert und die Wellen, aber im Moment ist mein Blick einzig und allein auf das sich entfernende Festland gerichtet, während mir das Herz so heftig in der Brust hämmert, dass es in meinen Ohren dröhnt.

Mein Gott, wir haben die Insel noch nicht einmal erreicht, und ich fühle mich, als müsse ich in Tränen ausbrechen. Mir ist kalt, meine Klamotten sind trotz der teuren Jacke durchnässt, mein Gepäck ist in Dublin, und es ist den ganzen verdammten Tag über nicht ein einziges Mal richtig hell geworden.

Kann ich alles noch rückgängig machen? Herrn Wedekind den bereits überwiesenen Betrag zurückzahlen, André wieder in seine WG schicken, mir Geld von meinem Opa leihen ... Kjer bitten, umzudrehen, jetzt sofort?

Als würde er spüren, dass meine Gedanken ihn gestreift haben, wendet Kjer sich zu mir um. «Alles okay?»

«Sicher.» Mir gelingt ein Lächeln. Glaube ich. «Ich bin nur ein bisschen aufgeregt.»

Ein bisschen aufgeregt. Wie man es eben so nennt, wenn man kurz davorsteht, einen Schreianfall zu bekommen. Zumindest können wir von keiner Straße abkommen, sollte ich Kjer jetzt gleich ins Lenkrad greifen. Sagt man bei einem Boot Lenkrad?

«Du siehst angespannt aus», bemerkt Kjer.

«Es ist ein ziemlich ... besonderer ... Moment.»

Kjer blickt wieder aufs Wasser, und ich bemühe mich, meine Atmung in den Griff zu bekommen. Es gibt keinen Grund zur Aufregung. Ich kann das jederzeit abbrechen. Ich besitze ein Telefon, und es existiert ein Internetzugang, ich kann an jedem einzelnen Tag beschließen, dass die ganze Sache doch nichts für mich ist, und zurück nach Hamburg fliegen. Gut, ich müsste mein Konto überziehen, aber wozu gibt es denn den Dispokredit?

Nicht die schönste Aussicht, trotzdem beruhigt mich diese Überlegung ein wenig. Wer sagt denn, dass ich sechs Monate bleiben muss? Vielleicht reichen mir schon zwei Wochen. Oder vier. Dann dürfte ich mein erstes Gehalt bereits behalten und könnte mir bestimmt einen Billigflieger von Dublin aus leisten.

«Da vorn ist sie. Caorach Island.»

Am Horizont ist inmitten der grauen Wolken und Wellen ein dunkler Fleck aufgetaucht, der sich vor uns ausbreitet, je näher wir herankommen. Über den senkrecht ins Meer abfallenden schwarzen Klippen erhebt sich der Leuchtturm, schmal, hell und beinahe zerbrechlich wirkend.

«Wir müssen um die Insel herum, hier kann ich nicht anlegen.»

Das Boot beschreibt einen weiten Bogen, umrundet im gebührenden Abstand die scharfzackigen Felsen, die mir nun den Blick auf den Leuchtturm verwehren. Dafür lässt sich erkennen, dass Caorach sehr viel länger ist, als es erst den Anschein hatte, und nicht überall so schroff. Auf der anderen Seite sind die Klippen niedriger, sie ragen nicht direkt in die wild schäumenden Wellen hinein, sondern fallen zu einem steinigen Strand hin ab, an dem ich einen befestigten Steg entdecke. Das Meer ist hier ruhiger, trotzdem presse ich die Lippen zusammen, als Kjer auf den Anleger zuhält.

«Keine Sorge. Ich würde nicht anlanden, wenn es gefährlich wäre. Es ist nur Regen und ein bisschen Wind.»

Nur ein bisschen Wind. Und ich bin nur ein bisschen aufgeregt.

Das Boot dreht sich, bevor der Bug gegen den Steg prallen kann. Kjer springt auf die Planken und vertäut das Boot an einem der hölzernen Pfähle.

Der Regen ist schwächer geworden, als ich mich mitsamt des Trolleys aus dem Steuerhaus wage. Kjer greift über die Reling nach dem Koffergriff, und eine schreckliche Sekunde lang sehe ich meine mir verbliebenen Sachen mit einem unspektakulären Plumpsen in das grünschwarze, aufgewühlte Wasser fallen, dann stellt er den Trolley sicher neben sich und streckt nun mir seine Hand entgegen, um mich auf den Steg zu ziehen. Kjer ist so nett, nicht zu kommentieren, dass ich mich deutlich zu lange an seiner Hand festklammere.

«Willkommen auf Caorach Island.»

Feuchtigkeit rinnt meinen Rücken hinab, meine Haare kleben mir im Gesicht, und ich friere mittlerweile so erbärmlich, dass ich die Zähne aufeinanderpresse, um sie am Klappern zu hindern. Die Klippen auf dieser Seite der Insel, die mir vom Schiff aus gar nicht so gewaltig erschienen, ragen fünf, sechs Meter über uns in die Höhe. «Wie um alles in der Welt sollen wir dort hinaufkommen?», platzt es aus mir heraus.

«Siehst du die Stufen ein paar Meter links vom Steg?» Kjer zeigt auf die Felswand. «Dort gibt es eine Treppe. Brauchst du Hilfe? Oder willst du deine ersten Schritte auf Caorach allein unternehmen?»

Wie um alles in der Welt soll *ich* dort hinaufkommen?

Lachend bückt sich Kjer nach dem Rollkoffer. «Das war ein Witz. Ich trage dir die Tasche nach oben und zeige dir im Leuchtturm alles, okay?»

Mistkerl. Aber ich bin zu erleichtert, um mich tatsächlich über ihn aufzuregen. «Das wäre nett, ja», erwidere ich schwach.

Mit langen Schritten trägt Kjer meinen Trolley zum Ende des Stegs. Ich folge ihm sehr viel weniger entschlossen. Der Regen ist zu einem feinen, alles durchdringenden Geniesel geworden. So muss es wohl sein, durch Wolken zu laufen. Es klingt eindeutig besser, als es sich anfühlt. An der Felswand angekommen, steigt Kjer leichtfüßig die grob behauenen Stufen nach oben. Sie sind glitschig und schmal, es gibt kein Geländer, und ich presse mich eng an die Steinwand, fühle den rauen Fels über meine Jacke kratzen und bete, dass mich kein plötzlicher Windstoß nach unten befördert. Meine Finger sind taub vor Kälte, als ich schließlich auf die grasbewachsene Ebene krieche, wo Kjer auf mich wartet. Oh Gott. Hier komme ich nie wieder runter.

Mit einem eindeutig zu breiten Grinsen streckt Kjer mir

abermals eine Hand entgegen, die ich ungnädig übersehe. Unbeholfen rappele ich mich auf.

Und halte die Luft an.

In vielleicht zweihundert Metern Entfernung ragt der Leuchtturm in die Höhe, hell hebt er sich vor den dunklen Wolkenbergen ab. Die leicht gewellten Grasflächen zwischen ihm und uns sind durchsetzt von Felsgestein und wirken wie der Rücken eines riesigen Tieres, ein Dinosaurier aus der Urzeit mit moosig bewachsener Haut.

Dieser Anblick – der Leuchtturm über den Klippen, dahinter ein Aquarell aus Himmel und Meer – brennt sich in mein Gedächtnis, berührt etwas in mir, von dem ich bisher nicht wusste, dass es existiert. Es fühlt sich an wie Sehnsucht.

Plötzlich brechen Sonnenstrahlen durch die Wolken, fächern sich auf und umgeben den Turm mit einer Aureole aus goldenem Licht.

Mir entwischt ein Seufzen.

«Schön, oder?», sagt Kjer leise. «Als wolle sich der alte Leuchtturm von seiner besten Seite zeigen.»

«Er heißt Matthew», murmele ich.

«Bitte?»

«Der Leuchtturm. Sein Name ist Matthew.»

✦ ✦ ✦

Der magische Moment ist vorüber, noch bevor wir den Fuß des Leuchtturms erreicht haben.

Endzeitgrau der Himmel, schmutzig weiß der hohe Backsteinbau vor mir, in dessen Windschatten ich zitternd stehe und darauf warte, dass es Kjer endlich gelingt, den Schlüssel im Schloss zu drehen. Verhaltenes Fluchen deutet darauf hin, dass es gerade etwas mehr hakt als beim Sicherheitsgurt in seinem Wagen. Wenn das Ding jetzt abbricht ... dann ist das höhere Gewalt, und ich werde mit Kjer zurück nach Castledunns fahren müssen.

Es klickt, und die Tür schwingt auf. Für den Moment treten der eiskalte Wind, die klammen Jeans und meine erstarrten Finger in den Hintergrund. Kjer lässt mir den Vortritt, und ich schiebe mich an ihm vorbei durch die Tür. Von außen nicht zu erkennen, sind die Wände des Leuchtturms gut und gern zwei Meter dick. Fasziniert fahre ich mit den Händen über die groben Steinwände, die wie ein Höhleneingang ins Innere führen.

Erwartet hatte ich einen staubigen Zementboden und abblätternden Putz, stattdessen erblicke ich im trüben Tageslicht, das hinter mir zur Tür hereinfällt, rostrotes Backsteinmauerwerk, und der Fußboden breitet sich wie ein Schachbrett aus schwarzen und weißen Fliesen vor mir aus. In der Mitte des Turms windet sich eine schwarze Metalltreppe nach oben. Der perfekte Kreis des Raums wird im hinteren Teil durch eine dem Eingang gegenüberliegende Wand unterbrochen, und als ich dahinter sehe, finde ich dort zu meiner Freude nicht nur Putzutensilien neben einer Waschmaschine, sondern sogar einen Trockner. Großartig.

Ohne auf Kjer zu warten, laufe ich zur Treppe und setze meinen Fuß auf die unterste Stufe.

«Moment», stoppt Kjer mich. Er öffnet einen in die Wand eingelassenen Schaltkasten und knipst einen Moment später das Licht an. Eine schwache Deckenlampe leuchtet auf.

«Oben findest du den Schalter direkt neben der Treppe an der Wand.»

Meine Schritte hallen hell durch den runden Raum, als ich die Metallstufen nach oben steige. Neugierig stecke ich den Kopf durch das runde Loch im Boden, ohne das Geländer loszulassen.

Im ersten Stock gibt es ein schmales Fenster, doch selbst wenn draußen die Sonne scheinen würde, ließe sich der dämmerige Raum dadurch wohl kaum ausreichend beleuchten. Erst als ich den Lichtschalter drücke, glänzen die honigfarbenen Holzbohlen plötzlich mit einem warmen Schimmer.

Auch hier bestehen die Wände aus unverputztem Backstein. Ein mächtiger Eichenschrank ragt auf der gegenüberliegenden Seite des Fensters vor mir auf, an seiner Seite lehnen zwei Klappstühle. Daneben stehen ein alter Kleiderständer sowie ein großer Korb, in dem Holzscheite gestapelt liegen.

«Dieser Raum ist nicht beheizbar», sagt Kjer, der ebenfalls die Wendeltreppe hinaufgestiegen ist. «Im Sommer ist er angenehm kühl, jetzt allerdings eignet er sich eigentlich nur, um Dinge zu lagern.»

Das stimmt wohl. Bisher ist es mir nicht aufgefallen, doch mein Gefühl, im Inneren des Leuchtturms sei es wesentlich wärmer als draußen, trügt. Der Wind erreicht uns hier nicht mehr, aber kalt ist es trotzdem.

Statt einer Wendeltreppe führen hölzerne Treppenstufen an der Wand entlang weiter zum nächsten Stockwerk. Über sie erreiche ich einen schmalen Absatz vor einer mahagonifarbenen Tür. *Brady's Pub* kommt mir kurz in den Sinn, bevor ich die Klinke herunterdrücke und – wow! Überrascht trete ich einige Schritte in den Raum hinein.

Auf dem Holzboden liegt ein dicker, weißer Teppich, ein größeres Fenster als unten erhellt eine ins Mauerwerk eingelassene breite Sitzbank samt Kissen und Decken. Die Wände sind weiß verputzt, ein Sofa mit einem kuschelig aussehenden Überwurf befindet sich zwischen einem Holzofen und einer gläsernen Vitrine, in der sich Bücher aneinanderreihen. Auf Regalen finden sich noch mehr Bücher, und überall hängen kleine Bilder in weißen Holzrahmen an den Wänden.

Neben einer Tischlampe mit grünem Schirm steht ein mächtiger Globus auf einem Sekretär mit gedrechselten Beinen, der Stuhl davor ist gepolstert, und ich sehe mich bereits dort am Rechner sitzen.

Nur warm ist es im Zimmer leider auch nicht.

Kjer scheint das ebenfalls aufgefallen zu sein. Eben noch stand er abwartend in der Tür, jetzt eilt er die Stufen wieder hinunter, und im nächsten Moment ertönen seine Schritte auf der eisernen Wendeltreppe. «Sekunde!»

Ein Krachen ist zu hören. Beunruhigt laufe ich zurück ins erste Geschoss, um einen Blick nach unten zu werfen.

Kjer hat eine Falltür im Schachbrettmosaik geöffnet und ist nicht zu sehen. Als sein Kopf wieder erscheint, grinst er entschuldigend. «Das wollte ich eigentlich schon erledigt haben, sorry. Es sollte jetzt warm werden, und heißes Wasser hast du demnächst auch.»

Innerlich seufze ich glücklich. Eine Heizung, juchhu! Vielleicht wird mir heute doch noch mal warm.

Gemeinsam gehen wir zurück ins Wohnzimmer im zweiten Stock. Auch von hier führt eine an der Wand entlanglaufende Holztreppe weiter nach oben, wo uns jedoch keine Tür mit einem offenen Raum dahinter empfängt, sondern ein kurzer Flur mit gleich zwei Türen. Hinter der linken Tür befindet sich ein Schlafzimmer. Über dem breiten Bett unter dem Fenster liegt eine himmelblaue Tagesdecke, die hellen Wände sind im unteren Drittel dunkel getäfelt, und in einem weißen Schrank schaukeln leere Kleiderbügel. Der Teppich vor dem Bett ist nicht rund, wie eine Etage tiefer, aber ebenso flauschig. Und auch hier hängen jede Menge Bilder in hölzernen Rahmen an den Wänden.

«Das Badezimmer», sagt Kjer, der im Flur geblieben ist und jetzt die zweite Tür öffnet. Rasch trete ich neben ihn. Es gibt keine Dusche, dafür aber eine frei stehende Badewanne auf Löwenfüßen und ein kleines Waschbecken neben der Toilette. Oh ja, hier lässt es sich aushalten.

Ich gehe zurück ins Schlafzimmer und stütze mich auf die breite Fensterbank, um hinaussehen zu können. Das Innere des Leuchtturms mit all seinen Bildern und Decken und Teppichen und den antiken, ausgesucht schönen Möbeln kontrastiert so stark mit den grauen Felsen und dem aufgewühlten Meer – ich fühle mich, als sei ich aus meiner Welt gefallen und in einer Parallelwelt aufgeschlagen.

Die Wolken wirken mittlerweile beinahe schwarz. Hoffentlich liegt das daran, dass ich sie aus einem erleuchteten Zimmer heraus betrachte, und nicht, weil mich gleich in meiner ersten Nacht ein Unwetter erwartet.

«Die Küche ist ganz oben», erklärt Kjer, bevor seine Schritte auf der Treppe ins nächste Stockwerk zu hören sind. «Der Backofen ist leider defekt, darum kümmere ich mich die Tage noch.»

Ich reiße mich vom Anblick der dunklen Wolkenberge los und folge ihm. Erst im vierten Stockwerk angekommen, fällt mir auf, dass der Leuchtturm sich nach oben hin verjüngt. Hatte der Eingangsbereich sicher noch einen Durchmesser von acht, neun Metern, sind es in der Küche nur noch sechs oder sieben. Auch hier gibt es ein einzelnes Fenster, darunter steht ein halbrunder Tisch mit zwei Stühlen. Ich trete an ihn heran, um einmal mehr hinauszublicken. An klaren Tagen kann man bestimmt unendlich weit übers Meer sehen. Es ist ein Traum. Ich träume.

«Der Herd funktioniert», sagt Kjer. «Das Wasser aus der Leitung ist trinkbar, unter der Insel liegt eine Süßwasserlinse. Es gibt eine Mikrowelle, aber leider keine Spülmaschine, und ich glaube …», Schränke werden hinter mir geöffnet und wieder geschlossen, «... auch keine Kaffeemaschine. Der Wasserkocher nutzt dir nicht so viel, oder?»

«Nein», murmele ich, immer noch benommen von den ersten Eindrücken meines neuen Zuhauses. Langsam drehe ich mich zu Kjer um, der sich gegen die Arbeitsplatte lehnt. Mit verschränkten Armen steht er in dieser runden Puppenhausküche, und genau jetzt beschließt mein Hirn großzügig einmal mehr, mich darauf hinzuweisen, dass nicht nur das Innere des Leuchtturms herzzerreißend wunderschön ist, sondern der Mann vor mir ebenfalls. Danke, Hirn. Als stünde ich nicht bereits genug neben mir.

«Hast du noch irgendwelche Fragen?»

Habe ich noch Fragen? Ich weiß es nicht. Keine und tausend. Werde ich das hier schaffen? Werde ich wirklich sechs Monate lang durchhalten? Nur auf mich gestellt, im gemütlichsten, behaglichsten, schönsten Leuchtturm dieser Erde? Derzeit auch noch in einem der kältesten, aber das ändert sich ja hoffentlich in den nächsten Stunden.

«Dort hinauf geht es zur Lampe?» Im Gegensatz zu den anderen Räumen führt hier kein Treppenaufgang weiter nach oben, nur eine Leiter an der Wand endet unter einer Klappe.

«Genau. Zum Leuchtfeuer. Aber seitdem der Turm nicht mehr in Betrieb ist, gibt's da eigentlich nicht viel zu sehen. Es sei denn, du interessierst dich für den Linsenapparat.»

«Kommt man von dort auch auf den Balkon?»

«Du meinst die Außenplattform? Ja, aber geh da nicht drauf, das Ding ist nicht mehr überall sicher.» Er sieht sich um. «Ansonsten würde ich sagen, schau dir alles in Ruhe an. Handtücher und Bettwäsche findest du im Schlafzimmer, Teelichte und eine Taschenlampe sind hier.» Kjer öffnet eine der Schubladen. «Den Kühlschrank habe ich dir gefüllt, in den Keller musst du nicht, dort ist nur die Heizungsanlage und die Technik für die Stromversorgung. Herr Wedekind hat alles erst vor zwei Jahren modernisieren lassen und nutzt sowohl Wind- als auch Sonnenenergie. Zur Sicherheit gibt's dort unten aber auch noch einen Generator. Den Schalterkasten hast du gesehen? Mitunter springen die Sicherungen raus, aber das ist ja schnell behoben. Ich glaube, das wäre fürs Erste alles. Ich schau morgen vorbei, mach mir einfach eine Liste mit allem, was du so brauchst, okay?»

Gemeinsam steigen wir die beiden Treppen bis zum Wohnzimmer hinunter.

Eine Sache fällt mir plötzlich wieder ein. «Moment ...» Ich hole mein Telefon aus der Jackentasche und stelle mit einem Seufzer der Erleichterung fest, dass der Zugang zum Internet offenbar funktioniert. «Okay, ich glaube ... dann passt erst mal alles.»

Ein leises Klacken ist zu hören, als Kjer einen Schlüssel neben den Globus legt. «Vergiss nicht, ihn einzustecken, wenn du auf der Insel unterwegs bist, die Tür schließt von allein und lässt sich von außen nur mit dem Schlüssel öffnen. Ich besitze zwar ebenfalls einen, aber es könnte eine Weile dauern, bis ich hier sein kann. Und jetzt ... tja.» Er zuckt mit den Schultern. «Wünsche ich dir einen schönen ersten Abend auf Caorach, würde ich sagen.»

Ich stopfe meine Hände in die Taschen und lächle möglichst unbekümmert. «Danke. Ich komme sicher gut zurecht.»

«Und wenn irgendwas ist – ach, du hast meine Nummer noch gar nicht.» Kjer zieht sein Smartphone heraus. «Gib mir deine, ich ruf dich an.» Ich diktiere ihm die Zahlen und nur einen Moment später summt mein Telefon. Mit einem angedeuteten Grinsen schiebt Kjer das Handy zurück in die Hosentasche. «Das war dann wohl wirklich erst mal alles.»

«Okay.»
«Dann geh ich jetzt.»
«Okay.»
«Du bist in Ordnung?»
«Okay ... ich meine, ja. Ja, klar. Es wird großartig werden.»

Ein paar Sekunden lang sieht Kjer mich an, und um ein Haar frage ich ihn, ob er nicht doch noch eine kleine Weile bleiben möchte, einfach so. Dann lächelt er mir noch einmal zu und geht zur Treppe. Ein leises Geräusch, als er die Tür hinter sich zuzieht, und kurz darauf meine ich seine Schritte auf der Metalltreppe zu hören, schließlich das Geräusch der zuschlagenden Außentür.

Und dann bin ich allein.

Wirklich allein.

Ich eile zur Fensternische, klettere über die Polster und bringe mein Gesicht so dicht an die Scheibe, dass meine Nase sie beinahe berührt. Draußen ist es mittlerweile finster geworden, Felsen, Wolken und Wellen sind kaum noch zu erkennen. Von Kjer ist nichts zu sehen. Wie will er im Dunkeln bloß die in den Stein gehauene Treppe runterkommen?

Bewusst atme ich einmal tief durch. Er wird das schon hinkriegen, beruhige ich mich selbst. Er kennt sich hier aus, außerdem kann er die Taschenlampe in seinem Smartphone benutzen.

Ich stelle mir vor, wie er den Trampelpfad zwischen dem Leuchtturm und dem Klippensteig entlangläuft. Jetzt erreicht er den Felsenabsturz. Jetzt ist er auf dem Steg, und jetzt springt er auf sein Schiff.

Mühsam löse ich meine verkrampften Finger vom Fensterbrett. Irgendwo da draußen wird vielleicht gerade ein Motor angelassen. Und ich bin noch hier.

Noch einmal atme ich tief durch und drehe mich um, lasse meinen Blick über die liebevolle Einrichtung schweifen, über all die Bücher und Bilder.

Dann gehen die Lichter aus.

✦ 6 ✦

Im ersten Moment kann ich nicht glauben, was gerade passiert ist. Verwirrt kneife ich die Augen zusammen und reiße sie wieder auf.

Finsternis. Überall.

Das gibt's nicht. Das kann jetzt nicht wirklich sein. Wieso ... das ist doch ...

Augen schließen, wieder aufreißen. Es bleibt dunkel.

Mir bricht der Schweiß aus. Oh Gott. Oh mein Gott, was mach ich denn jetzt? Wo war der Lichtschalter? Neben der Tür, oder? Panisch taste ich mich durch den Raum, bis meine Fingerspitzen die Wand berühren. Bilderrahmen, noch mehr Bilderrahmen, wo ist die verdammte Tür? Im Moment weiß ich nicht einmal, ob ich das Zimmer in der richtigen Richtung danach absuche. Meine Hände berühren ein Regal, Buchrücken, verbissen bemühe ich mich, alle anderen Gedanken außer dem, den verdammten Schalter zu finden, von mir fernzuhalten.

Irgendetwas knackt, und ich fahre in der Dunkelheit herum. Was war das? Was hat da geknackt? Ich bin hier doch allein, oder? Kein versteckter Eindringling, keine Ratten unter dem Bett. Ein Schluchzen steigt in mir auf, doch ich unterdrücke es und taste mich weiter an der Wand entlang.

Immer noch. Diese verdammte Angst verfolgt mich immer noch! Wieso kann ich nicht ... der Schalter! Fast wären meine Finger darüber hinweggeglitten. Hektisch tippe ich ihn an, und – nichts passiert.

Verzweifelt versuche ich es wieder und wieder, bevor endlich der Gedanke durch den panischen Nebel in meinem Kopf dringt, dass es nicht deshalb dunkel geworden ist, weil sich plötzlich sämtliche Lichtschalter von selbst ausgeknipst haben. Die Sicherung! Kjer hat doch gesagt, dass manchmal eine Sicherung herausspringt! Und der Sicherungskasten ist ... im Erdgeschoss. Ich muss also nur die Tür öffnen, die Treppe in den ersten Stock hinuntergehen, den Raum durchqueren, anschließend die Wendeltreppe hinter mich bringen und unten den Sicherungskasten finden, ich muss nur ...

Mir versagen die Knie, kraftlos rutsche ich an der Wand herunter und presse die Handballen gegen die Augen.

Das schaffe ich nicht, auf keinen Fall schaffe ich das. Ich kann nicht allein die tiefschwarze Treppe hinuntersteigen, ich kann nicht dort unten die nackten Wände abtasten, ich kann nicht, ich kann nicht, ich ... mit beiden Händen durchsuche ich meine Jackentaschen und zerre das Smartphone heraus. Letzte eingehende Anrufe. Nur auf das Display gucken, nirgendwohin sonst, alle Geräusche ausblenden. Wenn er jetzt nicht rangeht. Wenn es keine Verbindung gibt ...

«Ja? Liv?»

«Kjer!» Oh, Gott sei Dank! «Kjer, das Licht! Es ist ausgegangen! Ich hab kein Licht!»

Es rauscht und knackt, dann ist Kjers Stimme wieder zu hören. «Du musst nur die Sicherung wieder hereindrehen, Liv, unten im Kasten. Den hast du doch gesehen, oder?»

«Ich kann da nicht runtergehen!»

«Wieso nicht?»

«Es ist stockfinster! Überall!» Es gelingt mir nicht, die Hysterie aus meiner Stimme herauszuhalten oder auch nur die Lautstärke zu dämpfen. «Ich kann nicht! Ich ... was soll ich jetzt machen?»

«Liv. Ganz ruhig.»

Ich schließe die Augen und konzentriere mich auf den Klang von Kjers Stimme. Er wird mir helfen. Ganz sicher.

«Wo bist du?»

«Im Wohnzimmer.»

«Schalte die Taschenlampe an deinem Handy an.»

Taschenlampe. Das Smartphone. Natürlich. Daran habe ich vorhin doch sogar selbst noch gedacht.

Meine zitternden Finger fliegen über die Tastatur, bis ein heller Strahl einen Streifen Licht ins Dunkel schneidet. Doch auch wenn ich jetzt wieder etwas sehen kann, würde ich am liebsten trotzdem weiter die Augen zusammenpressen. Denn nichts wird dadurch einfacher. Ich muss immer noch die Treppen hinuntergehen, hinab in die Dunkelheit, mit nichts als einem kümmerlichen Licht. Keuchend atme ich aus. Verflucht noch mal, sei nicht so erbärmlich schwach, Liv! Du bist doch kein kleines Kind mehr! Reiß dich einfach zusammen!

«Liv?»

«Ich bin noch da.» Wie soll ich ihm bloß sagen, dass ich es nicht fertigbringe, wie ein normaler Mensch eine ganz simple Sache in Ordnung zu bringen?

Nichts hat sich verändert, versuche ich mir einzuhämmern. Es ist bloß ... dunkel, nichts weiter. Ich stemme mich an der Wand nach oben, lasse den Lichtstrahl der Lampe suchend über die Tür gleiten – und stürze fast die Treppenstufen hinunter, weil plötzlich einer der Bilderrahmen mit einem lauten Knall zu Boden fällt und ich einen erschrockenen Satz nach vorn mache. Es gelingt mir nicht, einen Aufschrei zurückzuhalten.

«Liv? Was ist passiert? Bist du okay?»

Meine Antwort gerät zu einem Wimmern, trotzdem taste ich nach dem Geländer und treibe mich die Stufen hinunter, hastig, einfach runter. Ich kann das, Herrgott, es ist verflucht noch mal nur *dunkel*!

Bei dem Versuch, eine weitere Stufe nach unten zu treten, obwohl es keine weitere Stufe mehr gibt, gerate ich ins Stolpern und verliere dabei das verfluchte Smartphone.

Scheiße!

Auf Händen und Knien krieche ich hinterher, den Blick auf das Licht des Displays gerichtet.

«Kjer?» Die Verbindung ist unterbrochen, in fliegender Hast rufe ich Kjers Nummer ein zweites Mal auf. Es klingelt. Und klingelt. Geh ran, Kjer, bitte! Wieso geht er nicht ran?

Die Mailbox schaltet sich ein, und in meinen Ohren beginnt es zu rauschen.

Ich umklammere das Handy, als könnte ich eine Verbindung erzwingen. Ich weiß, was er mir sagen würde. Wendeltreppe. Geh zur Wendeltreppe, du hast es doch fast geschafft.

Aber ich kann nicht. Ich kann nicht. Es ist zu dunkel. Wimmernd ziehe ich die Knie an die Brust und zerre mir die Kapuze über den Kopf. Konzentriere mich auf meine Atmung. Nicht zu schnell atmen, nicht hyperventilieren. Ich muss nur diese Nacht überstehen. Morgen früh wird es wieder hell.

Kälte kriecht durch meine Kleider, findet ihren Weg zu dem Teil von mir, der noch nicht vor Angst erstarrt ist.

Als unten die Tür aufgerissen wird, fahre ich mit einem Schrei auf.

«Liv?»

Oh Gott, es ist Kjer! Gott sei Dank, Gott sei Dank, oh Gott sei Dank! Plötzlich ist es beinahe leicht, auf die Füße zu springen und zur Wendeltreppe zu hasten. Jemand ist da. Ich bin nicht mehr allein in der Dunkelheit. Tränen der Erleichterung schießen mir in die Augen, während ich die metallenen Stufen hinuntertaumele.

Kjers Handylampe flackert an der Wand entlang, dann kehrt plötzlich das Licht zurück. Mit fassungslosem Gesicht steht Kjer neben dem Sicherungskasten, im nächsten Moment tritt er mit wenigen langen Schritten zu mir. «Ist alles okay? Ist irgendwas passiert, bist du verletzt oder ...?»

«Nein ... nein, ich bin ...» Meine Hände haben zu zittern begonnen, und als Kjer mich plötzlich einfach an sich zieht, lasse ich mich gegen ihn sinken. Ich schließe die Augen in dem Versuch, meinen keuchenden Atem zu verlangsamen.

«Hey», höre ich ihn murmeln, «was auch immer gerade los war, jetzt ist alles wieder in Ordnung. Okay? Es ist alles in Ordnung.»

Meine Stirn ruht an seiner Schulter, meine Hände liegen auf seiner Brust, und ich kann seinen Herzschlag fühlen, fest und gleichmäßig, während er mir behutsam über den Rücken streicht. Sein Duft nach Salz und Meer und Kjer umfängt mich, angenehm und warm, und ich wünschte, ich könnte ewig einfach so stehen bleiben und spüren, wie die Angst zurückweicht.

Trotzdem bin ich es, die sich irgendwann aus der Umarmung löst, nachdem mir bewusst wird, dass Kjer sich zu Recht fragen dürfte, was hier gerade los war.

Ich bemühe mich um ein Lächeln. «Ich ... also ...» Unbeholfen hebe ich eine Hand und lasse sie resigniert wieder fallen. «Ich hab Angst im Dunkeln.»

Für einen Moment schließe ich erneut die Augen, diesmal aus purer Verlegenheit. Ich hab Angst im Dunkeln – wie lächerlich sich das anhört.

«Du hast *was*?»

Hilflos zucke ich mit den Schultern. Was soll ich darauf auch antworten?

«Du hast allen Ernstes Angst im Dunkeln?»

Die Entgeisterung in seinem Gesicht ist schwer zu ertragen, und ich wende den Blick ab.

«Du ziehst für sechs Monate ganz allein auf eine einsame Insel in einen stillgelegten Leuchtturm, und du hast *Angst im Dunkeln*?»

Panik träfe es wohl besser, aber mir ist gerade nicht danach, mit Kjer über eine genauere Definition zu verhandeln. Zwischen seinen dunklen Brauen hat sich eine steile Falte gebildet.

Vernehmlich ziehe ich die Nase hoch. «Ich hatte nicht unbedingt vor, den ersten Abend gleich mit einer Konfrontationstherapie zu beginnen», erkläre ich und hätte diesen Satz gern lässig, mit leicht sarkastischem Unterton rübergebracht. Leider gerät er mir eher trotzig.

Ach, verflucht. Ich hatte wirklich gedacht, ich komme zurecht. Die letzte Panikattacke ist ewig her! Ich hatte es doch im Griff.

Nein, eigentlich bin ich bisher nur immer Situationen ausgewichen, in denen die Angst wieder hätte übermächtig werden können. Ich fühle mich auch unwohl, wenn ich nach Einbruch der Dunkelheit noch draußen unterwegs sein muss, aber normalerweise gibt es dann Straßenlaternen, Autos, andere Menschen. Doch hier, ganz allein und noch dazu in einem geschlossenen Raum …

Erschöpft setze ich mich auf die unterste Stufe der Wendeltreppe und starre blicklos auf Kjers Stiefel. Erst als er vor mir in die Hocke geht, hebe ich den Kopf.

«Und jetzt?», will er wissen. «Soll ich dich wieder mitnehmen?»

«Nein!» Das klingt schon wieder trotzig, aber diesmal ist es mir egal. Auf keinen Fall werde ich jetzt aufgeben, nur weil ich wie ein kleines Kind Angst vor der Dunkelheit habe. Auf gar keinen Fall.

«Ich komm damit klar», erkläre ich. «Es war heute nur etwas viel auf einmal.»

«Die ungewohnte Umgebung», sagt Kjer ernst.

«Die ungewohnte Umgebung und dass es so plötzlich passierte ... ich hatte keine Zeit, mich darauf einzustellen. Hätte ich zumindest Zeit gehabt, mir einen Notfallplan zu überlegen ...»

Ein Notfallplan gegen Angst im Dunkeln. Das hört sich jetzt schon wieder albern an. Misstrauisch mustere ich Kjer, doch an seinem ernsten Gesichtsausdruck hat sich nichts verändert.

«Ich komme damit klar», wiederhole ich entschieden. «Zeig mir noch mal den Sicherungskasten.»

Aufmerksam höre ich zu, während Kjer mir genau erklärt, was ich tun muss, sollte noch einmal eine der Sicherungen herausspringen.

«Lass uns hoch ins Wohnzimmer gehen», sagt er schließlich. «Du zitterst ja immer noch.»

Allein das Geräusch seiner Schritte hinter mir wirkt beruhigend auf mich.

«Wartest du kurz?», bitte ich ihn, als wir im Wohnzimmer ankommen. Dann laufe ich nach oben in die Küche, um dort die Taschenlampe aus dem Schrank zu holen.

Kjer hat sich auf das Sofa gesetzt, als ich wieder herunterkomme. Sicherheitshalber lehne ich mich an den Schreibtisch, bevor ich der Versuchung nachgeben kann, mich an ihn zu kuscheln, um die Welt und vor allem die Dunkelheit zu vergessen.

«Könntest du mir morgen dafür auf jeden Fall schon mal Batterien mitbringen?»

«Klar.»

«Und vielleicht eine zweite Taschenlampe.» Die werde ich neben dem Bett deponieren. Mir egal, dass ich, sobald meine Koffer endlich da sind, drei Taschenlampen haben werde. Eine mehr kann nicht schaden.

«Okay.»

«Es tut mir leid.»

Überrascht sieht Kjer mich an. «Was tut dir leid?»

«Na … alles. Dass ich so … aufgelöst war. Dass ich dich zurückgerufen habe. Warst du schon sehr weit von der Insel entfernt?»

«Ich war noch nicht mal auf dem Schiff. Hey, da draußen ist es dunkel, das ist mir auch aufgefallen», fügt er hinzu. «So eilig kann ich es gar nicht haben, dass ich riskieren würde, mir den Hals zu brechen. Außer natürlich …», jetzt grinst er, und ich ahne, was er sagen wird, «… außer natürlich, ich muss wie ein Blöder zurück zum Leuchtturm rennen, weil es sich am Telefon so anhört, als erleide jemand gerade einen Herzinfarkt.»

«So ähnlich fühlt es sich an», erwidere ich leise, und es tut mir leid, dass Kjers Grinsen sich auf meine Worte hin in Luft auflöst.

«Seit wann ist das denn so?»

«Schon … seit einer ganzen Weile.»

«Hast du deswegen mal irgendwas gemacht? Eine Therapie oder so?»

«Nein.»

«Wieso nicht? Scheint mir irgendwie angebracht.»

Was soll ich dazu sagen? Dass meine Mutter ganz sicher nicht der Meinung war, eine Therapie wäre für so eine kindische Angst notwendig? Nachdem sie überhaupt erst dafür gesorgt hat, dass ich wohl für immer unter dieser verfluchten Angst leiden werde? Und meine Großeltern? Ich nehme an, sie haben gehofft, die Panikanfälle würden einfach irgendwann wieder verschwinden. Aus welchem Grund auch immer, sie schickten mich nicht zum Arzt, sondern sorgten nur dafür, dass immer Licht um mich herum war. Und das habe ich nie hinterfragt. Ich mache es einfach genauso.

«Soll ich heute Nacht hierbleiben?»

Überrascht halte ich die Luft an.

«Ich könnte auf dem Sofa schlafen.»

Für einen Moment mustere ich Kjers lange Beine, dann sehe ich auf das Zweisitzersofa.

Kjer ist meinem Blick gefolgt. «Für eine Nacht wird es schon gehen», sagt er, und ich bin erleichtert, dass sein Grinsen wieder da ist. Doch obwohl ich mir bis eben nichts mehr gewünscht hätte, schüttele ich jetzt den Kopf. «Nein. Nein, das ist wirklich nett von dir, aber ... ich will nicht aufgeben, verstehst du? Und du kannst ja nicht jede Nacht hier sein.»

Kjer nickt langsam.

«Ich schaffe das», versichere ich ihm und mir selbst gleich mit, und diesmal fühlt sich mein Lächeln nicht mehr so bemüht an wie vorhin.

«In Ordnung.» Er erhebt sich und greift nach seiner Jacke, die er auf die Sitznische vor dem Fenster geworfen hat. «Wenn du deine Meinung änderst, ruf mich einfach an. Egal wann.»

Ich nicke dankbar. Aber ich glaube nicht, dass das passieren wird.

Zögernd bleibt er vor mir stehen, als wüsste er nicht, wie er sich von mir verabschieden sollte, dann legt er mir eine Hand in den Nacken und zieht kurz meinen Kopf gegen seine Schulter.

«Bis morgen», murmelt er an meinem Ohr.

Bevor ich auf seine Nähe reagieren kann, bevor ich erstarren oder mich an ihn schmiegen kann, hat er mich schon wieder losgelassen. Er verschwindet die Treppe hinunter, und wie vorhin lausche ich seinen Schritten, bis ich die Tür ganz unten zufallen höre.

Ich straffe die Schultern und stoße mich vom Schreibtisch ab.

Zuerst der Notfallplan.

Anschließend eine To-do-Liste. Und über ‹Neue Ideen entwickeln› und ‹Redaktionen anschreiben› werde ich groß ‹Gegen die Scheißangst im Dunkeln angehen› setzen.

✦ ✦ ✦

In Bewegung bleiben. Aus Erfahrung weiß ich, dass mir das am ehesten dabei hilft, die Angst vor einer neuen Panikattacke nicht übermächtig werden zu lassen. Die Angst vor der Angst, sozusagen.

Als Erstes ziehe ich – die Taschenlampe in der hinteren Hosentasche – sämtliche Vorhänge zu, um nicht immer wieder in die Schwärze der Nacht starren zu müssen. Dann trage ich den Trolley ins Schlafzimmer und packe die Dinge aus, die dort hineingepasst haben. Socken und Unterwäsche lege ich vorerst einfach zusammen mit der neuen Jeans auf einen Stuhl, diese Sachen will ich erst waschen, bevor ich sie anziehe.

Mein Schlafzeug besteht aus einer weichen Jogginghose und einem T-Shirt, und ich schlüpfe schnell hinein. Handy und Taschenlampe lege ich neben den Rechner auf den Nachttisch. Mittlerweile sind die Wohnräume warm genug, um ohne Jacke herumlaufen zu können, nur der Boden ist so kalt, dass ich ein Extrapaar Socken anziehe.

Im Kaufhaus habe ich auch eine Flasche Gin und zwei Flaschen Tonic Water gekauft, fürs Erste wandern sie vor die Wäschetruhe im Schlafzimmer. Morgen werde ich sie in die Küche bringen, für heute habe ich genug von Treppen.

Das Bett ist unter der Tagesdecke mit weißen Laken bezogen, die Wäsche riecht nicht so, als habe jemand bereits darin geschlafen, und nach kurzem Zögern beschließe ich, dass ich es mir sparen kann, alles neu zu beziehen.

Mit dem Kulturbeutel in der einen und der Taschenlampe in der anderen Hand gehe ich nach nebenan ins Badezimmer. Ich weiß, für die paar Meter ist es übertrieben, aber im Moment verhalte ich mich lieber lächerlich, als das Risiko einzugehen, ohne Licht im fensterlosen Bad zu stehen, sollte noch einmal eine Sicherung herausspringen. Was weiß denn ich, wie oft hier so etwas passiert.

Der kleinste Raum im Leuchtturm ist inzwischen mollig warm, und nachdem ich mir die Zähne geputzt habe, verkrieche ich mich ins Bett, kuschele mich unter die Decke und ziehe den Rechner heran, entschlossen, so lange Filme anzuschauen, bis mir die Augen zufallen.

Eineinhalb Filme später sinkt mir immer wieder das Kinn auf die Brust, doch jedes Knacken, jedes Rauschen, jedes ungewohnte Knistern lässt mich erneut auffahren.

Irgendwann kommt mir eine Idee. Sie ist genauso albern wie meine peinliche Angst, doch ich bin allein, niemand sieht mich, also was soll's?

Ich schäle mich aus der Decke, suche eine Stelle an der Wand, an der keine Bilder hängen, und stemme beide Handflächen dagegen, berühre mit der Stirn den glatten weißen Putz des Mauerwerks. «Matthew», flüstere ich, und es kommt mir so vor, als halte der Turm den Atem an. «Matthew, ich bin Liv. Ich passe auf dich auf und du auf mich, okay?»

Unter meinen Händen erwärmt sich langsam der Stein. Ich spüre, wie etwas in mir zur Ruhe kommt, und torkele zum Bett zurück, erschöpft vom Tag, erschöpft von allen neuen Eindrücken, erschöpft von der Angst.

Das Gesicht dem Raum zugewandt, schließe ich die Augen, und als ich sie wieder öffne, fällt Tageslicht durch den Vorhang ins Zimmer.

✦ ✦ ✦

Ich nehme mir Zeit. Wenn ich etwas gerade im Überfluss habe, dann ist es Zeit. Noch im Bett starte ich eine Bestandsaufnahme des Zimmers, mein Blick schweift vom Kleiderschrank hinüber zu der Wäschetruhe, aus der ich gestern Abend noch ein Handtuch herausgeholt habe. Wie alle Möbel im Turm wirkt sie, als könnte sie lange Geschichten erzählen, von den Frauen, die ihre Aussteuer unter dem schweren Truhendeckel verwahrt hatten, und von den Männern, die ihnen das Leben schöner oder schwerer oder beides gleichzeitig gemacht hatten. Mein Opa würde sich hier wohl fühlen.

Auf meine noch ungeschriebene To-do-Liste setze ich in Gedanken den Punkt, sowohl ihn als auch Dana heute anzurufen. Und meine Mutter sollte ich wohl auch endlich über meinen derzeitigen Aufenthaltsort informieren. Eventuell sogar über meine Interview-Katastrophe.

Ich schiebe die Beine aus dem Bett und vergrabe für einen Moment meine nackten Füße im flauschigen Teppich, dann streife ich mir die Socken von gestern über und gehe zum Fenster, um den Vorhang beiseitezuziehen.

Der Himmel ist blassblau, zarte Wolkenfetzen treiben dem Horizont entgegen. Das Meer wirkt sehr viel ruhiger als gestern, aber vielleicht kommt mir das ohne die dramatische Wolkenkulisse auch nur so vor. Weit unten lecken Gischtkämme an schwarzen Felsen, vom Fenster aus kann ich beides sehen, sowohl die ins Meer stürzenden Klippen als auch die gewellten Wiesen, die sich über die gesamte Länge der Insel erstrecken. Es ist wunderschön, und der Gedanke, hier ganz allein zu sein, hat heute nichts Bedrückendes mehr an sich – im Gegenteil: Das ist meine Insel! Mein Leuchtturm! Ich bin die Königin der Welt!

Ein paar Minuten noch beobachte ich die Möwen, die sich mit ausgebreiteten Schwingen vom Wind tragen lassen und immer wieder pfeilschnell zum Wasser schießen, dann raffe ich meine Kleider zusammen, um ins Badezimmer zu gehen.

Beim Duschen in der Wanne setze ich das halbe Bad unter Wasser. Ein Duschvorhang wäre praktisch – wenn ich nicht jeden Morgen alles aufwischen will, muss ich mir da was einfallen lassen.

In der Küche öffne ich schließlich das erste Mal den Kühlschrank. Kjer hat Milch, Butter, Cheddar, Salami, Speck, Würstchen, Eier und Marmelade hineingepackt, außerdem Tomaten, Äpfel und Bananen. Im Gefrierfach liegen zwei abgepackte Steaks. Ich darf nicht vergessen, Kjer heute das Fleisch wieder mitzugeben. Es soll ja nicht verderben.

Auf der Arbeitsfläche entdecke ich eine Holzschale, in die ich das Obst und die Tomaten lege. Danach inspiziere ich die Küchenschränke und finde nicht nur Geschirr, sondern auch Mehl, Salz, Pfeffer, Zucker, abgepacktes Brot, mehrere Dosen mit weißen Bohnen in Tomatensoße, Schwarztee und in zwei Tonkrügen Zwiebeln und Kartoffeln. Im Schrank über der Spüle stehen gleich vier verschiedene Cornflakespackungen nebeneinander. Spülmittel ist ebenfalls vorhanden.

Mein erstes Frühstück auf Caorach möchte ich ausgiebig genießen, und statt nur schnell ein paar Cornflakes in eine

Schüssel zu schütten, häcksele ich Zwiebeln auf einem riesigen, hölzernen Schneidbrett und mache mir ein Omelett. Die Pfanne trage ich zusammen mit Brot, Butter und Cheddar zu dem halbrunden Tisch am Fenster. Gestern habe ich außer dem Frühstück bei Airin nichts mehr gegessen, doch als ich jetzt hungrig in das dunkle, großzügig mit Käse belegte Brot beiße, vergeht mir fast der Appetit. Was optisch wie ein stinknormales Vollkornbrot aussieht, schmeckt süß wie ein Rosinenbrötchen. *Sirup* lese ich auf der Zutatenliste. Und zwar direkt hinter *Mehl*. Okay, das ... ist interessant. Ich nehme den Käse wieder herunter und stehe noch einmal auf, um die Marmelade zu holen.

Nach meinem ausgiebigen Frühstück räume ich alles wieder auf und laufe sämtliche Treppen hinunter, um die neuen Klamotten in die Waschmaschine zu stopfen. Anschließend setze ich mich in die Fensternische im Wohnzimmer, den Laptop auf den Knien. Doch statt ihn zu öffnen, starre ich hinaus auf die Insel und das dunkelgrüne Wasser jenseits der Klippen. Gestern war es noch dunkler, beinahe schwarz – mir kommt der Gedanke, das Meer passe seine Farben seiner jeweiligen Stimmung an, wie ein lebendiges Wesen, das meine Neugier erwidert.

Fast schon widerwillig fahre ich irgendwann den Laptop hoch und werfe als Erstes einen Blick in das Dokument mit den Ideen, die ich vor Wochen an diverse Redaktionen geschickt habe. Es dauert nicht lang, sie alle noch einmal zu überfliegen, und beinahe ausnahmslos erscheinen sie mir inzwischen ... farblos. Langweilig und flach. Kein Wunder, dass niemand Interesse daran zeigte. Einzig den Artikel über Annemarie und Sarah möchte ich noch immer gern irgendwo unterbringen und – na ja, einen Text über Veganismus schreiben zu müssen, ist zwar auch nicht wirklich das Wahre, aber zum einen glaube ich in weiten Teilen wenigstens an die Aussage, und zum anderen wartet darauf meine Apothekenzeitschrift. Der ganze andere Mist – gut, dass ich mich nicht damit befassen muss. In Hamburg ist mir gar nicht aufgefallen, wie oberflächlich die meisten Themen waren. Ich habe mich eindeutig zu lang mit Königshäusern, Schauspielern und Popstars herumgeschlagen.

In den nächsten zwei Stunden skizziere ich ein erstes Gerüst zu dem Veganer-Artikel und habe nicht weniger als elf Internetseiten zum Thema geöffnet, als ich den Rechner schließlich zur Seite schiebe und aufstehe, um mein Telefon zu holen. Dabei fällt mir das Bild ins Auge, das gestern heruntergefallen ist, eine Bleistiftzeichnung von einer Muschel. Zum Glück ist es nicht kaputtgegangen. Ich hänge es zurück an seinen Haken und kuschele mich mit dem Telefon wieder zwischen die Kissen in der Fensternische.

Erst will ich meinen Opa anrufen und direkt danach meine Mutter. Zuletzt Dana. Doch als ich auf das Display tippe, halte ich inne. Kjer hat sich gemeldet, vermutlich irgendwann, als ich gerade das Bad überschwemmt habe. Eilig rufe ich die Mobilbox ab. Mit seiner angenehmen, tiefen Stimme im Ohr sehe ich ihn wieder auf der Bühne im *Brady's* vor mir, erinnere mich daran, dass er kurz in meine Richtung sah, und wünsche mir, es wäre nicht nur ein zufälliger Blick gewesen. Plötzlich schlägt mein Herz sehr viel schneller.

Ich muss die Nachricht noch einmal abhören, weil ich nur die Hälfte mitbekommen habe, und bemühe mich beim zweiten Mal, jede Form von Kopfkino zu unterdrücken.

Kjer will wissen, was ich noch alles brauche. Gegen sechs könne er bei mir sein, bis spätestens drei benötige er eine Einkaufsliste. Und wie es mir gehe?

Gut. In diesem Moment geht es mir gut, ziemlich gut

sogar. Es ist fast unmöglich, sich nicht gut zu fühlen, wenn man es sich in einer behaglichen Fensternische in einem Leuchtturm gemütlich gemacht hat und hinaus aufs Meer sieht. Ob es hier Delfine gibt? Oder Wale? Fasziniert von diesem Gedanken, lasse ich meinen Blick über die Wellenkämme gleiten, bevor mir Kjers Fragen wieder einfallen und ich aufstehe, um zu überprüfen, was alles fehlt.

Auf der fertigen Einkaufsliste steht schließlich neben einer Reihe an Lebensmitteln auch das Wort ‹Kaffeemaschine›, versehen mit einem Fragezeichen. Es kommt mir zwar etwas unverschämt vor, Kjer schon am ersten Tag mit einem Sonderwunsch in dieser Größe zu kommen, doch ich brauche morgens Kaffee. Wenn ich an den Milchkaffee denke, den ich mir in Hamburg immer zum Frühstück gemacht habe, wird mir vor Sehnsucht ganz anders.

Nachdem ich Kjer die Liste geschickt habe, krabbele ich wieder auf meinen neuen Lieblingsplatz und rufe endlich meinen Opa an.

«Liv!» Seine Freude ist unüberhörbar. «Na endlich! Wie geht es dir? Bist du gut in Irland angekommen? Wenn du heute nicht angerufen hättest, hätte ich mir langsam Sorgen gemacht.»

Prompt habe ich ein schlechtes Gewissen, weil ich mich nicht früher bei ihm gemeldet habe. «Mir geht's gut, mach dir keine Gedanken. Seit gestern wohne ich im Leuchtturm, und es ist unfassbar schön hier – habe ich dir eigentlich erzählt, dass er Matthew heißt?»

Das dröhnende Gelächter, das diesen Worten folgt, ist ansteckend. Ich wusste, das würde ihm gefallen. Es dauert nicht lang, die Ereignisse der letzten Tage zu erzählen, nur die Panikattacke der letzten Nacht lasse ich aus. Ich will nicht, dass er sich Sorgen macht.

«Das hört sich gut an, Mädchen», sagt er schließlich. «Du weißt, ich habe dir schon häufiger gesagt, du solltest mal Urlaub machen ...»

«Es wird kein Urlaub», unterbreche ich ihn. «Ich werde neue Ideen entwickeln, ich werde mich beruflich neu sortieren und ...»

«Neu sortieren?»

Ich seufze. Das kann mein Opa besonders gut. Mit nur einem vorsichtigen Nachhaken meine Sätze in die hohlen Phrasen verwandeln, die sie eigentlich sind.

«Ich meine, ich werde ...»

«Liv.» Der warme Unterton in seiner Stimme führt dazu, dass ich ein wenig in mich zusammensacke. «Du hast jetzt alle Zeit der Welt, dir zu überlegen, was du wirklich willst. Du hast in den letzten Jahren nichts anderes getan, als auf eine Anstellung bei einer großen Zeitung hinzuarbeiten. Du hast dir nichts gegönnt, nicht mehr nach links oder nach rechts gesehen. Und jetzt hat dich etwas aus der Bahn geworfen. Nimm es als die Chance, die es ist.»

Wir schweigen. Wir konnten auch schon immer großartig zusammen schweigen.

«Ich werde es versuchen», erwidere ich schließlich vorsichtig und nicht sehr überzeugt.

«Tu das. Und nun erzähl mir mehr von diesem jungen Mann, der dich auf die Insel gebracht hat und dich dort versorgt.»

«Kjer? Ich weiß ...»

«Kjer. Ah», unterbricht mich Opa. «Du hast seinen Namen bisher nicht erwähnt. Ungewöhnlich dafür, dass er in deinem Bericht mindestens fünfmal aufgetaucht ist.»

«Er ist nicht ...»

«Oder auch sechsmal.»

Ich muss lachen. «Ich weiß noch nicht viel über ihn», stelle ich schließlich fest. «Aber bisher war er sehr nett.»

«Das will ich doch hoffen. Du brauchst auf deiner Insel menschlichen Kontakt, sonst wirst du so verschroben wie dein Opa und ziehst am Ende noch zu deinem Brieffreund nach England.»

«Das dürfte schwierig werden, da ich keinen Brieffreund in England habe.»

«Ein Grund mehr, es mit diesem Kjer zu versuchen.»

«Opa!» Wie viele Zweiundzwanzigjährige gibt es, deren Großväter versuchen, sie mit wildfremden Männern zu verkuppeln, nur weil sie sich Sorgen über das nicht vorhandene Liebesleben ihrer Enkelin machen?

«Mach was draus, Liv. Ich bin sicher, das wirst du.»

Sein letzter Satz bezieht sich nicht auf Kjer – denke ich zumindest –, und nachdem wir uns voneinander verabschiedet haben, mustere ich noch eine Weile das Telefon in meinen Händen. Opa und ich telefonieren selten. Wir haben beide eine Vorliebe für Briefe und schreiben uns oft. Aber wenn wir telefonieren, vermisse ich ihn anschließend furchtbar.

Der nächste Anruf ist schnell erledigt – bei meiner Mutter geht nur die Mailbox ran. Ich hinterlasse eine Nachricht mit der Bitte, sich bei mir zu melden. Erfahrungsgemäß wird sie das innerhalb der nächsten zwei Tage tun – wenn sie es nicht vergisst.

Dana geht ebenfalls nicht ans Telefon. Ob sie sogar an einem Samstagvormittag in der Redaktion sitzt? Auch sie bitte ich, mich zurückzurufen, bevor ich aufstehe, um die Wäsche in den Trockner zu geben. Anschließend laufe ich die Treppen wieder hoch zum Wohnzimmer und beschließe, mich hier mal genauer umzusehen.

Bei den vielen Büchern auf den Regalen und in der Vitrine

handelt es sich überwiegend um Reiseberichte und Sachbücher über andere Länder. Einige von ihnen sind zerlesen, andere wirken so neu, als habe sie nie jemand aufgeschlagen. Es gibt ein kleines Regal, auf dem sich ausschließlich Romane befinden, Virginia Woolf, Charlotte Brontë, Jane Austen und Simone de Beauvoir. Ich blättere einige von ihnen durch; an den Rand geschriebene Notizen beweisen, dass jemand sich intensiv mit ihrem Inhalt auseinandergesetzt hat.

Bei den Bildern an den Wänden handelt es sich überwiegend um Bleistiftzeichnungen, filigrane Skizzen von Steinen, Seesternen und Muscheln. Neben den Zeichnungen gibt es auch bunte Aquarelle, auf denen Strand, Meer und Klippen zu sehen sind, auf einem von ihnen ist deutlich Caorach samt Leuchtturm zu erkennen.

Neugierig steige ich hinauf ins Schlafzimmer, um mir auch dort die Bilder genauer anzuschauen. Hier hängen Fotos, Aufnahmen von Max Wedekind und der Frau, an die ich mich von den Bildern auf seinem Kaminsims in Blankenese zu erinnern glaube. Auf jedem Foto wirken sie glücklich, sie lachen, blicken sich verliebt an, laufen Hand in Hand. Es gibt mehrere Bilder, auf denen nur Herrn Wedekinds Frau zu sehen ist, aber nur ein einziges Foto, das ihn allein zeigt. Er lächelt, ein entspanntes, liebevolles Lächeln, und ich bin sicher, dass sie diesen Schnappschuss gemacht hat.

Ob seine Frau gestorben ist? Vielleicht war die lächelnde Frau auf den Fotos bei meinem Besuch in Hamburg einfach nicht zu Hause, doch irgendwie glaube ich das nicht. Nirgends hängen Bilder, auf denen die beiden älter als etwa Mitte vierzig aussehen.

Oder hat sie ihn verlassen?

Ich schüttele den Kopf, um die Gedanken zu vertreiben. Im Grunde geht mich das nichts an.

Wo ich schon im Schlafzimmer bin, ziehe ich endlich mein Schlafzeug aus und Jeans und Pulli an. Es wird Zeit, die Insel zu erkunden.

Vor dem Losgehen kontrolliere ich, ob ich alles habe. Der Schlüssel zum Leuchtturm befindet sich in meiner linken, mein Smartphone in der rechten Jackentasche. Alles gut.

Als ich vor die Tür trete, bin ich überrascht, wie stürmisch es ist. Geschützt von Matthews dicken Mauern, wirkte das Meer vom Fenster aus sehr viel ruhiger als gestern, doch der Wind lässt die Ärmel meiner Jacke knattern, und obwohl ich mir die Kapuze tief in die Stirn ziehe, fegt er mir immer wieder einzelne Haarsträhnen in die Augen.

Als Erstes laufe ich über den Trampelpfad in Richtung Anlegestelle und blicke dort, in Gedanken wieder bei Walen und Delfinen, eine Weile aufs Meer hinaus. Falls sich wirklich welche hier herumtreiben, lässt sich zumindest heute keiner blicken, und irgendwann gebe ich auf und setze meinen Inselrundgang fort. Ich komme an schroffen Felsen vorbei, schlage mich quer durch Talsenken, entdecke die Solarzellen, von denen Kjer gesprochen hat, und erklimme mit verfilztem Gras überwachsene Hügel. Überall ist das Meer, überall endet mein Weg an steil abfallenden Klippen. Abgesehen von der Bucht, in der sich der Steg befindet, scheint es auf Caorach keinen Zugang zu dem felsigen Strand zu geben, der die Insel an vielen Stellen umrahmt.

Ab und zu störe ich ein paar Möwen. Sie erheben sich kreischend und mit empörten Flügelschlägen in die Luft, die kräftigen, schlanken Schnäbel weit aufgerissen. Obwohl mir die Kälte langsam in jeden einzelnen Knochen kriecht, kann ich mich kaum abwenden vom Anblick der Wellen, die sich an den hoch aufragenden Steinwänden brechen, vom Farbenspiel des Wassers und von dieser alles umfassenden Weite.

Ich lebe in Hamburg, ich kenne das Meer – aber nicht so. Nicht in dieser Ausschließlichkeit.

Erst als sich zum Zähneklappern auch noch Hunger gesellt, schlage ich den Weg zurück zum Leuchtturm ein – und kriege, dort angekommen, die Tür nicht auf.

Was soll das denn jetzt? So ein verfluchter Mist!

Meine Finger sind steif gefroren, und es gelingt mir zwar, den Schlüssel ins Schloss zu manövrieren, nicht aber, ihn so weit zu drehen, dass die Tür aufspringt.

Irgendetwas in diesem blöden Schloss widersetzt sich hartnäckig, und nach unzähligen erfolglosen Versuchen sehe ich entnervt auf die Uhr. Es ist kurz nach vier, Kjer wollte gegen sechs vorbeikommen. Bis dahin bin ich tiefgefroren. Doch selbst wenn ich ihn jetzt anrufen würde, wäre er kaum früher hier. Ist ja nicht so, als würde er quasi um die Ecke wohnen.

Ich laufe einmal um den Leuchtturm, ohne einen anderen Zugang zu finden. Nicht dass ich das erwartet hätte. Dieses Ding hat zwei Meter dicke Wände, es scheint gegen Sturmfluten aller Art gerüstet, da wird es nicht irgendwo ein kleines Hintertürchen geben. Mit zusammengekniffenen Augen sehe ich hinauf zum ersten Fenster, doch selbst wenn ich es erreichen könnte, ist es vermutlich zu schmal, als dass ich hindurchpassen würde. Großartig, wirklich.

Während ich darüber nachdenke, was ich jetzt machen soll, reibe ich meine Hände gegeneinander und versuche es schließlich ein weiteres Mal an der Tür. Mit aller Kraft drehe ich den Schlüssel nach rechts, aber das Mistding bewegt sich einfach nicht.

Mein Ärger weicht Nervosität. Gegen sechs ist es schon dunkel, oder? Bisher habe ich nur überlegt, was zu tun ist, sollte innerhalb des Leuchtturms das Licht noch einmal ausgehen. Daran, dass ich vor dem Leuchtturm stehen könnte, während die Finsternis auf mich zukriecht, habe ich nicht gedacht.

Auch wenn ich weiß, dass es nicht viel bewirken dürfte, tippe ich eine Nachricht an Kjer, in der ich ihm in knappen Worten von meinem Missgeschick berichte und ihn bitte, Öl mitzubringen, irgendetwas, um den Schlüssel dazu zu bringen, sich leichter im Schloss zu drehen. Dann schweift mein Blick den Trampelpfad hinunter, als könne die Nachricht Kjer unmittelbar herbeizaubern. Überraschenderweise geschieht dies nicht.

Okay. Was jetzt? Wenigstens wird es keinen Schockmoment wie gestern Abend geben. Die Dunkelheit wird langsam kommen, es ist also genug Zeit, mir in Ruhe einen Plan zurechtzulegen.

Die Taschenlampe befindet sich im Leuchtturm neben dem Bett, aber ich habe ja zumindest das Handy. Das allerdings müsste dringend mal wieder aufgeladen werden. Hoffentlich denkt Kjer an die Ersatztaschenlampe. Am besten eine kleine, die in die Jackentasche passt.

Ein letztes Mal rüttele ich halbherzig am Schlüssel, dann lasse ich das blöde Ding einfach stecken, stopfe die Hände in die Taschen und mache mich mit hochgezogenen Schultern und ohne jede Eile auf den Weg zur Anlegestelle. Wenn ich dort auf Kjer warte, bin ich früher nicht mehr allein. Außerdem schafft er es ja vielleicht doch etwas schneller, und es ist noch gar nicht richtig dunkel, wenn er ankommt.

Einige Male bleibe ich stehen, um auf und ab zu hüpfen, einmal versuche ich es sogar mit Kniebeugen, und es hilft ein wenig, zumindest bilde ich mir ein, nicht mehr ganz so heftig zu frieren.

Als ich die Treppe in den Klippen erreiche, ist aus dem

blassblauen Himmel ein blassgrauer geworden. Die Wolken ziehen sich mehr und mehr zusammen und verdecken immer wieder die untergehende Sonne. Vom Boot ist nichts zu sehen, klar, es ist ja auch erst zwanzig vor fünf.

Seufzend klettere ich die Steinstufen hinab. Immerhin regnet es nicht, spreche ich mir selbst Mut zu. Und in der Bucht bin ich sogar vor dem Wind etwas geschützt.

Um mir die Wartezeit zu vertreiben, suche ich am felsigen Strand vor den Klippen nach Muscheln und besonderen Steinen, und als die Sonne den Horizont fast erreicht hat, befinden sich in meiner Jackentasche mehrere Muscheln, die ich in den heranschwappenden Wellen ausgespült habe. Sie sind nicht besonders beeindruckend, aber es sind meine ersten Muscheln auf Caorach, und ich werde im Leuchtturm einen schönen Platz für sie finden.

Ein kräftiges Orange hat sich inzwischen über das gesamte Wolkenband im Westen ausgebreitet. Eben noch bin ich auf und ab gehüpft, um mich warm zu halten, jetzt stelle ich jede Bewegung ein und verfolge mit angehaltenem Atem, wie die letzten Strahlen das Meer in Brand setzen. Friede. Sehnsucht. Wehmut. Angst. Ich versuche erst gar nicht, meine Gefühle sortieren zu wollen, lasse sie einfach über mich hinwegrollen, und mir stehen Tränen in den Augen, als die Sonne sich mit einem letzten Aufblitzen für heute verabschiedet.

So unglaublich schön.

Würde es mir doch nur gelingen, die sich jetzt anbahnende Dunkelheit nicht als Feind zu sehen.

Während ich zum Steg gehe und mich an einen der Anlegepfähle gelehnt hinhocke, beginne ich, auf meine Atmung zu achten. Tief einatmen, die Luft langsam wieder herauslassen. Ich schlinge die Arme um die Knie und konzentriere mich auf das Meer. Auf das Rauschen der Brandung. Auf das

Knistern, wenn das Wasser sich aus dem angespülten Seetang am Strand wieder zurückzieht. Vereinzeltes Plätschern, vielleicht ein Fisch, vielleicht einfach nur eine zu früh in sich zusammenbrechende Welle.

Ich fühle die Panik, die in mir darauf wartet, hervorzubrechen, doch noch gelingt es mir, sie zu unterdrücken. Nicht an gestern Abend denken, nicht daran, wie eng mein Brustkorb geworden ist ... ich atme zu tief ein und muss husten.

Über mir leuchten blass die ersten Sterne auf, und ich lege den Kopf auf meine Knie, versuche die hereinbrechende Nacht auszusperren. Früher hat mein Opa mir in den Ferien immer den Himmel erklärt – das war, bevor nicht einmal er es noch geschafft hat, mich in die Dunkelheit zu locken. Nicht einmal, um Sterne anzusehen.

Schon damals habe ich mir oft gewünscht, ich könnte einfach bei meinen Großeltern bleiben, statt mit meiner Mutter alle paar Jahre in ein neues Land zu ziehen. Aber erst mit vierzehn rebellierte ich. Ich wollte nicht noch einmal umziehen – diesmal von Kopenhagen nach Luxemburg –, ich wollte nicht schon wieder mühsam neue Freundschaften aufbauen, nur um sie dann wieder zurücklassen zu müssen. Ich wollte bleiben, irgendwo bleiben und Wurzeln schlagen.

Es folgten heftige Diskussionen und Streitereien, mehr als einmal saß ich in Tränen aufgelöst in meinem Zimmer, doch im Nachhinein betrachtet, ging es recht schnell, bis meine Mutter mir erlaubte, zukünftig bei meinen Großeltern zu leben. Und als sie es tat, weinte ich wieder, weil ich plötzlich nicht mehr wusste, ob es wirklich das war, was ich wollte. Auf jeden Fall wollte ich nicht, dass meine Mutter ohne mich weiterzog, doch das tat sie. Sie ließ mich zurück, und mein Kopf erklärte es mir, und ein Teil meines Herzens verkümmerte.

Ein Geräusch treibt übers Meer, das leise Brummen eines

Motors, und in diesem Moment realisiere ich, wie dunkel es inzwischen ist. Eine Sekunde lang scheint eine eisige Klammer meinen Brustkorb zu zerquetschen, dann löst sich die Anspannung, weil ich Lichter erkennen kann, die sich über das Wasser hinweg auf mich zubewegen.

Während das Plätschern der Wellen lauter wird und schließlich ein kratzendes Geräusch zu hören ist, bleibe ich zusammengekauert sitzen. Erst als ich Kjers Schritte auf dem Steg höre, richte ich mich umständlich auf. Himmel, ich bin total durchgefroren.

«Scheiße noch mal! Liv!», ruft Kjer entgeistert, irgendetwas fällt aus einer der Tüten, die er mit sich schleppt, und rollt über den Steg hinweg ins Wasser. Es war nicht meine Absicht, ihm einen solchen Schrecken einzujagen, doch noch ehe ich eine Entschuldigung hervorbringen kann, hat er die Tüten abgestellt und bewahrt mich im nächsten Moment davor, über meine eigenen Füße zu stolpern, die ich kaum noch spüre.

«Vorsicht!» Seine Hände umfassen meine Oberarme. «Alles in Ordnung? Wie lange sitzt du denn schon hier?» Die Sorge in seiner Stimme ist unüberhörbar.

«Noch nicht so lange», nuschele ich, bemüht, beim Sprechen nicht mit den Zähnen zu klappern. «Mir ist nur ein bisschen kalt.»

«Glaub ich dir sofort.» Kjer scheint kurz zu überlegen, ob er mich loslassen kann, bevor er sich nach den Einkäufen bückt. Als er mitbekommt, dass es mir schwerfällt, einen Schritt vor den anderen zu setzen, rafft er sämtliche Tüten mit einer Hand zusammen und umfasst mit der anderen meine steif gefrorenen Finger. Unbeholfen trotte ich neben ihm her zum Klippensteig, wo er mich zweifelnd ansieht.

«Schaffst du das allein?»

«Ja, klar.» Zwar nicht aufrecht, aber das hat er ja auch nicht gefragt. Verbissen umklammere ich die Kanten der nasskalten Felsstufen und krabbele ungelenk auf allen vieren los. So kann ich wenigstens nicht nach hinten stürzen, und Kjer muss nicht den Inhalt der Tüten opfern, um mich aufzufangen. Hoffentlich war das, was da eben ins Wasser geplumpst ist, nicht die Taschenlampe.

«Um ein Haar hättest du mir einen Herzinfarkt verpasst», höre ich Kjer sagen, weshalb ich trotz der stechenden Schmerzen in meinen Gliedern lächeln muss. «Ich dachte, du stehst vor dem Leuchtturm», fügt er hinzu.

«Dann hätte ich ja noch länger auf dich warten müssen.»

«Ah.»

In diesem *Ah* meine ich einen belustigten Unterton aus seiner Stimme herauszuhören, und in Gedanken spule ich meinen letzten Satz noch einmal ab. Oh. Ähm.

«Ich meine …», beginne ich verlegen, während ich über den Klippenrand klettere und mich schwankend aufrichte. «Ich meine, wegen … weil es eben dunkel …»

«Schon klar.» Ich kann seinen Gesichtsausdruck in der Dunkelheit nicht erkennen, aber ich weiß, dass er immer noch grinst. «Kannst du laufen?»

«Es geht schon», antworte ich und gebe den Versuch auf, meine Bemerkung herunterzuspielen. Durch mein Gestammel wird es nur noch peinlicher.

Am Leuchtturm angekommen, stellt Kjer die Tüten ab und macht sich im Schein der Handylampe am Schloss zu schaffen. Was, wenn er das Ding jetzt auch nicht aufbekommt? Wo übernachte ich dann? Ob Kjer mitten in der Nacht eine andere Unterkunft für mich auftreiben könnte? Oder würde er mir anbieten, mit zu ihm – ein Klicken, und die Tür schwingt auf.

Kurz darauf sitze ich in eine Decke gehüllt in der Küche am Tisch, während Kjer die Dinge verstaut, die er mitgebracht hat. Die Taschenlampe ist glücklicherweise nicht direkt nach ihrer Ankunft auf Caorach ertrunken, und was stattdessen in den Wellen gelandet ist, weiß nicht einmal Kjer so genau.

«Vermutlich ein Apfel», erklärt er, und damit ist die Sache für ihn erledigt. «Eigentlich wollte ich erst nächsten Freitag wieder vorbeikommen, aber irgendwas müssen wir mit diesem Schloss machen. Nicht dass du noch mal im Dunkeln draußen stehst und die Tür nicht mehr aufkriegst.»

Ein Schauer läuft mir über den Rücken. Nein. Ich denke, dann werde ich lieber endgültig zur Einsiedlerin und verlasse den Leuchtturm gar nicht mehr.

«Morgen schaffe ich es nicht, aber am Montag kann ich mich darum kümmern. Bis dahin bleibst du entweder drin oder legst irgendetwas in die Tür, solltest du rausgehen.»

Meine Rede.

«Wenn du die Tür zum Wohnzimmer schließt, kühlt es nur unten aus», fährt Kjer fort.

«In Ordnung.»

Mittlerweile ist er bei der dritten und letzten Tüte angekommen und zieht nun eine silberne Kanne hervor.

«Was ist das denn?»

«Ein Espressokocher», erklärt Kjer zufrieden. «Eine Kaffeemaschine ließ sich auf die Schnelle nicht auftreiben, aber ich dachte, fürs Erste tut's der auch.»

«Ich habe gar keinen Espresso da.»

«Ist auch in der Tüte.»

«Und wie funktioniert so ein Ding?»

Kjer wirft mir grinsend einen Blick zu. «Darf ich dir einen Espresso anbieten?» Innerhalb weniger Minuten hat er das Kännchen auseinandergenommen, Espressopulver in einen kleinen Siebträger gefüllt, in den unteren Teil der Kanne Wasser gegossen und das Ganze wieder zusammengesetzt.

«Jetzt musst du warten, bis es knistert», erklärt er, während er den Kocher auf den Herd stellt und die Platte einschaltet.

«Bis es knistert?»

«Ja, oder rauscht oder britzelt, was weiß ich. Warte einfach einen Moment, ich sag dir, wenn es so weit ist.»

Andächtig höre ich zu, wie das Wasser in der Kanne zu kochen beginnt, kurz darauf ist tatsächlich eine Art Knistern zu hören.

«Jetzt», sagt Kjer, «ist er fertig.»

Ich wende die Augen vom Espressokocher ab und vergesse zu atmen, als ich feststelle, dass Kjers Blick nicht auf der Kanne, sondern auf mir liegt. Plötzlich frage ich mich, was er in dieser Sekunde sieht. Einfach nur eine junge Frau, eingewickelt in eine karierte Decke? Eine dumme Touristin, die seine Hilfe braucht? Oder vielleicht doch etwas mehr? Ich muss an Airin denken und an ihre Worte, es sei sehr einfach, mit Kjer Spaß zu haben – und was ich als Nächstes denke, würde schwarze Zensurbalken verdienen.

Beiläufig schiebt Kjer die Kanne von der heißen Platte. «Espresso?», murmelt er, die Stimme vielleicht eine Spur dunkler als sonst. «Oder magst du irgendetwas anderes?»

«Ich ...»

Etwas beginnt zu summen. Es dauert einen Moment, bis ich realisiere, dass es sich dabei um mein Telefon handelt.

Kjer wendet den Blick ab, und es ist, als würde dadurch ein Teil der Wärme verschwinden, die mich gerade noch umgeben hat. Keine Ahnung, ob ich dem Telefon für diese Unterbrechung dankbar sein sollte oder nicht.

Ohne auf das Display zu gucken, greife ich nach dem Smartphone auf dem Tisch.

«Liv.» Meine Mutter. «Du hast um Rückruf gebeten?»

Kjer verteilt den Espresso auf zwei zierliche Teetassen, dann hält er die Zuckerpackung in die Höhe, und ich strecke zwei Finger in die Luft.

«Ich wollte mich nur melden», beginne ich, «um dir zu sagen, dass ich gerade in Irland bin.»

Die Verwirrung meiner Mutter ist über all die Kilometer, die uns voneinander trennen, spürbar. Kjer gibt zwei Löffel Zucker in eine der beiden Tassen und beginnt zu rühren.

«Und das konnte nicht warten? Mir zu erzählen, dass du Urlaub machst?»

«Ich mache keinen Urlaub, ich ... werde für die nächsten sechs Monate in einem Leuchtturm wohnen. Auf einer Insel.» Eigentlich klingt das doch ganz lässig. Das anhaltende Schweigen am anderen Ende macht mir jedoch deutlich, dass ich mit dieser Ansicht allein dastehe.

«Was genau meinst du damit?», fragt meine Mutter schließlich.

In knappen Sätzen versuche ich ihr zu erklären, welche Umstände dazu geführt haben, dass ich augenblicklich in der Küche eines Leuchtturms sitze und mir ein Mann, der so verdammt anziehend auf mich wirkt, dass mir das sogar noch während eines Gesprächs mit meiner *Mutter* auffällt, einen Espresso reicht. Ich komme nicht sehr weit.

«Du wurdest gefeuert?»

«Es war ... das Interview ... ja», knicke ich ein.

«Das Interview, von dem du mir erzählt hast, es würde dich geradewegs aus deiner Klatschspalte führen? Wie ist das passiert?»

Das wüsste ich auch gern. «Weiß ich nicht.»

Diese Antwort empfindet meine Mutter offensichtlich als höchst unbefriedigend. «Deine Pläne sehen also aktuell so aus, dass du sechs Monate lang auf einer Insel darüber nachdenken willst, was du jetzt tun sollst?»

«Ich kann von hier aus ...»

«Pass auf, Liv.» Die Stimme meiner Mutter hat den Klang angenommen, den sie bekommt, wenn sie sich dabei gereizt die Schläfen massiert. «Ich kann verstehen, dass du nach einer solchen Erfahrung etwas Abstand benötigst, okay? Aber du kannst dich nicht sechs Monate lang vergraben. Das bringt überhaupt nichts. Mach in diesem Leuchtturm einen netten Urlaub, vielleicht eine, maximal zwei Wochen. Aber danach reißt du dich zusammen, fliegst zurück nach Hamburg und stellst dich deinen Problemen. Vielleicht ist es auch an der Zeit, über einen beruflichen Neustart nachzudenken.»

Mit einer solchen Reaktion war zu rechnen. Trotzdem sitze ein paar Sekunden lang einfach nur da und starre Kjer an, der fragend die Augenbrauen hochzieht.

«Liv? Hast du mich gehört?»

«Ja», erwidere ich.

«Das kann jedem passieren», erklärt sie als Nächstes, und dieser Satz könnte tröstend wirken, hätte sie ihn nicht so kühl ausgesprochen. «Du musst dich deshalb nicht schämen. Entscheidend ist, was du daraus machst. Ob du es als Chance verstehst oder vor dieser Demütigung klein beigibst. Hörst du?»

«Ja.»

«Ich muss jetzt Schluss machen, aber melde dich, sobald du wieder in Hamburg bist. In Ordnung, Liv?», hakt sie nach, weil meine Antwort nicht schnell genug kommt.

«Ja.»

«Dann noch einen schönen Urlaub. Und Liv? Ich habe dich nie als Journalistin gesehen.»

Sie legt auf, und ich starre auf das Telefon in meiner Hand.

Bis zu diesem Augenblick habe ich mich nicht geschämt. Ich war wütend, hilflos, verzweifelt, das ja. Aber ich habe nichts falsch gemacht, und ich habe mich nicht geschämt. Doch jetzt ... jetzt tue ich es.

7

«*Was ist los?*»

Kjer lehnt mit verschränkten Armen an der Arbeitsplatte. Nur langsam dringt meine Umgebung wieder zu mir durch, der Geruch von Kaffee, die Tasse, die vor mir auf dem Tisch steht und nach der ich jetzt greife, um einer direkten Antwort auszuweichen. Meine Hand zittert ein wenig, der Espresso ist heiß und süß.

«Das war meine Mutter. Gespräche mit ihr ... sind manchmal schwierig.»

«Ah.»

«Es ist ...» Obwohl Kjer nicht nachfragt, habe ich plötzlich das Gefühl, es erklären zu müssen. Vielleicht auch mir selbst. «Sie stellt hohe Ansprüche, immer. An sich selbst, an andere ... an mich natürlich auch. Sechs Monate in einem Leuchtturm, das hält sie für Zeitverschwendung.» Versuchsweise lächle ich, zum einen, um dem niedergeschlagenen Ton in meinen Worten entgegenzuwirken, zum anderen, um den verkrampften Ausdruck in meinem Gesicht loszuwerden. «Zwischen uns ist es nicht immer einfach.»

War es noch nie.

«Na ja ... sie ist nicht hier, oder?»

«Sie ist ...» Nein. Das stimmt. Meine Mutter ist nicht hier. Doch die Macht, die sie über mich hat, überbrückt jede Entfernung. Ich kann das immer wieder aufflackernde Bedürfnis, sie zufriedenzustellen, nicht einfach ausschalten, egal wie weit sie weg ist oder wie sehr ich mir das wünsche.

«Und wenn ich sie nicht mit dem Boot übersetze, kann sie hier auch nicht einfach so auftauchen.»

Er lächelt, doch es gelingt mir nicht so recht, es zu erwidern. Wenn er das Gift meiner Mutter doch nur genauso leicht von meinem Kopf fernhalten könnte, wie sie selbst von der Insel. Schade, dass man Worten nicht einfach verbieten kann, sich festzuhaken, sich auszubreiten und Gedanken und Ideen zu überwuchern.

Kjer wird wieder ernst. «Vergiss, was sie zu dir gesagt hat. Wichtig ist, was du willst. Wenn sie etwas für Zeitverschwendung hält, das dir etwas bedeutet, dann wird sie eben kein Teil dieser Erfahrung. Nicht dein Problem.»

Überrascht blicke ich auf. Das ... trifft es erstaunlich gut auf den Punkt. Mit wenigen Sätzen ist es ihm gelungen, die zermürbende Präsenz meiner Mutter auf ein handliches Format zusammenzudrücken. Etwas, das ich nehmen und in einer Ecke meines Hirns verstauen kann, bis ich mich wieder mit ihr auseinandersetzen muss. Die üblichen Zweifel, die nach Gesprächen mit ihr meist lange in mir nachhallen, fallen in sich zusammen.

Denn ich will das hier. Ich will diese sechsmonatige Auszeit. Nein, ich will sie nicht nur, ich brauche sie. Weil das, was in den letzten Monaten und Jahren mein Leben bestimmt hat, tatsächlich nicht das Richtige für mich war. Nicht so, wie meine Mutter denkt. Die eingeschlagene Richtung stimmt, nur habe ich mich trotzdem irgendwie verrannt. Und jetzt bin ich in der geradezu unglaublich luxuriösen Position, mir genau überlegen zu können, wie ich meinen inneren Kompass zukünftig ausrichten will. Von wegen Zeitverschwendung!

«Ich mach mich auf den Weg. Du siehst aus, als bräuchtest

du Zeit zum Nachdenken.» Kjer hat sich seine Jacke übergezogen, während ich noch damit beschäftigt war, die Tasse in meiner Hand niederzustarren. «Ich komme am Montag vorbei, um das Türschloss auszutauschen. Wenn irgendetwas vorher sein sollte, du hast meine Nummer.»

«Danke», erwidere ich, und das bezieht sich auf sehr viel mehr als nur auf sein Angebot, ihn jederzeit anrufen zu können. In Kjers Augen lese ich, dass er das weiß.

✦ ✦ ✦

Ich habe noch daran gedacht, Kjer die Wurst und das Fleisch mitzugeben, und kümmere mich, nachdem er verschwunden ist, zunächst einmal ums Abendessen. Während Kartoffeln und Zwiebeln in der Pfanne hoffentlich zu leckeren Bratkartoffeln werden, sitze ich an dem halbrunden Tisch vor dem Fenster, den Kopf in die Hände gestützt, und starre nach draußen. Mondlicht glitzert auf den Wellen, Caorach selbst ist in ein schwarzes Tuch gehüllt. Versuchsweise schalte ich die Taschenlampe ein und aus, bevor ich sie wieder auf den Tisch zurücklege. Schade, dass Matthews dicke Mauern das Geräusch der Wellen aussperren, aber wenn ich die Augen schließe, kann ich die Brandung in meinen Kopf hören.

Eine Weile denke ich darüber nach, was ich Kjer alles aus meinem Leben erzählt habe. Okay, ich habe nicht jede Einzelheit ausgeplaudert, aber warum habe ich überhaupt so viel erzählt? Wieso sollte ihn mein Verhältnis zu meiner Mutter interessieren? Wir kennen uns nicht, sind uns vor zwei Tagen zum ersten Mal begegnet. Doch er hat eine Liv kennengelernt, die einen Schritt von ihrem bisherigen Leben zurückgetreten ist, und diese neue Liv hat offenbar keine Angst davor, sich Kjer zu öffnen. Stattdessen denkt sie darüber nach, wie es wäre, seine Lippen zu berühren. Nur ganz zart, mit den Fingerspitzen. Ob er dann nach ihrer Hand greifen, ob er ihre Finger küssen, mit der Zunge darüberfahren würde.

Die neue Liv. Die beinahe gleichgültig auf das zerrissene Bild blickt, das sie von ihrer Zukunft gemalt hatte, und nun darauf wartet, dass sich ein neues Bild entfaltet. Vielleicht ein bunteres.

Ein stechender Geruch dringt mir plötzlich in die Nase, hastig springe ich auf. Sekunden später kratze ich seufzend in der Pfanne herum. Auch die noch helle Oberseite der angekokelten Kartoffeln schmeckt verbrannt. Bratkartoffeln müssen immer wieder gewendet werden, lieber einmal zu oft als einmal zu wenig, hat meine Oma mir früher erklärt. Vermutlich wäre es klug, in mein neues Leben ein paar der alten Weisheiten und Erfahrungen einfließen zu lassen. Oder wenigstens nicht ins Träumen zu geraten, wenn man gerade den Herd eingeschaltet hat.

Nun gut, dann gibt es heute Abend eben Brot mit Rohkost und Frischkäse. Und danach ein bisschen was von der Schokolade, die ich mir mangels meiner eigenen Notfallration von Kjer habe mitbringen lassen. Hoffentlich kommt mein Gepäck am Montag wirklich an.

Ich liege bereits im Bett, da fällt mir auf, dass Dana sich nicht gemeldet hat. Sie arbeitet viel, sage ich mir und drehe mich auf den Rücken.

Oder vielleicht bin ich ihr auch einfach nur egal.

Müde blinzele ich ins Licht der Deckenlampe. Morgen werde ich noch einmal versuchen, sie zu erreichen, und wenn ich sie wieder nicht erwische ... Nachlaufen werde ich ihr jedenfalls nicht.

✦ ✦ ✦

Am nächsten Tag entwickelt sich bereits eine erste Routine. Ich stehe auf, lösche alle Lichter, dusche mich und das Badezimmer, ziehe mich an und frühstücke an meinem Fensterplatz in der Küche.

Nach einem kurzen Telefonat mit der Fluggesellschaft weiß ich, dass ich mich morgen tatsächlich auf ein Wiedersehen mit meinen Koffern freuen darf. Abgesehen von der Schokolade und der Patchworkdecke meiner Oma habe ich gar nicht so viel daraus vermisst – Schlafklamotten, zwei Paar Jeans, ein Pullover, eine Jacke sowie eine Handvoll Unterhosen und Socken reichen für ein Eremitendasein offenbar völlig aus.

Ich tippe eine Nachricht an Kjer, in der ich ihn bitte, wegen meines Gepäcks bei Airin vorbeizufahren, und danach noch eine Nachricht an Airin selbst, um sie vorzuwarnen.

Nicht einmal fünf Minuten später erreicht mich ihre Antwort:

> Kein Problem! Wie wäre es übrigens mit einem Besuch morgen? Oder willst du lieber noch ein bisschen die Ruhe genießen?

> Besuch wäre toll. Ich kann allerdings nicht mit Kuchen dienen, der Backofen funktioniert nicht.

> Ich weiß, wo man hier gute Scones kaufen kann. ☺

Lächelnd lese ich Airins Worte, bevor ich das Telefon ans Ladekabel hänge und mit dem Rechner nach unten ins Wohnzimmer gehe, um mich dort in meine Fensternische zu setzen.

Der Monitor leuchtet auf, während ich aus dem Fenster sehe. Neue Ideen. Eingebungen. Na los.

Die Wellen, die gegen die Klippen schlagen, sind von einem tiefen Graugrün, die Gischt, die sie zurücklassen, haftet am rissigen Fels, bevor sie von der nächsten anbrandenden Welle wieder fortgewischt wird. Den ganzen Morgen über hat sich noch kein einziges Mal die Sonne blickenlassen, trotzdem klappe ich den Rechner nach einiger Zeit zu, weil es mich nach draußen treibt.

Heute weht der Wind nur schwach, sodass ich auf die Kapuze verzichte und mir auf meinem Weg hinunter zum Steg von der leichten Brise die Haare zerzausen lasse. Diesmal denke ich auch endlich daran, ein Foto vom Leuchtturm über den Klippen zu machen. Für Opa.

Trotz der kurzen Zeit auf der Insel habe ich mich schon so sehr an den Geruch von Salzwasser, Tang und feuchtem Gras gewöhnt, dass ich innehalten und tief einatmen muss, um ihn mir bewusstzumachen. In der Luft liegt nichts, das an Menschen erinnert. Keine Abgase, kein aus irgendeiner Imbissbude herüberwehendes Bratfett, kein Parfüm, kein Schweiß, kein Zigarettenqualm.

Na ja, vermutlich atme ich dafür gerade Mikroplastik ein oder so. Und vielleicht hatte auch das Meer vor tausend Jahren noch einen anderen Geruch, bevor riesige Tanker über die Ozeane geschippert sind.

Trotzdem – ich trete meinem Realitätssinn freundlich in den Hintern – ist es ein erhebendes Gefühl, inmitten von zähen Gräsern und sich stur am Boden festkrallendem Gestrüpp zu stehen, aufs Meer zu blicken, das sich bis zum Horizont erstreckt, und so zu tun, als sei man ganz allein auf der Welt.

Okay, ein bisschen beängstigend ist es auch.

Nach einer Weile trete ich den Rückweg an. Auch wenn ich keine große Lust habe, muss ich heute noch arbeiten.

Beim Rausgehen habe ich einen Besen in die Tür gelegt, um sie am Zufallen zu hindern, und als ich ihn jetzt zur Seite stelle, die Tür schließe und die Wendeltreppe hochsteige, hänge ich dem Gedanken nach, dass ich mein Zuhause offen lassen kann, ohne mir Sorgen machen zu müssen, jemand könne dort eindringen. Im Sommer werde ich die Tür den ganzen Tag auflassen.

Ach halt, im Sommer bin ich ja gar nicht mehr hier.

Heute Morgen habe ich auf einen Kaffee verzichtet, weil mir der Espressokocher nicht ganz geheuer ist, doch inzwischen ist mein Kaffeedurst deutlich größer geworden. Tatsächlich gelingt mir mein erster selbstgemachter Espresso erstaunlich gut. Ich gieße ihn mit heißer Milch auf und lasse es zusammen mit zwei gehäuften Löffeln Zucker als Milchkaffee durchgehen. Dann versuche ich ein weiteres Mal, Dana zu erreichen, und diesmal habe ich Glück.

«Hey, Liv! Schön, von dir zu hören – sorry, für heute Abend hatte ich mir fest vorgenommen, dich anzurufen.»

Noch völlig berauscht vom Meer und dem weiten Himmel, winke ich ab. «Schon in Ordnung. Störe ich gerade? Hast du viel zu tun im Moment?»

«Nein, ist schon okay, ich wollte mir ohnehin gerade einen Kaffee holen. Warte, ich geh hier mal kurz raus ...»

In den nächsten Minuten erfahre ich alles, was sich in den letzten Tagen beim *Globus* zugetragen hat. Das Wichtigste spart sie sich bis zum Schluss auf. «Und ich bekomme vielleicht eine feste Stelle, Liv!» Jetzt senkt sie ihre Stimme. «Zum Ende des Jahres hört der olle Maaßen auf, und was auch immer der in den letzten Jahren überhaupt noch auf die Reihe gekriegt hat, ich kann's garantiert besser!» Dana lacht glücklich.

Meine Brust wird schmerzhaft eng. Das war meine Chance. Meine. «Toll, Dana, ich freu mich sehr für dich», bringe ich hervor. «Wann entscheidet sich das denn?»

«Ich hoffe, im Laufe der nächsten Woche. Brehmer muss noch mit der Geschäftsführung klären, ob sie mir die Stelle geben oder ob die Position gar nicht nachbesetzt wird und mehr Aufträge an Freie gehen. Aber Brehmer meinte, er sei sehr zufrieden mit meiner Arbeit und ich käme als Ersatz für Maaßen auf jeden Fall in Frage.»

Der *Globus* sucht Ersatz für einen Redakteur, und ich bin nicht mehr da. Klaus Maaßens Berichte waren meilenweit von dem Klatsch und Tratsch entfernt, um den ich mich zu kümmern hatte. Wenn Kristina das Interview nicht zurückgezogen hätte ...

«Und wie geht's dir so auf deiner einsamen Insel?», fragt Dana.

«Gut», erwidere ich. «Es ist wunderschön hier und ...»

«Bist du schon in diesem Leuchtturm?»

«Ja, seit vorgestern.»

«Kann man darin leben, oder ist es mehr so 'ne Fischerbude?»

Keine Ahnung, was Dana unter einer Fischerbude versteht.

«Man kann sehr gut darin leben. Es gibt ein Wohn- und ein Schlafzimmer, und ganz oben ist eine Küche direkt unter ...»

«Stimmt, du hast ja erzählt, der Besitzer sei Millionär.»

«Ich weiß nicht, ob er Millionär ist, aber er ist sicher nicht ...»

«Das heißt, es ist mehr so eine Luxushütte?»

«Was?»

«Na ja, gibt's eine verspiegelte Bar oder eine Riesenwanne im Bad oder so was wie ein Heimkino?»

«Dana, es ist ein Leuchtturm.»

«Macht doch nix. Kann man alles einbauen, wenn man die Kohle dazu hat.»

«Das gibt es alles nicht. Aber die Möbel sind alt und wunderschön. Im Schlafzimmer steht eine riesige Truhe, die bestimmt mal für so was wie eine Aussteuer benutzt wurde, und die ganze Einrichtung ist einfach ... gemütlich ... und ...»

Ich gerate ins Stocken. Vielleicht, weil ich erwartet habe, gleich wieder unterbrochen zu werden, vielleicht aber auch, weil ich plötzlich ahne, dass Dana mit ziemlicher Sicherheit keinen Funken Interesse für eine alte Aussteuertruhe aufbringt.

«Klingt ja hübsch», erklärt sie in die sich auftuende Stille hinein. «Und was machst du so den ganzen Tag?»

«Ich ...», sehe mir das Meer an, wäre wohl die ehrliche Antwort, aber das würde Dana vermutlich noch weniger interessieren als die Truhe im Schlafzimmer. «Ich entwickle neue Ideen», wiederhole ich das Mantra, das ich in den letzten Tagen und Wochen schon so oft heruntergeleiert habe.

«Was hast du bis jetzt?»

«Es ist noch zu früh, um darüber zu sprechen.»

«Ach so.»

«Ich muss das erst etwas mehr strukturieren.»

«Okay. Liv, ich muss leider aufhören, wir haben gleich eine Konferenz, aber wir telefonieren in den nächsten Tagen einfach wieder, okay? Oder du schreibst mir eine WhatsApp.»

«Ja, alles klar.»

«Hab noch einen schönen Tag, grüß das Meer von mir – kannst du eigentlich irgendwo schwimmen?»

«Im November?»

«Hätte ja sein können. In Hamburg ist gerade echtes Mistwetter, so grauenvoll kann es bei dir gar nicht sein, du Glückliche. Bis dann, mach's gut, Liv, wir hören uns!»

Nachdem Dana die Verbindung unterbrochen hat, blicke ich auf das Telefon in meiner Hand und versuche, nicht an Klaus Maaßen und verpasste Chancen zu denken, was mir nicht gelingt. Irgendwann habe ich genug vom Anblick meines Handys und stehe auf, um ins Wohnzimmer hinunterzugehen. Im Vorbeilaufen lasse ich meine Finger über die rauen Wände gleiten. Na, Matthew, was sagst du dazu?

Nichts?

Gar nichts?

Vermutlich hast du recht.

Auf Matthews erfrischende Gleichgültigkeit in Bezug auf alles, was mit dem *Globus* zusammenhängt, ist Verlass.

✦ ✦ ✦

Mein Telefonat mit Dana hat mich ins Grübeln gebracht. Irgendetwas muss ich hier tun. Ich kann nicht wie Ronja Räubertochter sechs Monate lang über die Insel stromern, die im Übrigen nicht einmal über einen Bruchteil der Fläche von Ronjas Räuberwald verfügt. Und im Gegensatz zu meiner Lieblingsfigur von Astrid Lindgren muss ich nach sechs Monaten in meine Welt zurück. Herr Wedekind wird im Sommer wieder selbst hier einziehen, bis dahin muss in Hamburg irgendetwas auf mich warten. Am besten ein neuer Job.

Nur, wie stelle ich das an?

Ich setze mich bequem zwischen den Kissen zurecht, die in der Fensternische liegen, und klappe den Rechner auf.

Plan, schreibe ich in ein neues Dokument. *Jede Woche eine Idee entwickeln und mich damit an passende Redaktionen wenden.*

Klingt doch machbar.

Ich möchte, dass das, worüber ich schreibe, die Welt ein bisschen besser macht, tippe ich.

Meine Mutter rümpft die Nase und schüttelt verständnislos den Kopf, Dana lacht nur, doch mein Opa hebt beide Daumen in die Höhe. Mach was draus, Liv.

Mit dem Artikel über Veganer bin ich schon mal dicht dran. Was käme noch in Frage? Schade, dass ich kaum persönlich mit Leuten werde sprechen können, die durch ein interessantes Leben das Zeug zum Aufhänger eines Artikels hätten, wie zum Beispiel Annemarie und Sarah.

Was mir als Nächstes durch den Kopf schießt, fühlt sich im ersten Moment größenwahnsinnig an: *Ich* lebe derzeit ein interessantes Leben.

Eine Weile drehe ich den Gedanken hin und her. Ein Bericht über mich selbst. Wäre ich nicht ich, würde ich mich darum reißen, ein Interview mit mir zu führen. Eine Anfang Zwanzigjährige allein auf einer von Wellen umtosten Insel, Stürmen und Unwettern trotzend! Die ... die ... die den lieben langen Tag aus dem Fenster starrt oder am Rechner sitzt. Und ab und zu spazieren geht. Ähm. Je länger ich darüber nachdenke, desto uninteressanter werde ich.

Ich könnte ja erst mal über mein Leben hier bloggen. So ließe sich doch wunderbar herausfinden, ob andere Menschen etwas über mich und meinen Leuchtturm lesen wollen. Und falls nicht, hätte ich am Ende zumindest eine nette Erinnerung.

Eine halbe Stunde später ist der Blog weitestgehend eingerichtet, ich brauche nur noch Fotos, um die Seite aufzupeppen. Und mir fehlt noch ein guter Name. *Blog von einer, die Hamburg hinter sich ließ, um sechs Monate lang auf einer einsamen Insel zu leben*, träfe es zwar ziemlich exakt, wäre aber doch ein wenig lang.

Mein Leben auf der Insel.
Mein neues Leben.
Einmal Hamburg und zurück.
Das ist alles langweilig. Oder abgedroschen. Oder beides.

Außerdem sollte ich Matthew erwähnen. Ich meine, wer lebt schon in einem Leuchtturm, noch dazu ganz allein?

Mein Leben im Leuchtturm.

Herrgott, man sollte nicht glauben, dass ich mit dem Schreiben mein Geld verdiene. Das klingt alles nach Schüleraufsatz.

Unwillig überlasse ich den Rechner sich selbst und steige nach oben in die Küche, um Chips zu holen. Kjer hat Käsechips, Chips mit Zwiebelaroma und Chips mit Atlantiksalz mitgebracht. Ich schnappe mir Letztere und reiße die Tüte auf – da trifft mich der Geistesblitz.

Mit der Chipstüte in der Hand renne ich wieder hinunter und tippe den Rechner an, dessen Monitor bereits schwarz geworden ist.

Liv(e) aus dem Leuchtturm – Girl in a lighthouse.

Und als Untertitel: *Von einer, die auszog, ein anderes Leben zu finden.*

Das ist es. So wird der Blog heißen. Und weil ich so in Fahrt bin, tippe ich direkt den ersten Beitrag, erst auf Deutsch, dann noch auf Englisch.

Tag 3 von 181.
Hallo, hier spricht Liv. 22 Jahre alt und für
die nächsten sechs Monate Bewohnerin eines
Leuchtturms auf einer winzigen Insel vor Irland.
Folgt mir, wenn ihr wissen wollt, wie sich ein
Leben verändert, wenn man statt Häusern,
Autos und vielen Menschen plötzlich nur noch

Klippen, Felsen und das Meer um sich hat.
Klippen, Felsen, das Meer und einen
Leuchtturm namens Matthew.
Ich winke euch zu und freue mich, von euch zu
hören!

Jetzt noch einige Hashtags und dann noch zumindest das Foto, das ich auch meinem Opa schicken will. Letzteres erledige ich, direkt nachdem ich den Beitrag hochgeladen habe, und als ich danach wieder meinen frischeröffneten Blog aufrufe, habe ich bereits einen Follower. *Irlandlover.* Das fängt doch gut an.

8

Airin findet die Idee, über meine Zeit auf Caorach zu bloggen, großartig. Wir sitzen am Küchentisch, zwischen uns einen Teller mit Scones, als sie ihr Smartphone aus der Tasche zieht, um sich das Ganze genauer anzusehen.

«Du hast schon sieben Follower.»

«Heute Vormittag waren es noch fünf.»

«Jetzt hast du acht.» Sie tippt auf ihr Handy und liest sich anschließend den ersten Beitrag durch.

Ich streiche etwas Clotted Cream auf meinen dritten Scone – Airin hat an alles gedacht – und setze noch einen Klecks Marmelade darauf. «Erwarte nicht zu viel. Vermutlich schreibe ich nicht allzu oft.»

«Wieso denn nicht? So viel hast du doch ansonsten nicht zu tun.»

«Schon, aber es ist ja nicht so, dass hier jeden Tag aufregende Dinge passieren.»

«Ach, dir fällt schon was ein. Du musst ja nicht immer nur über die Insel schreiben», erklärt Airin unbekümmert. «Schreib einfach über alles, was dich so beschäftigt. Die Leute mögen das. Und wenn du dann hunderttausend Follower hast, startest du eine eigene Kolumne beim Konkurrenzblatt von deinem ehemaligen Magazin. Wie hieß das noch gleich?»

«*Globus.*»

«Genau. Die werden sich dann schön in den Hintern beißen.»

Airins Lachen ist ansteckend, trotzdem habe ich das Bedürfnis, ihren Optimismus zu dämpfen. «Ich bin schon froh, wenn ich hundert Leser kriege. Der Blog ist ja nur so eine Art Test, ob überhaupt jemand einen Bericht über das alles hier lesen will.»

«Klar, das ist doch spannend! Und deine Follower fänden es bestimmt auch interessant zu erfahren, dass es in Castledunns ein ganz entzückendes Bed & Breakfast gibt. So was kann man gar nicht oft genug erwähnen.» Airin grinst mich an.

«Eigentlich wollte ich genauere Ortsbeschreibungen lieber weglassen.»

«Wieso? Fürchtest du dich vor Stalkern auf Caorach?»

Ich würde Airins B&B sofort empfehlen, sogar täglich, aber ich fühle mich tatsächlich unwohl damit, meinen genauen Standort zu verraten. Vielleicht später mal, wenn ich weiß, wie sich alles entwickelt. «Na ja, wenn ich wirklich hunderttausend Follower bekomme, schafft es ein besonders irrer Fan bestimmt hierher.»

«Dann sagst du einfach Kjer Bescheid, der verscheucht ihn für dich. Apropos: Du könntest über Kjer schreiben.»

«Wieso sollte ich über Kjer schreiben?» Vor Überraschung lasse ich den Scone, in den ich gerade hineinbeißen wollte, wieder sinken.

«Nur so.» Sie scheint ganz darauf konzentriert, sich eine neue Tasse Tee einzuschenken. «Ein bisschen Romantik würde doch gut zu einem einsamen Leuchtturm passen, oder?»

Unwillkürlich lausche ich auf Schritte. Kjer ist in diesem Augenblick damit beschäftigt, das Schloss an der Außentür auszutauschen, nachdem er vorher schon den Backofen repariert hat. Sollte er etwas von diesem Gespräch mitbekommen, werde ich mir einen neuen Leuchtturm suchen müssen. In Neuseeland.

«Hast du nicht gesagt, Romantik mit jemandem wie Kjer sei unmöglich?»

«Nein, hab ich nicht», erwidert Airin ungerührt. «Ich hab gesagt, ernsthafte Beziehungen sind mit ihm nicht drin. Aber er kann sogar sehr romantisch sein.»

«Woher weißt du das?»

«Castledunns ist nicht besonders groß. Man bekommt so einiges mit.»

«Das hört sich an, als habe Kjer ...», noch einmal lausche ich aufmerksam, bevor ich weiterrede, «... quasi mit halb Castledunns was gehabt.»

«Nein, um Gottes willen, so schlimm ist es nun auch wieder nicht. Aber er hatte genug Bettgeschichten, dass jede Frau in der Umgebung weiß, woran sie mit ihm ist. Zumindest diejenigen, die nicht so bescheuert sind zu denken, sie seien die Eine, die ihn kurieren kann», sagt Airin und verdreht die Augen.

Verunsichert verschränke ich die Arme. «Ich weiß echt nicht, ob du mich jetzt vor ihm warnen oder die Kupplerin spielen willst.»

Airin lehnt sich auf ihrem Stuhl zurück und mustert mich. «Im Grunde beides. Du warst von Anfang an hin und weg von ihm. Aber du solltest wissen, worauf du dich einlässt.»

«Fertig.»

Wir zucken zusammen. Verdammt! Seit wann lehnt Kjer denn im Türrahmen? Was hat er alles mitbekommen?

Er tritt an den Tisch heran und begutachtet kritisch den fast leeren Teller mit Scones. «Ist das etwa alles, was ihr übriggelassen habt?»

«Bedien dich, noch sind welche da.»

Sogar ich kann sehen, dass Airins Lächeln eine Spur zu unschuldig ausfällt. Hastig stehe ich auf. «Möchtest du auch Tee? Ich hole dir eine Tasse.»

«Nicht nötig», erwidert er und schnappt sich einen Scone. Das Grinsen, mit dem er hineinbeißt, lässt mich für einen Moment die Augen schließen, doch diesmal nicht, weil es Herzflattern bei mir hervorruft. Er hat Airins letzte Sätze gehört. Eventuell ist Neuseeland nicht weit genug entfernt.

«Mit dem Schloss wirst du keine Probleme mehr haben.»

«Danke», bringe ich mit unnatürlich hoher Stimme hervor, bevor ich mich wieder setze und Airin einen anklagenden Blick zuwerfe, die im Gegensatz zu mir recht entspannt wirkt.

«Wir müssen leider schon wieder los.» Kjer steckt sich den letzten Bissen seines Scones in den Mund. «Reichen euch noch zehn Minuten? Bis dahin hab ich unten das Werkzeug weggeräumt und mich acht Minuten lang gelangweilt.»

Sobald er die Treppen hinuntergestiegen ist und ich die Tür zum ersten Stock zufallen höre, lasse ich meine Stirn auf die Tischplatte sinken.

«Vorsicht, die Clotted Cream!» Airin schiebt den Becher beiseite.

«Oh verdammt, wie peinlich», murmele ich.

«Ach was. Sei mal realistisch, Liv.» Airin wartet, bis ich aufblicke, um fortzufahren: «Wenn *ich* von der ersten Sekunde an mitbekomme, dass du quasi Herzchen versprühst, sobald es um Kjer geht, was meinst du wohl, wann ungefähr *er* das mitbekommen hat?»

«Ich versprühe keine ...»

«Eine von Kjers Kurzzeitfreundinnen hat mir mal erzählt, er sei so durchtrainiert, dass er sie ganz problemlos hochheben konnte, während sie im Stehen ...»

«Stopp!» Hitze schießt mir ins Gesicht. Ich schließe die Augen und bete, dass Kjer nicht schon wieder im Türrahmen steht, sobald ich sie wieder öffne.

Doch vor mir sitzt nur Airin, die mich mit einem Lächeln ansieht, in dem Wärme, Humor und eine Spur Mitleid liegen. «Siehst du? Genau das meine ich.»

✦ ✦ ✦

Als ich wieder allein bin, gehe ich ins Schlafzimmer und mache mich daran, die Koffer auszupacken, die Kjer und Airin zum Leuchtturm geschleppt haben. Noch immer kreisen meine Gedanken um die letzte halbe Stunde. Schließlich werfe ich einige Shirts beiseite und greife zum Telefon.

> Ich will es wissen,
> falls er noch etwas dazu sagt.

Wozu?

> AIRIN!

Endlose Sekunden später erscheint ihre Antwort.

Im Moment sagt er gar nichts.
Aber er pfeift.

Seufzend werfe ich das Smartphone aufs Bett. Gott! Als wir uns eben verabschiedet haben, hätte sich mit meinem Kopf bestimmt der halbe Leuchtturm ausleuchten lassen. Wenn das jetzt jedes Mal so ist, muss ich mich in Zukunft irgendwo auf der Insel verstecken, während Kjer mir die Lebensmittellieferungen in den Turm stellt. Wenigstens habe ich Zeit bis Freitag, um mich wieder einzukriegen. Bis dahin gelingt es mir hoffentlich, den Vorfall unter ‹Es gibt Schlimmeres› abzuhaken. Gibt ja auch Schlimmeres. Der Leuchtturm könnte von einer riesigen Welle ins Meer gespült werden, zum Beispiel.

Ganz unten in einem der beiden Koffer liegt die blaue Patchworkdecke. Meine Oma hat sie für mich gemacht, nachdem sie das erste Mal eine meiner Panikattacken miterlebt hatte. Sorgfältig schüttele ich die Decke auf und lege sie ordentlich ans Fußende meines Bettes. Leider hat sie gegen meine Angst nicht viel ausrichten können, aber ich liebe sie trotzdem.

Das Abendessen lasse ich ausfallen, stattdessen bastele ich ein wenig am Blog, füge dem Ganzen noch eine Instagram-Seite hinzu und lade direkt ein paar der Bilder hoch, die ich heute gemacht habe. Auf einem davon sind Airins Scones zu sehen, zusammen mit der dickbauchigen Teekanne. *Scones & Clotted Cream mit den Eingeborenen*, schreibe ich dazu und bin gespannt, ob Airin wohl einen Kommentar hinterlassen wird. Anschließend werfe ich einen Blick in mein Mailpostfach und finde zwischen jeder Menge Spam eine Nachricht von Herrn Wedekind, in der er sich erkundigt, ob ich gut angekommen sei, und außerdem eine der seltenen Mails meines Opas. Ihm gefällt das Bild von Matthew. Ich beantworte beide Nachrichten mit einigen kurzen Zeilen und stelle mich dann der traurigen Realität: keine Mails von Redaktionen, keine Mails von meinen paar Bekannten, nichts von Dana. Im Moment dürfte die wohl ziemlich viel zu tun haben. Abgesehen davon lief unser letztes Gespräch so bemüht, dass ich nicht glaube, bald wieder von ihr zu hören.

Eigentlich ist mein leeres Postfach gar nicht weiter ungewöhnlich. Es beschäftigt mich nur, weil ich bisher nie die Zeit hatte, dieser Tatsache Aufmerksamkeit zu schenken.

Jetzt allerdings nagt es an mir. Wenn ich in sechs Monaten nach Hamburg zurückkehre, und dort wartet vielleicht ein neuer Job auf mich, sonst jedoch nichts – wirklich zufriedenstellend wäre das nicht.

Noch einmal rufe ich meinen Blog auf.

> **Tag 4 von 181.** Wann bist du allein? Wenn sich niemand außer dir in einem Zimmer befindet? Wenn sich niemand außer dir in einem Gebäude befindet? Wenn sich niemand außer dir auf einer Insel befindet?
>
> Du bist allein, wenn du deine Gedanken mit niemandem teilen kannst.

Als ich am nächsten Morgen aufwache, hat Airin unter das Bild von den Scones einen lachenden Smiley gesetzt. Und zu meinem Beitrag hat sie geschrieben:

> *Teile sie mit mir, wenn du willst.*

In den nächsten zwei Wochen erkunde ich ausgiebig die Umgebung und kenne irgendwann beinahe jeden Winkel des Leuchtturms und fast jeden Quadratzentimeter von Caorach. Ich wandere zu den unterschiedlichsten Zeiten über die Insel – früh am Morgen und sogar kurz vor Einbruch der Dunkelheit –, und ich öffne jede Schublade und jede Schranktür in Matthews Innerem, bis auf die beiden Luken, die in den Keller und zum Leuchtfeuer führen.

Mein Blog hat inzwischen achtundfünfzig Follower, auf Instagram habe ich schon zweihundertvier – erstaunlich, wenn man bedenkt, dass sie bisher nur Fotos von Wellen, Klippen, Wiesen und einem Leuchtturm zu sehen bekommen haben. Erste Kommentare sind aufgetaucht, meistens nur ein schlichtes *Wunderschön* oder ein Satz wie *Deine Bilder sind traumhaft.*

Zwischendurch rufe ich zweimal bei Dana an, ohne sie zu erreichen, und einige Male denke ich sogar darüber nach, mich bei meiner Mutter zu melden. Wenn es nach ihr ginge, wäre ich ungefähr jetzt bereits zurück in Hamburg, doch um ehrlich zu sein, reiße ich mich nicht gerade darum, ihr zu erklären, dass ich das so schnell nicht vorhabe.

Freitagnachmittag sehe ich Kjer, aber nur kurz. Er hat es eilig und ist sofort wieder verschwunden, nachdem er mir die Tüten mit meinen neuesten Bestellungen in die Küche hinaufgetragen hat. Ich bin gleichzeitig erleichtert, weil er mich nicht mit dem aufzieht, was er von dem Gespräch zwischen Airin und mir mitbekommen hat, und enttäuscht – ein bisschen länger hätte er ruhig bleiben dürfen.

Mit Airin bleibe ich per WhatsApp in Kontakt. Schade, dass sie nicht einfach um die Ecke wohnt. In ihrer letzten Nachricht beschwert sie sich über ein Ehepaar, das gerade bei ihr wohnt und anscheinend denselben Service wie in einem Fünf-Sterne-Spa von ihr erwartet.

Am nächsten Freitagmorgen komme ich erst am späten Vormittag aus dem Bett. Gestern Abend habe ich meinem Opa noch einen langen Brief geschrieben, den ich Kjer heute mitgeben will. Ich gebe zu, ich freue mich darauf, ihn wiederzusehen, auch wenn ein Teil in mir sich noch immer verlegen windet, sobald mir einfällt, dass er mein Gespräch mit Airin mitbekommen hat.

Obwohl ich nach einem ausgiebigen Frühstück ernsthaft versuche, mich am Rechner zu konzentrieren, klappe ich das Ding nach ein paar frustrierend erfolglosen Stunden zu, vergrabe mich unter Jacke, Mütze, Schal und Handschuhen und mache mich auf den Weg zu meinem Lieblingsplatz auf Caorach, eine Stelle noch in Sichtweite des Leuchtturms, in der Nähe der Klippen. Mehrere Felsen ragen dort so hoch auf, dass sie mich einigermaßen vor dem scharfen Seewind schützen, und das stahlgraue Meer erstreckt sich vor mir in all seiner gefühlten Unendlichkeit.

Der Wind bläst so stürmisch, dass ich mir die Mütze tief ins Gesicht ziehe und die Kapuze darüberstülpe. Es kommt mir kälter vor als in den letzten Tagen, und es wird auch nicht viel wärmer, als ich die windgeschützte Stelle erreiche.

Etwa zwanzig Meter von mir entfernt befindet sich der Klippenrand, das stachelige Gras reicht fast bis an die Kante. Von hier aus kann ich nur hören, wie sich die Wellen gegen den Stein werfen, ohne sie zu sehen. Am strahlend blauen Himmel treibt der Wind einzelne Wolken vor sich her, zum Horizont hin haben sie sich zu einem breiten Band zusammengeballt.

Ich lausche den tosenden Wellen und verlasse schließlich den Schutz der Felsen, um näher an den Klippenrand heranzugehen.

Sofort reißt der Wind mir die Kapuze vom Kopf, die ich nicht festgezogen habe, und ich halte meine Mütze fest, während ich mit hochgezogenen Schultern einen vorsichtigen Schritt vor den anderen setze. Wenige Meter von den fast senkrecht abfallenden Felsen entfernt, lasse ich mich auf Hände und Knie sinken, nachdem ich mich vergewissert habe, dass der Reißverschluss der Tasche, in der sich mein Smartphone befindet, geschlossen ist, und kurz vor der Kante lege ich mich sogar flach auf den Bauch. Ich will die Wellen sehen, wie sie sich gegen die Felsen werfen, allerdings ohne das Risiko einzugehen, mit einem letzten Schrei zwischen ihnen zu landen. Zentimeter für Zentimeter arbeite ich mich weiter vor. Nur einmal direkt hinunterblicken, ein einziges Mal mit den Fingern den Klippenrand umfassen. Gleich ... gleich bin ich nah genug dran ...

In dem Moment, in dem ich mich über den Abgrund beuge, fegt mir ein aus der Tiefe kommender Luftzug fast die Mütze vom Kopf. Geistesgegenwärtig vergrabe ich meine Finger in der weichen Wolle, bevor ich sie unter meine Brust stopfe und noch einmal den Hals recke, um hinuntersehen zu können.

Weit unter mir umtost das Wasser spitze Felsnadeln, die Wellen schlagen mit ungestümer Wucht gegen Steinwände, und obwohl ich viele Meter weit über ihnen liege, benetzt die Gischt, die vom Wind mit hochgerissen wird, wie hauchzarter Nebel mein Gesicht. Meine Lippen schmecken salzig, und die Brandung dröhnt in meinen Ohren, weshalb mir in den ersten Sekunden nicht einmal auffällt, dass ich zu lachen begonnen habe. Das ist ... unglaublich!

Ich presse mich gegen den harten Stein in der irrationalen Angst, der nächste Windstoß könne mir unter den Bauch fahren und mich einfach vom Felsen fegen. Trotzdem kann ich nicht aufhören zu lachen.

Ein Foto! Mit klammen Fingern öffne ich den Reißverschluss meiner Jackentasche, um das Smartphone hervorzuziehen. Vorsichtig halte ich es über den Abgrund. Wenn mir das Ding jetzt aus der Hand rutscht ... Immer wieder peitscht der verdammte Wind mir die Haare vor die Augen. Unwillig schüttele ich den Kopf und nutze die nächste Gelegenheit, den Auslöser zu drücken.

Hab's!

Als Nächstes kommt mir eine noch bessere Idee. Mit ausgestrecktem Arm versuche ich, sowohl die Strudel unter mir als auch mein Gesicht auf das Display zu bekommen. Es dauert eine ganze Weile, in der ich jede Menge abgeschnittener Porträtaufnahmen fabriziere, bis endlich ein Bild gelungen ist und ich das Handy mit eiskalten Händen zurück in die Tasche stopfen kann. Dann robbe ich langsam rückwärts, den Blick noch immer auf das aufgepeitschte Meer gerichtet.

Meine Mütze!

Die habe ich völlig vergessen, und im nächsten Moment haben die Windböen sie gepackt und über die Klippe gefegt. Als könne ich daran noch etwas ändern, rutsche ich hastig wieder ein Stück vor. Ganz kurz meine ich, einen winzigen, dunklen Fleck in den Wellen verschwinden zu sehen, es könnte sich dabei aber genauso gut um eine Felsspitze handeln, die immer mal wieder aus dem Wasser auftaucht. Sekunden später weiß ich nicht mehr, wo in der weißen Gischt ich den Fleck gesehen habe, aber egal, eine Mütze ist ein kleiner Preis für dieses Gefühl. Euphorisch. Lebendig. Fast berauscht. Mit geschlossenen Augen fühle ich das Tosen der Brandung in meinem ganzen Körper vibrieren. Erst als sich die Kälte nicht mehr ignorieren lässt, die langsam, aber sicher durch meine Kleiderschichten dringt, krieche ich ein zweites Mal von der Klippenkante zurück, bis ich mich weit genug davon entfernt fühle, um mich aufzurichten. Als ich mich umdrehe, steht Kjer da.

Erschrocken zucke ich zusammen und klopfe als Nächstes betreten meine Jacke ab. «Hey. Seit wann bist du denn hier?»

«Keine Ahnung. Ein paar Minuten?» Uns trennen nur wenige Meter, beim Anblick seines Lächelns wird mir warm.

Ich habe mich in meinem ganzen Leben noch nie Hals über Kopf in einen Typen verknallt, und diesen Umstand bereue ich jetzt. Würde ich so etwas kennen, wüsste ich vielleicht, wie man so einer Schwärmerei beikommen kann. Jedes Mal, wenn ich Kjer sehe, bemüht sich ein Teil von mir, zumindest ansatzweise intelligent zu wirken, während der Rest diesen Mann nur entzückt anstarren will.

«Ich wollte gerade zurück zum Leuchtturm», beende ich den peinlichen Moment der Stille zwischen uns.

Kjer schließt sich mir an, als ich an ihm vorbeigehe. «Was hast du da gerade gemacht?»

«Wonach sah es denn aus?»

«Keine Ahnung. Ein Bewerbungs-Selfie für den Darwin Award?»

Lachend verpasse ich ihm einen Stoß in die Seite, und mit einem Grinsen weicht er mir aus.

«Es war überhaupt nicht gefährlich», erwidere ich überzeugter, als ich tatsächlich bin. War es doch nicht, oder?

«Deine Mütze dürfte das anders sehen. Und dein Telefon hab ich bis zu mir heulen hören.»

«Mein Telefon vertraut mir.»

«Jetzt nicht mehr. Nicht, nachdem es zusehen musste, wie deine Mütze ...»

«Kjer!» Ich schwanke zwischen Belustigung und Verlegenheit. «Hör auf! Es war nur ein Foto.» Mittlerweile haben wir den Leuchtturm fast erreicht, und ich sage das Erste, was mir in den Sinn kommt, um ihn abzulenken. Damit ich endlich aufhören kann, mich wie die Irre aus der Stadt zu fühlen. «Wo sind denn meine Sachen?»

Kjer weist auf den großen Rucksack, der unübersehbar gegen die Tür gelehnt steht und den ich im selben Moment ebenfalls entdecke. Nur mit Mühe hindere ich mich daran, mir gegen die Stirn zu schlagen, und schließe stattdessen den Leuchtturm auf.

Netterweise trägt Kjer den Rucksack wieder in die Küche, wo er sich auf einen der beiden Stühle am Fenster setzt und mir beim Auspacken zusieht.

«Was machst du damit?» Seine Frage bezieht sich auf zwei Dosen Kokosmilch, die ich gerade ins Regal gestellt habe.

«Linsencurry.»

«Ich mag Curry.»

«Du könntest zum Essen bleiben.» Das ist mir einfach rausgerutscht. Im selben Moment fällt mir das breite Grinsen wieder ein, mit dem Kjer sich bei seinem vorletzten Besuch verabschiedet hat, und mir steigt die Hitze in die Wangen.

«Gern. Heute hab ich Zeit.» Kjer ignoriert meine offensichtliche Verlegenheit, lehnt sich auf dem Stuhl zurück und verschränkt die Hände im Nacken. «Wie geht es dir nach deinen ersten Wochen auf Caorach?»

«Gut.» Ich habe im Auspacken innegehalten, fahre jetzt aber damit fort, die Einkäufe in die Schränke zu sortieren. Einfach nichts anmerken lassen. «Mehr als nur gut, es ist, als wäre ich nackt.»

Oh Gott, was rede ich denn da? Liebes Hirn, ich weiß, dieser Mann sieht gut aus, aber bitte, bitte stell deswegen nicht sämtliche Funktionen ein. Hastig füge ich hinzu: «Ich meine, alles scheint sich auf das zu reduzieren, was wirklich wichtig ist.»

Kjer, dessen Brauen beim Wort ‹nackt› in die Höhe gegangen sind, nickt. «Verstehe. Und was ist wirklich wichtig?»

Über diese Frage muss ich kurz nachdenken, während ich die letzten Einkäufe verstaue. «Das finde ich gerade heraus, schätze ich. Eigentlich wollte ich mir einen Arbeitsplan machen und direkt loslegen, an neuen Ideen arbeiten, Mails schreiben, mich bewerben. Ich habe damit auch angefangen, aber im Moment ... interessiert es mich einfach nicht.»

«Na ja, in den ersten Wochen ist das vermutlich normal. Man braucht einfach eine Weile, um sich an eine neue Umgebung zu gewöhnen.»

«Ja, vielleicht.» Ursprünglich hatte ich das Linsencurry für heute Abend geplant, aber nachdem ich Kjer zum Essen eingeladen habe, disponiere ich um. Er wird wohl kaum den kompletten restlichen Tag auf Caorach verbringen wollen, also gibt es heute eben ein *sehr* spätes Mittagessen. Oder ein frühes Abendessen, wie man's nimmt.

Kjers Blick folgt mir, und in seinen grauen Augen glitzert es, während ich durch die Küche gehe und die Zutaten zusammensammle. Dann hole ich Messer und Schneidebrett heraus, allerdings ist es verdammt schwer, sich aufs Schneiden von Zwiebeln zu konzentrieren, wenn man eigentlich darüber nachdenkt, was genau dieses Glitzern in Kjers Augen hervorgerufen hat. «Im Moment bin ich mir nicht sicher, ob ich in sechs Monaten wirklich da weitermachen will, wo ich vor einigen Wochen aufgehört habe. Aufhören musste», korrigiere ich mich, während ich die Zwiebelstücke zur Seite schiebe und mir stattdessen Knoblauch und Ingwer vornehme.

«Kann es sein, dass du einfach nur nicht weißt, wie dir der Einstieg wieder gelingen soll?»

«Nein, das ist es nicht. Also, vielleicht spielt es auch eine Rolle, aber es ist eher das Gefühl, manche Entscheidungen überstürzt getroffen zu haben. Ohne jemals ernsthaft über Alternativen nachgedacht zu haben.»

Wie recht ich damit habe, wird mir erst klar, als ich es ausspreche. Ich war wirklich zu schnell. Obwohl ich immer der Meinung war, ein konkretes Ziel vor Augen zu haben, bin ich eigentlich nur blindlings vorwärtsgestürzt, ohne dieses Ziel je klar zu umreißen. Möglichst schnell mit dem Studium fertig werden, danach Karriere, und zwar bei einem angesehenen Magazin, ganz egal, über was ich dort letzten Endes schreiben würde. Und wo bin ich gelandet? In der Klatschnische beim *Globus*, der einzigen Rubrik, auf die jeder hinabsieht, einschließlich meiner. Nachdenklich gieße ich Öl in die Pfanne und stelle sie auf den Herd.

«Willst du also etwas Neues machen? Ganz von vorn anfangen?», fragt Kjer weiter.

«Nein, ich will immer noch als Journalistin arbeiten, ich will nur nicht mehr über Dinge schreiben, die mich nicht die Spur interessieren.» Ich schiebe Zwiebeln, Knoblauch und Ingwer in das Öl. «Wie sehen denn deine Pläne aus? Willst du als Musiker erfolgreich werden?»

«Nein.» Kjer lacht. «Das ist nur ein Hobby, ich mach das nebenbei, einfach weil's Spaß macht.»

«Du hättest aber gute Chancen.»

«Danke.»

Eine Weile rühre ich die Zwiebeln um, und als sie angebräunt sind, gebe ich Kokosmilch, Linsen und ordentlich Currypulver hinzu und setze den Deckel auf die Pfanne.

Mit den Händen in den Jeanstaschen lehne ich mich gegen die Arbeitsfläche. «Airin hat erzählt, du chauffierst Touristen mit deinem Boot durch die Gegend. Ist das dein Hauptberuf, oder machst du das nebenbei?»

«Das erzählt Airin also über mich.» Kjer lacht leise. «Was erzählt sie sonst noch so?»

«Dass sie froh ist, wenn ihre derzeitigen Gäste wieder abreisen.»

Kjer mustert mich einige Sekunden lang. «Was, wenn es so wäre?»

«Was meinst du?»

«Was, wenn ich einfach nur davon lebe, Touristen durch die Gegend zu schippern?»

«Wenn es das ist, was dich glücklich macht», erwidere ich langsam. «Aber irgendwie glaube ich nicht, dass das alles ist, was du im Leben machen willst.»

«Wie kommst du auf die Idee, ich könnte etwas anderes wollen?»

«Na ja, vielleicht wolltest du als Kind sogar Kapitän werden, aber du kommst mir nicht wie der typische Seebär vor. Ich zum Beispiel habe schon immer gern geschrieben, und die Idee, Journalistin zu werden, hat sich in mir festgesetzt, da war ich ungefähr fünfzehn. Meine Mutter fand diesen Beruf schrecklich, aber ich bin's trotzdem geworden, wenn auch nicht wirklich erfolgreich.» Das sage ich mit einem Schulterzucken, als machte mir diese Tatsache gar nichts aus. «Also? Wie sieht's bei dir aus? Wolltest du wirklich schon immer Touristenführer werden, oder hattest du irgendwann auch mal andere Pläne?»

Kjer antwortet nicht sofort. Gerade als ich denke, meine Frage könne aus mir nicht nachvollziehbaren Gründen zu persönlich geraten sein, atmet er aus und sagt: «Ich wollte Tierarzt werden.»

«Mit sechs oder mit sechzehn?»

«Sowohl als auch.»

«Und? Was hat dich daran gehindert?»

«Dein Curry.»

«Mein Curry?»

«Hört sich an, als verwandele es sich gerade in einen Espresso.»

Erst jetzt dringt das brutzelnde Geräusch zu mir durch. «Scheiße!» Hastig ziehe ich die Pfanne von der Kochstelle und reiße den Deckel hoch, doch es ist bereits zu spät.

«Diese Pfanne ist verflucht», murmele ich missmutig. «In dem blöden Ding verbrennt alles.»

Kjer ist aufgestanden und sieht mir über die Schulter. «Es sollte vermutlich nicht so schwarz werden?»

«Doch, natürlich. Möchtest du etwas davon? Den Rest pack ich dir gern für zu Hause ein.»

Er grinst. «Vielleicht das nächste Mal.»

Seufzend öffne ich den Deckel des Mülleimers. «Normalerweise würde ich vorschlagen, wir bestellen uns einfach eine Pizza. Aber irgendwas sagt mir, dass Caorach nicht unbedingt im Liefergebiet der hiesigen Italiener liegt.»

«Wir könnten ins *Brady's* fahren.»

Ich unterbreche mich darin, das ruinierte Curry aus der Pfanne zu kratzen. «Jetzt?»

«Klar. Bis wir da sind, haben wir richtig Hunger. Perfekt.»

Das mit dem Hunger stimmt zumindest, aber ob der Beilagensalat des Pubs dagegen ankommt, wage ich zu bezweifeln.

Dann begegne ich Kjers fragendem Blick. Aus diesen verdammten silbergrauen Augen.

Ich werde einfach Pommes zum Salat bestellen.

«Okay, meine Jacke hängt unten.»

✦ ✦ ✦

Es ist bereits dunkel geworden, und ein feiner Sprühregen hängt in der Luft, als wir Castledunns' Hafen erreichen. Beim Anlegen schwappt das Wasser mit hohl klingendem Geräusch gegen die Holzpfähle des Stegs.

«Hattest du eigentlich erst das Boot, oder war da zuerst die Idee, Touristen umherzufahren?», frage ich, während Kjer noch damit beschäftigt ist, es zu vertäuen.

Er richtet sich auf. «Erst das Boot. Ich hab es gebraucht in einem ziemlich üblen Zustand gekauft, die Arbeit daran war ein Zeitvertreib. Dass ich Leute durch die Gegend kutschiere, hat sich einfach ergeben. Airins Mutter hat mich irgendwann gebeten, ein paar ihrer Gäste zu einer der abgelegenen Buchten zu fahren, und danach hat sich die Sache verselbständigt.»

«Leben ihre Eltern auch hier im Dorf?»

«Sie haben sich vor einigen Jahren getrennt. Ihre Mutter lebt mittlerweile bei Airins Schwester in Cork.»

Ob auch Airin sich manchmal wünscht, Castledunns den Rücken zu kehren? Vielleicht frage ich sie, wenn wir uns das nächste Mal sehen. Obwohl ich das ständige Umziehen gehasst habe, fühlt sich der Gedanke, sein ganzes Leben an ein und demselben Ort zu verbringen, seltsam an.

Nebeneinander laufen wir an der breiten Mauer entlang, die den felsigen Strand von der Straße trennt.

«Und deine Eltern, was ist mit ihnen?», greife ich unser Smalltalk-Thema wieder auf.

«Beide tot. Beide Krebs.»

«Oh ... das ist ... das tut mir leid.»

Das Licht der Laternen fällt auf Kjers Gesicht, als er mir einen Blick zuwirft und etwas gezwungen lächelt. «Es ist schon eine Weile her.»

Es ist schon eine Weile her. So etwas kann man sagen, um klarzumachen, dass man ein Erlebnis verarbeitet hat. Man kann diese Worte jedoch auch verwenden, um anderen aus der unangenehmen Situation herauszuhelfen, mit einer vermeintlich harmlosen Frage ein viel zu persönliches Thema angesprochen zu haben. Aber ich habe Kjer schon so viel von mir erzählt, mich ihm gegenüber schon in so peinliche, verletzliche Situationen gebracht, dass diese Grenze zwischen uns kaum noch zu existieren scheint. «Wie alt warst du?»

«Siebzehn, als meine Mutter starb. Mein Vater starb ein Jahr später.»

Das ist nicht wirklich lange her. Wie alt ist Kjer jetzt? Mitte zwanzig? Ich finde keine Worte, die mir angemessen erscheinen würden, und umfasse unwillkürlich seinen Arm. Einen Moment lang sieht Kjer mich an, und als er jetzt lächelt, ist es ein echtes Lächeln. Ich muss mich zwingen, ihn loszulassen und weiterzugehen.

Im *Brady's* ist im Vergleich zu meinem letzten Besuch kaum etwas los. Liegt vermutlich an der Uhrzeit, es ist gerade einmal sieben.

Kjer deutet auf einen Tisch in einer Nische. «Hier?»

Mir ist völlig egal, wo wir sitzen, also nicke ich nur und lasse mich auf die Bank fallen. Die Kellnerin, die beinahe sofort neben uns auftaucht, ist dieselbe wie letztes Mal. Seanna heißt sie, glaube ich.

«Hallo», begrüßt sie uns und legt zwei Speisekarten auf den Tisch, das folgende «Hey, wie geht's?» gilt Kjer allein. Ob Seanna zu den Frauen in Castledunns gehört, die Kjer bereits näher kennen?

«Gut, und bei dir?» Kjer greift nach einer der Karten.

«Ach, es läuft schon. Was wollt ihr ...»

«Seanna!» Hinter dem Tresen hält der Barkeeper ein Telefon in die Höhe. «Dein Handy klingelt in einer Tour. Deine Schwester versucht es gerade zum dritten Mal.»

Selbst im gemütlichen Dämmerlicht des *Brady's* fällt mir auf, wie blass Seanna plötzlich wird. Trotzdem fasst sie sich schnell. «Wisst ihr schon, was ihr trinken wollt?»

Ich entscheide mich für einen Wein, Kjer für ein Guinness, Seanna verschwindet mit einem letzten, etwas gezwungenen Lächeln, und ich sehe ihr hinterher. Sie sagt etwas zu dem Typen hinter der Bar und läuft dann durch eine Tür nach hinten. Sieht ganz nach einem eher unangenehmen Anruf aus. Hoffentlich ist alles in Ordnung.

Einige Minuten lang vertiefen Kjer und ich uns ins Menü. Die Auswahl hat sich in den letzten Tagen nicht verändert, weshalb ich meinen Plan in die Tat umsetze, zum Salat einfach einen Teller Pommes zu bestellen.

In genau dem Moment, in dem Seanna unsere Teller auf dem Tisch abstellt, fällt mir siedend heiß ein, dass ich kein Geld dabeihabe. Man gewöhnt sich auf einer einsamen Insel verdammt schnell daran, kein Portemonnaie zu benötigen. Mist.

«Ähm, Kjer?»

Kjer sieht von seinem Teller auf, sein Blick trifft mich und sorgt zum ungefähr hunderttausendsten Mal für ein fast schon schmerzhaftes Ziehen in meiner Brust. Ich meine, ich weiß mittlerweile sehr genau, wie er aussieht, ich sehe sein Gesicht vor mir, wenn ich die Augen schließe, und trotzdem...

Vielleicht sind es wirklich diese silberhellen Augen. Diese Augen, die unter den dunklen Brauen so klar und eindringlich wirken. Ich glaube...

«Ja?»

«Mh?»

«Du hast gerade gesagt: Ähm, Kjer», wiederholt er die Worte, die ich wohl irgendwann in den letzten Sekunden ausgesprochen haben muss. Ich weiß nur nicht mehr, wieso.

«Ist irgendwas nicht in Ordnung? Zu weiche Pommes?»

«Nein, ich...» Jetzt fällt es mir wieder ein. «Ich hab mein Portemonnaie vergessen.»

Ich wusste, er würde grinsen. Herrgott, grinst er eigentlich mit Absicht so? Weiß er, dass man ihm dieses Grinsen sofort von den Lippen küssen möchte?

Ich brauche einen Exorzisten.

«Dann soll ich dich einladen?»

«Du sollst mir nur ...»

«Dann wäre das hier nämlich ein Date.»

«Du sollst mir nur Geld leihen. Ich geb's dir im Leuchtturm zurück.»

«Du willst also, dass ich noch mal mit zum Leuchtturm komme?»

«Nein, ich ...» Vor meinem inneren Auge blitzt ein Bild auf, wie ich allein in finsterer Nacht den Trampelpfad zum Leuchtturm hinaufmarschiere. «Oder doch, aber nur, weil es dunkel ist.» Die letzten Worte geraten etwas leise, so unangenehm ist es mir, sie auszusprechen. «Du musst natürlich nicht.» Doch. Du musst. Wage es bloß nicht, meinen höflichverlogenen letzten Satz ernst zu nehmen.

«Ich überleg's mir. Wo kommt diese Angst vor der Dunkelheit eigentlich her, weißt du das?»

Um Zeit zu schinden, konzentriere ich mich auf meinen nächsten Bissen, zerteile ein Salatblatt pedantisch in vier fast gleich große Stücke.

«Wenn die Frage zu persönlich ist ...»

«Eigentlich rede ich nie darüber. Aber nachdem du ja eh schon einiges mitbekommen hast ...» Die Bilder, die in diesem Moment in mir aufsteigen, führen dazu, dass ich die Gabel sinken lasse. «Ich hab dir ja schon erzählt, dass meine Mutter Perfektion erwartet. Von sich selbst und von anderen. Nur war ich leider ein höchst unperfektes Kind.» Warum ich jetzt entschuldigend lächle, weiß ich selbst nicht so genau. Tief verwurzelte Mechanismen, nehme ich an. «Sie hat es gehasst, wenn ich meine Aufgaben nicht sofort erledigt habe und etwas Unnützes tat, wie vor mich hin zu träumen. Was oft vorkam. Immer wieder habe ich versucht, mich besser zu konzentrieren, aber ... die Geschichten in meinem Kopf waren meist spannender als das, was um mich herum geschah.» Ich sehe auf meinen Teller hinab und schiebe das Essen von einer Seite zur anderen. Dann lege ich das Besteck ganz zur Seite und rede weiter. «Eines Tages hatte meine Mutter genug. Es begann ganz harmlos. Wir waren im Urlaub, auf einer Finca in Spanien. Meine Mutter hatte sich natürlich jede Menge Arbeit mitgenommen, keine Ahnung, warum sie überhaupt Urlaub machte. Vermutlich musste sie. Für mich hatte sie Hausarbeiten eingepackt. Matheaufgaben und Grammatiktests und so was. Aber ich ... hatte keine Lust.»

Etwas in mir möchte sich bei der Erinnerung an diesen Tag zusammenkrümmen, und ich vermeide Kjers Blick. «Ich saß auf der Terrasse, vor mir die aufgeschlagenen Hefte, und beobachtete irgendwelche Insekten. Es war warm und hell, wir waren den Nachmittag über am Meer gewesen, und ich hatte meiner Mutter versprochen, mich abends um diese paar Aufgaben zu kümmern, aber ich ... tat es nicht.» Unwillkürlich wird meine Stimme schwächer, und ich richte mich auf. «Meine Mutter wurde wütend. Genau wie ich. Ich meine, ich hatte Ferien, ich wollte mich nicht mit diesen dämlichen Schulsachen herumschlagen ... Ich gab ein paar ziemlich patzige Antworten, und ihr fiel nichts Besseres ein, als mich am Arm zu packen und die Stufen hinunter zum Keller der Finca zu schleifen.» An dieser Stelle muss ich innehalten, um etwas Wein zu trinken, zwei große Schlucke Wein, das Glas ist danach leer. «Zuerst war ich nur sauer. Irgendwann wurde mir kalt. Und als es draußen dunkel wurde und kein Licht mehr durch die Ritzen der Holztür fiel, bekam ich Angst. Ich weiß nicht, warum sie mich so lange dort unten gelassen hat. Vielleicht wollte sie, dass ich es wirklich kapiere. Vielleicht hat sie mich auch einfach vergessen, ist eingeschlafen oder was weiß ich. Aber die Morgendämmerung brach bereits an, als sich die Tür endlich wieder öffnete. Es ...», ich schlucke, «... es gab Ratten dort. Wenn man eine Weile zusammengerollt auf dem Boden lag, kamen sie irgendwann raus.» Noch heute packt mich der Ekel vor diesen Viechern, wenn ich nur daran denke, welche Geräusche ihre Krallen auf der harten Erde gemacht haben. Wie sie hin und her gehuscht sind. Wie ich aufgehört habe zu weinen, weil ich Angst hatte, sie damit anzulocken. «Ich nehme an, das hat meine Mutter nicht gewusst», füge ich tonlos hinzu und presse meine Hände gegen die Tischplatte, um mich ins Hier und Jetzt zurückzuholen.

Kjer sieht so schockiert aus, dass ich mich an einem Lächeln versuche. «Vermutlich tat es ihr sogar leid. Zumindest hat sie danach nie wieder etwas Vergleichbares getan. Jedenfalls ...» Ich will diese unselige Geschichte jetzt nur noch schnell zu Ende bringen. Es bringt ja nichts, das alles wieder aufzuwärmen. «... kamen ein paar Monate später plötzlich diese Panikattacken, sobald es dunkel wurde. Je finsterer, desto schlimmer.»

Das war's. Das ist die ganze Geschichte. Demonstrativ beginne ich wieder zu essen, während Kjer bewegungslos vor seinem nahezu unangetasteten Steak sitzt. Nach ein paar Bissen sehe ich mich nach Seanna um. Ich hätte gern noch ein Glas Wein. Mir ist nach mehr Alkohol.

«Wow.» Kjers Entsetzen ist ihm deutlich anzuhören. «Ich ... deine Mutter ... sie ist ein Monster.»

Unbehaglich lache ich auf. «So schlimm ist sie nicht. Es war ein Ausrutscher. Und es ist lange her.»

«Aber es verfolgt dich noch immer.» Kjer schüttelt ungläubig den Kopf und beginnt mit einem grimmigen Ausdruck im Gesicht an seinem Steak herumzusäbeln. «Man hätte danach zumindest etwas wegen deiner Angstzustände tun müssen. Deine *Mutter* hätte etwas tun müssen.»

«Ich glaube, sie hat einfach gehofft, dass es wieder verschwindet. Alle haben das gehofft, ich selbst auch. Und es wurde im Laufe der Zeit ja auch besser.»

Das ist gelogen. Es hat sich so gut wie gar nichts geändert. Ich recke weiter den Hals nach Seanna, entdecke sie schließlich an einem der anderen Tische und kombiniere ein hoffnungsfrohes Lächeln mit einem kleinen Winken. Nachdem sie meine Bestellung aufgenommen hat und wieder gegangen ist, wende ich mich mit einem etwas bemühten Lächeln erneut Kjer zu. «Und was macht dich zum Freak? Wovor hast du Angst?»

«Du hältst dich deshalb für einen Freak?»

«Na ja.» Für einen Moment ziehe ich die Schultern hoch. «Das ist ein bisschen hart formuliert, aber im Grunde schon. Mein Opa hat das so ähnlich immer gesagt. *Das Leben macht uns sonderlich, aber auch besonders.*»

Kjer nickt, und sein Gesichtsausdruck entspannt sich ein wenig. «Ich kann deine Mutter nicht ausstehen, aber ich denke, ich mag deinen Opa.»

«Meinen Opa kann man nur mögen.» Erleichtert schwenke ich auf dieses neue Thema um, erzähle Kjer von meinen Großeltern, vom Tick meines Opas, seinen liebsten Möbeln Namen zu geben und von seinem Entschluss, von heute auf morgen nach Großbritannien zu ziehen. Kjer ist daraufhin der Ansicht, der Wunsch nach unvermittelten Ortswechseln müsse in meinen Genen liegen.

«Früher hätte ich dir nie im Leben zugestimmt», wehre ich ab. «Ich habe es gehasst, umzuziehen.»

«Das hat sich dann wohl geändert. Immerhin bist du einfach mal eben von Hamburg auf eine einsame Insel gezogen.»

«Aber nur für sechs Monate.»

«Das stimmt. Nur für sechs Monate.» Für einen Moment

sieht er nachdenklich aus, dann schließt er kurz die Augen, als wolle er ebenso wie ich ein paar Gedanken verscheuchen. «Was mich zum Freak macht, hat dir vermutlich Airin schon erzählt.» Er lächelt, während er das sagt.

«Du meinst ...» Mir fällt nicht ein, wie ich das, was ich von Airin über Kjer erfahren habe, in möglichst neutrale Worte fassen kann.

«Ich mag es, allein zu sein.»

Der Satz hängt zwischen uns, es ist völlig klar, was Kjer damit eigentlich aussagen will: Erwarte von mir nichts Festes.

Tu ich nicht, möchte ich ihm entgegnen und verkneife es mir, weil ich damit zugeben würde, über solche Dinge bereits nachgedacht zu haben.

«Verstehe ich», erwidere ich stattdessen. «Geht mir auch oft so.»

Kjer nickt bedächtig. Dann trinkt er den letzten Schluck Guinness. «Fahren wir zurück?»

«Okay», sage ich. Obwohl ich eigentlich lieber noch ein wenig länger hier gesessen und darüber nachgedacht hätte, was in Kjers Kopf vor sich geht. Denn erstens wüsste ich gern mehr darüber, was Kjer in seinen Augen zum Freak macht, und zweitens muss ich mich allein wieder mit dem beschäftigen, was in meinem eigenen Kopf vor sich geht.

✦ ✦ ✦

Auf dem Weg zum Hafen reden wir nicht viel. Es ist so kalt, dass ich die Jacke fest um mich wickele und beim Gehen den Kopf gesenkt halte, damit mir der eisige Wind nicht direkt ins Gesicht weht. Vorüberdriftende Wolken verbergen immer wieder den Mond, der Himmel ist ein zerlaufenes Gemälde in dunklen Grautönen.

Während der Überfahrt überlasse ich Kjer seinen Navigationsgeräten, die in dem rötlichen Licht, das im Inneren des Bootes herrscht, geradezu futuristisch wirken.

Als wir die Bucht mit dem Steg erreichen, erhellt sich plötzlich der Himmel, für den Bruchteil einer Sekunde sind die massiven Wolkenberge über uns klar zu erkennen. Ich halte den Atem an. «Was war das? Ein Blitz?»

«Wetterleuchten.» Kjer konzentriert sich gerade darauf, das Boot an den Steg zu manövrieren. «Also, ja, ein Blitz», fügt er hinzu. «Aber sehr, sehr weit weg. Das Gewitter wird höchstwahrscheinlich an uns vorbeiziehen.»

Das Wasser wirkt aufgewühlter als gewöhnlich, doch die Wellen sind nicht so hoch wie bei unserer ersten Fahrt nach Caorach, und der Wind scheint sogar ein bisschen nachgelassen zu haben. Als ich jedoch im Licht von Kjers Handylampe die steile Klippentreppe hinaufgeklettert bin und den Kopf über die Kante strecke, zwingen mich die scharfen Böen, die Augen zusammenzukneifen. Ich habe vergessen, dass es in der Bucht immer etwas ruhiger ist.

Kjer klettert hinter mir nach oben, das Licht der Lampe fällt auf den Trampelpfad vor uns. Wie selbstverständlich legt er im nächsten Moment einen Arm um meine Schultern und zieht mich an sich. Würde man mich jetzt fragen, könnte ich nicht beantworten, ob mein wild schlagendes Herz auf die Dunkelheit zurückzuführen ist oder auf die Tatsache, dass er mich den ganzen Weg über dicht an sich gedrückt hält. Oder doch. Ich könnte es. Ob ich diese Umarmung der blöden Geschichte über meine bescheuerte Angst zu verdanken habe? Hoffentlich nicht.

Der Mond kämpft sich immer wieder durch die aufreißenden Wolken, sein blasses Licht verleiht der Umgebung Kontur. Ich habe den Arm um Kjers Hüfte gelegt, sein Schritt hat sich dem meinen angepasst, und ich spüre seine Wärme selbst durch die Jacke hindurch. Viel zu schnell stehen wir vor Matthews Tür, und Kjer lässt mich los, damit ich aufschließen kann. Eine gefühlte Ewigkeit wühle ich in der Jackentasche, weil ich zu hektisch an dem Schlüssel zerre, der sich im Futter verhakt hat. Als Nächstes benötige ich gleich mehrere Anläufe, um das blöde Ding ins Schloss zu bekommen, obwohl es im Schein der Taschenlampe deutlich zu erkennen ist, und ich kann nur hoffen, dass Kjer dieses ganze Herumgehampel auf eingefrorene Finger zurückführt.

Endlich schwingt die Tür auf, gemeinsam treten wir ins Innere des Leuchtturms. Ich taste nach dem Schalter an der Wand, und im nächsten Moment erhellt das schwache Licht der Deckenlampe das Schachbrettmosaik.

Der Abend ist zu Ende.

Mit dem neutralsten Lächeln, das mir auf die Schnelle zur Verfügung steht, sehe ich zu Kjer auf. «Das war ein netter Abend», beginne ich, einmal mehr mein Hirn verfluchend, das mir in Situationen wie diesen nur abgedroschene Phrasen zur Verfügung stellt.

«Du hast mir noch nicht das Geld fürs Abendessen zurückgegeben.»

«Bitte?»

Geld. Ach ja, ich wollte ihm ja im Leuchtturm das Geld zurückgeben. Mein Hirn holt gerade auf, da spricht Kjer weiter. «Das heißt, *noch* handelt es sich hier um ein Date.»

Darauf fällt mir nicht einmal eine abgedroschene Phrase ein.

Kjers Gesicht liegt im Schatten, doch ich erkenne genug, um beide Hände zu Fäusten zu ballen, der Ansatz eines Versuchs, etwas nicht zu tun, von dem ich in dieser Sekunde kaum mehr weiß, warum ich es nicht tun sollte.

Weil er es mag, allein zu sein.

Na und? Was kümmert mich das in diesem Moment?

Langsam gleitet Kjers Hand um meine Hüfte. Meine geschlossenen Fäuste lösen sich, vorsichtig streife ich mit den Fingerspitzen über Kjers Schläfe, streiche zart die Linie seines Wangenknochens entlang. Als hätte er nur auf diese stumme Erlaubnis gewartet, beugt er sich vor und küsst mich. Sacht berühren seine Lippen meine, seine Zunge, die über meine Unterlippe fährt, lässt mich die Augen schließen, ein warmer Druck breitet sich von meiner Brust im ganzen Körper aus. Kjer streicht über meinen Nacken, seine Finger vergraben sich in meinen Haaren.

Als er sich von mir löst, benötige ich einige Sekunden, in denen ich den Empfindungen nachspüre, die sein Kuss hervorgerufen hat, und die jetzt überlagert werden von einer aufsteigenden Sehnsucht nach mehr. Ich schlage die Augen auf.

Kjers Gesicht ist nur wenige Zentimeter von meinen entfernt.

«Ich will das nicht ausnutzen.»

«Was?»

«Ich will nicht ausnutzen, dass du Angst vor der Dunkelheit hast.» Im nächsten Moment ist er einen Schritt zurückgetreten. «Ich mach dir oben die Lichter an.»

Verwirrt sehe ich ihm hinterher, als er die Wendeltreppe hinauf nach oben verschwindet, höre seine Schritte über mir und das sanfte Quietschen der Tür zum Wohnzimmer im zweiten Stock.

Mein Herz rast so schnell, und mein Atem geht flach, fast könnte man meinen, eine Panikattacke bahne sich an. Doch diesmal ist es anders. Ganz anders. Es war nur ein Kuss, denke ich und lasse mich gegen die Wand sinken. Nur ein Kuss.

Ich stehe immer noch dort, als Kjer wieder herunterkommt.

«Alles okay?» Besorgt sieht er mich an, und in diesem Moment hasse ich meine verfluchte Panik vor der Dunkelheit mit ganz neuer Intensität. Er soll jetzt nicht besorgt aussehen! Er soll genauso brennen wie ich!

«Alles okay.» Wenn er jetzt noch sagt, es tue ihm leid, werde ich ... werde ich irgendetwas Unüberlegtes tun.

Damit, dass er im nächsten Moment vor mir stehen könnte, die Hände links und rechts neben meinen Kopf gestützt, habe ich nicht gerechnet, auch nicht damit, dass er die Augen schließen und mir noch einmal so nahe kommen würde, dass seine Haare meine Stirn berühren.

«Und das ...» Wie ein Hauch gleiten seine Lippen über meine, behutsam, fragend. «... ist auch okay?»

Mit beiden Armen umschlinge ich seinen Hals, ziehe ihn näher, und mehr braucht es nicht, damit aus dem vorsichtigen Kuss ein fordernder wird, einer, bei dem ich mir wünsche, er würde etwas anderes mit seinen Händen tun, statt sie gegen die harte Mauer in meinem Rücken zu stemmen.

Ich keuche auf, als er sich plötzlich von mir löst. Der Ausdruck in seinem Gesicht scheint unberührt, doch in seinen Augen liegt etwas, das neu für mich ist.

«Ich melde mich morgen.»

Dann geht er. Einfach so. Und ich stehe da und weiß nicht, wohin mit mir und meinen Gefühlen.

9

Das Licht der Lampe über mir hält die Schatten in Schach. Mit offenen Augen liege ich im Bett und starre an die Decke.

Dass ich jederzeit in der Lage bin, mir Kjers Kuss ins Gedächtnis zu rufen – und vor allen Dingen, dass ich das auch dauernd tue –, wirkt sich nachteilig auf jeden vernünftigen Gedanken aus.

Ein vernünftiger Gedanke wäre: Es ist nicht klug, einen Mann zu küssen, von dem man weiß, dass er für ernsthafte Beziehungen nicht zu haben ist.

Und ein zweiter vernünftiger Gedanke: Ich werde in sechs Monaten wieder in Hamburg sein, sollte hier also nichts anfangen, dem ich dann nachtrauern werde. Eigentlich bin ich davon ausgegangen, auf einer einsamen Insel in dieser Hinsicht auf der sicheren Seite zu sein.

Andererseits: Wenn ich mit jemandem etwas anfange, das ohnehin längstens sechs Monate dauert, schadet es letztlich nicht, wenn derjenige keine feste Bindung will. Abgesehen davon bin ich meilenweit davon entfernt, in Kjer mehr zu sehen als den attraktivsten Mann, der mir jemals untergekommen ist. Er sieht gut aus, ja, er sieht sogar verdammt gut aus, aber bin ich etwa eine, die einen Typen nur deshalb anhimmelt, weil er gut aussieht?

Ja!

Ich meine – nein!

Gereizt drehe ich mich zur Wand. Nein, bin ich nicht. Normalerweise. Außer eben bei Kjer. Niemand liest gerade meine Gedanken, ich kann also aufhören, mir etwas vorzumachen.

Was spräche also dagegen? Wäre es nicht völlig in Ordnung, eine Art ... Affäre mit Kjer zu beginnen? Eine unverbindliche Beziehung, angelegt auf sechs nette Monate. Er will nicht mehr, ich will nicht mehr. Anzunehmen, dass sich nach dieser Zeit mein Enthusiasmus für sein Äußeres auf ein ansatzweise normales Maß eingependelt haben wird.

Seufzend ziehe ich die Decke fester um meine Schultern und schließe die Augen. Eine Beziehung auf Zeit. Das hört sich doch ... na ja, vernünftig an. Einfach nur Sex.

Oh Gott.

Ich glaube, so etwas habe ich noch nie gedacht.

Aber wo ich diesen Gedanken nun schon mal habe: Einfach nur Sex mit dem attraktivsten Mann der Welt.

In einem Leuchtturm.

Auf einer einsamen Insel.

Ganz ehrlich? Ich könnte mir eindeutig Schlimmeres vorstellen.

❖ ❖ ❖

Bei Tageslicht, frisch geduscht und vor meinem ersten Kaffee sitzend, fühlen sich meine nächtlichen Ideen einigermaßen idiotisch an. Ich und einfach nur Sex. Ja, klar. Das passt genauso gut zusammen wie ‹Ich und ein stockdunkler Keller›. Oder ‹Ich und ein Strandspaziergang um Mitternacht›.

Daran ist nur dieser Kuss schuld. Vielleicht auch der Wein.

Und wer weiß, was Kjer eigentlich will. Sicher, von ihm ging der Kuss aus, aber er hat ihn auch wieder beendet.

Warum hat er mich überhaupt geküsst? Er hat nur ein Guinness getrunken, unwahrscheinlich also, dass er nicht mehr wusste, was er tat.

Genervt von mir selbst, wische ich den letzten Gedanken wieder zur Seite. Wieso sollte mich ein Mann nur küssen wollen, weil er zu viel getrunken hat?

Die Wahrheit ist vermutlich viel schlichter: Kjer hat mich geküsst, weil er nichts anbrennen lässt. Vermutlich passe ich perfekt in sein Beuteschema. Zum einen bin ich nur für eine gewisse Zeit hier, es besteht also kaum die Gefahr, dass ich zur anhänglichen Klette werde. Außerdem habe ich ihn anscheinend so offensichtlich angehimmelt, dass sogar Airin sich bemüßigt gefühlt hat, mir ein paar Dinge mit auf den Weg zu geben. Und dann erzähle ich ihm auch noch von meiner blöden Angst – mit ziemlicher Sicherheit hat er das als Anmache aufgefasst. Beschütze mich, mein Held, die Prinzessin fürchtet sich in der Dunkelheit.

Nein, du gefällst ihm einfach, wispert es in meinem Kopf. Und er gefällt dir auch.

Mein blödes Herz beginnt schneller zu schlagen, derweil der rationale Teil meines Hirns sich bemüht, die Oberhand zu behalten. Okay, Kjer gefällt mir, aber ich werde meine Auszeit auf keinen Fall mit einem stadtbekannten Frauenschwarm vergeuden. Am Ende bilde ich mir noch ein, ich sei in Kjer verliebt – und dann? Ganz bestimmt habe ich keine Lust, nach sechs Monaten als heulendes Elend abzureisen, während Kjer sich bereits um die nächste Touristin bemüht.

Alles, was ich mir gestern Nacht zurechtgelegt habe, ist völliger Blödsinn. Eine vernünftige Sexbeziehung – müsste ich in diesem Moment nicht sofort wieder an den Kuss von gestern Nacht denken, könnte ich vermutlich über diesen Unsinn lachen.

Schluss jetzt. Hör auf, dir ständig die letzte Nacht in Erinnerung zu rufen, seine Berührung, seinen Duft, wie er die Augen schloss, bevor er sich zum zweiten Mal zu dir beugte.

Verzweifelt versuche ich, mich auf etwas anderes zu konzentrieren – wie wäre es damit, mich heute dem zuletzt hinzugefügten Punkt auf meiner To-do-Liste zu widmen und irgendetwas zu unternehmen, um mich meiner Angst vor der Dunkelheit zu stellen? Zum Beispiel ... der Keller des Leuchtturms. Ja, genau. Den werde ich mir jetzt mal ansehen. Ich habe mich schon halb erhoben, bevor mir ein Gedanke durch den Kopf schießt und ich spontan den Rechner aufklappe, der auf dem Tisch neben mir liegt.

> **Tag 16 von 181**
> Guten Morgen, ihr Lieben!
> Heute mal keine Bilder von Klippen, Felsen und dem Meer, sondern eine Challenge! Wir stellen uns unseren Ängsten! Und ich persönlich werde das tun, indem ich die folgende Liste abhake:
> 1. Einen Besuch im Keller des Leuchtturms
> 2. Einmal den Leuchtturm hinauf und wieder hinunter, und zwar um Mitternacht
> 3. Einen Spaziergang zur Bucht nach Einbruch der Dunkelheit
> Einziges erlaubtes Hilfsmittel:
> eine Taschenlampe.
> Nicht schlecht für den Anfang, oder? Wer errät, gegen welche Angst ich angehen werde?

So. Damit hätte ich zum einen Airins Rat befolgt, auch mal etwas über mich selbst zu posten, und zum anderen setzt mich diese öffentliche Liste weit mehr unter Druck als ein spontaner Entschluss, der nur dem Zweck diente, Kjer fürs Erste aus meinem Schädel zu kriegen. Denn jetzt noch zu kneifen, das kommt überhaupt nicht in Frage.

✦ ✦ ✦

Kurz darauf stehe ich auf den Schachbrettfliesen im Erdgeschoss und starre in ein schwarzes Loch. Im schwachen Licht der Deckenlampe lässt sich gerade noch erkennen, dass eine steile Stiege, eher eine Leiter, hinab ins Dunkle führt, rechts davon eine massive Wand aus Felsgestein.

Ich knipse die Taschenlampe an. Wie ein verirrtes Glühwürmchen huscht ein heller Punkt mehrere Meter unter mir über einen unebenen Boden. Wo ist der Lichtschalter? Unwahrscheinlich, dass die Anlagen für Wasser und Strom, die sich in diesem Keller befinden, ausschließlich in tintenschwarzer Finsternis gewartet werden können. Zitternd tastet sich der Lichtstrahl über die grob behauene Wand, bis ich endlich den Schalter entdecke. Okay. Jetzt muss ich nur noch die Stiege hinabklettern, unten das Licht einschalten und kann damit meine erste selbstauferlegte Mutprobe abhaken.

Paralysiert kauere ich vor der Kante. Dort unten gibt es vielleicht Spinnen. Blinde Falter, die auffliegen und mit ihren staubigen Flügeln meine Haut berühren. Oder Ratten.

In dem Versuch, meine Nervosität in den Griff zu bekommen, atme ich mehrere Male tief durch. Blödsinn. Da unten gibt es gar nichts außer Technikkram. Ich muss es nur rational angehen: Das Licht der Lampe auf den Schalter gerichtet lassen. Zügig, aber nicht hektisch die Leiter hinunterklettern. Das würde noch fehlen, dass ich abrutsche und sehr viel schneller den Boden des Kellers erreiche als geplant. Am Ende geht dabei noch die Taschenlampe kaputt.

Dann das Licht anschalten, bis ... sagen wir drei zählen, und zurück. Machbar.

Also los jetzt. Los.

Meine Beine gehorchen mir nicht. Ich kann mich nicht bewegen, meine Gedanken hingegen rotieren. Was, wenn die Bodenluke über mir zuschlägt?

Die Luke liegt aufgeklappt platt auf dem Boden. Sie *kann* nicht zufallen, völlig unmöglich. Jemand müsste sie anheben und zurück über den Kellereingang legen, und hier ist kein Jemand, hier bin nur ich.

Los jetzt, Liv. Du schaffst das. Los!

Ich drehe mich um und steige bis ganz nach oben in die Küche zurück.

Es geht nicht. Warum sollte ich überhaupt in dieses schwarze Loch steigen, dessen Anblick allein bereits ausreicht, um meine Hände feucht werden zu lassen?

Missmutig setze ich einen zweiten Espresso auf. So eine blöde Idee. Es gibt überhaupt keinen Grund, mich mit so einem Schwachsinn unter Druck zu setzen. Ich sollte die Zeit auf Caorach genießen und sie mir nicht selbst mit kindischen Mutproben verleiden.

Um mich von dem Gedanken abzulenken, dass im Erdgeschoss noch immer die Finsternis aus dem Kellerloch kriecht, weil ich mir bei meinem überstürzten Rückzug nicht einmal die Zeit genommen habe, die Bodenluke wieder zu schließen, klappe ich erneut den Rechner auf.

Vier neue Follower und siebzehn Kommentare.

Siebzehn Kommentare?

In nicht einmal einer halben Stunde?

Wovor auch immer du Angst hast, ich drücke dir die Daumen, sei stark!

Mutig, Liv, go!

Ich habe auch Angst vor der Dunkelheit, seit vier Jahren schlafe ich nur noch mit Licht. Bitte schreib, ob du deine Herausforderungen geschafft hast.

Das finde ich toll. Ich überlege schon die ganze Zeit, was ich jetzt tun könnte (ich hab Angst vor Schmetterlingen).

In einer Mischung aus Faszination und Fassungslosigkeit lese ich alle siebzehn Kommentare durch und schiebe dann geplättet den Laptop ein Stück zurück. Der Espresso in der Kanne beginnt zu brizzeln.

Langsam stehe ich auf, um den Herd auszuschalten und die Milch aus dem Kühlschrank zu nehmen, einen kurzen Moment verharre ich vor der geöffneten Kühlschranktür.

Dann lasse ich sie zufallen, schnappe mir die Taschenlampe vom Küchentisch und eile sämtliche Stufen bis ins Erdgeschoss wieder hinunter. Jetzt nicht nachdenken. Taschenlampe an. Erste Kellerstufe. Zweite, dritte, vierte. Hektisch gleitet der Lichtkegel über die Steinwand, dort ist der Schalter. Mein Herz scheint mit wuchtigen Schlägen gegen meinen Kehlkopf zu trommeln und setzt einen Moment aus, als ich nach der letzten Stufe stolpere, weil ich den Blick stur auf den hellen Fleck an der Wand gerichtet halte. Hektisch herumrudernd fange ich mich gerade noch, bevor ich endlich den Kippschalter erreiche und mit einem heftigen Schlag nach unten drücke.

Quälend langsam bequemt sich eine Neonleuchte zum Anspringen, flammt einmal auf, noch einmal, die Schwärze dazwischen ist wie Blinzeln, und meine Lungen beginnen sich zusammenzufalten.

Es wird hell.

Vor mir steht ein staubiger, blauer Heizkessel. Dicke Rohre verzweigen sich unter der Decke zu einem System, und während ich meine Atmung zurück in einen normalen Rhythmus zwinge, registriere ich die angenehme, trockene Wärme, die hier unten herrscht. Ganz bewusst sehe ich mich um.

Neben dem Heizkessel steht ein knallgelbes Gerät, vermutlich der Notfallgenerator und mehrere Kanister. Nur die Decke ist verputzt, irgendwann einmal war sie vermutlich weiß, jetzt jedoch ist sie fleckig und grau. Leere, zerrissene Spinnweben schaukeln in den Ecken, in einem der uralten Netze hängt eine zusammengekrümmte tote Spinne.

Alles ganz normal. Mein Herz rast noch immer, als ich ein paar Schritte nach vorn neben den Heizkessel trete, um mir die Ventile und Knöpfe genauer anzusehen, ohne dass deren Funktion sich mir erschließen würde. Egal. Meine erste Mutprobe beinhaltet nicht die Aufgabe, mich hier unten autodidaktisch zur Heizungstechnikerin auszubilden.

Fast schon selbstzufrieden wende ich mich wieder der Leiter zu, bevor mir einfällt, dass ich das Licht hier unten nicht brennen lassen darf.

Für einen Moment schließe ich die Augen. Dann präge ich mir noch einmal alles ein, was es in diesem Raum zu sehen gibt – nur eine Kammer mit steinernen Wänden, einem alten, blauen Heizungskessel und einem Generator – bevor ich eine der schmalen Stufen umfasse, mich mit der Taschenlampe weit zur Seite lehne und den Kippschalter durch einen gezielten Schlag wieder in seine ursprüngliche Position bringe.

Im nächsten Moment klettere ich hastig in Richtung Licht, und als ich auf Händen und Knien über die weiß-schwarzen

Fliesen krabbele, weg von der undurchdringlichen Schwärze, erfüllt mich plötzlich ein solcher Stolz, dass ich einen glücklichen Aufschrei nicht unterdrücken kann.

Ich, Liv Baumgardt, im Allgemeinen beherrscht von unsäglichem Grauen, sobald sich Finsternis wie eine zu schwere Decke auf mein Gesicht legt – ich war im Keller!

✦ ✦ ✦

Noch in der Küche bin ich so euphorisch, dass ich direkt eine Erfolgsmeldung auf meinen Blog setze. Wenige Minuten später trudeln die ersten Glückwünsche ein.

Es fühlt sich an, als schmisse ich eine Party und all meine Freunde umarmten mich und versicherten mir, wie gut ich aussähe.

Du bist so tapfer!

Ich bewundere dich!

Sei stolz auf dich!

Das bin ich tatsächlich. Stolz auf mich. Am liebsten möchte ich jemandem persönlich von meiner Heldentat erzählen, doch dazu muss derjenige wissen, wieso es überhaupt eine Heldentat darstellt, allein in einen Keller hinabzusteigen. Das reduziert die Auswahl erheblich. Kjer oder Opa. Ich denke nicht lange nach. Eine WhatsApp ist schneller geschrieben als ein Brief.

Ich komme gerade aus dem Keller!

Kjers Antwort erscheint nicht einmal zwei Minuten später auf dem Display:

> Wieso gehst du in den Keller? Hast du nach Eingemachtem gesucht?

Unmittelbar darauf folgt eine weitere Nachricht:

> Sag nicht, die Heizungsanlage ist defekt.

Immer noch in Hochstimmung, lehne ich mich auf dem Küchenstuhl zurück.

> Du glaubst doch nicht allen Ernstes, ich würde in den Keller steigen, weil ich mir einbilde, eine defekte Heizungsanlage reparieren zu können?

Diesmal dauert es ein bisschen länger, bis die Antwort eintrudelt.

> Weshalb warst du also dort unten?

Um nicht zu wirken, als warte ich nur auf ein Lebenszeichen von ihm, schenke ich mir einen lauwarmen Espresso ein und gehe damit nach unten ins Wohnzimmer. Erst als ich mich in der Kissennische am Fenster zurechtgekuschelt habe, tippe ich eine Antwort.

> Nur so. ☺

Während ich auf das Display starre, auf dem drei Pünktchen anzeigen, dass Kjer am Schreiben ist, muss ich schon wieder an letzte Nacht denken, an Kjers Gesicht so dicht vor meinem, an den überraschenden Kuss und an das Gefühl, das seine Hände auf meiner Haut hinterlassen haben. Für den Moment lasse ich das Handy sinken und blicke zum Fenster. Der Himmel ist genauso grau verhangen und bewölkt wie gestern, die Wellen sind um einiges höher als gewöhnlich. Oh Gott. Die Intensität, mit der ich mir plötzlich wünsche, Kjer wäre hier, hier bei mir, und würde mich noch einmal genauso küssen wie gestern Nacht, überrascht mich selbst.

Der Summton des Telefons holt mich aus meinen Gedanken.

> Nur so? Was kommt als Nächstes?
> Übernachtest du dort unten?

Unwillkürlich läuft mir ein Schauer den Rücken hinunter, ein anderer als noch Sekunden zuvor. Auf gar keinen Fall werde ich jemals im Heizungskeller übernachten, Challenge hin, Challenge her.

> Hört sich nach keiner
> Herausforderung an, die ich auf
> meine Liste setzen möchte.

Ich klicke auf Senden und sehe wieder zum Fenster hinaus. Ich glaube, heute werde ich auf Caorach meinen ersten Sturm erleben. Obwohl es schon zwölf Uhr ist, dringt durch die tiefhängenden Wolken nur trübes Dämmerlicht, als wäre die Sonne noch gar nicht richtig aufgegangen.

> Du hast dir eine Liste mit
> Herausforderungen gemacht?
> Ich hätte da ein paar Ideen.

Dieser Satz lässt mich abrupt jedes Unwetter vergessen.

> Zum Beispiel?

Mit klopfendem Herzen schicke ich die Nachricht ab und lehne mich wartend zurück.

Zehn Minuten später warte ich immer noch, doch nicht einmal Pünktchen deuten darauf hin, dass Kjer sich mit einer Antwort befassen würde. Irgendwann lege ich das Smartphone zur Seite und stehe auf, um meinen täglichen Inselrundgang in Angriff zu nehmen. Um nicht in die Versuchung zu kommen, alle dreißig Sekunden aufs Handy zu gucken, lasse ich es in der Fensternische zurück. In der Küche belege ich mir zwei Brote mit Käse für unterwegs. Der Spaziergang wird so was wie meine Mittagspause, danach schreibe ich den Veganer-Artikel fertig, es wird wirklich Zeit.

Direkt nach dem ersten Schritt ins Freie peitscht mir der Wind wie ein feuchtes Tuch ins Gesicht. Feiner Sprühregen liegt in der Luft, zumindest halte ich es für Regen, bis der salzige Geschmack mir klarmacht, dass es sich um die Gischt der hochgewirbelten Wellen handelt. Entschlossen stemme ich mich dem Sturm entgegen und schlage den Weg hinunter zur Anlegestelle ein.

Immer wieder wehen mich heftige Böen einige taumelnde Schritte vom Trampelpfad herunter. Wahnsinn. Gut geschützt hinter den dicken Mauern des Leuchtturms, habe ich nicht einmal ansatzweise erahnen können, welche Wucht der Wind hat. Schon nach wenigen Minuten findet die staubfeine

Gischt ihren Weg unter die Kapuze und in die Jackenärmel hinein, von meiner Jeans gar nicht zu reden. Ich hätte die Regenhose anziehen sollen.

Kurz überlege ich zurückzugehen, doch ich habe bereits über die Hälfte des Wegs hinter mir, und mein Erfolg von heute Morgen spornt mich an. Einmal bis zum Steg und dann zurück. So war der Plan, und so ziehe ich das jetzt auch durch.

Je näher ich den Klippen komme, desto schärfer scheint der eiskalte Wind zu werden, und als ich die Treppe endlich sehe, bin ich so durchnässt, als wäre ich ins schäumende Meer gestürzt.

Ein gutes Stück vom Rand der Klippen entfernt bleibe ich stehen. Die Wellen sind gigantisch. Schon vom Fenster aus sahen sie beeindruckend aus, doch erst hier wird mir bewusst, wie gewaltig sie wirklich sind. Mit dem Toben der Brandung im Ohr beobachte ich fasziniert, wie sich die Wassermassen trügerisch langsam heranwälzen, den Steg und den Strand unter sich begraben, um schließlich an den Felsen Caorachs in meterhohe Wolken aus weißer Gischt zu zerbersten. Ich muss an alles zermalmende Schneelawinen denken, und die Gischt fühlt sich ähnlich eisig an. In meinen Ohren dröhnt die schmetternde Brandung so sehr, dass es fast schmerzt.

Einen Augenblick lang sehe ich mich selbst, ein schwacher Mensch inmitten eines tobenden Sturms, allein auf einer Insel, dann erwischt mich plötzlich eine satte Ladung frostiges Meerwasser – mir entfährt ein Schrei, und ich stolpere mehrere Schritte zurück. Erst jetzt wird mir bewusst, dass ich immer näher an die Treppe herangegangen bin, und ich beeile mich, wieder einen ausreichenden Abstand zwischen mir und dem Rand der Klippen herzustellen. Den Abstieg kann ich heute vergessen.

Nach ein paar Minuten mache ich mich auf den Rückweg.

Mir kommt der Gedanke, dass ich das erste Mal, seit ich Caorach betreten habe, völlig abgeschnitten von der Außenwelt bin. Kein Boot kann bei diesem Wetter anlegen und dass ein Hubschrauber bei diesen Windverhältnissen auf den unebenen, mit Felsen durchsetzten Wiesen landen könnte, wage ich ebenfalls zu bezweifeln. Würde ich mir ausgerechnet jetzt ein Bein brechen, stünden mir schmerzhafte Stunden bevor. Unwillkürlich verlangsame ich meine Schritte, weil mir als Nächstes Herr Wedekind in den Sinn kommt, der seinen Zwangsaufenthalt in Hamburg einem locker sitzenden Stein verdankt. Wie lange er wohl warten musste, bis er endlich abgeholt wurde?

Als ich den Leuchtturm erreiche, bleibe ich trotz der Tatsache, dass sich die Nässe mittlerweile wie eine Eisschicht auf mein Gesicht gelegt hat, noch eine Weile vor der Tür stehen. Der tiefgraue Himmel hat in der Ferne eine gelbliche Färbung angenommen, beim Anblick des tosenden Meeres in seiner scheinbar endlosen Weite fühle ich mich samt Matthew plötzlich unwirklich winzig. Es ist atemberaubend.

✦ ✦ ✦

Obwohl das neue Schloss reibungslos funktioniert, brauche ich ziemlich lang, um mit meinen eingefrorenen Fingern die Tür zu öffnen und sorgfältig wieder zu verriegeln.

Im ersten Stock überprüfe ich, ob das schmale Fenster wirklich fest verschlossen ist, und hänge die Jacke von außen an die Tür des riesigen Kleiderschranks. Sie ist zu nass, um sie mit nach oben zu nehmen. Das Päckchen mit den Käsebroten habe ich völlig vergessen, und die durchweichten Reste, die ich jetzt aus der Jackentasche ziehe, sehen nicht besonders appetitlich aus. Vielleicht lassen sie sich in der Pfanne noch irgendwie braten. Käsetoast oder so. Es widerstrebt mir auf Caorach noch mehr als in Hamburg, Essen einfach wegzuwerfen.

Statt damit direkt zur Küche hinaufzusteigen, bleibe ich noch einen Moment am Fenster vor der Sitznische im Wohnzimmer stehen, nachdem ich mich auch hier vergewissert habe, dass es fest geschlossen ist. Der Wind scheint noch stärker geworden zu sein, zumindest kommt es mir so vor, als würden die Wellen mit noch mehr Gewalt auf die Felsen prallen und die Gischt noch höher aufspritzen.

Eigentlich hatte ich erwartet, dass der erste Sturm auf Caorach mich zu Tode ängstigen würde, stattdessen fühle ich mich gleichzeitig ausgeliefert und seltsam erhaben. Als stünde ich auf freiem Feld und sähe einen Tornado auf mich zurasen. Vielleicht sollte ich Angst haben, doch es ist zu faszinierend, zu beeindruckend, um etwas anderes zu verspüren als Ehrfurcht und Staunen.

Die nassen Brote erweisen sich leider auch durchgebraten als ungenießbar. Das Meerwasser hat sie verdorben, und verärgert kratze ich sie aus der Pfanne heraus in den Mülleimer. So eine blöde Verschwendung. Um mich aufzuheitern, beschließe ich, heute zum ersten Mal den Bollerofen im Wohnzimmer anzuheizen. Das tobende Unwetter bietet die perfekte Kulisse für ein gemütliches Feuer.

Ich hole einige Holzscheite aus dem ersten Stock und schichte einen Teil davon in der Brennkammer des Ofens auf. Das restliche Holz stapele ich gegen die Wand, dann mache ich mich daran, das Feuer in Gang zu bringen.

Kurz darauf sitze ich mit einer Tüte schokoladenüberzogener Kekse – das Mittagessen für Gewinner – und der Patchworkdecke von meiner Oma wieder vor dem Fenster und lausche dem sanften Knistern der brennenden Scheite. Marshmallows wären jetzt super. Und heißer Kakao. Ich werde das später auf die Liste für Kjer setzen, für den Moment will ich einfach nur in das graue Licht dieses Sturmtags schauen. Mittlerweile meine ich das Pfeifen des Windes und das Tosen der Wellen sogar im Leuchtturm hören zu können, obwohl Matthews dicke Mauern weder ächzen noch zittern und das Fenster nur bei besonders heftigen Windstößen leicht zu vibrieren scheint.

Das Smartphone liegt noch immer zwischen den Kissen, und ich sehe auf den ersten Blick, dass jemand angerufen hat. Nur um mir selbst zu beweisen, nicht darauf gewartet zu haben, versuche ich eine Weile, durch die Scheibe hindurch ein gutes Foto für meine Instagram-Follower zu machen, bevor ich es aufgebe und stattdessen den Bollerofen fotografiere. Direkt im Anschluss setze ich noch ein Selfie von mir mit Schokokeks in der Hand hinterher.

> Erst ein Spaziergang im Sturm, dann mit Keksen den Tag ausklingen lassen.

Jetzt zu dem eingegangenen Anruf. Mein Herz schlägt schneller, während ich Kjers Gesicht vor mir sehe, die schmale Narbe über einem Auge, seinen Mund, der gerade noch gelächelt hat und sich jetzt nähert – das wird bestimmt toll, wenn er das nächste Mal hier aufkreuzt. Was mache ich, wenn er so tut, als sei gar nichts vorgefallen? Und was, wenn er nicht so tut, als sei gar nichts vorgefallen?

Airins Worte kommen mir in den Sinn: «Es könnte peinlich werden, wenn du deinem einzigen Kontakt zur Außenwelt aus dem Weg zu gehen versuchst.»

Nur will ich Kjer ja gar nicht aus dem Weg gehen, ganz im Gegenteil. Oder doch?

Fast muss ich über mich sclbst den Kopf schütteln. Was

auch immer ich will, immerhin bin ich noch in der Lage zu erkennen, dass sich meine Wünsche offenbar alle paar Stunden ändern.

Zögernd hebe ich schließlich das Handy ans Ohr. «Hi, Liv, ich dachte, ich melde mich mal. Bei diesem Wetter treibst du dich hoffentlich nicht draußen rum – da wäre es im Keller sicherer.»

In die Pause hinein, die diesen Worten folgt, muss ich lächeln.

«Ich ruf dich später noch mal an.»

Sein Anruf liegt etwas über zwei Stunden zurück. Nur kurz überlege ich, ob es nicht souveräner wirken würde, auf den angekündigten zweiten Anruf zu warten, doch bevor ich den Gedanken wirklich zu Ende gedacht habe, tippe ich bereits seine Nummer an.

Obwohl ich seiner Stimme gerade eben noch auf der Mailbox gelauscht habe, fühlt es sich anders an, ihn unmittelbar am Telefon zu hören. «Hey. Alles klar bei dir?»

«Alles gut», erwidere ich. «Ich war wirklich gerade draußen, als du angerufen hast.»

«Heute legst du es aber darauf an, was? Wo bist du gerade? Balancierst du auf dem Geländer der Aussichtsplattform?»

«Das hab ich vor dem Frühstück schon erledigt.»

Ich kann ihn vor mir sehen, als er jetzt lacht, und frage mich, ob er bei sich zu Hause ist. Wie es dort wohl aussieht? Schaut er in diesem Moment genauso in den Sturm hinaus wie ich? Und wäre es zu persönlich, ihn das zu fragen? Ich weiß beinahe nichts über ihn, über seinen Alltag, sein Leben, das, was ihm etwas bedeutet.

«Erzähl, was du heute gemacht hast», unterbricht Kjers Stimme meine Gedanken. «Du warst wirklich bei diesem Mistwetter draußen?»

«Ja, und es war großartig. Unglaublich!», erwidere ich. «Ich wollte zum Steg, aber diese Wellen, die gegen die Klippen donnerten – Kjer, sie waren meterhoch! Sie schossen in den Himmel wie Geysire, weiß wie Schnee vor diesen dunklen Wolken, und es war ... es war ... ich hab mich gefühlt wie auf einem Bild. Als gehöre ich dazu. Mädchen im Sturm. Ich ...» Mir wird bewusst, wie seltsam meine Worte auf Kjer wirken müssen, der gerade noch lapidar von «Mistwetter» gesprochen hat. «Das hört sich jetzt vermutlich ein bisschen albern an, was?», ende ich schwach.

«Nein, gar nicht. Erzähl weiter.» Aus Kjers Stimme höre ich keinen belustigten Unterton heraus, er scheint es wirklich ernst zu meinen.

«So ganz verstehe ich es selbst nicht», nehme ich den Faden wieder auf. «Weißt du noch, wie ich zu dir gesagt habe, ich würde mich hier fühlen, als sei ich nackt?»

«Weiß ich noch.»

«Es ist wirklich so. Ich bin nicht einmal drei Wochen hier, und trotzdem fühlt es sich so an, als sei mit einem Schlag alles verschwunden, was ich bisher mein Leben nannte. Übriggeblieben bin nur ich. Und ein paar Fragen. Viele Fragen.»

«Was für Fragen?»

Draußen ist es mittlerweile zu dunkel, um noch bis zum Klippensteig sehen zu können. Die Felsen zwischen Caorachs struppigen Grasflächen sind tintenschwarz geworden. Ich strenge meine Augen an, um mehr erkennen zu können, und stehe schließlich auf, um das Licht einzuschalten.

«Die großen Fragen. Was will ich? Welchen Sinn hat alles, was ich bisher getan habe? Wie soll mein Leben aussehen? Was ist wichtig und was nicht? Seit ich hier bin, ist so viel von dem, das mich bisher ausgemacht hat, einfach abgeblättert, und ich frage mich, ob mir das Angst machen sollte.»

«Angst?»

«Na ja … vielleicht hat meine Mutter recht. Vielleicht bin ich schwach.» Von einem Moment auf den anderen verfliegt mein Hochgefühl, und hastig spreche ich weiter, bevor Kjer etwas dazu sagen kann. «Ich meine, ist es nicht schrecklich, dass ich hier offenbar alles verliere? Dass gar nichts übrig zu bleiben scheint von dem, was ich noch vor kurzem Tag für Tag durchgezogen habe? Nach so kurzer Zeit? Im Moment wünsche ich mir fast, ich müsste gar nicht mehr zurück.» Erst in der Sekunde, in der ich die Worte ausspreche, wird mir klar, dass es stimmt. Sechs Monate – inzwischen eher fünf – scheinen ewig lang, doch so wie ich mich gerade fühle, nicht lang genug. «Meine Mutter würde es ‹sich verkriechen› nennen», füge ich hinzu und lache. Erklär mir mal einer, wieso ich in solchen Momenten immer lache. Nein, eigentlich braucht mir das niemand zu erklären.

Am anderen Ende bleibt es eine Weile still, und als Kjer schließlich etwas sagt, bereue ich meine Worte bereits. Wieso um alles in der Welt breite ich ständig mein Innerstes vor ihm aus? Was soll er denn dazu sagen? Ist ja nicht so, als würden wir uns schon ewig kennen.

«Manchmal muss man sich vielleicht einfach verkriechen», stellt er langsam fest. «Hast du dich mies gefühlt da draußen bei den Wellen?»

«Nein!», antworte ich sofort.

«Hat sich für mich auch nicht so angehört. Darauf kannst du aufbauen.»

«Wie meinst du das?»

«Ich denke mir, wenn du unsicher bist, weil vieles von dem, was dir wichtig war, plötzlich jede Bedeutung verloren hat, du dich aber immer noch … wild und frei fühlen kannst, dann kannst du diese Gefühle nehmen und etwas daraus machen.»

Jetzt bin ich es, die schweigt. Wild und frei. Ob Kjer weiß, wie genau diese Worte passen? Sie graben sich in mein Herz, als habe er damit etwas eingepflanzt. Wild und frei. Wann war ich jemals vor meiner Ankunft auf Caorach wild und frei? Nie.

«Liv?»

«Mh?»

«Ich muss aufhören, ich bin gerade beim *Brady's* angekommen.»

«Trittst du heute wieder auf?»

«Ja.»

«Ich wär gern dabei.» Das ist mir jetzt rausgerutscht, aber egal. Ich wäre wirklich gern dabei.

«Okay, ich hol dich nächsten Donnerstag ab.»

Sein leises Lachen lässt mich für einen Moment die Augen schließen, bevor zu mir durchdringt, was er gerade gesagt hat. «Nächsten Donnerstag?»

«Nächsten Donnerstag. Und weißt du, was wir danach machen werden?»

«Was?»

«Sterne beobachten. Hilft beim Denken. Das wird dann übrigens wirklich ein Date.»

… **10** …

In den nächsten Tagen schreibe ich endlich den Artikel über Veganismus zu Ende, und er wird so gut, dass die Redaktionsleiterin der Apothekenzeitschrift mir noch am selben Tag ein paar lobende Worte per Mail zukommen lässt. Vielleicht wäre ihr Beifall noch größer ausgefallen, wüsste sie, wie oft ich mich beim Schreiben unterbrechen musste, um über Kjer nachzudenken.

Ich muss mich fast stündlich davon abhalten, ihn anzurufen, um herauszubekommen, wie er seinen letzten Satz gemeint hat. Was genau er unter einem wirklichen Date versteht. Und um ihm das mit den Sternen wieder auszureden. Genauso oft versuche ich, meine Phantasie in Zaum zu halten, eine Anstrengung, bei der ich nicht ganz so erfolgreich bin. Irgendwann ergebe ich mich einfach der Tatsache, dass ich meine Gedanken nicht davon abhalten kann, um Kjer zu kreiseln.

Kjer, Kjer, Kjer.

Ich schwärme für einen gutaussehenden Iren, über den ich kaum etwas weiß, der mich umgekehrt aber schon gut genug kennt, um immer wieder genau die Worte zu finden, die ich anscheinend brauche. Und der verdammt gut küssen kann.

Ungefähr an dieser Stelle meiner Überlegungen musste ich die Arbeit am Artikel jedes Mal einstellen, weil Hintergrundrecherche über Massentierhaltung nicht halb so viel Herzklopfen verursacht wie die hundertste Wiederholung unseres Kusses von Freitagnacht.

Airin lacht, als ich ihr schließlich von meinem geplanten Date mit Kjer erzähle, doch wie ich es fast schon erwartet habe, wird sie schnell wieder ernst. «Hast du einen Plan, worauf das alles hinauslaufen soll?»

Wäre ich ehrlich, müsste ich verneinen. Das wird wohl auch der Grund sein, warum ich ihr nicht früher davon berichtet habe. «Es soll auf gar nichts hinauslaufen. Es wird einfach mal eine nette Abwechslung sein.»

Diese Antwort glaubt Airin mir genauso wenig wie ich mir selbst. «Ich kann dich wirklich verstehen», sagt sie, «aber irgendwie wünschte ich mir, du würdest das nicht tun.»

«Was denn?»

«Ich weiß nicht ... ich will dir den Spaß nicht verderben, Liv, du weißt das, oder? Und ich mag Kjer, wirklich ... aber ich glaube, das zwischen euch, das wird schwierig.»

«Airin, du liest da gerade zu viel rein.» Über mir den strahlend blauen Himmel, sitze ich zwischen den Felsen auf meinem Lieblingsplatz und blicke aufs Meer. Mein Atem materialisiert sich beim Sprechen zu weißen Wölkchen. «Wir werden einfach nur einen schönen Abend zusammen haben.»

«Liv, ein schöner Abend mit Kjer ...» Sie seufzt. Und dabei habe ich ihr noch nicht einmal von dem Kuss erzählt. «Scheiße, ich komm mir vor wie deine Mutter.»

Airin kann nicht ahnen, wie meilenweit sie von dem entfernt ist, was meine Mutter zu allem sagen würde. *Bist du noch zu retten, Liv? Was soll das werden, mit irgendeinem Taxibootchauffeur, den du noch keinen Monat kennst? Reiß dich zusammen!*

Was ich meiner Mutter erzählen soll, wenn sie sich das

nächste Mal bei mir meldet, weiß ich übrigens auch noch nicht.

«Ach, vergiss es», erklärt Airin plötzlich und drängt mit ihrem Satz die bescheuerten Gedanken an meine Mutter zurück. «Du wirst das schon machen. Sorry, ich weiß eigentlich auch nicht, warum ich dir damit ständig in den Ohren liege. Ich mag dich», sagt sie unvermittelt. «Und irgendwie wirkst du einfach so, als könntest du nicht noch mehr Probleme gebrauchen.»

«Ich mag dich auch», erwidere ich überrascht. Und das stimmt. Ich mag Airin wirklich, an unsere Telefongespräche und Chats habe ich mich in allerkürzester Zeit schneller gewöhnt, als ich im Gegenzug das andauernde Schweigen von Dana verdaut habe, meiner ehemaligen Arbeitskollegin. Nur eine Arbeitskollegin. «Komm doch auch am Donnerstag ins *Brady's*. Das wäre toll.»

«Das ist nicht dein Ernst!» Airin kichert. «Obwohl ich schon Spaß dran hätte, euer Date zu crashen. Aber ich kann ohnehin nicht, meine Schwester kommt am Donnerstag, wir müssen ein paar finanzielle Dinge regeln, und das geht im *Brady's* nicht wirklich gut. Du musst dich also zur Not selbst retten», fügt sie hinzu, und daraufhin kichere ich ebenfalls, und zwar um einiges nervöser als Airin.

Je näher der Donnerstag heranrückt, desto aufgeregter werde ich. Dienstagabend schicke ich Kjer meine Liste mit den Dingen, die er mir mitbringen soll, und seine Antwort besteht lediglich aus einem knappen *Okay*. Selbst in dem «Verknalltes Schulmädchen»-Modus, in dem ich mich aktuell befinde, lässt sich nicht mehr herauslesen als einfach nur *Okay*, weshalb ich auch darauf verzichtete, die Bedeutung dieser weltbewegende Nachricht mit Airin durchzudiskutieren, obwohl ich zugegebenermaßen kurz davorstehe.

Was mich letztlich davon abhält, sind Airins Bedenken, die sie nun mal ganz offensichtlich hat, und nachdem ich mir eingestanden habe, dass ich eben ein bisschen für Mr. Atemberaubend schwärme, sind Bedenken so ungefähr das Letzte, was ich hören will.

Viel lieber möchte ich draußen an den Klippen entlanglaufen und während mir der Wind die Nasenspitze vereist an Dinge denken, bei denen mir trotzdem warm wird. Hey, wann war ich denn zum letzten Mal richtig verknallt? Wann war ich überhaupt schon mal verknallt? Kjer gehört einfach zum Irlandtrip-Rundumservice, zum Erneuern-Sie-ihr-Leben-in-nicht-einmal-sechs-Monaten-Änderungsprozess, er ist ein Teil meiner Erfahrungen auf Caorach, und wie unglaublich bescheuert müsste ich sein, ausgerechnet auf diesen Teil verzichten zu wollen?

Meine Blogbeiträge der letzten Tage fallen so beschwingt aus, dass mich irgendwann eine Leah1995 fragt, ob sie ein Zimmer im Leuchtturm buchen könne, um ebenfalls ein bisschen im Glück zu schwelgen, woraufhin ich meine letzten Einträge allesamt noch einmal durchgehe. Immerhin weiß ich von Airin, dass sie mitliest, und auch wenn Kjer nie etwas in dieser Richtung angedeutet hat, möchte ich lieber kein Risiko eingehen. Das fehlte noch, dass man mir meine Schwärmerei nicht nur ansehen, sondern obendrein auch noch nachlesen könnte.

Liv(e) aus dem Leuchtturm und der dazugehörende Instagram-Account haben inzwischen über vierhundert Follower, und mit jedem Tag werden es mehr. Es ist ein seltsamer Gedanke, dass all diese Menschen meine Bilder und Texte sehen wollen, seltsam, aber nicht unangenehm. Wenn ich mir abends eine halbe Stunde Zeit nehme, um neue Fotos hochzuladen und Kommentare zu beantworten, scheine ich plötzlich über ein intensiveres gesellschaftliches Leben zu verfügen als je zuvor.

Eine ganze Weile überlege ich, was ich Leah1995 antworte. Schließlich schreibe ich ihr, dass es in der Nähe, in Castledunns, sehr empfehlenswerte Unterkünfte gebe, und setze Airins Adresse dazu. Leah schreibt deutsch, doch wer weiß? Vielleicht bucht sie ja trotzdem irgendwann mal einen Kurzurlaub in Südirland. Vielleicht ist sie sogar die Nächste, die von Kjer geküsst wird.

Direkt nach diesem Gedanken klappe ich den Rechner zu.

Schwärmen ist okay, Zweifeln nicht. Letzteres hat auf meiner rosa Wolke, auf meiner windgeschüttelten, wellenumtosten rosa Wolke überhaupt nichts verloren.

❖ ❖ ❖

Donnerstagmorgen fällt mir beim ersten Kaffee auf, dass ich gar nicht weiß, wann genau Kjer vorbeikommen will. Sicher, es besteht kaum die Gefahr, mich gerade nicht anzutreffen, weil ich beim Friseur bin oder so, trotzdem wüsste ich gern, ob er schon um vier kommt oder doch erst gegen sieben.

Und was soll ich anziehen? Als ich in Hamburg meine Koffer gepackt habe, bin ich nicht davon ausgegangen, auf Caorach etwas anderes zu benötigen als feste Schuhe und wasserdichte Klamotten. Blöderweise sind daher alle Sachen, die für die aktuelle Jahreszeit geeignet wären, zwar ausreichend warm, jedoch eher minder attraktiv. Ein Date in Wollpulli, Jeans und Trekkingschuhen? Ganz toll. Ich schätze, auch mit dem Survivalrucksack, der seit meiner Ankunft unbeachtet in der Truhe liegt, werde ich Kjer kaum beeindrucken können. Nicht mal Schminkzeug habe ich mit, abgesehen von Wimperntusche und einem Lippenstift. Wäre es draußen wenigstens nicht so frostig. Dann könnte ein enges Shirt Kjer daran erinnern, dass er nicht mit einem Yeti im Norwegerpulli ausgeht.

Kurz entschlossen ziehe ich nach dem Duschen ein Trägertop über den hübschesten BH, den ich dabeihabe. Den dicken Pullover werde ich im *Brady's* einfach auszuziehen.

Nach einem zweiten Espresso mit Milch gebe ich mir besonders viel Mühe mit meinen Haaren, föhne sie über Kopf und entwirre die Locken vorsichtig mit den Fingern, statt sie einfach zum üblichen Knoten zusammenzudrehen. Ob ich nachher die Kapuze oder den Wind meine Frisur ruinieren lasse, werde ich spontan entscheiden – Hauptsache, Kjer sieht mich einmal so perfekt, wie ich es unter den gegebenen Umständen eben hinbekomme.

Obwohl es dafür viel zu früh ist, tusche ich mir die Wimpern und greife sogar zum Lippenstift, nur, um mal zu gucken. Einigermaßen angetan von mir selbst, verrenke ich mich vor dem kleinen Badezimmerspiegel. Ja, das ist doch nicht schlecht. Wenn Kjer in diesem Augenblick zur Tür hereinkommen würde, hätte ich nichts dagegen.

Zum dritten Kaffee bestreiche ich mir ein paar Scheiben Toast mit Butter und Marmelade, obwohl ich überhaupt keinen Hunger habe, und danach bin ich ziemlich lang damit beschäftigt, die Fotos zu sortieren, die ich in den letzten Wochen auf der Insel und im Leuchtturm geschossen habe. Es ist bereits Viertel nach drei, als ich noch einen kurzen Blogbeitrag schreibe.

Tag 24 von 181: Heute Abend gehe ich aus! Livemusik in Brady's Pub und davor Pommes, Salat und ein Guinness – wie klingt das für euch? ☺

Der Beitrag ist noch keine zwanzig Sekunden online, da taucht bereits ein erster Kommentar auf.

> *Viel Spaß, Liv! Bring uns Fotos mit! Mit wem gehst du aus?* ☺

Kurz muss ich überlegen, bevor ich eine Antwort daruntersetze.

> *Mit einem netten Bekannten. Und klar gibt's Fotos – ich wette, keiner von euch hat in seinem Leben bisher einen Teller mit Pommes gesehen!* ☺

Viel lieber hätte ich meine Follower mit ein paar Andeutungen in Richtung *Mit Mr. Breathtaking* verrückt gemacht, doch nach wie vor lässt mich der Gedanke, Kjer könne irgendwann zufällig über meinen Blog stolpern, vor solchen Kommentaren zurückschrecken. Würde ich ein Bild von Kjer auf Instagram posten, würden sich meine Followerzahlen innerhalb weniger Stunden verfünffachen, da bin ich sicher. Genau genommen die Zahl meiner Follower*innen*.

Ich klappe den Laptop zu und schlendere zum Kühlschrank, um hineinzusehen. *Kühlschrankmeditation*. Heute führt sie zu nichts. Ich lasse die Kühlschranktür wieder zufallen und setze mich zurück an den Tisch. Eine Weile starre ich mit wippendem Fuß aus dem Fenster und trinke meinen Kaffee aus, bevor ich schließlich aufgebe und Kjer eine Nachricht mit der Frage schreibe, wann er hier sein wird. Direkt, nachdem ich auf *Senden* gedrückt habe, schießt mir der unschöne Gedanke durch den Kopf, er könne unsere Verabredung vielleicht vergessen haben.

Quatsch.

Ich stehe auf, um meinen Teller und die Tasse zu spülen. Was um alles in der Welt soll ich in den nächsten Stunden nur mit mir anfangen? Rastlos steige ich die Treppen hinunter zum Wohnzimmer, um dort ein Buch aus einem der Regale zu ziehen und geistesabwesend durchzublättern.

Wären wir heute nicht verabredet, würde Kjer erst morgen kommen, um meine Sachen vorbeizubringen. Und wenn er es doch vergessen hat?

Ich stelle das Buch zurück und wende mich zur Fensternische. Dunkle Wolken treiben rasch über einen blassgrauen Himmel, das Meer hat eine grünlich schwarze Färbung angenommen.

Ich muss raus. Haare hin, Haare her, ich werde jetzt meinen Inselrundgang machen und mich vom Rauschen der Brandung beruhigen lassen.

Minuten später stapfe ich in Jacke und Stiefeln über kurzes, stacheliges Gras und inhaliere dabei die salzige Luft. In Hamburg werde ich das wirklich vermissen, das weiß ich jetzt schon. Nach nicht einmal zwanzig Minuten fühle ich mich sehr viel ruhiger, und als ich bei meinem Lieblingsplatz in der Nähe des Leuchtturms ankomme, stehe ich dort minutenlang mit geschlossenen Augen und lasse mir vom Wind die Haare aus dem Gesicht wehen.

Erst ein Piepsen aus meiner Jackentasche holt mich ins Hier und Jetzt zurück. Schnell zerre ich das Handy hervor.

>Ich bin gegen fünf da.<

Fünf. Jetzt ist es zwanzig nach vier. Das reicht, um den Lippenstift zu erneuern und noch einmal mit feuchten Händen die Haare zu bearbeiten.

Eilig schlage ich den Weg zurück zum Leuchtturm ein. Wenn Kjer um fünf hier sein will, müssten wir genug Zeit haben, um vor seinem Auftritt gemeinsam zu essen. Oder uns noch etwas zu unterhalten. Oder was auch immer zu tun. Jetzt nur schnell raus aus der Jacke und dem Pullover, den ich auf keinen Fall anbehalten werde – das Teil ist zwar extrawarm und auch extrakuschelig, optisch allerdings erinnert es mehr an einen braunen Kartoffelsack.

Kurz bevor ich Matthew erreiche, rutsche ich auf dem feuchten Gras aus und lande auf Knien und Händen. Verdammt. Super. Genervt wische ich mir Erdspuren von den Fingern, indem ich sie an der nun ohnehin schmutzigen Jeans abstreife. Jetzt also auch noch raus aus der Jeans. Die Jacke hat am unteren Saum ebenfalls etwas abbekommen, aber das lässt sich mit einem feuchten Tuch schnell beheben.

Auf den letzten Metern zur Tür greife ich mit beiden Händen in die Jackentaschen – und bleibe stehen. Der Schlüssel. Hektisch krame ich tiefer. Wo ist der Schlüssel? Das Handy habe ich dabei, außerdem Taschentücher, eine noch fast volle Packung und ein zerknülltes, aber wo ist der Schlüssel zum Leuchtturm? Wann hatte ich ihn das letzte Mal in der Hand?

Ich sehe mich auf der obersten Stufe der Wendeltreppe sitzen und mir die Schnürsenkel zubinden, neben mir liegt der Schlüssel. Habe ich den etwa nicht eingesteckt?

Noch einmal untersuche ich sorgfältig alle Taschen, doch es hilft nichts. Der Schlüssel ist nicht da. Vielleicht … ich laufe einige Schritte zu der Stelle zurück, an der ich eben ausgerutscht bin, und suche den Boden ab.

Nichts. Kein Schlüssel. Ich habe diesen bescheuerten Schlüssel einfach auf der Treppe liegenlassen, und jetzt kann ich auf Kjer mit zerzaustem Haar und dreckigen Klamotten warten.

Missmutig kehre ich zu meinem Platz zwischen den Felsen zurück und beobachte von dort in der nächsten halben Stunde, wie sich die dunklen Wolken immer mehr zusammenballen und den blassgrauen Himmel verdecken.

Wenn es jetzt auch noch anfängt zu regnen, schreie ich.

✦ ✦ ✦

Um kurz vor fünf lasse ich mich vom Wind zum Leuchtturm zurückwehen, weil von Kjer eine Nachricht eingetrudelt ist.

Wo bist du?

Eisiger Regen klatscht mir ins Gesicht, aber das ist inzwischen auch egal. Ich bin komplett durchweicht, die Felsen vermochten mich vor dem Wolkenbruch nur bedingt abzuschirmen.

Kjer lehnt mit verschränkten Armen vor der Tür, als ich schmutzig und triefend angetrottet komme.

«Ich hoffe, du hast deinen Schlüssel dabei», begrüße ich ihn, und mir entgeht das belustigte Funkeln nicht, mit dem er mich mustert.

«Klar», sagt er und macht sich daran, die Tür zu öffnen.

«Warum bist du dann nicht schon reingegangen?» Unbeholfen starte ich den Versuch, mir mit kalten, nassen Fingern die Haare aus dem Gesicht zu wischen, die mir an den Wangen kleben.

«Hey, ich geh doch nicht einfach so rein.» Er hält mir die Tür auf, und ich trete an ihm vorbei ins windstille und daher vergleichsweise warme Erdgeschoss.

«Hättest du ruhig tun können», brumme ich und drehe mich zu ihm um, um hinzuzufügen, dass er im Wohnzimmer auf mich warten soll.

Seine warmen Hände streichen die Strähnen zurück, die immer noch hartnäckig an meinen Wangen haften. «Erst mal Hallo», murmelt er, bevor er sich zu mir beugt. Seine Lippen gleiten über meine, und ich lege beide Hände auf seinen Brustkorb, in erster Linie, weil mir plötzlich schwindelig wird.

Das ist mir noch nie passiert, dass mir wegen eines Kusses schwindelig wird, und sehr viel weiter denke ich in den nächsten Minuten nicht mehr.

Erst als Kjer sich wieder aufrichtet, fallen mir meine nassen, schmutzigen Klamotten wieder ein. «Ich muss mir eben was Trocknes anziehen.» Ich greife nach seiner Hand und ziehe ihn zur Treppe. Während wir die Stufen hinaufsteigen, sammle ich den Schlüssel ein, der tatsächlich dort liegt. Die schmutzigen Schuhe ziehe ich bereits im ersten Stock aus, und ich bedaure es, dazu Kjers Hand wieder loslassen zu müssen. Im Wohnzimmer schlüpfe ich aus meiner Jacke. «Warte kurz auf mich, ja? Bin gleich wieder da.»

Kjer lässt sich aufs Sofa fallen. «Lass dir Zeit.»

«Fünf Minuten. Bin gleich fertig.»

Ich überspringe jede zweite Treppenstufe und habe mir, noch bevor ich die Türklinke zum Schlafzimmer hinunterdrücke, bereits den braunen Sackpullover über den Kopf gezogen. Hastig raffe ich einen dunkelroten Rollkragenpulli und eine frische Jeans an mich und eile nach nebenan ins Bad, wo ich mich aus der dreckigen Hose schäle. Auf und ab hüpfend zerre ich die neue Jeans über die noch immer feuchten Beine, schlüpfe in den Rolli und befreie mit beiden Händen die Haare aus dem engen Kragen. Jetzt noch schnell die Locken etwas anföhnen, damit die nicht so traurig und strähnig an mir runterhängen, und dann...

Ach du Scheiße.

Entgeistert starre ich mein Spiegelbild an.

Ich hatte völlig vergessen, dass ich mir heute Vormittag die Wimpern getuscht habe. Schwarze Schlieren ziehen sich über meine Wangen. Bei dem Versuch, meine nassen Haare zurückzustreichen, ist es mir offensichtlich gelungen, das Zeug bis hin zu den Ohren zu verteilen. Ich sehe aus wie ein verdammter Pandabär! Ein drogenabhängiger Pandabär. Einer, der seit zehn Nächten nicht mehr geschlafen hat.

Mir kommt Kjers belustigter Gesichtsausdruck wieder in den Sinn, mit dem er mich eben gerade vor dem Leuchtturm gemustert hat. Okay, jetzt weiß ich zumindest, was er so lustig fand. Dieser Mistkerl. Das hätte er mir ja mal sagen können, statt mich ... statt mich ... einfach zu küssen.

Während ich mit warmem Wasser und Seife versuche, die grauschwarzen Schlieren loszuwerden, gestehe ich mir ein, dass es eindeutig charmanter von ihm war, mich zu küssen, statt mit dem Finger auf mich zu zeigen und «Wie siehst du denn aus?» zu rufen.

Die letzten Reste Mascara rubbele ich mir mit dem Handtuch von der Haut, der anschließende Blick in den Spiegel lässt mich kichern. Waren meine Wangen vorher grauschwarz, sind sie nun hochrot. Insgesamt keine wirkliche Verbesserung.

Beim Haareföhnen grinse ich immer noch, und als ich schließlich die Stufen zum Wohnzimmer hinunterlaufe, sehe ich mich aus Kjers Augen über die Wiese stapfen, mit Pandaringen und missmutigem Blick, und muss lachen.

«Was ist?» Kjer, der seine Jacke ebenfalls ausgezogen und sich eines der Bücher aus dem Regal genommen hat, sieht auf. «Hast du dich doch gegen den Alice-Cooper-Look entschieden? Der hatte aber was.»

«Ich will dir heute Abend nicht die Show stehlen. Und außerdem ...», ich schnappe mir eins der Kissen, die neben Kjer auf dem Sofa liegen, «du Blödmann!»

Kjer greift nach meinem Handgelenk, bevor ich das Kissen auf seinen Kopf hinuntersausen lassen kann, und zieht mich mit einem Ruck zu sich aufs Sofa. Damit habe ich nicht gerechnet – leider knalle ich ihm dabei versehentlich meinen Ellbogen gegen die Schläfe und muss schon wieder kichern, als er deshalb aufstöhnt. Im nächsten Moment liegt mein Kopf auf der breiten Armlehne des Sofas, und ich höre auf zu lachen, weil er sich mit einem gefährlichen Lächeln über mich beugt.

Ich sollte jetzt Stopp sagen. Es irgendwie beenden. Es ist eine Sache, Kjer zu küssen, während wir im trüben Licht des Erdgeschosses stehen, aber eine ganz andere, dabei auf einem Sofa halb unter ihm zu liegen. Er hat mein Handgelenk nicht losgelassen, aber er würde es tun, wenn ich ihm irgendein Zeichen gebe. Ich kann es in seinem Blick sehen, erkenne es an seinem Zögern.

Stattdessen berühre ich mit den Fingerspitzen meiner freien Hand vorsichtig die Narbe an seiner linken Augenbraue, gleite über seine Schläfe hinweg und bemerke noch, wie seine silbergrauen Augen ein wenig dunkler werden, bevor er erst mein Kinn küsst und dann meinen Hals. Ich schließe die Augen, während er federleichte Küsse bis hinauf zu meinen Wangenknochen verteilt, und atme scharf ein, als er mit der Zunge über meine Unterlippe fährt.

Den schwachen Nachhall, den Airins Worte noch immer in meinem Kopf erzeugen, blende ich aus, und das fällt mir leichter als erwartet. Es ist einfach, mit Kjer Spaß zu haben? Gut, denn mehr will ich ja gar nicht, einfach nur Spaß haben, einfach nur diesen Mann küssen, und zwar genau jetzt, statt nachts im Bett zu liegen und mir nur vorzustellen, wie es wäre, ihn zu küssen.

Kjer verlagert sein Gewicht, und ich keuche auf, allerdings

nicht vor Erregung, sondern weil ein nicht unbeträchtlicher Teil von Kjers geschätzten achtzig Kilo gerade meinen Hüftknochen schmerzhaft in die Polster drückt.

«Sorry.»

Ich muss lachen, als er sich ein paar Zentimeter in die Höhe stemmt, und rutsche zur Seite. Um ein Haar lande ich dabei auf dem Teppich, bevor Kjer mich noch zu fassen bekommt. Für solche Dinge ist dieses Sofa eindeutig nicht geeignet.

Kjer macht Anstalten, sich aufzusetzen, doch ich drücke ihn in die Polster zurück und schwinge mich rittlings über seine Hüften. Seine Haare sind zerzaust, einen Arm hat er in den Nacken gelegt, eine Hand liegt locker auf meinem Oberschenkel, und er hat dieses leichte Grinsen im Gesicht, das mich gleichzeitig anzieht und verunsichert, weil ich nicht zu greifen bekomme, was hinter diesem Grinsen steht, was in seinem Kopf vorgeht, wenn er mich so mustert, und bevor ich in Versuchung komme, ihn genau das zu fragen, küsse ich ihn einfach.

Der Griff um meinen Oberschenkel wird fester, ich spüre seine andere Hand auf meinem Rücken, wie sie meine Wirbelsäule entlangfährt und sich mir in den Nacken legt, und als sein Mund sich ein kleines bisschen weiter öffnet, möchte ich plötzlich seinen Auftritt im *Brady's* heute einfach vergessen und stattdessen ein Stockwerk höher ins Schlafzimmer gehen. Meinetwegen könnten wir uns auch auf den Teppich vor dem Sofa fallen lassen.

Kjer scheint es ähnlich zu gehen, diesmal macht er keine Anstalten, irgendetwas zu unterbrechen, im Gegenteil. Mit beiden Händen umfasst er mein Gesicht, seine Daumen fahren über meine Wangenknochen. Noch nie habe ich einen Mann so sehr küssen wollen, und noch nie bin ich so geküsst worden. Als seine Hände irgendwann unter meinen Pullover, unter mein Top gleiten und vorsichtig meine Hüften hinaufwandern, schlägt mein Herz einen Rückwärtssalto. Mit meinen eigenen Händen schiebe ich sein Shirt nach oben, streichele über seinen flachen, muskulösen Bauch bis hinauf zu seiner Brust. Seine Finger finden ihren Weg zum Bund meiner Jeans, ganz kurz überlege ich, wie weit ich gehen will, bevor der nächste Kuss diesen Gedanken zur Seite drängt und ich ... das Summen meines Telefons höre.

«Vielleicht solltest du rangehen», murmelt Kjer gegen meine Lippen.

«Wieso?»

«Weil es schon zum dritten Mal klingelt. Könnte wichtig sein.»

Zum dritten Mal? Die Frage, warum ich das überhaupt nicht mitbekommen habe, stellt sich nicht, aber wer um alles in der Welt ruft denn dreimal hintereinander bei mir an?

Hastig klettere ich von Kjer hinunter, greife nach meiner Jacke, die ich vorhin über den Stuhl vor dem Sekretär geworfen habe, und ziehe das Smartphone hervor.

Airin? Es ist ausgerechnet Airin? Ist irgendwas passiert?

«Hallo?»

«Liv? Hi. Ich wollte nur ... seid ihr schon im *Brady's*?»

«Was?»

«Seid ihr schon losgefahren? Oder ist Kjer noch gar nicht da?»

«Doch, er ist ... wir haben ... uns unterhalten. Airin, was ist denn los?»

«Nichts. Ich wollte nur fragen, wo ihr jetzt seid.»

«Bitte?»

Airin lacht, es klingt ein bisschen entschuldigend. «Tut mir leid, wenn ich euch gestört habe. Aber ihr kommt heute noch, oder? Kjer zumindest muss ja.»

Kjer steht in diesem Moment auf und zieht sein Shirt wieder hinunter. Ich sehe ihn einen Blick auf die Uhr werfen und seufze lautlos. «Ja, wir machen uns gleich auf den Weg.»

«Oh, gut.» Jetzt hört sich Airin fröhlich an. «Ich dachte mir, ich schaue nachher doch noch vorbei. Meine Schwester kommt auch mit. Wenn ihr lieber unter euch sein wollt, setzen wir uns natürlich an einen anderen Tisch», fügt sie hinzu.

«Nein, ist schon in Ordnung», erwidere ich, nicht ganz sicher, ob ich das auch so meine. «Ich schätze, wir sind in einer knappen Stunde da.»

«Alles klar, dann bis später!»

«Ja, bis …» Ich breche ab, weil Airin die Verbindung bereits unterbrochen hat. Was sollte das denn? Schwingt sie sich gerade zu meiner Anstandsdame auf?

«Und? War es wichtig?» Kjer legt mir von hinten einen Arm um den Hals und küsst erst meine Schläfe, und dann, weil ich mich mit einem Kopfschütteln als Antwort auf seine Frage zu ihm drehe, meinen Mund. Doch obwohl ich wünschte, wir könnten einfach dort weitermachen, wo wir eben aufgehört haben, hat sich die Stimmung geändert, seit ich gesehen habe, wie Kjer auf die Uhr geschaut hat.

«Wie viel Zeit haben wir noch?», frage ich, und Kjer drückt mich noch einmal an sich, bevor er loslässt. «Minus zehn Minuten», sagt er und hält mir meine Jacke entgegen.

11

Der Regen hat aufgehört. Hand in Hand laufen wir den nassen Trampelpfad hinunter zur Anlegestelle, Kjer hat seine Finger mit meinen verschränkt. Als ich zum zweiten Mal stolpere, weil ich gerade an alles denke, aber nicht daran, auf den Weg zu achten, legt er mir erst einen Arm um die Hüften und bleibt dann stehen, um mich zu küssen. Und so verflucht gern würde ich ihn einfach nur ebenfalls küssen, und zwar ohne Airins Anruf im Hinterkopf. Es war ein blöder Zufall, dass sie etwas unterbrochen hat, von dem ich nicht mit Sicherheit sagen kann, wie es geendet hätte, doch dass es ihr nur darum ging, das Treffen mit ihr und ihrer Schwester zu koordinieren, glaube ich trotzdem nicht.

Kjer lässt den Arm auf meiner Hüfte liegen, als wir weitergehen. Es wäre so einfach, mir einzubilden, das hier sei gerade der Anfang von etwas ... Besonderem.

Aber so ist es nicht, weist mein Hirn mich gnadenlos zurecht. Für Kjer ist das nur eine unverbindliche Geschichte. Etwas Austauschbares. Dieses Wissen sollte eigentlich jedes tiefere Gefühl verhindern, aber ... verdammt, für mich fühlt es sich besonders an.

Kjer scheint von meinem inneren Kampf nichts mitzubekommen. Mit einem Ohr höre ich zu, als er mir während der Überfahrt irgendetwas über die Buchten bei Castledunns erzählt, und nicke hoffentlich an den passenden Stellen.

Erst auf dem kurzen Weg zum *Brady's* wird auch Kjer ein wenig schweigsam. Er hat nicht danach gefragt, wer vorhin angerufen hat, und ich habe ihm daher nicht erzählt, dass Airin auch kommen will. Gerade überlege ich, ob ich das noch beiläufig erwähnen sollte, da greift Kjer plötzlich nach meinem Arm und hindert mich am Weitergehen.

«Stimmt was nicht?» Ausnahmsweise liegt einmal kein Grinsen auf seinem Gesicht. Fragend sieht er mich an.

«Nein, alles okay.»

Jetzt und hier werde ich Kjer ganz bestimmt nichts von meinem Gefühlskarussell erzählen. Genau genommen werde ich das vermutlich niemals und nirgendwo tun.

Kjer wirkt nicht überzeugt, sein skeptischer Blick führt dazu, dass ich mich kurz entschlossen bei ihm unterhake, um ihn die letzten Meter zum Pub zu ziehen.

«Du kommst zu spät, wenn wir weiter hier rumstehen.» Ich schlüpfe unter seinem Arm hindurch, während er mir die Tür aufhält. «Wir sollten uns ...»

Ich vergesse, was auch immer wir sollten, weil Kjer mich an sich zieht und seine Lippen sanft über meinen Mund fahren. Der Kuss dauert nur ein paar Sekunden, und als er mir danach ins Gesicht sieht, bin ich kurz davor, ihn zu fragen, ob ihm irgendwas von dem, was zwischen uns gerade passiert, etwas bedeutet. Oder ob ich die Einzige bin, die das Gefühl hat, dass überhaupt etwas passiert.

Dann hält Kjer mit einer Hand den schweren Vorhang zurück, während er mich gleichzeitig vorwärtsdirigiert, und der Moment ist vorüber. Suchend sieht er sich im brechend vollen *Brady's* um.

«Hey! Kjer!» An einem Tisch in der Nähe winkt ein riesiger Typ uns zu, neben ihm sitzen zwei weitere Männer, die interessiert die Köpfe in unsere Richtung drehen. Den habe ich doch schon mal gesehen? War das nicht der, der bei meinem ersten Besuch im *Brady's* bei Airin saß, als ich von der Bar zurückkam?

«Das ist Ryan, oder?», frage ich Kjer, der bisher nicht einmal Ryans Gruß erwidert hat, geschweige denn, dass er Anstalten machen würde, auf ihn zuzugehen.

«Du kennst den?»

«Durch Airin, ja. Also, kennen wäre zu viel gesagt, er saß nur kurz an unserem Tisch.»

Noch einmal sieht Kjer sich im *Brady's* um.

«Wollt ihr euch zu uns setzen? Wird ein bisschen eng werden, aber wir rücken gern auf.» Das Grinsen auf Ryans Gesicht hat etwas Herausforderndes, und mir wird klar, dass irgendetwas zwischen ihm und Kjer vorgefallen sein muss.

«Wir müssen uns nicht ...», beginne ich, als Kjer sich in Bewegung setzt.

«Nein, müssen wir nicht», unterbricht er mich, ohne stehen zu bleiben. «Ryan.» Er nickt ihm und den anderen beiden Typen zu. «Wie wär's, wenn ihr euch an die Bar setzt? Ist nett da.»

Wow. Freundlich.

Ryan ignoriert Kjer. Stattdessen sieht er mich neugierig an, auch er scheint mich wiederzuerkennen. «Hi.» Lächelnd steht er auf. «Du bist doch die, die im Leuchtturm wohnt, oder?»

«Ähm, ja, hi. Ich bin Liv», stelle ich mich zögernd vor. Ryans Freunde haben mittlerweile nach ihren Gläsern gegriffen und sich ebenfalls erhoben, um sich in Richtung Bar aufzumachen.

«Airin hat von dir erzählt», sagt Ryan.

«Danke für den Tisch», fährt Kjer dazwischen und zieht mir einen Stuhl zurück. «Ich muss nach hinten. Wir sehen uns später.» Er wirft Ryan einen Blick zu, den ich nicht einordnen kann, und drängt sich dann zwischen den Leuten hindurch in Richtung Bühne.

Ryan hebt sein Guinness in meine Richtung und folgt Sekunden später seinen Freunden. Ich fühle mich ein bisschen blöd, als ich mich jetzt in diesem überfüllten Pub allein an einem Vierertisch wiederfinde, und bin fast dankbar, dass Ryan noch einmal zurückkehrt.

«Soll ich dir etwas zu trinken besorgen?», will er wissen.

«Ähm…» Auch wenn ich ahne, dass das Kjer nicht gefallen dürfte, hätte ich zum einen wirklich gern etwas zu trinken, zum anderen muss ich mich nicht völlig grundlos oberzickig verhalten. Airin wirkte in Ryans Gegenwart immerhin ganz entspannt. «Das wäre sehr nett. Ein Guinness, bitte.»

«Alles klar, kommt gleich.» Im nächsten Moment ist er wieder verschwunden, und ich ziehe mein Smartphone aus der Tasche um nachzusehen, ob Airin sich noch mal gemeldet hat. Hat sie nicht.

«Hi!» Seanna steht mit einem Tablett leerer Gläser neben mir. «Was darf ich dir bringen?»

«Nichts», antworte ich lächelnd. «Ein Bekannter besorgt mir schon etwas.»

Unwillkürlich suche ich in ihrem Gesicht nach den Spuren der Sorge, vielleicht sogar Angst, die sich das letzte Mal darauf abgezeichnet haben, als der Barkeeper hinter dem Tresen ihr Handy in die Höhe hielt, doch abgesehen von freundlicher Zurückhaltung dringt keine ihrer Emotionen nach außen.

«Okay.» Sie nickt mir noch einmal zu und balanciert ihr Tablett an mir vorbei, um einen Tisch anzusteuern, an dem sich die Leute schon suchend nach ihr umgedreht haben. Dieser Laden könnte wirklich eine zweite Bedienung gebrauchen.

Kurz darauf taucht Ryan mit zwei Gläsern wieder auf.

«Bitte sehr», sagt er und stellt eines der beiden Guinness vor mir ab. Zu meiner Überraschung zieht er sich als Nächstes einen der Stühle am Tisch heran und setzt sich mir gegenüber. Er hebt sein Bier, automatisch tue ich es ihm nach. Unsere Gläser klirren aneinander, und Ryan nimmt einen herzhaften Schluck.

«Und?» Mit dem Handrücken fährt er sich über die Oberlippe, um den Bierschaum zu entfernen. «Wie gefällt es dir auf Caorach?»

«Gut», sage ich. «Es ist toll da.»

«Nicht ab und zu ein wenig einsam?»

Baggert mich Ryan etwa gerade an? «Mich stört das nicht», antworte ich vorsichtig. «Nach genau so etwas habe ich gesucht.» Das entspricht nicht unbedingt der Wahrheit, aber das muss Ryan ja nicht wissen. Ich finde ihn eigentlich ganz nett, ziemlich attraktiv ist er auch. Zwar kein Vergleich zu Kjer, der sogar dann noch aussieht wie ein Armani-Model, wenn er mit zerzaustem Haar auf dem Sofa ... ich sollte jetzt nicht daran denken.

«Ich mag den alten Leuchtturm.» Ryan wirkt nicht so, als plane er in absehbarer Zeit wieder zu verschwinden. «Hab ein paar Reparaturen dort gemacht.»

«Wirklich?» Überrascht sehe ich ihn an.

«Ja, klar. Ich arbeite als Zimmermann. Hab die Treppenaufgänge vor einem Jahr erneuert. Die waren teilweise ziemlich morsch. Ist ein tolles Gebäude. Im Sommer werde ich das Geländer oben am Turm ersetzen. Bis dahin ist die Plattform nicht sicher, aber das weißt du vermutlich, oder?»

Ich nicke. «Kjer hat mir das schon gesagt.»

«Einige Schrauben sind völlig durchgerostet», erklärt Ryan. «Das Ding ist komplett hinüber. Am besten steigst du gar nicht dort rauf.»

«Hab ich nicht vor.»

«Was machst du denn so auf der Insel?»

«Na ja, ich arbeite», behaupte ich ein wenig dreist. Ganz gelogen ist das nicht, immerhin habe ich auf Caorach den kompletten Veganer-Artikel geschrieben. «Und ich genieße einfach die Zeit da.» Das immerhin stimmt. Aktuell genieße ich vor allem die Zeit mit Kjer. Irgendwie.

Apropos Kjer: Wo bleibt er denn? Müsste er nicht schon auf der Bühne stehen?

«Hi, Liv!» Airin ist neben dem Tisch aufgetaucht. Hinter ihr steht eine große Frau, deren Haare fast den gleichen Rotton haben wie Airins kringelige Locken. «Ryan, hallo, was machst du denn hier?»

«Rumsitzen, Bier trinken und Liv ein wenig näher kennenlernen», erwidert Ryan, und Airin lacht.

«Liv, das ist Susannah, meine Schwester», sagt sie als Nächstes, und die große Frau reicht mir mit einem eindeutig neugierigen Lächeln die Hand.

«Hi, Liv. Schön, dich kennenzulernen.» Sie hat eine tiefe Stimme, warm und freundlich. Ich mag Susannah auf Anhieb.

«Habt ihr schon Getränke bestellt?», will Ryan wissen, als Airin und Susannah sich setzen.

«Ja, wir sind an Seanna vorbeigekommen», erwidert Airin. «Wo ist denn Kjer? Sollte er nicht schon auf der Bühne stehen?»

«Wir waren ein bisschen spät dran», sage ich. «Er fängt bestimmt jeden Moment an.»

Auf meine Worte hin entsteht ein kurzes Schweigen. Airin und ihre Schwester sehen erst mich an und werfen sich dann einen kurzen Blick zu. *Oookay.* Damit wäre dann klar, dass Susannah über Kjer und mich Bescheid weiß. Musste Airin das wirklich ausplappern? Ich meine, klar, Susannah ist ihre Schwester, aber Airin muss ja nun trotzdem nicht mit ihr über Sachen reden, die sie gar nichts angehen. Wären wir allein, würde ich sie jetzt darauf ansprechen, und ich glaube, auch Airin hat das Bedürfnis, mir ein paar Dinge mitzuteilen, aber da wir gerade zwischen Susannah und Ryan sitzen, muss das warten. Das Schweigen dehnt sich und wird unangenehm, und ich bin dankbar, als vor der Bühne plötzlich einige Leute zu klatschen beginnen.

«Ich geh mal nach vorn», sage ich, ziehe mir den Rollkragenpulli über den Kopf, greife nach meinem Bierglas und schiebe den Stuhl zurück. «Bis nachher.»

Genau wie beim letzten Mal sitzt Kjer mit seiner Gitarre auf einem Barhocker. Sobald er die ersten Töne anstimmt, wird es vergleichsweise ruhig, und als er einen Folksong zu singen beginnt, würde ich am liebsten alle um uns herum nach Hause schicken. Kann dieser Mann eigentlich alles? Singen, Gitarre spielen, küssen, die richtigen Worte zur richtigen Zeit finden?

Sein Blick fällt auf mich, einer seiner Mundwinkel hebt sich, und ich lächle zurück. Wenn all diese Frauen, die vor der Bühne stehen, wüssten, dass ich noch vor wenigen Stunden mit Kjer Dinge getan habe, von denen sie nur träumen können … obwohl … ich dränge den Gedanken zurück, dass einige von ihnen Kjer mit Sicherheit genauso gut kennen wie ich.

Ein paar Zuschauerinnen sind Kjers Blick gefolgt und mustern mich nun mehr oder minder verstohlen. Unter ihnen entdecke ich die blonde Abigail und konzentriere mich hastig wieder auf Kjer.

Diesmal kehre ich nicht nach zwei Songs zum Tisch zurück. Immerhin bin ich mit Kjer hier, und Airin hat Susannah und Ryan zur Gesellschaft.

Kjer spielt einen Mix aus Coversongs und Stücken, die ich

nicht kenne. Vielleicht hat er einige von ihnen ja selbst geschrieben. Viele Lieder sind fröhlich, mit diesem typisch irischen Einschlag, bei dem ich an schnelle Tänze denken muss, einige fast schon rockig. Und dann gibt es diesen einen Song, den ich wiedererkenne. Kjer hat ihn bereits an meinem ersten Abend in Castledunns gesungen, ich weiß noch, dass ich das Gefühl hatte, die melancholischen Töne würden auf ihn abfärben. In der Bar wird es stiller, das Lachen und Klatschen erstirbt, alle scheinen den Atem anzuhalten. Kjer hat die Augen geschlossen, und ich spüre einen Stich im Herzen. Vielleicht ist es die Melodie oder irgendetwas in seinem Gesicht, das mich traurig macht. Angestrengt versuche ich herauszuhören, worum es geht, doch er singt auf Irisch, und ich verstehe kein einziges Wort. Trotzdem bin ich mir sicher, dass dieser Song eine besondere Bedeutung hat. Später werde ich Kjer danach fragen, nehme ich mir vor, als seine Finger wieder schneller über die Saiten gleiten und eines der Mädchen aus Abigails Gruppe einen begeisterten Jubelschrei ausstößt. Das sind ja richtige Fans hier.

Abigail beginnt zu tanzen, ein paar andere Frauen schließen sich an. Schnell entsteht eine freie Fläche um sie herum, einige Männer pfeifen.

Kjer blickt ebenfalls zu der kleinen Gruppe hinüber, und diesmal gilt sein Lächeln nicht mir, sondern eindeutig Abigail, die gerade ihre langen blonden Haare zurückwirft, die Augen herausfordernd auf Kjer gerichtet. Wie sie ihren Hintern in der knallengen schwarzen Jeans bewegt, lässt mich schlucken. In meinem schlichten Top fühle ich mich ganz entsetzlich wie ein Gänseblümchen neben einer tanzenden sexy Orchidee.

Einige Typen haben zu johlen begonnen, und als ich wieder zu Kjer sehe, ist klar, dass er in diesem Moment vermutlich nicht einmal mitbekommen würde, wenn ich plötzlich in Flammen aufginge.

Kurz darauf ist sein Auftritt vorbei, Kjer verlässt die Bühne, und ich dränge mich zwischen den Menschen hindurch, um zu Airin, Susannah und Ryan zurückzukehren. Sie scheinen mir die knappe Stunde, die ich sie allein gelassen habe, nicht weiter übelzunehmen.

Ryan steht auf, um mir mein leeres Glas abzunehmen. «Willst du noch eins?»

Ich nicke. Ryan ist wirklich nett. Schade, dass bei Kjer das Wort *nett* nicht so ganz zu passen scheint. Obwohl er bestimmt auch nett sein kann. Sehr sogar. Nur eben ... anders. Nicht einfach nur harmlos nett.

«Liv?» Airin stupst mich an. «Und? Wie hat dir Kjers Auftritt gefallen?»

«Gut.» Wären wir allein, würde ich Airin vielleicht erzählen, was mir gerade durch den Kopf geht, doch Susannahs Anwesenheit hemmt mich. Als Airin den Mund zu einer Erwiderung öffnet, halte ich die Luft an. Ich würde ihr ohne weiteres zutrauen, dass sie als Nächstes so was sagt wie: *Liv ist ja schwer verliebt in Kjer.*

«Wir haben gerade beschlossen, dass wir am Wochenende ein bisschen rausfahren wollen, Susannah, Ryan und ich. Hast du Lust mitzukommen?»

«Klar!», erwidere ich erleichtert. Bisher habe ich von Irland nicht viel gesehen außer Felsen und Meer. Nicht, dass ich mich beklagen würde, aber die Gelegenheit, noch etwas mehr von meiner Umgebung kennenzulernen, lasse ich mir auf keinen Fall entgehen.

«Ryan sagt, er kann dich abholen. Er hat hier ein Boot im Hafen.»

«Super, danke. Und wann? Samstag oder Sonntag?»

«Susannah muss am Sonntag schon zurück nach Cork, von daher am Samstag. Wir wollen früh los. Du könntest morgen auch einfach bei mir übernachten, das wäre vermutlich am einfachsten.»

«Hast du im Moment keine Gäste?»

«Nein, leider nicht.»

Airin hat diese Worte mit einem verhaltenen Seufzen ausgesprochen, Susannah wirft ihr einen ernsten Blick zu. Mir fällt ein, dass Airin sagte, sie müsse sich mit ihrer Schwester über finanzielle Dinge unterhalten. Ob es dabei um das *Seawinds* ging?

«Hier fehlt noch ein Bier?» Ryan stellt mir ein Guinness vor die Nase und setzt sich wieder auf seinen Platz zwischen Airin und Susannah. Der sorgenvolle Ausdruck in Airins Gesicht löst sich auf. «Ryan?» Sie lächelt zuckersüß und hebt ihr eigenes leeres Glas in die Höhe. «Es fehlt immer noch ein Bier...»

Er seufzt und erhebt sich wieder.

Als Kjer zu unserem Tisch kommt, ist Ryan noch immer unterwegs, um für Airin und Susannah neue Getränke zu besorgen. Er sollte sich mit Seanna das Trinkgeld teilen. Kjer ignoriert Ryans freien Platz mir gegenüber und zieht sich von einem der Nebentische einen Stuhl heran, den er zwischen mich und Airin rückt.

«Kjer.» Susannah nickt ihm kühl zu.

Kjer lächelt ebenso kühl zurück, stellt das Bier, das er sich mitgebracht hat, auf den Tisch und lehnt sich dann wieder zurück. Obwohl er dicht neben mir sitzt, macht er keine Anstalten, mich zu berühren, meine Hand zu nehmen oder mir den Arm um die Schultern zu legen, und obwohl ich mir wünsche, er würde es tun, bin ich gleichzeitig erleichtert. Die Stimmung am Tisch ist merklich angespannt. Airin gibt ihr

Bestes, das zu überspielen, und beginnt, Geschichten über anstrengende Pensionsgäste zu erzählen.

Ich meine Kjers Blick auf mir zu spüren. Vorsichtig drehe ich den Kopf zur Seite, und Airins Stimme wird plötzlich zu einem Hintergrundrauschen, als ich in Kjers Augen sehe.

Unwillkürlich halte ich den Atem an, als er sich vorbeugt und seinen Mund nah an mein Ohr bringt. «Wollen wir gehen?»

«Ich ... ja, okay, wenn du willst?»

Kjer erhebt sich, ohne etwas darauf zu erwidern. Mein Glas ist noch fast voll, doch ich krame genug Geld aus meinem Portemonnaie, um meinen Teil der Rechnung zu begleichen, und nehme Kjers Hand, die er mir entgegenstreckt.

«Habt noch einen netten Abend, wir machen uns dann mal auf den Weg.» Kjers Worte gelten keinem im Speziellen. Susannah sieht für einen Moment so aus, als wolle sie etwas sagen, klappt den Mund jedoch wieder zu, als sie Airins Blick auffängt.

«Wir telefonieren noch mal wegen Samstag, ja?», sage ich zu Airin, während Kjer mich hochzieht und ich hastig nach meinen Sachen greife. Sie nickt, dann stolpere ich bereits hinter Kjer in Richtung Eingangstür. Im Vorbeilaufen bedankt er sich mit einem knappen Nicken bei einigen Leuten, die ihm anerkennend auf die Schulter klopfen. Ein Typ hält ihn am Arm fest und sagt irgendetwas, was Kjer dazu bringt, kurz aufzulachen. Ich habe nicht ein Wort verstanden, aber als der Typ einen Schritt zurücktritt und mich dabei mit einem anzüglichen Blick mustert, komme ich mir blöd vor. Was in seinem dämlichen Schädel vorgeht, ist nicht schwer zu erraten.

«Hey, Kjer.» Abigail hat sich aus der Gruppe ihrer Freundinnen gelöst und stellt sich uns direkt in den Weg. Mich beachtet sie allerdings gar nicht. Scheinbar völlig gleichgültig der Tatsache gegenüber, dass Kjers Hand meine noch immer umfasst hält, legt sie eine Hand auf seine Brust.

«Hi, Abby.» Er ist stehen geblieben, und Abigails Zeigefinger zieht eine Linie hinunter zu seinem Bauch.

«Gehst du etwa schon?»

«Sieht so aus, oder?»

«Schade.» Ihr Lächeln ist so aufreizend, dass ich sie am liebsten aus dem Weg schubsen würde. Was bildet die sich eigentlich ein?

Kjer dagegen schiebt Abigails Hand vergleichsweise freundlich zur Seite. «Man sieht sich, Abby.»

«Bestimmt», erwidert die blöde Kuh. «War übrigens nett gestern.» Sie stellt sich auf die Zehenspitzen, drückt Kjer einen schnellen Kuss auf den Mund und sieht zum ersten Mal in meine Richtung, bevor sie mit schwingenden Hüften zu ihren Freundinnen zurückkehrt, die diese ganze Szene kichernd beobachtet haben.

Plötzlich fühle ich mich wie fünfzehn. Ich fühle mich, als sei ich auf einem Konzert unter wundersamen Umständen an die Seite des umschwärmten Sängers geraten, und dort stehe ich jetzt und gucke mit großen Augen auf die langjährigen Groupies, die viel ältere Rechte haben als ich. Was genau war bitte schön nett gestern? Und wieso lässt Kjer sich einfach so von ihr küssen?

Als er mir die Tür nach draußen aufhält und die eiskalte Nachtluft mein Gesicht trifft, bin ich so ernüchtert, wie man trotz eines großen Guinness nur sein kann.

Kjers Blick eben am Tisch hat etwas in mir in Brand gesetzt, doch Abigails Auftauchen hat es wieder gelöscht. Innerhalb weniger Minuten hat sich die Atmosphäre zwischen uns komplett verändert, und ich bereue, mein fast volles

Glas zurückgelassen zu haben. Diese Abby allerdings muss ich heute nicht noch einmal sehen.

Ich winde meine Finger aus seiner Hand, um mir den Rolli und meine Jacke anzuziehen. Im Schein der Straßenlaternen steigt mein Atem als weißer Nebel auf. Stünden wir in diesem Moment nicht in Castledunns, sondern in Hamburg, würde ich mich jetzt von Kjer verabschieden. Doch ohne ihn komme ich nicht zurück zum Leuchtturm. Ich kann ja schlecht Ryan fragen, ob er mich nach dem nächsten Guinness, das er für Airin oder Susannah besorgt, auch noch zu meiner Insel bringt.

Schweigend laufen wir nebeneinanderher, Kjer hat seine Hände in den Jackentaschen vergraben.

Worüber sollten wir auch reden? Darüber, wie Kjer gestern seinen Abend verbracht hat? Darüber, dass er sich einfach so von dieser Abby küssen lässt? Darüber, dass mich das verletzt, oder darüber, dass ich selbst überrascht davon bin, wie sehr?

Als wir den Hafen erreichen, ignoriere ich seine ausgestreckte Hand und schwanke allein über das schmale Brett auf das sacht im Wasser schaukelnde Boot. Kurz darauf bleiben die Lichter von Castledunns hinter uns zurück.

✦ ✦ ✦

Kjer begleitet mich trotz des anhaltenden Schweigens zwischen uns bis zum Leuchtturm, und dafür bin ich ihm dankbar. Eigentlich wollten wir heute Abend Sterne beobachten, schießt es mir durch den Kopf, und selbst wenn ich mich auf diesen Teil des Abends nicht unbedingt gefreut habe – *so* habe ich mir das auch nicht vorgestellt.

Erst als wir vor Matthews Tür stehen, sagt Kjer: «Das vorhin, das tut mir leid.»

Ich spare es mir, so zu tun, als wüsste ich nicht, worüber er redet. «Vergiss es», erwidere ich und ziehe den Schlüssel aus der Tasche. «Danke, dass du noch mal mitgekommen bist.»

Mit einem leisen Klicken gleitet der Schlüssel ins Schloss, es knackt, als die Tür sich öffnet. Kjers Hände stecken noch immer in seinen Taschen, es ist zu dunkel, um den Ausdruck in seinem Gesicht erkennen zu können. Rückwärts trete ich ins Innere und taste nach dem Lichtschalter an der Wand.

Ganz kurz denke ich, Kjer werde noch irgendetwas sagen, irgendetwas tun, damit dieser verkorkste Abend nicht mit oberflächlichen Floskeln endet, doch dann höre ich ihn leise seufzend ausatmen. «Also dann. Bis nächste Woche.»

Warum frustriert mich das jetzt? Ist ja nicht so, dass ich unbedingt wollen würde, dass er etwas tut. Soll er doch zu Abby gehen, die freut sich bestimmt.

«Ja, bis nächste Woche.» Ich warte auf keine Antwort mehr, sondern schließe die Tür, noch bevor er sich umgedreht hat. Mit gesenktem Kopf steige ich die Wendeltreppe nach oben, Lichtschalter, dann die nächste hoch ins Wohnzimmer, Lichtschalter.

Dort lasse ich mich aufs Sofa fallen, ohne mir die Mühe zu machen, Jacke oder Schuhe auszuziehen. Missmutig sehe ich auf die zerdrückten Kissen links und rechts von mir. Wie hat der Abend so enden können? Es fing doch so vielversprechend an.

Zumindest wenn man unter vielversprechend versteht, um ein Haar mit dem bekanntesten Aufreißer der Umgebung im Bett gelandet zu sein. Auf dem Sofa waren wir immerhin schon.

Plötzlich wütend über mich selbst, bücke ich mich, um die Schnürsenkel meiner Stiefel zu öffnen.

Gott, ich bin so blöd. Das war doch alles völlig klar, und ich werde jetzt nicht hier rumsitzen und mich bemitleiden, weil ich es trotzdem herausgefordert habe. Ich hätte von Anfang an auf Airin hören sollen, statt Kjer zu küssen und …

Bei dem Gedanken an Kjers Küsse baut sich ein fieser Druck hinter meinen Augen auf, doch ich werde jetzt nicht auch noch anfangen zu heulen.

Was ist nur los mit mir? Warum schmerzt es so? Wir haben uns zu keiner Sekunde die ewige Liebe versprochen. Ewige Treue übrigens auch nicht. Vielleicht bin ich einfach ein bisschen … emotional. Warum auch immer. Wegen der Einsamkeit auf Caorach und – halt die Klappe, Hirn! Ich weiß selbst, dass ich gerade mal seit vier Wochen hier bin!

Mit Schwung pfeffere ich meine Schuhe in Richtung des Treppenaufgangs, da ist aus meiner Jacke ein Summton zu hören. Eilig zerre ich das Smartphone heraus. Airin.

>Seid ihr gut angekommen?

>Du kannst jetzt aufhören, auf mich aufzupassen, Kjer ist weg.

Ich bereue die Nachricht, sobald ich auf *Senden* getippt habe. Airin ist die Letzte, an der ich meinen Frust auslassen sollte.

Das Telefon klingelt, bevor ich meine Entschuldigung fertig getippt habe.

«Hi, Airin, ich …»

«Entschuldige, Liv, das wollte ich nicht. War das meine Schuld? Weil ich mit Susannah ins *Brady's* gekommen bin?»

«Was? Nein, natürlich nicht. Außerdem muss ich mich bei dir entschuldigen. Ich hab das nicht so gemeint, du hast nur nett gefragt, und ich zicke dich an.»

«Nein, nein, es stimmt ja.» Airin seufzt. «Ich glaube, ich war heute Abend wirklich ziemlich penetrant. Ich will mich da auch gar nicht rausreden. Es war nur, weil Susannah meinte ...»

Als Airin nicht weiterspricht, sage ich müde: «Deine Schwester kann Kjer nicht ausstehen, oder?»

«Nein, sie ist nur ...», Airin zögert, «... vermutlich noch skeptischer als ich, was ihn betrifft.»

«*Noch* skeptischer?»

«Eine von Susannahs Freudinnen war mal mit Kjer zusammen. Beziehungsweise sie dachte, sie sei mit ihm zusammen. Das Ganze hat sie damals ziemlich mitgenommen, und Susannah war der Meinung, dass ich dir ein paar wichtige Dinge über Kjer erzählen ... also, dass ich dich deutlicher hätte warnen müssen.»

«Du warst ziemlich deutlich.» Ich habe mich während des Gesprächs aus meiner Jacke gewunden, jetzt strecke ich mich auf dem Sofa aus. «Und du hattest recht: Es ist sehr leicht, mit Kjer Spaß zu haben. Aber es ist auch ziemlich leicht zu vergessen, dass es nicht mehr ist als das.»

«Oh. Hat er ... ich meine, seid ihr ...?»

«Nein», unterbreche ich Airin. Ich bin mir ziemlich sicher, worauf sie hinauswill. «So weit ging es nicht. Aber viel gefehlt hätte nicht mehr.» Das hat wohl nur dein Anruf verhindert, denke ich. «Kannst du mir bitte mal erklären, warum ich plötzlich auf oberflächliche Idioten stehe, nur weil sie zufällig gut aussehen?»

«Das ist er nicht.»

«Was?»

«Oberflächlich. Kjer ist auf jeden Fall ein Idiot, da hast du recht, aber er ist nicht oberflächlich.» Sekunden später fügt Airin hinzu: «Und er war auch nicht immer so ein Idiot. Was hat er eigentlich gemacht, dass du ihn plötzlich für einen Idioten hältst?»

Ich öffne den Mund, um Airin zu antworten – und schließe ihn wieder. Gute Frage. Was genau hat Kjer eigentlich gemacht? Die Antwort *Er hat sich gestern mit dieser Abigail getroffen* wäre nicht fair. Ich meine – wir sind ja nicht zusammen. Wieso sollte er sich nicht mit irgendwelchen Frauen treffen? Und sich von ihnen küssen lassen?

«Liv? Bist du noch dran?»

Ich atme einmal tief durch. «Eigentlich hat er gar nichts gemacht. Ich bin nur in genau die Falle getappt, vor der du mich gewarnt hast. Diese Abigail hat mir im *Brady's* glasklar vor Augen geführt, dass ich keinen Alleinanspruch auf Kjer habe. Und das wusste ich ja auch», füge ich hinzu. «Aber ich habe ... ich dachte ...»

«Du hast gehofft, das zwischen Kjer und dir sei irgendwie was Besonderes», vervollständigt Airin meinen Satz und trifft mich damit stärker, als ich zugeben würde. Ganz eindeutig bin ich nicht die erste Frau auf der Welt, die solche dämlichen Gedanken hatte. Klassiker.

«Ich komm mir gerade furchtbar bescheuert vor», sage ich. «Ich meine, ich bin seit kaum vier Wochen hier, du hast mir deutlich gesagt, was Kjer für ein Typ ist, und ich ... also ich ...»

«Du schwärmst trotzdem für ihn.»

Schwärmen? Ja, meinetwegen, nennen wir es schwärmen. Nach so kurzer Zeit kann man es wohl kaum tiefempfundene Liebe nennen. Mit einer Hand glätte ich die Kissen neben mir. «Ich versteh's selbst nicht.» Ich räuspere mich, um weitersprechen zu können. «Normalerweise bin ich nicht so. Vielleicht liegt es wirklich an der ganzen Situation. Die letzten Wochen auf Caorach und alles, was dazu geführt hat, dass ich überhaupt hier gelandet bin.»

«Ja, vielleicht», erwidert Airin zögernd. «Du musst dir nicht blöd vorkommen, Liv. Du bist echt nicht die Erste, der das passiert. Und immerhin hast du die Bremse gezogen, bevor wirklich etwas zwischen euch gelaufen ist.»

Ich will bloß nicht die Bremse ziehen, aber das sage ich Airin jetzt besser nicht. Seufzend stehe ich vom Sofa auf. «Hat Ryan gesagt, wann er morgen vorbeikommen will?»

«Das haben wir nicht mehr besprochen, aber ich frag ihn und sag dir Bescheid, okay?»

«Alles klar, dann bis morgen. Schlaf gut.»

«Du auch.»

✦ ✦ ✦

Für jemanden schwärmen kostet Schlaf. Mit offenen Augen liege ich im Bett und starre das Smartphone auf dem Nachtschrank an. Mittlerweile ist es kurz nach drei, und ich bin zu folgendem Schluss gekommen: Wenn ich nicht aufpasse, werde ich meine Zeit auf Caorach damit verbringen, unglücklich verliebt zu sein. Und das fühlt sich keine Spur romantisch an, eher sehr, sehr anstrengend.

Praktisch alles an Kjer zieht mich zu ihm hin. Seine Art, sich zu bewegen, seine Stimme, wie er mich ansieht, bevor er mich küsst, dieses leichte Lächeln ... allein bei dem Gedanken daran drehe ich mich auf den Bauch und presse mein Gesicht ins Kissen. Alles an ihm ist verflucht noch mal zum Niederknien, bis auf die Tatsache, dass er eben leider ein Arsch ist, der nichts von Beziehungen hält. Meine bisherige, noch aus Teeniejahren stammende Annahme, man sei quasi zusammen, sobald man sich so küsse, wie wir das getan haben, hat er eindeutig widerlegt.

Er ist genau der Typ Mann, den ich in Büchern jedes Mal hasse: gutaussehend und sich dessen bewusst. Und die arme, unglückliche Protagonistin, also ich, verbringt das ganze Buch damit, ihn trotzdem toll zu finden, bis sie endlich sein Herz erweicht.

Aber dieses Spiel spiele ich nicht mit. Ich drehe mich wieder auf den Rücken. Nicht mit mir. Weder werde ich ihn weiter anhimmeln noch sonst irgendwie versuchen, ihn rumzukriegen. Wofür wäre der ganze Aufwand denn auch gut? Selbst wenn ich mein Happy End bekäme, wäre das auf sechs, nein, nur noch fünf Monate beschränkt.

Stattdessen werde ich mich zukünftig so gut es eben geht von Kjer fernhalten. Das heute Abend war nur ein kleiner Vorgeschmack dessen, was ich mit einem Mann wie ihm ständig erleben würde, und darauf habe ich echt keine Lust.

Und wenn ich jetzt noch aufhören könnte, ihn ständig vor mir zu sehen?

Meine Fingerspitzen gleiten über den rauen Putz der Wand. Dahinter befindet sich nichts außer Felsen und Meer. Stand der Mond vorhin am Himmel? Ich weiß es nicht mehr, ich war zu sehr damit beschäftigt, über den Abend nachzudenken und mich elend und einsam zu fühlen. So ganz anders als noch ein paar Stunden zuvor.

Ach, verdammt noch mal.

Kurz entschlossen ziehe ich den Rechner zu mir ins Bett.

Tag 24 (eigentlich schon 25) von 181
Ich habe vergessen, die Pommes für euch zu fotografieren, weil ich zu beschäftigt war, den schönsten Mann der Welt anzustarren. Leider ist er nicht nur der schönste Mann der Welt, sondern auch der beliebteste. Irgendwelche Ideen, wie man sich solche Typen wieder aus dem Kopf schlagen kann?

Um diese Uhrzeit bleiben die Reaktionen fürs Erste aus. Nachdem ich einige Minuten lang meine älteren Blogbeiträge überflogen habe, bleibe ich plötzlich an einem davon hängen. Tag 16. Die Challenge. Einmal den Leuchtturm hinauf und wieder hinunter und zwar um Mitternacht.

Ich zögere nur kurz, dann werfe ich die Bettdecke zurück, greife nach der Taschenlampe auf dem Nachtschrank und stehe auf. Als ich das Schlafzimmer verlasse, lösche ich hinter mir das Licht, und ich gehe erst nach oben, um die Lampe in der Küche ebenfalls auszuschalten, bevor ich wieder hinabsteige und auf meinem Weg nach unten überall die Lichter ausmache. Schließlich stehe ich im Erdgeschoss, meine Hand verharrt dort über dem Lichtschalter.

Eigentlich ist es mir jetzt schon zu dunkel, und ich knipse die Taschenlampe an. Es ist die, die ich aus Hamburg mitgebracht habe, mit einer Reichweite praktisch bis zum Mond. Ein heller Kreis erscheint an der gegenüberliegenden Mauer, und bevor ich mich umentscheiden kann, drücke ich auf den Lichtschalter.

Die Dunkelheit überflutet mich wie tiefschwarzes Wasser.

Bis hinauf zur Küche, und dort wieder das Licht einschalten, so sah mein Plan ursprünglich aus, doch in dieser Sekunde ist es mir unmöglich, auch nur die Hand vom Schalter wegzuziehen. Unter meiner Handfläche spüre ich die abgerundeten Kanten, alles in mir schreit danach, ihn sofort wieder in seine vorherige Position zu bringen. Als stünde ich tatsächlich auf dem lichtlosen Meeresgrund, beginnt der Druck der auf mir lastenden Schwärze meine Lungen zusammenzupressen. Zentimeter für Zentimeter bewegt meine Hand sich vom Lichtschalter fort. Meine Füße dagegen bewegen sich gar nicht.

Los, denke ich. Mach schon! Du hast die Taschenlampe, damit ist es hier unten doch sogar fast heller als im Licht dieser lächerlichen Deckenfunzel. Dort ist die Wendeltreppe, keine vier Meter von dir entfernt. Und wie viele Stufen dann nach oben? Zehn? Zwölf? Das schaffst du. Wenigstens bis zum ersten Stock!

Ich spüre, wie mir die Knie weich werden. Während mein Hirn noch Kommandos ruft, beginnt mein Körper schon zu kapitulieren, und es wird nicht mehr lange dauern, bis auch der letzte Rest Vernunft klein beigibt, um sich zu verkriechen.

Meine Fingernägel kratzen schmerzhaft über das Mauerwerk, so eilig habe ich es, den Lichtschalter wiederzufinden. Sekunden später durchdringt das leise Summen der Deckenlampe den Raum.

Es dauert eine Weile, bis ich mich wieder so weit im Griff habe, dass ich mich geschlagen zurück ins Schlafzimmer schleppen kann; aufflammende Lampen begleiten meinen Weg.

Im Bett ziehe ich den Laptop an mich heran. Eine einzige Antwort ist bisher unter meinem letzten Blogbeitrag aufgetaucht:

> *Mach ein Foto und dann renn! Ach ja, und vergiss nicht, uns das Foto zu zeigen.*

Mit einem schwachen Lächeln lege ich die Taschenlampe zurück auf den Nachtschrank und lasse mich aufs Bett fallen.

Zumindest hat mein Exorzismus gewirkt: Vor Müdigkeit fallen mir fast schon von selbst die Augen zu.

Hinter meinen geschlossenen Lidern sehe ich Kjer vor mir auf dem Sofa liegen, spüre seinen Herzschlag unter meinen Händen und versinke zum tausendsten Mal in seinen Augen, deren Silbergrau sich zu verdichten scheint, während sein Gesicht dem meinen immer näher kommt.

Mit einem Aufstöhnen zerre ich mir das Kissen über den Kopf.

✦ 12 ✦

Ryan erscheint am späten Nachmittag. Airin hat ihn für irgendwann zwischen vier und fünf angekündigt, und als er um Viertel vor fünf an Matthews Tür klopft, sitze ich in meiner Fensternische und sehe hinaus aufs Meer. Dass ich das nicht für den Rest meines Lebens an jedem einzelnen Tag werde tun können, versetzt mir bereits jetzt einen Stich. Jedes Mal ist es anders. Zerrissene Wolken, zusammengeballte Wolken, turmhoch aufragende Wolken, manchmal weiß und harmlos, manchmal dunkel und bedrohlich. Mitunter wogt das Meer sanft, unbeschwert, kaum eine Welle ist darauf zu erkennen, und dann gibt es Tage, an denen die Gischt bis weit über den Rand der Klippen aufspritzt. Und es wechselt seine Farbe. Graublau, grünblau, stahlgrau, an einem Tag beinahe schwarz, dann wieder moosgrün. Man muss völlig neue Farbnamen erfinden, um der Vielfalt gerecht zu werden. Heute ist das Meer eisengrau mit einem leicht grünlichen Schimmer. Eisengrautannenfarben. Der wolkenlose Himmel erstreckt sich darüber in einem blassblauen Ton.

Als Ryan ein zweites Mal klopft – ich habe extra die Türen aufgelassen, damit ich ihn höre –, reiße ich mich endlich vom Fenster los, greife nach meiner Jacke und eile die Stufen hinunter.

Im Erdgeschoss steht mein gepackter Rollkoffer, bevor ich in meine Stiefel schlüpfe, öffne ich Ryan die Tür.

«Hi!» Er muss sich bücken, um durch Matthews Höhleneingang das Innere des Leuchtturms betreten zu können. «Bist du so weit?»

«Bin ich», erwidere ich und ziehe die Schnürsenkel fest. «Wir können direkt los.»

Ryan schaut die Wendeltreppe nach oben durch die kreisrunde Öffnung hinauf in den ersten Stock. «Muss interessant sein, hier so lange zu wohnen. Wie fühlt sich das an?»

«Es ist ...», beginne ich etwas überrumpelt, «es ist ... als würde sich der Radius deiner Welt auf diese Insel verkleinern, und von allem, was dir vorher so wichtig war, bleibt nicht viel übrig.»

«Und was war dir wichtig?»

«Meine Arbeit», erwidere ich.

«Sonst nichts?»

«Ich glaube nicht.»

«Was ist mit deinen Freunden? Oder mit deinem Freund?»

Mir fällt auf, dass Ryan ein kleines bisschen zu dicht neben mir steht, und ich trete einen Schritt zur Seite. «Hat bisher alles keine so große Rolle gespielt», sage ich. «Wollen wir los?»

«Klar.» Mit einer Handbewegung lässt Ryan mir den Vortritt. Den Rollkoffer hinter mir herziehend gehe ich vor ihm her zur Tür und bin irgendwie erleichtert, als ich nach draußen trete und wieder etwas mehr Abstand zwischen uns herstellen kann.

✦ ✦ ✦

Ryans Motorboot ist kleiner als Kjers. Statt eines festen Steuerhauses gibt es nur eine blaue Plane, die als Dach dient. Es ist windig und eiskalt, weshalb ich den Schal, den ich mir vor dem Losgehen noch um den Hals geschlungen habe, bis zur

Nase hochziehe und die Kapuze aufsetze. Morgen könnte ich mir bei Gelegenheit mal eine neue Mütze kaufen, je nachdem, wo wir hinfahren.

In Castledunns angekommen, vertäut Ryan sein Boot und wirft mir dabei einen kurzen Blick zu. «Wisst ihr schon, was ihr heute Abend noch so vorhabt?»

«Nein, keine Ahnung.» Ich zucke mit den Schultern. Darüber habe ich mit Airin noch nicht gesprochen.

«Falls ihr ins *Brady's* geht, könntet ihr ja kurz Bescheid sagen.» Er richtet sich auf. «Dann komme ich auch vorbei.»

Gemeinsam laufen wir zum kleinen Parkplatz des Hafens, wo Ryans Wagen steht, ein schwarzer Toyota, der seine besten Jahre bereits hinter sich hat.

«Ich fahr dich eben hoch zu Airin», sagt Ryan, «und dann direkt weiter.»

«Wohnst du auch in Castledunns?»

«Nein, in Cahersiveen», erwidert er. «Ich hab da auch gleich noch einen Termin. Bei einem unserer Kunden ist ein Dachträger vom Carport hinüber.» Er wartet, bis ich neben ihm auf dem Beifahrersitz sitze, den Trolley zu meinen Füßen, und lässt dann den Motor an. «Wir müssen vorab gucken, ob sich das reparieren lässt oder neu gemacht werden muss.»

Ryan setzt mich direkt vor Airins Haustür ab und wartet, bis sie auf mein Klingeln hin die Tür öffnet.

«Liv!» Über meine Schulter hinweg winkt sie Ryan zu, der nicht ausgestiegen ist. «Hi, Ryan! Danke!»

«Ja, vielen Dank.» Auch ich drehe mich noch einmal zu ihm um. «Wir sehen uns spätestens morgen.»

Ryan nickt und hebt noch einmal kurz die Hand, bevor er den Motor wieder anlässt.

«Komm rein. Susannah ist bei einer Freundin, keine

Ahnung, wann sie zurückkommt. Kann spät werden.» Airin zieht mich in die Diele und schließt die Tür. «Möchtest du etwas trinken?»

Ich folge ihr in die Küche, wo sie direkt den Kühlschrank ansteuert. «Orangensaft, Wasser, Cola?» Sie dreht sich zu mir und hebt eine Augenbraue. «Oder einen Whiskey?»

«Auf den Whiskey komme ich eventuell zurück», sage ich grinsend. «Fürs Erste reicht mir ein Wasser.»

«Bring doch deine Sachen schon mal hoch in dein Zimmer.»

«Okay, mach ich. Danke noch mal, dass ich hier schlafen darf.»

Airin winkt ab. «Ich hab doch den Platz.»

Als ich wieder runterkomme, hat sie zwei Gläser Wasser und eine Schale mit Shortbread Fingers auf den Tisch gestellt. Und außerdem eine Flasche Kilbeggan.

«Vielleicht für später», sagt Airin vergnügt. «Ist ja schon sechs Uhr vorbei.»

Lachend setze ich mich zu ihr. «Ryan hat gefragt, ob wir nachher noch ins *Brady's* wollen.»

«Möchtest du? Ich hatte eigentlich gedacht, ich könnte was für uns kochen, aber wenn du lieber ein bisschen mehr unter Leuten sein willst...»

«Nein, das ist schon in Ordnung», winke ich sofort ab. Nach gestern habe ich keine große Lust, später noch in den Pub zu gehen, auch wenn Kjer heute nicht auftreten wird. Aber vielleicht ist er ja trotzdem da. Oder Abigail. Oder beide zusammen. «Ryan könnte allerdings enttäuscht sein.»

«Ach, den sehen wir ja morgen», erklärt Airin unbekümmert und angelt sich ein Shortbread aus der Schale. «Ich wollte uns später ein extrascharfes Kichererbsen-Dal machen. Magst du scharfes Essen?»

«Eigentlich schon», erwidere ich vorsichtig. «Solange nicht mehr Chilis als Kichererbsen drin sind?»

«Keine Sorge.» Sie wischt ein paar Krümel von ihrem Shirt und schüttelt sich gleichzeitig die roten Locken aus dem Gesicht. «Was kochst du denn so auf deiner Insel?»

In Hamburg habe ich nie gern gekocht, auf Caorach dagegen beginnt es mir tatsächlich Spaß zu machen. Das ist auch gut so, denn das Eisfach im Kühlschrank ist zu klein für sieben Fertigpizzas, und ich bezweifele, dass Kjer Spaß daran hätte, jeden zweiten Abend den Pizza-Boten zu geben. Wobei das vielleicht einfacher wäre, als Einkäufer und Lieferant in einem zu sein. Die rote Thai-Currypaste, die auf meiner letzten Einkaufsliste stand, hat ihn ganz schön herausgefordert. Er hat zweimal nachgefragt, ob das Zeug wirklich genau so heiße – weiß der Himmel, wo er es letzten Endes aufgetrieben hat.

Airin kichert, als ich ihr davon erzähle. Sie steht auf, um einen Topf und eine schwere Pfanne auf den Herd zu stellen, und ich schiebe mein Wasser beiseite. «Kann ich dir helfen?»

«Du könntest die Kartoffeln schälen und würfeln.»

Ich erhebe mich ebenfalls, um ein Messer und ein Schneidbrett zu suchen, während Airin damit beginnt, Zwiebeln zu häckseln.

Als Airins Smartphone etwa eine halbe Stunde später einen hellen Summton von sich gibt, sehe ich automatisch auf, doch mein eigenes Telefon habe ich oben im Zimmer in meiner Jacke vergessen. Airin ist gerade dabei, das fast fertige Dal umzurühren, während ich Teller und Besteck auf dem Tisch zurechtlegt habe.

«Garantiert ist das Susannah», sagt Airin und rührt weiter. «Ich antworte ihr gleich.»

«Ist es Susannah eigentlich recht, wenn ich heute hier

übernachte?», frage ich, trete neben sie und mustere durch den Glasdeckel hindurch den Reis auf der zweiten Herdplatte. Ich sehe kein Wasser mehr, der dürfte fertig sein. «So oft seht ihr euch ja nicht, oder?»

«Nein, aber das ist trotzdem kein Problem», sagt Airin. Sie wuchtet die breite Pfanne mit dem Dal auf den Tisch und schnappt sich einen Esslöffel, um zu probieren. «Ach du Scheiße!» Airins Wangen färben sich rot, während sie den Mund aufreißt und die Zunge herausstreckt. «Oh Gott!» Hastig greift sie nach ihrem Wasserglas und stürzt die Hälfte der Flüssigkeit hinunter. «Hilft nicht!»

«Was ist denn los?» Ich starre Airin an, die mich zur Seite schubst, um sich Reis auf ihren Teller zu schaufeln.

«Haaaaaaa!», röchelt sie, verbrennt sich in der nächsten Sekunde den Mund am Reis und leert daraufhin den Rest ihres Wassers. «Was sind denn das für Chilis, verfluchte Scheiße noch mal?»

Ich bin mir nicht ganz sicher, ob Airin es mir übelnimmt, wenn ich jetzt lospruste. «Ist es zu scharf geworden?», frage ich mühsam beherrscht und werfe einen Seitenblick auf das Kichererbsen-Dal, das locker für vier Personen reichen würde.

«Nur ein bisschen», nuschelt Airin, die sich gerade eine weitere Gabel Reis in den Mund stopft. «Probier mal.»

«Ha! Das kannst du vergessen.»

«Du musst! Ich hab das extra für dich gekocht!» Airin grinst. «Es wäre unhöflich, es nicht wenigstens zu probieren!»

«Und seine Gäste dem Tod durch Chilis auszuliefern, ist höflich?»

«So scharf ist es gar nicht. Ist eigentlich ganz lecker.»

«Sicher.»

«Doch, wirklich. Es kommt nur auf die Mischung an.» Airin trägt ihren mit Reis gefüllten Teller zurück zum Tisch und gibt einen winzigen Klecks Dal dazu. Dann rührt sie alles um, wodurch der Reis eine hauchzarte rote Tönung erhält, und probiert ein weiteres Mal. «Na also. Essbar. Zeit für den Whiskey.»

Ich muss lachen und setze mich zu ihr, gebe eine große Menge Reis und einen kleinen Löffel Kichererbsen-Dal auf meinen Teller und schiebe mir etwas davon in den Mund.

Hui. Scheiße, Airin hat recht. «Wie viele Chilis sind da drin?»

«Vier.»

«Eine hätte auch gereicht.»

«Das sagst du jetzt.» Airin kichert.

«Oder eine halbe.»

«Teufelszeug.»

Wir stopfen Reis mit einem Hauch Dal in uns hinein, bis Airin aufsteht, um Whiskeygläser zu holen. Großzügig schenkt sie uns beiden ein. «Susannah isst gern scharf. Vielleicht kann sie etwas damit anfangen.»

«Vielleicht. Du musst ihr übrigens noch zurückschreiben.»

«Oh, Mist, das hab ich vergessen.» Sie stöpselt die Whiskeyflasche zu und greift nach ihrem Smartphone, das auf der Küchenfensterbank liegt. «Es war gar nicht Susannah, sondern Ryan. Wir gehen definitiv nicht mehr ins *Brady's*, oder?»

«Wegen mir nicht.»

Airins Finger fliegen über das Display. «Er will wissen, wann wir morgen losfahren wollen. Was hältst du von halb neun?»

«In Ordnung.» Ich nippe an meinem Whiskey. «Kennst du Ryan eigentlich schon lange?»

Ein letztes Fingertippen, dann sieht Airin auf. «Schon ziemlich lange. Er ist ganz in Ordnung, allerdings mitunter etwas streitsüchtig, vor allem, wenn er zu viel getrunken hat.

Es wirkt vielleicht nicht so, aber er kann sehr stur sein.» Airin greift ebenfalls nach ihrem Whiskeyglas. «Warum fragst du?»

«Nur so. Ich glaube, Kjer kann ihn nicht leiden, oder?»

«Eigentlich waren sie sogar mal ziemlich gut befreundet. Aber irgendwie ist das auseinandergegangen.»

«Warum?»

«Ich bin mir nicht sicher. Keiner von beiden redet darüber.» Sie lässt den Whiskey in ihrem Glas kreisen. «Der schmeckt gut, oder? War ein Geschenk von meinen letzten Gästen.»

«Von dem nervigen Ehepaar?»

«Genau. Vielleicht hatten sie das Gefühl, sie müssten was wiedergutmachen. Immerhin bin ich extra nach Cahersiveen gefahren, um ihnen ihren gewohnten Tee zu besorgen.» Airin seufzt und steht auf. «Komm, lass uns rüber ins Wohnzimmer gehen, dort ist es bequemer.»

Ich folge Airin mit meinem Whiskey in der Hand zur Küche hinaus in das danebenliegende Wohnzimmer. Entzückt bleibe ich im Türrahmen stehen, als Airin eine altmodische Stehlampe mit dunkelrotem Schirm und Troddeln am unteren Rand anknipst. Ein breites, kuschelig aussehendes Sofa mit einem Sammelsurium an Kissen darauf steht vor einem in die Steinwand eingelassenen offenen Kamin, in dem noch schwach etwas Glut vor sich hin glimmt. Die komplette Rückseite des Zimmers wird von einem vollgestopften Bücherregal eingenommen, ein Lesesessel steht daneben, der im Gegensatz zu meinem Sessel in Hamburg ziemlich abgenutzt aussieht. Und auch viel gemütlicher.

«Setz dich. Ich leg mal Holz nach.» Airin stellt die Flasche Kilbeggan und ihr Glas auf einen dunklen Eichentisch neben dem Sofa, zieht ein paar Scheite aus dem Fach direkt unter der Feuerstelle und beginnt, sie über der Glut aufzuschichten.

Während sie sich um das Feuer kümmert, versinke ich in dem bequemsten Sofa, auf dem ich jemals gesessen habe. Hier stehe ich nie wieder auf.

«Moment.» Airin verschwindet zur Tür hinaus und kommt mit den restlichen Shortbreads zurück. «Bedien dich. Man kann die bestimmt auch gut in Kichererbsen-Dal tunken; sag Bescheid, wenn ich dir welches bringen soll.» Sie wirft sich neben mich und stellt die Schale zwischen uns.

Mit Airin zusammen vor dem Kamin zu sitzen und über Gott und die Welt zu reden, ist eine völlig neue Erfahrung für mich. Und ich liebe es. Früher, in der Schule, hatte ich auch hin und wieder mal Freundinnen, mit denen ich mich gelegentlich nachmittags getroffen habe, aber während des Studiums sind diese Kontakte seltener geworden, bis sie irgendwann ganz aus meinem Leben verschwanden.

Und ich habe nicht einmal bemerkt, dass mir das fehlt!

Airin sieht richtig erschüttert aus, als ich ihr das erzähle. «Aber hast du nicht in deinen Seminaren Leute kennengelernt? Da muss es doch jede Menge Möglichkeiten gegeben haben. Gemeinsame Referate und so Sachen, Partys!»

«Das gab es alles», gebe ich zu, «aber irgendwie ... hab ich es einfach verpasst.»

Dieser Satz bringt mir einen ungläubigen Blick ein.

«Na gut, vielleicht ist das nicht das richtige Wort. Ich habe es vermutlich weniger verpasst, als dass ich dem Ganzen aus dem Weg gegangen bin. Ich hielt mich für zielgerichtet ...»

«Dabei warst du nur irre», unterbrich Airin mich.

«Da hast du vermutlich recht.» Seufzend lasse ich mich tiefer in die Polster sinken und strecke die Beine aus. «Jetzt würde ich so einiges anders machen.»

«Was denn?»

«Ich würde genauer hingucken, was ich wirklich will, mir

viel mehr anschauen ... und darauf achten, nicht irgendwann Promi-News schreiben zu müssen.»

«Ach, das hätte auch ein Sprungbrett sein können, schließ so was doch nicht direkt aus», widerspricht Airin. «Du darfst jetzt nicht wieder in ein Extrem verfallen und dich in etwas verbeißen. Wenn du nur noch über das schreiben willst, was dich selbst interessiert, dann wird das nichts. Es läuft doch nie genau so, wie man es sich wünscht.»

«Kann sein. Was ist mit dir? Wolltest du eigentlich mal von hier weg? Nach Cork wie Susannah oder irgendwo anders hin?»

«Manchmal schon. Aber irgendwie hab ich es – wie hast du das eben genannt? – verpasst. Als mein Vater abgehauen ist, um mit einer anderen Frau sein neues Leben zu beginnen, wollte meine Mutter hier weg. Sie hat die Pension mit ihm zusammen aufgebaut, und jedes Zimmer, jeder Handgriff hat sie an ihn erinnert.» Es ist das erste Mal, seit ich Airin kenne, dass ich so etwas wie Wut in ihrer Stimme höre – dass ihr Vater die Familie verlassen hat, macht ihr eindeutig noch zu schaffen. «Meine Mutter wurde hier in Castledunns geboren. Weder Susannah noch ich hatten erwartet, dass sie jemals von hier fortwollen würde, aber dann ... war es so. Susannah hat damals gerade in Cork ihren Master als Übersetzerin gemacht. Sie wohnt dort mit Callan, ihrem Freund, und der verdient ziemlich gut. Platz genug hatten sie, also hat Susannah meiner Mutter angeboten, zu ihnen zu ziehen.» Airin beugt sich vor und nimmt den letzten Keks aus der Schale. «Wir haben alle gedacht, sie würde schnell wieder zurückkommen, doch das wollte sie nicht. Und ich hatte auch Lust, das B&B zu übernehmen, weißt du. Natürlich habe ich mir auch Sorgen gemacht, ob ich das allein hinkriegen würde, aber – ich liebe Castledunns, ich lebe gern hier, warum es also nicht versuchen? Bloß war mir vorher nie wirklich klar, was das tatsächlich bedeutet ... und dass unser Geld zum Teil auch daher kam, dass meine Mutter selbstgestrickte Pullover und Mützen und Schals an Touristen verkauft hat. Also, nicht direkt, sondern über einen Laden in Cahersiveen. Ich kann übrigens nicht mal Knöpfe annähen.»

«Wirft das *Seawinds* denn nicht genug ab?»

«Doch, meistens schon. Gerade so. Aber wenn ich mal für eine Weile, wie jetzt im Winter, kein einziges Zimmer vermietet bekomme oder wenn irgendwelche größeren Ausgaben anstehen ... eigentlich müsste dringend das Dach gemacht werden. Das Zimmer im Dachgeschoss könnte ich momentan nicht mal vermieten, an einer Stelle regnet es da rein.»

«Und was sagt Susannah dazu? Kann sie nicht etwas beisteuern?»

«Das könnte sie, ja, aber ich möchte das nicht. Zum einen glaubt Susannah immer noch, ohne sie bekäme ich morgens nicht einmal meine Schuhe zugebunden – ältere Schwestern ticken offenbar so –, zum anderen kümmert sie sich doch schon um unsere Mutter. Und glaub mir, damit hat sie genug zu tun. Vor allem, weil Callan fest damit gerechnet hat, dass unsere Mutter nur übergangsweise bei ihnen wohnen würde. Meine Schwester hat Stress genug, da will ich sie nicht auch noch mit meinen Geldsorgen belasten.»

«Aber sie weiß es, oder? Dass es schwirig ist?»

«Ja, schon», erwidert Airin zögernd. «Na ja, sie kennt nicht jedes Detail.»

Einige Sekunden lang fühle ich mich geehrt, dass Airin mir genug vertraut, um mir solche Dinge zu erzählen, dann schlage ich vor: «Hast du schon mal überlegt, das Haus zu verkaufen?»

Eigentlich wollte ich diese Idee noch ein bisschen ausführen, doch Airin sieht mich so entsetzt an, dass ich es bleiben lasse. «Auf gar keinen Fall! Das hier ist mein Zuhause.»

Eine Weile blicken wir schweigend in die Flammen.

«Und wenn du den Preis hochsetzt?», frage ich schließlich. «Ginge das? Oder gibt es noch ein Zimmer im ersten Stock, das du vermieten könntest, bis das Dach repariert ist?»

«Es gibt nur noch mein Schlafzimmer, unser früheres Kinderzimmer. Das Schlafzimmer meiner Eltern war winzig, also haben Susannah und ich die Wand zum damaligen Bad durchbrochen und es ausgebaut. Dafür ging übrigens der größte Teil der Rücklagen drauf. Aber auch mit dem neuen Bad kommen nicht mehr Gäste als früher. Und wenn ich die Zimmer jetzt noch teurer mache? Ich weiß nicht. Die jetzigen Gäste reichen schon manchmal nicht.»

«Und was machst du dann?»

«Noch sind die Rücklagen nicht aufgebraucht.» Sie greift nach der Whiskeyflasche und schenkt sich nach. «Lass uns über irgendetwas anderes reden. Das ist echt deprimierend.»

«Was war denn damals mit deinen Eltern?»

«Vergiss es. Noch deprimierender.»

✦ ✦ ✦

Später im Bett, ein bisschen bedusselt von drei Gläsern Whiskey, lasse ich mir Airins Problem noch einmal durch den Kopf gehen. Ob sie das Wohnzimmer vermieten könnte? Aber das würde Airin die Luft zum Atmen nehmen. Und wenn nichts los ist, so wie jetzt, nutzt es ihr auch nichts, ein Zimmer mehr anzubieten. Wie ich es auch drehe und wende, ich finde keine Lösung. Und wie sollte ich auch – über all das denkt Airin schon sehr viel länger nach als ich, und ihr ist offenbar auch noch nichts Brauchbares eingefallen.

Irgendwann gebe ich es auf und wälze mich auf die Seite, doch gerade als ich am Wegdämmern bin, fällt mir ein, dass ich vergessen habe, den Wecker zu stellen. Schwerfällig werfe ich die Decke noch einmal von mir und tapse auf bloßen Füßen zu meiner Jacke, die an einem Haken an der Wand hängt, um mein Smartphone zu holen. Der Holzboden ist kalt, und ich eile sehr viel schneller zurück ins Bett, als ich aufgestanden bin, weshalb ich auch erst nachdem ich mich wieder zurechtgekuschelt habe feststelle, dass zwei Anrufe eingegangen sind. Einer erstaunlicherweise von Dana, die eine kurze Nachricht hinterlassen hat. Und einer von Kjer.

Mir schlägt das Herz bis zum Hals, nur weil ich seinen Namen auf dem Display lese. Armes kleines Herz. Du bist so leicht aus der Fassung zu bringen. Er hat es um Viertel vor elf versucht, und leider hat er mir nicht auf die Mailbox gesprochen. Mist. Was er wohl wollte? Das nächste Mal nach Caorach kommt er erst wieder in einer Woche. Wenn er diesen Termin aus welchem Grund auch immer verschieben muss, hätte er dafür doch tagsüber angerufen oder mir zumindest eine Nachricht hinterlassen. Worum also geht es?

Um nicht in Versuchung zu geraten, ihn auf der Stelle zurückzurufen, höre ich mir erst einmal an, was Dana mir zu sagen hat.

Hi, Liv. Ich wollte nur mal hören, wie's dir so geht. Melde dich doch mal.

Diese Nachricht hat nicht wirklich das Potenzial, mich von Kjer abzulenken. Es ist beinahe halb zwei. Sicher schläft er um diese Zeit. Aber um Viertel vor elf hätte ich auch schon schlafen können, und er hat trotzdem angerufen.

Unschlüssig starre ich auf seine Nummer. Wenn ich es nur dreimal klingeln lasse, wird ihn das bestimmt nicht wecken, oder?

Es tutet bereits, bevor mir einfällt, wie blöd es aussehen wird, wenn Kjer morgen früh mitbekommt, dass ich mitten in der Nacht bei ihm angerufen habe, und ich reiße mir gerade das Telefon vom Ohr, um hastig die Verbindung zu unterbrechen – was völlig egal wäre, weil Kjer es ja trotzdem sehen könnte –, da höre ich seine Stimme. «Ja?»

Überrascht zwinkere ich ins Licht der Deckenlampe, als hätte er mich angerufen und nicht umgekehrt. «Kjer?» Das hab ich jetzt nicht wirklich gesagt – natürlich ist es Kjer! Ich habe gerade seine Nummer gewählt. «Hallo ... ich ... du hast mich angerufen?»

«Wie spät ist es?» Er klingt so entzückend verschlafen, dass mein Herz nicht nur Stakkato schlägt, sondern gleichzeitig dahinschmilzt. Das geht bestimmt gar nicht. Stakkato schlagen und gleichzeitig schmelzen.

«Liv?»

«Es ist halb zwei. Tut mir leid, ich wollte dich nicht wecken ...»

Als Nächstes höre ich Kjer leise lachen, und mir wird Sekunden zu spät bewusst, dass man besser niemanden um halb zwei mitten in der Nacht anruft, wenn man ihn eigentlich nicht wecken will. «Ich kann mich auch morgen noch einmal melden, ich meine ... wenn es was Wichtiges war.»

«Es war wichtig.»

Automatisch halte ich die Luft an. Es war wichtig. Was war wichtig? Vielleicht wollte er mir sagen, dass er jemand anderen gebeten hat, mir zukünftig mein Zeug nach Caorach zu bringen. Weil ich mit seinen Abbys nicht klarkomme, obwohl mir das völlig egal sein sollte.

«Ich wollte deine Stimme hören.»

«Was?»

Am anderen Ende ist nur ein Rascheln von Stoff zu hören,

und ich stelle mir vor, dass Kjer gerade im Bett liegt. Stelle mir seine dunklen Haare auf einem weißen Kopfkissen vor, vielleicht liegt er gerade auf der Seite, genau wie ich. Ich kneife die Augen zusammen, weil mir plötzlich der Gedanke kommt, dass er vielleicht nackt schläft.

«Nur mal deine Stimme hören», wiederholt Kjer zufrieden und klingt dabei, als würde er gleich wieder einschlafen. Ob er morgen früh bereut, was er da gerade von sich gibt? Nein, jemand wie Kjer bereut bestimmt nie was.

«Was machst du morgen?»

«Wandern. Airin meinte, ich könne Irland nicht verlassen, ohne mindestens ein Mal den Gap of Dunloe Pass entlanggelaufen zu sein. Susannah und Ryan kommen auch mit.»

«Ryan ist dabei?» Auf einmal hört sich Kjer sehr viel wacher an.

«Ja, wieso?» Vielleicht rückt er um diese Uhrzeit ja damit heraus, was zwischen ihm und Ryan nicht stimmt.

Es dauert ein paar Sekunden, bis Kjer antwortet. «Egal.» Weitere Sekunden verstreichen. «An deiner Stelle würde ich mich morgen an Airin oder Susannah halten.»

Wie nett. Der landesweit bekannte Frauenherzensbrecher warnt mich vor einem anderen Typen.

«Warum?»

«Weil du denen glauben kannst, wenn sie dir etwas erzählen.»

«Ach ja? Airin hat zum Beispiel gesagt, ich solle besser einen möglichst großen Abstand zu dir einhalten», rutscht es mir heraus.

«War klar.» Ich höre das Lächeln in seiner Stimme. «Dann solltest du das vielleicht tun. Aber ich werde es dir schwermachen.»

Das hat er ganz weich gesagt, fast schon wieder schlaftrunken. Und obwohl dieser Satz viel mehr über Kjer verrät, als er mir vielleicht verraten wollte – über sein Selbstvertrauen, über seinen offenbar vorhandenen Jagdinstinkt, über seine Einstellung Frauen gegenüber –, fühle ich nicht einmal einen Hauch von Entrüstung in mir.

Garantiert wirst du es mir schwermachen, du Blödmann. Du tust es ja jetzt schon.

«Gute Nacht, Liv. Träum was Schönes.»

✦ 13 ✦

Wir fahren mit Airins Wagen, weil man es niemandem, wie Airin sich so nett ausdrückte, zumuten könne, sich auf die versiffte Rückbank von Ryans Schrottkarre zu setzen. Ryan hat dieser Aussage anscheinend nicht widersprochen, denn wir haben ihn in Cahersiveen abgeholt, und er musste seine langen Beine auf der Rückbank hinter Airin verstauen. Susannah sitzt neben ihm, und ich habe den Beifahrersitz ergattert.

Die Wolken stehen tief am Himmel, aber sowohl Airin als auch Ryan sind sich sicher, dass es heute nicht regnen wird, während Susannah eher skeptisch scheint. Mir ist es fast egal – mit Regenjacke und meinem Survivalrucksack, der heute erstmals zum Einsatz kommt, fühle ich mich bestens gerüstet. Sogar die Regenhose habe ich noch hineingestopft.

Geplant ist, zu einem Pub namens *Kate Kearney's Cottage* zu fahren und von dort aus unsere Wanderung zu beginnen. Wir haben bei Airin bereits gefrühstückt, Susannah hat unfassbarerweise einen Teller Kichererbsen-Dal gegessen – und zwar ohne Reis –, und wir haben uns mehrere Sandwiches für unterwegs zurechtgemacht.

«Du musst in *Kate Kearney's Cottage* unbedingt den Möhrenkuchen probieren», erklärt Airin gerade. «Der ist unglaublich.»

Ich gebe einen zustimmenden Laut von mir, ohne meinen Blick vom Fenster abzuwenden. Einmal mehr atme ich die Landschaft in mich ein. Ich glaube, ganz egal, wo Airin anhalten würde, ich könnte jederzeit und überall einfach glücklich loslaufen. Mitten hinein in das nasse Grün, direkt über die Wiesen und Schafweiden auf die sanften Anhöhen zu, deren Gipfel sich zwischen den niedrigstehenden Wolken aufzulösen scheinen. Die irische Landschaft berührt mich immer wieder aufs Neue, und mittlerweile nehme ich ohne weiter zu hinterfragen hin, dass irgendetwas in mir sich hier zu Hause fühlt.

Sträucher, Büsche und Hecken wuchern bisweilen so hoch und so dicht neben der Straße, dass von dem grauen Himmel nur noch ein schmaler Streifen zu sehen ist, hin und wieder nicht einmal das. Wir fahren durch grünes Licht.

Ich bekomme kaum mit, worüber sich Airin, Susannah und Ryan unterhalten. Stattdessen stelle ich mir vor, wie es wäre, in dem gedrungenen Steinhaus zu wohnen, an dem wir vor einigen Minuten vorbeigekommen sind. Morgens würde ich durch weiße Sprossenfenster hinaus aufs Meer sehen, und es gäbe diesen riesigen Gemüsegarten ... ganz bestimmt hätte ich hier auch Katzen. Mindestens zwei. Mit Matthews atemberaubender Aussicht kann es zwar nicht mithalten, aber ...

«Liv? Was sagst du?»

Airins Stimme dringt zu mir durch.

«Was? Entschuldige, was sage ich wozu?»

«Susannah hat vorgeschlagen, den Pass mit dem Auto abzufahren, Ryan und ich würden lieber wie geplant laufen. Und du?»

«Wir könnten beides machen», schlägt Susannah hinter mir vor. «Das würde Zeit sparen. Ich wette, es schüttet heute den halben Tag.»

«Es wird nur ein bisschen nieseln», widerspricht Airin.

«Vorhin hast du noch behauptet, es regnet heute überhaupt nicht.»

«Wird es auch nicht. Nieseln zählt quasi nicht als Regen.»

«Ich würde gern laufen», unterbreche ich das Geplänkel der beiden. «Mir ist nach Bewegung.»

Airin wirft ein triumphierendes Grinsen über ihre Schulter, und Susannah gibt mit einem resignierten Schnauben auf.

«Du könntest im Cottage auf uns warten», stichelt Ryan. «Ist schön warm da, und nach elf, zwölf Kuchenstücken sind wir bestimmt wieder zurück.»

«Ach, sei doch still», murrt Susannah und muss gegen ihren Willen lachen. «Ich wette mit euch, es wird später wie aus Eimern gießen. Und dann werdet ihr euch wünschen, ihr hättet auf mich gehört.»

Ich blicke wieder nach draußen. Das kann ich mir nicht vorstellen. Regen oder nicht, ich will raus aus dem Auto und eintauchen in das, was ich bisher nur durchs Fenster betrachten kann.

✦ ✦ ✦

Kate Kearney's Cottage ist ein langgezogenes weißes Gebäude mit dunklem Schindeldach direkt neben der schmalen Straße. Vor dem Haus stehen eine Reihe hölzerner Tische und Bänke, deren Oberflächen nass glänzen – es hat noch vor wenigen Minuten geregnet. Nicht wirklich wie aus Kübeln, nieseln würde ich es aber auch nicht nennen. Sowohl Airin als auch Susannah fühlen sich gerade als Siegerin in ihrem Wettstreit und sind höchst zufrieden.

Airin lenkt den Wagen auf den nahezu leeren Parkplatz.

«Du müsstest es hier mal zur Hauptsaison sehen», sagt sie. «Da musst du kilometerweit die Straße runter parken.»

Ein kurzes Stück vom Parkplatz entfernt gibt es eine Art Pferdekutschentaxiplatz – einige zweirädrige Einspänner und Pferde warten auf Kundschaft. Die anderen marschieren in schnellem Schritt mitten hindurch ohne nach links oder rechts zu sehen, und automatisch passe ich mich ihnen an.

Einige Häuser begleiten uns noch auf den ersten Metern, sie stehen ein Stück hangaufwärts und werden größtenteils durch hohe Bäume und Hecken von den Blicken neugieriger Touristen abgeschirmt, die, wie wir, diesen Wanderweg besuchen. Dann bleiben sie zurück, und es gibt nichts mehr um uns herum außer überwucherte Felsen, Farne, glasklare Seen und dicht ineinander verschlungene Sträucher.

Es ist nicht zu fassen, wie oft ich stehen bleiben möchte, um Fotos zu machen – und dabei sind wir kaum losgelaufen.

Der Weg windet sich in engen Kurven zwischen Hügelketten hindurch und Schluchten entlang, und ich fühle mich hin und wieder etwas ungesellig, weil ich mich nur einsilbig an den Gesprächen der anderen beteilige. Doch mein Herz quillt gerade über vor Glück. Ich habe schon mindestens zehnmal «Oh mein Gott, ist das schön!» in diversen Tonlagen ausgerufen und es mir weitere tausendmal verkniffen. Es *ist* aber auch einfach schön hier, ich kann mich nicht sattsehen an der schroffen, wilden Landschaft. Als sich Airin auf einer Brücke zwischen zwei Seen bei mir unterhakt, um ein Selfie von uns beiden zu machen, möchte ich sie am liebsten umarmen. Einfach so. Weil es sie gibt. Weil es mich gibt. Weil es dieses wunderbare Leben gibt.

«Wünsch dir was», sagt Airin. «Du stehst gerade auf der Wishing Bridge! Alles, was du dir hier wünschst, geht in Erfüllung.»

«Okay!» Ich schließe die Augen. Ich wünsche mir ... ich wünsche mir, dass es in meinem Leben viel mehr Momente wie diesen hier geben wird, dass ich mich viel häufiger genauso fühle wie jetzt, wild und frei.

Und ich wünschte, Kjer wäre hier.

Schnell fotografiere ich noch den See auf der einen – «Coosaun Lough», sagt Airin – und den See auf der anderen Seite – «Black Lake» –, dann beeilen wir uns, hinter Susannah und Ryan her zu laufen, die bereits weitergegangen sind.

Es regnet immer mal wieder, doch die Schauer sind nur kurz, und einmal bricht sogar für einige Minuten die Sonne zwischen den Wolken hindurch. Unmittelbar darauf scheinen sie sich jedoch umso dichter zusammenzuziehen. Als der nächste Regenschauer vorbei ist, essen wir unsere Sandwiches am Ufer des Augher Lake auf der niedrigen Mauer, die den See von der schmalen Straße trennt. Doch kaum sind wir fertig, öffnet der Himmel wieder seine Pforten – und diesmal hört es nicht mehr auf. Sogar Susannah hat irgendwann keine Lust mehr, Airin damit aufzuziehen.

Der Gipfel der nächsten Anhöhe, auf die wir zusteuern, ist in eine dichte, regenschwere Wolke gehüllt, und je näher wir kommen, desto langsamer wird Susannahs Schritt.

«Sollen wir nicht lieber umkehren?», fragt sie schließlich. Sie sieht alles andere als begeistert aus. «Da oben kann man vermutlich nicht mal mehr was sehen.»

«Dahinter ist es vielleicht wieder schön», gibt Airin sich optimistisch.

«Finde ich auch, Augen zu und durch. Es kann danach ja nur besser werden!» Ryan zieht bereits die Kordeln seiner Regenkapuze straff. «Liv, du bist bestimmt auch dafür, oder?»

Ich nicke. Durch eine Wolke laufen, auch wenn sie so ungemütlich aussieht wie die da oben, dazu habe ich auf jeden Fall Lust.

«Ihr seid alle verrückt», murmelt Susannah, während sie uns hinterherstapft. «Da hättet ihr auch daheimbleiben und euch in Klamotten unter eine eiskalte Dusche stellen können.»

Sie hat nicht ganz unrecht. Der Nebel wird dichter, je höher wir kommen, er hüllt uns ein, Feuchtigkeit legt sich auf unsere Gesichter – und kurz darauf fällt der Himmel auf unsere Köpfe herab. Oder zumindest der heftigste Wolkenbruch, den wir, seit wir aus Airins Auto ausgestiegen sind, erlebt haben. Innerhalb von Sekunden scheint ein wahrer Damm zu brechen, das Wasser, das auf uns niederprasselt, ist wie ein Strom, so etwas wie einzelne Tropfen gibt es nicht mehr.

«Oh mein Gott!», kreischt Susannah. «Ich hab's euch gesagt! Macht, was ihr wollt, ich geh zurück!» Ohne eine Antwort abzuwarten, ergreift sie die Flucht.

«Susannah!», ruft Airin und eilt ihrer Schwester hinterher. «Warte! Ich will mit!»

Ich bleibe stehen. Meine Von-der-Antarktis-bis-zur-Sahara-Regenjacke gibt nach fünfzehn Sekunden klein bei. Mit zusammengekniffenen Augen stehe ich da, und obwohl mir die Feuchtigkeit langsam durch Jacke und Regenhose dringt, ist mir das für den Moment völlig egal. Überwältigt blicke ich mich um. Alles um mich herum scheint in Auflösung begriffen, Wasserfälle strömen die Felsen hinunter und werden zu meinen Füßen zu Sturzbächen, in dieser Sekunde scheint kaum vorstellbar, dass an irgendeinem Ort auf der Welt gerade die Sonne scheint. Es ist unglaublich. Fast so erhaben wie die riesigen Wellen vor Caorachs Klippen.

«Was ist mit dir?» Ryan legt mir einen Arm um die Hüften, und ich fahre zusammen. «Willst du dich wegschwemmen lassen?»

«Ich komme gleich», erwidere ich. «Geh ruhig schon mal vor.»

Ryan jedoch zögert. Statt seinen Arm wegzunehmen, setzt er zu einer Erwiderung an, doch bevor er aussprechen kann, was ihm da gerade durch den Kopf geht, trete ich einen Schritt zurück.

«Okay, also los», rufe ich und falle direkt in einen schnellen Trab. Vielleicht bin ich paranoid, aber irgendwie befürchte ich, dass Ryan uns noch in eine unangenehme Situation bringen wird, wenn ich nicht aufpasse. Der Regen ist zu laut, als dass ich hören könnte, ob er mir folgt, Sekunden später jedoch taucht er neben mir auf. Vermutlich könnte er schneller rennen als ich, doch er bleibt an meiner Seite, und als der Regen schwächer wird und die Wolke uns wieder ausspuckt, sehe ich in ein paar hundert Metern Entfernung Airin und Susannah auf uns warten.

«Na endlich!» Airin setzt sich in Bewegung, unmittelbar nachdem wir die beiden erreicht haben.

«Meine kleine Schwester ist ein bisschen nass geworden und möchte jetzt nach Hause fahren», lästert Susannah grinsend und weicht einem Ellbogenstoß von Airin aus.

«Möchte ich gar nicht», ruft Airin. «Erst der Karottenkuchen!»

Susannah verdreht die Augen, folgt Airin jedoch mit einem nachsichtigen Kopfschütteln. Mir fällt wieder ein, dass Airin gestern erzählt hat, Susannah könne es nicht lassen, die große Schwester raushängen zu lassen. Allerdings macht diese Dynamik auch vor Airin nicht halt: In Gegenwart ihrer großen Schwester wirkt sie jünger.

Spannend. Es muss nett sein, mit einer Schwester aufzuwachsen.

«Ist dir kalt?» Ryan läuft noch immer neben mir. Während

ich über Airin und Susannah nachgedacht habe, habe ich nicht mehr auf ihn geachtet.

«Nein, überhaupt nicht.» Gerade eben hat das noch gestimmt, nach Ryans Frage jedoch fällt mir auf, dass die Kälte schon dabei ist, zwischen meine nassen Kleiderschichten zu kriechen.

«Ich hab noch eine trockene Jacke im Rucksack», sagt Ryan.

Ich mustere seinen Rucksack, den er mit einer wasserabweisenden Hülle vor den Regen geschützt hat. In meinem Rucksack ist, glaube ich, auch so ein Ding. Kann man bestimmt auch benutzen.

«Es geht schon, vielen Dank.»

Eine Dreiviertelstunde später klappere ich hörbar mit den Zähnen, und Ryan zerrt die Jacke heraus, ohne mich noch einmal zu fragen.

«Das hat doch keinen Sinn», wehre ich ab. «Untendrunter bin ich ja trotzdem nass.»

«Glaub mir, du fühlst dich damit anders, zieh sie schon an.» Er greift nach meinem Rucksack, und ich lasse zu, dass er ihn mir von den Schultern nimmt.

Ryan hat recht. Seine Jacke reicht mir fast bis zu den Knien, meine Hände verschwinden vollständig in den Ärmeln, und darunter macht die eiskalte Nässe allmählich einer feuchten Wärme Platz.

«Besser?», fragt er nach einer Weile, und ich nicke.

«Danke.»

«Kein Ding. Deine Jacke hat zu viele ungeschützte Nähte. So was hält nicht lange dicht.»

Erst die Schuhe und jetzt das. Wenn ich wieder in Hamburg bin, werde ich wohl mal einen Verkäufer anschreien gehen.

«Soll ich dich heute Abend eigentlich zum Leuchtturm zurückbringen, oder bleibst du noch eine Nacht?»

«Susannah muss morgen früh los, und Airin fährt sie zum Bahnhof. Heute Abend wäre daher besser, wenn das für dich passt?» Würde ich dauerhaft auf Caorach wohnen, würde ich als Allererstes lernen, wie man ein Motorboot fährt.

«Klar. Mach ich gern.»

Er lächelt, und automatisch lächle ich zurück. Kurz darauf tauchen die ersten Häuser wieder am Straßenrand auf.

«Ist es okay für euch, wenn wir den Kuchen nur mitnehmen?», ruft Susannah uns über ihre Schulter hinweg zu.

«Klar», erwidere ich. Obwohl mir nicht mehr kalt ist, verspüre ich trotzdem kein allzu großes Bedürfnis, mich vollkommen durchnässt in ein Café zu setzen. Ryan ist es egal, und mit einer Wochenration an Möhrenkuchen fahren wir wenig später in Airins Wagen wieder Richtung Castledunns. Susannah hat darauf bestanden, uns alle einzuladen, und ganz kurz kommt mir der Gedanke, dass Airin abgelehnt hätte, hätte Susannah nur für sie zahlen wollen. Vielleicht weiß Susannah nicht über jedes Detail Bescheid, wenn es um Airins Geldsorgen geht, doch sie ahnt offenbar genug.

✦ ✦ ✦

Wir setzen Ryan samt riesigem Kuchenstück in Cahersiveen ab, damit er sich umziehen kann, ich selbst schlüpfe bei Airin angekommen vorübergehend noch einmal in meine Schlafsachen und leihe mir von Airin einen kuscheligen Pullover zum Drüberziehen. Während meine Kleider im Trockner herumwirbeln, essen wir zu dritt unseren Karottenkuchen. Es reicht sogar noch für einen zweiten Kaffee, bevor es an der Tür klingelt.

«Warte, ich hol schnell deine Sachen. Susannah, machst du Ryan auf?» Airin eilt aus der Küche hinaus.

Ich stelle unsere Teller in die Spülmaschine und höre Ryan und Susannah in der Diele reden, als Airin schon wieder zurückkehrt und mir meine trockenen Klamotten in die Arme drückt.

Auf dem Weg zur Treppe nach oben winke ich Ryan zu, der gegen die Haustür gelehnt dasteht. «Bin gleich so weit.»

«Schon in Ordnung, ich hab's nicht eilig.»

Airins Pullover lege ich im Bad über den Rand der Wanne, dann ziehe ich mich schnell um, hole meinen Trolley und stehe keine fünf Minuten später in angenehm warmen Kleidern wieder unten in der Diele.

«Vielen Dank für den Kuchen und überhaupt für den Tag», sage ich, während ich erst Airin und dann Susannah umarme.

«Das wiederholen wir auf jeden Fall!», erwidert Airin. «Ich melde mich.»

«War schön, dich kennenzulernen.» Nachdem Susannah mich in die Arme geschlossen hat, drückt sie Ryan an sich. «Und dich mal wieder zu sehen, war auch schön.»

Ryan lacht und klopft Susannah auf den Rücken. «Startklar?», wendet er sich an mich.

«Ich bin fertig.»

Eine Viertelstunde später stehen wir am Hafen. Es regnet immer noch, und beunruhigt stelle ich fest, dass das Grau der Regenwolken durch die einsetzende Dämmerung sehr viel dunkler geworden ist. Meine durchweichte Luxus-Outdoorjacke – nicht trocknergeeignet – habe ich mir über den Arm geworfen und bin noch einmal in Ryans Jacke geschlüpft. Ryan trägt den Rollkoffer auf sein Boot, und ich klettere ihm hinterher, bevor er nach meiner Hand greifen kann, um mir zu helfen.

«Schade, dass es heute den ganzen Tag über so ungemütlich war», sagt Ryan, nachdem er den Motor gestartet hat.

«Ich fand es trotzdem wunderschön.» Die Jacke eng um mich gewickelt, versuche ich, dem Fahrtwind möglichst wenig Widerstand zu bieten. Ich glaube, nachher werde ich mir ein heißes Bad einlassen.

«Das hat man gemerkt.» Ryan blickt zu mir herüber. «Du bist ansteckend.»

«Ansteckend?»

«Deine Begeisterung steckt an. Ich bin den Pass schon ein paarmal auf und ab gewandert, aber das heute mit dir, das war noch mal was anderes.»

«Oh. Okay. Danke», sage ich, um irgendetwas zu sagen. Es ist ein nettes Kompliment, und Ryan ist nach wie vor ein netter Kerl, aber ich wünschte, er würde aufhören, so besonders nett zu mir zu sein. «Wie lief es eigentlich mit dem Besitzer des Carports?»

«Was?»

«Der, mit dem du gestern noch einen Termin hattest. Muss alles neu gemacht werden?»

«Ach so. War nicht so dramatisch, der Pfosten lässt sich austauschen. Sein Glück. Allerdings war er der Meinung, das müsse erst im Sommer gemacht werden, und ich musste dem Trottel beibringen, dass der ganze Carport einsturzgefährdet ist. Aber er hat's begriffen, als ich deutlicher wurde.»

Bei dem Grinsen auf Ryans Gesicht stelle ich mir unwillkürlich vor, wie er den uneinsichtigen Carport-Besitzer am Kragen einen halben Meter über den Boden hievt.

Als wir Caorach erreichen, liegt der steinige Strand in mattgrauen Schatten, und obwohl ich Ryan am liebsten den Trolley abnehmen und ihm noch einen schönen Abend wünschen würde – und vielen Dank für die Überfahrt –, sage ich nichts, als er den Rollkoffer die Klippentreppe hinaufträgt und oben angekommen ganz selbstverständlich neben mir her in Richtung Leuchtturm marschiert. Trotz der zunehmenden Dunkelheit achte ich auf einen gewissen Abstand zwischen uns, und als wir Matthew erreichen, atme ich auf. Ich habe den Schlüssel schon aus meiner Jackentasche gekramt und lasse ihn nun ins Schloss gleiten.

«Danke fürs Bringen, Ryan», sage ich, schlüpfe aus seiner Jacke und halte sie ihm entgegen. «Und danke auch dafür. Die hat mich vermutlich vor dem Erfrieren gerettet.»

«Gern geschehen.» Obwohl ich die Tür mittlerweile geöffnet habe und rückwärts einen Schritt ins Innere getreten bin, steht Ryan da, als warte er noch auf etwas. Ich hab's doch geahnt.

«Na dann ...» Verlegen halte ich inne. Komm schon, Ryan, mach es mir nicht so schwer. «Komm gut nach Hause.»

«Okay, ich ... also ... hast du vielleicht noch einen Kaffee für mich?»

Oh Gott. Einen Kaffee. Die älteste ‹Lass mich rein und wir könnten noch ein bisschen vögeln›-Masche der Welt. Fieberhaft überlege ich, was ich Ryan darauf entgegnen soll. Es ist noch ein bisschen zu früh, um zu behaupten, müde zu sein. Und er hat mich gestern abgeholt und heute den Trolley bis zum Leuchtturm geschleppt, und vielleicht will er ja wirklich nur einen Kaffee.

Blödsinn. Nie im Leben.

«Ryan ...», beginne ich, «ich wollte eigentlich noch ein bisschen arbeiten.»

«Arbeiten?» Sein entgeisterter Tonfall macht mir klar, dass diese Ausrede ziemlich lahm ist, aber auf die Schnelle fiel mir einfach nichts Besseres ein.

«Ich muss noch einen Artikel fertig schreiben», improvisiere ich, «und ich hänge da ohnehin schon hinterher.»

«Was für einen Artikel?»

«Es geht um ... zwei ältere Damen, die Schafe hüten.»

«Du verarschst mich.»

«Nein, wirklich! Ich kann ...» Fast hätte ich gesagt, ich könne ihm den Artikel zeigen, verkneife mir das aber gerade noch rechtzeitig. «Vielleicht ein andermal, Ryan.»

Ryan hat zu einem treuherzigen Lächeln zurückgefunden. «Ich verspreche, ich habe keine niederträchtigen Absichten. Ich würde nur gern noch ein bisschen mit dir reden. Wir könnten einen Sicherheitsabstand vereinbaren.»

Gegen meinen Willen muss ich lachen. «Ryan ...»

«Wenn du willst, bleibe ich einfach hier draußen stehen, und wir unterhalten uns durchs Fenster.»

«Na gut, komm schon rein.» Mit einem Seufzen gebe ich die Tür frei, indem ich endgültig das Erdgeschoss betrete und das Licht einschalte. Hoffentlich bereue ich das nicht.

Auf dem Weg nach oben hänge ich schnell meine feuchte Jacke ins Bad und lege, in der Küche angekommen, schließlich mein Smartphone auf den Tisch. Ryan zieht sich einen Stuhl zurecht, während ich den Espressokocher auf den Herd stelle. «Du hast die Auswahl zwischen Espresso, schwarz, oder Espresso mit warmer Milch.»

«Mit Milch, danke.»

Milch muss ich unbedingt auf die Liste für Kjer setzen. Nachdem ich genug für zwei Tassen in einen Topf gegossen habe, ist kaum noch was in der Packung.

«Es ist wirklich nett hier.» Ryan sieht sich um. «Trotzdem schwer vorstellbar, dass der alte Wedekind hier so viele Jahre ganz allein gewohnt hat.»

«Weißt du, warum er hier lebt?» Im Moment kann ich es mir zwar sehr gut vorstellen, einfach für immer hierzubleiben, aber realistisch gesehen glaube ich kaum, dass dieses Gefühl jahrelang anhalten würde.

«Nein, keine Ahnung. Es gibt natürlich jede Menge Gerüchte, aber was ihn tatsächlich dazu gebracht hat, sich komplett zurückzuziehen, wer weiß das schon. Die meisten vermuten, seine Frau habe ihn wegen eines anderen verlassen, einige denken auch, sie sei gestorben. Ich hab sogar schon mal die Theorie gehört, er habe sie umgebracht.»

«So ein Quatsch!» Obwohl der Espresso in der Kanne gerade signalisiert hat, dass er fertig sei, drehe ich mich zu Ryan um. «Das glaube ich nie im Leben.»

«Ich auch nicht. Ich denke, er ist ganz harmlos. Einfach nur ein etwas verrückter, vermutlich schon leicht seniler Typ, der keinen Bock mehr auf den Rest der Welt hat.»

Es gefällt mir nicht, wie Ryan über Herrn Wedekind spricht, doch ich sage nichts mehr, verteile den Espresso auf zwei Tassen und gieße heiße Milch dazu. Mein Smartphone gibt einen Summton für eine eingehende Nachricht von sich, als ich mich gerade Ryan gegenübersetze und die Tassen abstelle. Er wirft einen Blick auf das Display, bevor ich das Telefon zu mir ziehen kann.

Kjer. Wortlos lege ich das Handy mit dem Display nach unten auf die Fensterbank und greife dafür nach der Zuckerdose, die dort steht. Ich werde Kjers Nachricht erst lesen, wenn Ryan gegangen ist. Hoffentlich geht er schnell.

«Du auch?» Fragend halte ich Ryan die Zuckerdose hin, doch er schüttelt den Kopf.

«Und, wie läuft's mit Kjer so?»

«Wie bitte?» Perplex starre ich Ryan an, Hitze kriecht meine Wangen hoch.

«Na ja, er versorgt dich auf Caorach doch mit allem, oder?»

«Ach so ... gut. Es läuft gut.» Ich senke den Kopf, um an meiner Tasse zu nippen und hoffentlich wieder zu einer normalen Gesichtsfarbe zurückzufinden. Die Frage hat Ryan doch mit Absicht so zweideutig gestellt.

«Ich weiß nicht, ob ich was sagen sollte, aber ...»

«Airin hat mir schon alles über Kjer erzählt», unterbreche ich Ryan. «Keine Sorge.»

Ryan verzieht das Gesicht. «Hat sie dir auch erzählt, dass er ziemlich aggressiv werden kann?»

Überrascht sehe ich auf. «Nein.»

Aus Ryans Gesicht lese ich Verlegenheit heraus. «Ich hätte das jetzt nicht erwähnt, wenn ich dich nicht ... nett finden würde. Und wenn ich nicht mitbekommen hätte, dass du am Donnerstag mit Kjer im *Brady's* warst.»

Kopfschüttelnd stelle ich die Tasse auf den Tisch zurück. «Hör mal, Ryan, was auch immer du für ein Problem mit Kjer hast ...»

«Ich habe kein Problem mit Kjer. Nicht mehr. Und ich will damit auch nicht sagen, dass du ihm aus dem Weg gehen sollst. Behalte es einfach im Hinterkopf und pass auf dich auf. Und wenn du mir nicht glaubst, kannst du Amber fragen.»

«Wer ist Amber?»

«Eine Freundin von Susannah. Kjer hat sie mal verprügelt.»

Im ersten Moment entgleitet mir nach diesen Worten beinahe die Kaffeetasse, dann schüttele ich den Kopf. Herrgott. Wieso hat hier eigentlich jeder das Gefühl, er müsse mich vor Kjer warnen? Ich glaube Ryan kein Wort. Kjer mag ein Aufreißer sein, aber aggressiv ist er ganz sicher nicht. Völliger Schwachsinn. Trotzdem versuche ich mich daran zu erinnern, was Airin über diese Freundin von Susannah gesagt hat. War das nicht so ähnlich wie bei mir? Susannahs Freundin wollte mehr, Kjer nicht? Zumindest habe ich Airin so verstanden.

«Oder frag Susannah, wenn's dich interessiert. Ich sag

dazu jetzt lieber nichts mehr, der Bote macht sich ja immer unbeliebt, und das wäre so ungefähr das Gegenteil von dem, was ich wollen würde.»

Ryan hat den letzten Satz in einem scherzhaften Ton ausgesprochen, trotzdem wünsche ich mir plötzlich noch mehr als vorhin, er möge gehen. Ich trinke meinen Kaffee aus und schiebe den Stuhl zurück, um die Tasse in die Spüle zu stellen. Zum Glück versteht Ryan, was ich damit sagen will, und erhebt sich ebenfalls.

«Sorry», sagt er und stellt seine Tasse zu meiner. «Es ist nur so ...»

Ich muss beinahe den Kopf in den Nacken legen, um ihm ins Gesicht sehen zu können, doch ich bin entschlossen, nicht schon wieder zurückzuweichen.

«... Kjer ist wirklich in Ordnung. Ich wäre froh, wenn die Dinge zwischen uns anders stehen würden. Aber solange er sich nicht zuverlässig im Griff hat, kann ich nicht einfach nur danebenstehen und abwarten, ob wieder was passiert, verstehst du? Nicht, ohne dich zumindest gewarnt zu haben.»

«Das hast du ja jetzt», erwidere ich spröde und gehe ihm voraus zur Treppe. Verfluchter Ryan. Das, was er da über Kjer erzählt, ist ja fast noch schlimmer, als wenn er mich irgendwie doof angemacht hätte. Ich höre seine Schritte hinter mir auf den Stufen und widerstehe der Versuchung, mich umzusehen, bis ich im Erdgeschoss angekommen bin. Ich stelle mich neben den Durchgang zur Tür. «Mach's gut, Ryan.»

Ryans Lächeln misslingt ihm ein wenig. «Genau deshalb hab ich überlegt, ob ich überhaupt was sagen soll», murmelt er. «Sorry, Liv. Gute Nacht.»

Er tritt in den kurzen Gang, öffnet die Tür und ist verschwunden, ohne noch auf eine Antwort von mir zu warten.

In meinem Kopf schwirrt es, während ich langsam wieder

nach oben steige. Wenn das, was Ryan da behauptet, irgendeine Grundlage hätte, hätte Airin mir doch davon erzählt, oder? Ist ja nicht so, als ob sie in dieser Hinsicht irgendwie zurückhaltend gewesen wäre.

In der Küche rufe ich Kjers Nachricht auf.

Hast du morgen schon was vor?

Eine Weile sehe ich auf das Telefon in meiner Hand, dann tippe ich Airins Nummer an.

«Liv? Hi! Alles okay? Hast du was vergessen?»

«Ähm, nein, ich wollte dich was fragen. Sag mal ... was genau war mit Susannahs Freundin Amber und Kjer?»

Kurz bleibt es still am anderen Ende. «Wie kommst du denn jetzt darauf? Nein, warte ...», sagt sie, bevor ich etwas erwidern kann. «Ryan hat dir davon erzählt, oder?»

«Er hat mich gewarnt, dass Kjer ziemlich aggressiv werden könne, und gemeint, ich solle Amber oder Susannah danach fragen.»

«Ach, Ryan», murmelt Airin. «Das ist damals vermutlich einfach nur blöd gelaufen.»

«Was genau ist blöd gelaufen?»

«Also, erst mal vorab: Ich glaube nichts von dem, was Amber über Kjer erzählt, okay?» Im Hintergrund ist Susannahs Stimme zu hören. «Du kannst ja auch glauben, was du willst!», ruft Airin, bevor sie wieder mit mir redet. «Die Kurzform: Amber wollte was von Kjer, der war mit ihr im Bett, wollte aber, wie das bei Kjer so üblich ist, nicht mehr. Danach hat Amber Ryan und ein paar anderen Leuten erzählt, Kjer hätte sie gegen eine Wand geschleudert.»

«Was? Bitte was? Wieso hast du mir nichts davon gesagt?»

«Weil ich mir sicher bin, dass Amber völligen Mist redet!

Ich kenne Kjer seit der Schule. Die blöde Kuh wollte ihn nur schlechtmachen, das ist alles. Natürlich hat er sich ihr gegenüber wie ein Arsch verhalten, aber es ist ja nicht so, als würde er den Frauen seine Liebe schwören, um sie ins Bett zu kriegen. Kjer macht aus seinen Absichten kein Geheimnis. Oder hat er dir jemals irgendwas versprochen?»

Für den Moment bin ich sprachlos. Bevor ich meine Stimme wiedergefunden habe, redet Airin weiter.

«Ryan ist ein netter Kerl, er macht sich vermutlich wirklich Sorgen um dich. Aber er war mit Amber zusammen, bevor das damals passiert ist. Und natürlich glaubt er ihr jedes Wort. Ist ja auch ganz angenehm zu hören, dass deine Ex bereut, nach dir mit einem anderen Typen ins Bett gestiegen zu sein.»

«Ich glaube Amber auch!» Diesmal war Susannah so laut, dass ich sie ohne Probleme verstehen konnte.

«Ja, du glaubst Amber, weil du früher gut mit ihr befreundet warst, Susannah. Aber du wohnst nicht mehr hier. Und wir kennen nur Ambers Version.»

«Wieso, was sagt denn Kjer dazu?», will ich wissen.

«Nix.»

«Er sagt nichts? Da sind solche Sachen über ihn im Umlauf, und er sagt einfach nichts? Hast du ihn mal direkt darauf angesprochen?»

«Natürlich. Er hat mich eine Weile angesehen und dann nur gemeint, es sei einiges aus dem Ruder gelaufen.»

«Er weiß aber schon, dass das so aussieht, als würde stimmen, was diese Amber behauptet?»

«Tja. Ich hab keine Ahnung, was in Kjers Kopf vor sich geht, Liv. Aber er war noch nie der Typ, der sich endlos gerechtfertigt hätte.»

«Na ja. Es gibt ja wohl noch einiges mehr zwischen ‹sich endlos rechtfertigen› und ‹gar nichts sagen›.»

«Sag Liv, jemand wie Kjer kommt einfach nicht damit klar, wenn mal eine nicht an ihm interessiert ist», höre ich Susannah wieder im Hintergrund.

«Kjer hat Amber zurückgewiesen, nicht umgekehrt!»

«Amber erzählt das anders.»

«Susannah! Amber erzählt, Kjer hätte sie geschüttelt und gegen eine Wand gestoßen, weil sie sich geweigert hat, noch mal mit ihm ins Bett zu gehen! Ich bitte dich, kannst du dir so etwas von Kjer vorstellen?»

Susannahs Antwort fällt diesmal zu leise aus, doch ich habe ohnehin genug für heute. «Airin?», unterbreche ich den Streit der Schwestern. «Ich leg jetzt auf, okay?»

«Klar. Sorry, Liv. Letzten Endes musst du selbst wissen, ob du diesen Mist glaubst oder nicht. Ich hab Kjer nie, kein einziges Mal, so erlebt, und ich hab ihn schon in Situationen gesehen, wo ich es verstanden hätte, wenn er ausgerastet wäre, okay?»

«Klar.» Für den Moment bin ich zu frustriert, um Airin zu fragen, was sie jetzt damit wieder meint. «Wir telefonieren, ja?»

Mit dem Telefon in der Hand steige ich die Treppe zum dritten Stock hinunter, wo ich es auf mein Bett werfe und ins Badezimmer gehe.

Es ist doch einfach nicht zu fassen. Ich verknalle mich in einen Typen, der erstens in Irland lebt, zweitens ein blöder Aufreißer ist und drittens vielleicht Susannahs Freundin verprügelt hat.

Drittens glaub ich allerdings nicht. Glaube ich einfach nicht. Fertig.

Zurück im Bett, sortiere ich die Fotos unserer heutigen Wanderung und lade ein paar besonders gute bei Instagram hoch, wobei ich nicht aufhören kann zu grübeln.

Irgendwann rufe ich noch einmal Kjers letzte Nachricht auf.

> Tut mir leid, ich hab keine Zeit. In den nächsten Tagen muss ich mich echt mal um meinen Job kümmern.

Senden.

✦ 14 ✦

Nachdem ich nun gleich zweimal behauptet habe, arbeiten zu müssen, gehe ich es auch an. Am nächsten Tag setze ich mich direkt nach dem Frühstück mit dem Rechner an den Sekretär im Wohnzimmer. Nicht in meine Fensternische – dort lasse ich mich nur wieder ablenken.

Als Erstes nehme ich mir die Texte vor, die ich zuletzt geschrieben habe. Mein Porträt über Annemarie und Sarah liebe ich noch immer. Dann lese ich mir das Interview mit Kristina durch. Keine Ahnung, was sie daran auszusetzen hatte, es ist einfach gut. Warum also hat sie – stopp. Sinnlos, immer noch darüber nachzudenken.

Auch mein letzter Artikel über Veganismus ist okay, hier allerdings fehlt mir noch irgendetwas, trotz der Tatsache, dass die Redakteurin der Apothekenzeitschrift ihn mochte, und es dauert auch nicht lang, bis ich herausgefunden habe, was das ist: Ich hätte gern noch mit einem Veganer oder einer Veganerin direkt gesprochen, vielleicht sogar den Artikel um diese Person herum aufgebaut. Sicher, auch so ist er interessant, Fakten reihen sich an Bildhaftes, und der Spagat zwischen Eindringlichkeit und Polemik ist mir recht gut gelungen. Trotzdem fehlt mir der Mensch darin, das Persönliche.

Diese Erkenntnis ist keine Offenbarung. Dass ich am liebsten über Menschen schreibe, wusste ich bereits. Aber nicht, indem ich nur an der Oberfläche rumkratze – mich interessiert an einer Person weit mehr als nur ihr Bauchfettanteil oder die Zahl ihr Geschlechtspartner.

Von Kjer mal abgesehen. Mit wie vielen Frauen er wohl schon was hatte?

Unwillig stehe ich auf, um einen zweiten Espresso aufzusetzen. So geht das nicht. Kjer muss raus aus meinen Gedanken, zumindest in den nächsten Stunden.

Eine Viertelstunde später sitze ich wieder am Rechner.

Also. Wenn ich über Menschen schreiben will, sollte ich das auch versuchen. Dafür brauche ich Ideen, Vorschläge für Artikel. Über wen kann ich schreiben? Eigentlich über jeden. Hat nicht jeder Ansichten und Meinungen, Berufe oder Hobbys, die ihn interessant machen? Jeden Menschen beschäftigen irgendwelche Themen, auf die man in einem Porträt Bezug nehmen und durch die man einer individuellen Geschichte eine universelle Komponente geben kann.

Nehmen wir ... nein, nicht Kjer, nehmen wir Airin.

Sie führt ein B&B in Castledunns und versucht, ohne finanzielle Hilfe ihrer Familie ihr Leben auf die Reihe zu kriegen. Daraus ließe sich doch ein Bericht über ‹Bed & Breakfast›-Unterkünfte in Irland basteln oder über B&Bs ganz allgemein, mit dem *Seawinds* als Aufhänger. Oder ein Bericht über starke junge Frauen, die den Schritt in die Selbständigkeit gewagt haben. Ich muss sie fragen, ob sie ein Interview mit mir machen würde.

Oder Susannah. Sie kümmert sich um ihre Mutter, und das, obwohl ihr Freund offenbar nicht so begeistert darüber ist. Da ginge doch was in Richtung Angehörigenpflege. Oder über die Beziehungsdynamik zwischen erwachsenen Töchtern und ihren Müttern. Vielleicht sogar etwas über die Probleme, die sich ergeben, wenn der eigene Partner sich entscheidet, Mutter oder Vater bei sich aufzunehmen. Okay, darüber wird Susannah mich kaum einen Artikel mit ihr als Aufhänger schreiben lassen. Aber es wäre spannend!

Selbst aus Seanna, die ich nur ein paar Male gesehen habe, ließe sich vielleicht etwas machen. Noch einmal muss ich daran denken, wie besorgt sie für einen Moment ausgesehen hat, als der Barkeeper ihr Handy in die Höhe hielt und ihr zurief, ihre Schwester versuche sie zu erreichen. Mit Sicherheit steht auch dahinter eine Geschichte, obwohl ich bezweifele, dass Seanna sie mir erzählen würde.

Mit Feuereifer öffne ich ein neues Dokument und halte alle Ideen fest, die mir zu den Menschen in meiner unmittelbaren Umgebung kommen. Eventuell wäre auch Dana eine Kandidatin, ich wollte mich ohnehin noch bei ihr melden.

Als ich bereits eine lange Liste mit Stichpunkten vor mir liegen habe, schreibe ich den einen Namen, um den meine Gedanken ohnehin kreisen, doch noch hin.

Kjer.

Was fällt mir zu ihm ein?

Ein Artikel über sexuell sehr aktive Männer.

Oder ein Bericht darüber, inwiefern schöne Menschen es im Leben einfacher haben. Wie es wohl ist, so attraktiv zu sein, dass man einen vollbesetzten Raum nur durch sein Auftauchen vorübergehend lahmlegt?

Und er macht nebenbei Musik. Ich könnte über Menschen schreiben, die sich mit künstlerischen Gelegenheitsjobs über Wasser halten, vielleicht sogar, im Gegensatz zu Kjer, mit dem Ziel, das irgendwann einmal hauptberuflich zu tun. Oder etwas über junge Leute, die ihre wahre Berufung noch nicht gefunden haben und sich daher mit Aushilfsjobs durchschlagen.

Ein Bericht über Gewalt in Beziehungen.

Verflucht.

Den letzten Satz lösche ich wieder.

Blöder Ryan. Hat er mir das wirklich erzählt, weil er sich Sorgen macht? Oder um Kjer schlechtzureden?

Ich denke daran, wie Susannah sich gestern in das Gespräch zwischen Airin und mir eingemischt hat. Okay, vielleicht hat Ryan es tatsächlich nur gut gemeint. Immerhin hat er Susannah in dieser Hinsicht auf seiner Seite, und die dürfte kaum daran interessiert sein, mich zu verführen.

Seufzend strecke ich den Rücken durch. Fürs Erste reicht es. Jetzt will ich raus, um mir alles noch einmal durch den Kopf gehen zu lassen, während mir der Eiswind um die Nase fegt, und dann mache ich mir einen dritten Espresso mit Milch und versuche, Dana zu erwischen.

✦ ✦ ✦

Es gelingt mir erst drei Tage später, am Mittwochabend, Dana endlich ans Telefon zu kriegen.

«Liv! Wie schön! Ich dachte schon, du hättest mich vergessen.»

«Ich hab es in den letzten Tagen mehrmals probiert, hast du das nicht gesehen?»

«Doch, klar. Ich bin nur so im Stress, entschuldige. Wie geht's dir denn? Bist du immer noch auf deiner Insel?»

«Wo denn sonst?» Ich setze mich bequemer auf dem Sofa zurecht. «Ich bin hier noch fast fünf Monate, das weißt du doch.»

«Eigentlich war ich mir ziemlich sicher, dass du noch vor Ende des Jahres wieder in Hamburg sein würdest – frierst du dir da gerade nicht den Arsch ab?»

«Klar ist es kalt hier. Und bei euch? Die üblichen achtundzwanzig Grad Anfang Dezember?»

Dana lacht. «Das kriegt man nicht so mit, wenn man voll

in Arbeit versinkt. Aber was erzähle ich dir da, du hast ja immer noch Urlaub, auf 'ne Art.»

Bestand ein Gespräch mit Dana früher eigentlich auch schon fast ausschließlich aus spitzen Bemerkungen? Was soll denn das?

«Wie geht's dir?», will sie wissen. «Du wolltest doch neue Ideen entwickeln und so?»

Ich bin froh, diesen Punkt in den letzten Tagen tatsächlich angegangen zu sein. So kann ich Dana jetzt zumindest ohne blöde Ausflüchte antworten. «Es läuft ziemlich gut. Ich habe mir eine Liste mit Themen gemacht, die ich interessant finde, und schreibe gerade an einem ersten Artikel.»

«Ach, echt? Woran denn?»

Noch vor kurzem hätte ich Dana ganz unbefangen erzählt, dass ich mit Airin über das *Seawinds* gesprochen habe und nun gerade versuche herauszufinden, ob neue Medien wie Instagram und YouTube dafür verantwortlich sind, dass Touristen mittlerweile anspruchsvoller sind als früher. Wenn man ständig diese gestylten Bilder der Reiseblogger vor Augen hat, bleibt so etwas nicht aus, schätze ich. In gewisser Weise trage ich mit meinen wildromantischen Leuchtturm-Fotos ja sogar selbst dazu bei: Matthews runde Zimmer sind zwar nicht unbedingt luxuriös, dafür aber an Behaglichkeit nicht zu übertreffen.

«Liv? Hallo? Noch da?»

«Es ist bisher nur ein grober Entwurf. Noch zu früh, um wirklich drüber zu reden.»

«Okay. Klar.» Dana lässt das Thema sofort wieder fallen. «Und wie ist es sonst so? Mir würde die Einsamkeit ja echt zu schaffen machen.»

«So einsam ist es gar nicht. Ich habe hier nette Leute kennengelernt; dass ich mal einen Tag mit niemandem spreche, ist bisher eigentlich fast noch nie vorgekommen. Und weißt du», versuche ich es jetzt doch noch einmal, «ich fühle mich hier wirklich ...»

«Warte kurz, Liv, es hat geklingelt, Moment, bleib dran.»

Es vergeht eine halbe Minute, in der ich höre, wie Dana irgendjemanden begrüßt und hereinbittet, dann spricht sie wieder in die Leitung: «Okay, was hast du gerade gesagt? Du hast da Leute kennengelernt?»

«Ja, hab ich», murmele ich. «Aber du hast gerade Besuch gekriegt, oder? Wir können auch ein andermal telefonieren.»

«Wäre das okay für dich? Ich steh gerade echt so unter Dauerstrom, da muss ich abends einfach raus. Eine Freundin ist eben gekommen, wir wollen zusammen noch ein bisschen durch die Bars ziehen. Gibt's viele Bars auf deiner Insel?» Dana lacht über ihren eigenen Witz, und ihre Freundin im Hintergrund scheint mitzulachen. «Wir hören uns, okay? Dann reden wir mal in Ruhe. Vielleicht am Wochenende? Bye, Liv, mach's gut!»

Klick.

Benommen werfe ich das Handy auf eines der Kissen neben mir. Hab ich mir wirklich mal eingebildet, Dana und ich wären Freundinnen? Ich glaube, da habe ich mich getäuscht.

Eine Weile lausche ich in mich hinein, warte auf ein Gefühl von Trauer oder wenigstens Bedauern, doch da ist nichts außer vager Gekränktheit, und irgendwann stehe ich auf, um mich wieder an den Rechner zu setzen.

✦ ✦ ✦

Kjer hat auf meine letzte Nachricht nur ein knappes *In Ordnung* zurückgeschickt. Im Laufe der Woche habe ich ungefähr eine Million Mal an ihn gedacht und etwa tausendmal mit dem Gedanken gespielt, ihm noch eine Nachricht zu schreiben. *Ich hab's mir überlegt. Komm einfach vorbei, ich warte auf dem Sofa auf dich.*

Glücklicherweise ist es mir gelungen, ihm nichts außer der Einkaufsliste zu schicken, und jetzt muss ich es nur noch schaffen, ihm heute nicht in die Arme zu fallen.

Die Haare hatte ich mir ohnehin waschen wollen, aber normalerweise stehe ich nicht zehn Minuten vor meinem spärlich bestückten Kleiderschrank. Schwarze Jeans und ein graues, enges Tanktop. Ich ziehe noch eine Strickjacke darüber, aber die werde ich von mir reißen, sobald es unten an die Tür klopft. Warum sollte nur ich ständig Kjers Gesicht vor Augen haben? Wenn ich irgendetwas dafür tun kann, dass Kjer mindestens genauso oft an mich denken muss wie ich an ihn, dann werde ich es tun. Nur fair.

Die letzten Male ist er immer am frühen Nachmittag gekommen, und gegen Mittag bin ich nicht mehr nur nervös, sondern zappelig. An dem zweiten Artikel über Airin – diesmal geht es um junge Unternehmerinnen – weiterschreiben zu wollen, gebe ich schnell auf. Stattdessen fällt mein üblicher Inselrundgang länger aus als gewöhnlich, und zurück im Leuchtturm, beginne ich, die Küche zu putzen. Das ist schnell erledigt, und Kjer ist immer noch nicht aufgetaucht. Mit einem Espresso in der Hand stehe ich gegen die Arbeitsplatte gelehnt und starre gedankenverloren die Leiter an, die nach oben zur Klappe führt.

Eigentlich könnte ich mir das oberste Stockwerk doch mal genauer ansehen, oder? Ich muss ja nicht auf die baufällige Außenplattform gehen. Aber die Lichtanlage, die sich über mir befindet ... bestimmt gibt die ein interessantes Bild für Instagram ab.

Ich habe es mir schwierig vorgestellt, die Falltür zu öffnen, tatsächlich jedoch fällt sie mir nach dem ersten heftigen Ruck am Metallring fast von selbst entgegen, und ich kann gerade noch verhindern, die Klappe ungebremst gegen die Wand krachen zu lassen.

Gespannt klettere ich die letzten Sprossen nach oben und blicke mich um, sobald ich den Kopf durch die Luke stecken kann. Es ist kalt hier, doch ich mag jetzt nicht wieder herunterklettern, um meine Jacke zu holen.

In der Mitte des Raums steht ein grüner Metallkasten mit Sichtscheiben. Das Ding sieht ein bisschen aus wie eine gestauchte Telefonzelle, nur dass hinter den Scheiben kein Telefon hängt, sondern jede Menge Zahnräder ineinandergreifen. Eine metallene Treppe an der Wand führt noch ein Stück weiter hinauf zu einem umlaufenden Gitterboden. Dort oben in der Turmspitze sind die Außenwände komplett verglast, und in der Mitte steht eine riesige Linse. Das muss das Leuchtfeuer sein.

Bis zur oberen Ebene ist der Raum mit braunen Holzpaneelen verkleidet, in regelmäßigen Abständen gibt es kleine, röhrenartige Gucklöcher. Ohne sie vorerst weiter zu beachten, steige ich die Metalltreppe hinauf.

Wow.

Endlos weit ist der Blick nach allen Seiten übers Meer. Der Mensch und das Meer. Woher kommt nur diese Sehnsucht, wieso möchte man sich immerzu in dem ewigen Auf und Ab der Wellen verlieren, warum treibt es jeden bis an die schaumige Grenze zwischen Sand und Wasser, dorthin, wo man mit einem Auflachen zurückspringt, bevor die Wellen die Schuhe durchnässen?

Ich glaube, ich will nicht mehr zurück in die Stadt.

Die Streben zwischen den Fensterscheiben sind alt und verrostet. Irgendwann einmal waren sie dunkelgrün, doch an vielen Stellen ist die Farbe bereits brüchig und abgeblättert. Wenn ich mit dem Finger darüberfahre, lösen sich weitere Partikel und bleiben an meiner Fingerspitze haften. Behutsam presse ich eine Hand gegen das Glas.

Am liebsten würde ich alle Vorsicht in den Wind schießen und doch die Außenplattform betreten, deren rostiges Geländer ich von hier aus sehen kann. Einmal um den Leuchtturm herumspazieren und dabei den Wind fühlen, die Brandung hören.

Mit einem Seufzen mache ich irgendwann einige Bilder und steige die Metalltreppe wieder hinunter. Gerade als ich die Leiter zur Küche hinunterklettern will, fällt mir auf, dass zwei der Gucklöcher verstopft zu sein scheinen. Was kann das sein? Vogelnester?

Oder Ratten, schießt es mir durch den Kopf. Im nächsten Moment wedele ich diesen Gedanken verärgert zur Seite. Ratten würden sich wohl kaum anderthalb Meter über dem Zimmerboden in einem dieser Guckfenster ihren Unterschlupf bauen. Aber was ist es dann?

Beim Nähertreten erkenne ich zusammengepresstes Papier; es sind Briefumschläge, wird mir klar, als ich vorsichtig einen davon zwischen den anderen herausziehe. Und sie liegen nicht nur in den beiden Gucklöchern, die mir aufgefallen sind – dort sind es nur besonders viele, doch in fast jeder Gucklochhöhle sind diese Umschläge zu finden, ohne einen Hinweis auf einen Adressaten oder auf denjenigen, der sie hier aufbewahrt hat.

Sie müssen von Max Wedekind sein. Er hat elf Jahre lang hier gelebt, unwahrscheinlich, dass er die Umschläge nicht bemerkt und ausgeräumt hätte.

Im ersten Moment schiebe ich den Umschlag mit klopfendem Herzen zurück in den Stapel, dann, bevor er ganz darin verschwinden kann, ziehe ich ihn wieder hervor. Er ist nicht zugeklebt.

Das ist nicht in Ordnung, denke ich, während mein Finger schon vorsichtig unter die Umschlagklappe fährt. Das solltest du nicht tun.

Nur einen. Nur, um zu wissen, ob diese Umschläge wirklich von Max Wedekind stammen. Ich werde den Brief auch gar nicht ganz lesen, ich will nur wissen, an wen ...

Liebste.
Und es wird wieder hell, Finsternis und Licht,
Nächte und Tage, und du bist fort. Ich vermisse dich.
Jeden Tag, jede Stunde, jede Sekunde.
Ich weiß nicht, warum ich noch hier bin, wenn du
es nicht bist, weiß nicht, wie ich jedem neuen Tag
begegnen soll. Ich vermisse dich.
Ich wünsche mir, ich könnte noch einmal deine
Hand halten, möchte dich noch einmal lachen
hören, in deine Augen sehen, deinen Mund küssen.
Ich vermisse dich.
Ich wollte dir so oft sagen, wie sehr ich dich liebe,
und habe es nicht getan. Jetzt schreibe ich es nur
noch auf seelenloses Papier, Tintenlinien ohne
Bedeutung, für niemanden mehr.
Ich vermisse dich.
Ich vermisse dich.
Gott, ich vermisse dich so sehr.

Das Blatt in meiner Hand zittert, während ich es wieder zusammenfalte und behutsam zurück in den Umschlag schiebe.

Im nächsten Moment setze ich mich einfach auf den

Boden, ziehe die Beine an mich heran und schlinge meine Arme darum.

Sie ist tot.

Max Wedekinds Frau ist tot, sie ist gestorben, und hier oben sind die Briefe, die er ihr geschrieben hat, Briefe an seine tote Frau.

Kurz presse ich die Augen gegen meine Knie. Oh Gott.

Das ist ... blicklos starre ich auf die nassen Flecken, die ich gerade auf meiner Jeans hinterlassen habe.

Was ist wohl passiert? Woran ist sie gestorben? Ob sie krank war? Nein, es muss plötzlich geschehen sein, überraschend, denn sonst hätte er ihr noch oft sagen können, wie sehr er sie liebt, er hätte ...

Eine Träne hinterlässt eine warme Spur auf meine Wange, und ich wische sie fort.

In diesen runden Fensterlöchern sind unzählige Briefe. Hunderte. Er hat hier allein in seinem Leuchtturm gewohnt, und er hat seiner Frau Briefe geschrieben, die sie nicht mehr lesen konnte.

All diese Briefe, all die Worte.

Ob ich noch Briefe schreiben werde, wenn mein Opa sie nicht mehr lesen kann? Bei diesem Gedanken gebe ich meinen Versuch, die Tränen zurückzuhalten, endgültig auf.

✦ ✦ ✦

«Liv?»

Erschrocken fahre ich auf. Kjer ist gerade dabei, die letzten Sprossen der Leiter hinaufzuklettern.

«Hey, wo bist du denn? Ich hab geklopft, aber ...»

Ich wische mir mit dem Ärmel über die Augen und sehe Kjer beunruhigt die Augenbrauen zusammenziehen. Mit wenigen Schritten ist er bei mir. «Was ist los? Bist du gestürzt?»

«Es ist alles okay», versichere ich, ohne verhindern zu können, dass mir immer noch Tränen über die Wangen rinnen. «Ich bin nicht ... ich hab mich nicht verletzt ... es ist nur ...» Verflucht. Das kann ich ihm unmöglich erklären.

Kjer setzt sich neben mich und legt einen Arm um meine Schultern, zieht mich zu sich heran, ohne noch etwas zu sagen. Ich presse die Stirn gegen seine Brust, und als er den anderen Arm ebenfalls um mich legt, als er mich an sich zieht und dann einfach nur festhält, gebe ich den Versuch, mich zu beruhigen, fürs Erste auf.

Er muss mich für irre halten. Dieser Gedanke sickert irgendwann in mich ein, Minuten nachdem endlich keine neuen Schluchzer mehr in mir aufsteigen. Er muss mich für total irre halten. Ein emotionales Wrack, ständig am Heulen.

Meine Wange ruht an seiner Brust, seine Hände streichen sanft über meinen Rücken. Ich kann seinen Atem in den Haaren fühlen.

Als ich mich bewege, richtet er sich auf, ohne mich loszulassen. «Erzähl mir, was los ist.»

Seine dunkle Stimme. Der Geruch seines Shirts, das Gefühl seiner Arme, die mich halten. Ich begegne seinem fragenden Blick, sehe die Sorge in seinen Augen, und plötzlich wird alles unwichtig, was nicht zu diesem Moment gehört.

Langsam lege ich eine Hand an seine Wange, lasse sie in seine Haare gleiten, sodass ich seinen Kopf zu mir hinabziehen kann. Mein Mund streift seine Haut, mit der Zunge gleite ich behutsam zwischen seine halb geöffneten Lippen, und als ich Kjer überrascht aufstöhnen höre, schiebe ich seine Arme von mir weg, um mich rittlings auf ihn zu setzen, ohne unseren Kuss zu unterbrechen.

Mir ist gerade egal, was Kjer tatsächlich von mir will und was nicht, mir ist egal, was in seiner Vergangenheit liegt, und mir ist egal, was in der Zukunft sein wird. Ich will nur fühlen, nur lebendig sein. Ich will nur diesen Mann küssen, so heftig, dass es ihn und mich um den Verstand bringt.

Niemals will ich Briefe schreiben müssen, in denen ich mir nur noch wünschen kann, ich hätte Dinge gesagt oder getan.

Mit fliegenden Fingern schiebe ich ihm die Jacke von den Schultern, er lässt mich los, um sich aus den Ärmeln zu befreien, bevor er seine Hände wieder auf meinen Rücken legt und mich an sich presst.

Mehr Abstand. Ich brauche Platz, um Kjer das Shirt über den Kopf zu zerren, Platz, um nach dem Knopf seiner Jeans zu tasten.

Ganz kurz nur nehme ich den verblüfften Ausdruck in seinen Augen wahr, bevor ich die Strickjacke abstreife, mich aus meinem eigenen Top winde und den BH öffne, dann verschleiert sich sein Blick, seine Augenlider senken sich, als meine brennende Haut seinen Oberkörper berührt.

Kjer beugt sich vor, so weit, dass nur seine Arme in meinem Rücken mich davor bewahren, nach hinten zu fallen. Eine seiner Hände stützt meinen Nacken, mit der anderen breitet Kjer seine Jacke unter mir aus, lässt mich sanft darauf nieder, und ich schlinge meine Arme um seinen Hals.

Das hier habe ich gewollt, seit ich ihn am Flughafen das erste Mal gesehen habe, ich wusste es nur noch nicht.

Als Kjers Zungenspitze meine Halsbeuge hinabgleitet, schließe ich die Augen, überdeutlich nehme ich wahr, wie er meine Jeans öffnet, seine Finger unter den Bund der Hose fahren und sie zusammen mit dem Slip hinunterschieben.

Seine Hand legt sich mit sanftem Druck zwischen meine Beine, und ich beiße mir in die Unterlippe, als sein warmer Atem über meine Haut gleitet, bis seine Zunge zart meine Brustspitze umkreist.

Es ist ganz einfach. Ganz einfach, sich fallenzulassen, sich gegen Kjers Hand zu pressen, während seine Finger eine Stelle finden, die mich leise aufseufzen lässt.

Kjer küsst sich zurück nach oben, ich fühle seinen Mund über meinen Hals gleiten und öffne die Augen, um sein Gesicht sehen zu können, bevor seine Lippen meine berühren.

Im nächsten Moment biege ich unwillkürlich den Rücken durch, weil Kjers Hand zwischen meinen Beinen plötzlich für einen Stromschlag sorgt, der meinen ganzen Körper durchfährt.

Oh mein Gott. Oh, verflucht noch mal, was auch immer er da tut, wenn er damit aufhört, töte ich ihn.

Und er weiß es. Ich sehe es seinem Gesicht an, sehe es an dem leichten Lächeln in seinen Mundwinkeln. Er weiß ganz genau, was er da tut.

Ein zarter Druck, kaum wahrnehmbar ...

Was mich jetzt überflutet, lässt mich die Hände flach gegen den Boden pressen. Ich würde vielleicht aufschreien, wenn Kjers Lippen nicht meinen Mund verschließen würden, und dass sie das tun, verstärkt jedes Gefühl sogar noch.

Ich umschlinge Kjers Nacken und falle, falle, falle.

✦ ✦ ✦

Kjer liegt über mir, stützt sich mit beiden Unterarmen ab, um mich nicht zu zerquetschen, aber trotzdem zu wärmen. Unter halbgeschlossenen Lidern mustere ich sein schönes Gesicht, tupfe einen Kuss auf seine Unterlippe und muss lächeln, weil er lächelt.

«Kalt?», fragt er, und ich schüttele den Kopf. Ich bin viel zu erhitzt, um zu frieren, es hallt noch nach, alles in mir pulsiert, und der erste halbwegs klare Gedanke, der mich irgendwann erreicht, ist die Frage, warum zum Teufel Kjer noch immer seine Jeans trägt. Ich meine: Ich stürze mich quasi auf ihn, und er lässt diese Gelegenheit einfach so vorüberziehen? Wieso hat er nicht versucht, aus der Situation mehr werden zu lassen? Ich hätte ganz bestimmt nichts dagegen gehabt.

«Du solltest trotzdem etwas anziehen», murmelt Kjer an meinem Ohr. «Es ist verdammt kalt hier.»

Ich erschauere, als er sich zur Seite rollt und statt seines warmen Brustkorbs kühle Luft meinen Oberkörper berührt.

Kjer angelt nach seinem T-Shirt und nach meinem Top, während ich den Hintern anhebe, um Jeans und Unterwäsche, die sich auf der Höhe meiner Knie befinden, wieder in die richtige Position zu bringen.

Mit einer Hand zieht er mich hoch und streicht mir über den bloßen Rücken, bevor ich das Tanktop wieder überstreifen und mich nach dem BH und meiner Strickjacke bücken kann, dann küsst er eine Stelle neben meinem Ohr, die viel empfindlicher ist, als ich bisher dachte.

Als er mich von sich schiebt, um mich ansehen zu können, bin ich im ersten Moment irritiert über den fragenden Ausdruck auf seinem Gesicht. «Das vorhin», beginnt er, «du hast geweint...»

Automatisch winke ich ab. «Es war nicht... ich bin nur etwas...»

Die Briefe, in die ich neugierig hineingelesen habe, gehören Herrn Wedekind und seiner Frau, es widerstrebt mir, sie zu erwähnen. «Es ist schon wieder okay.»

Kjers fragender Blick wird skeptisch.

«Wirklich», beteuere ich, «ich war nur... ein bisschen durcheinander.»

«Du weinst, wenn du durcheinander bist», stellt Kjer trocken fest, und ich muss lächeln.

«Manchmal.» Ich wende mich zur Bodenklappe. «Lass uns runtergehen.»

«Okay», sagt Kjer und zieht das Wort ein wenig in die Länge. «Gehen wir runter. Ich koch uns was.»

Grinsend geht er an mir vorbei, als ich ihn auf diese Ankündigung hin verdutzt anstarre. Erst nach Sekunden habe ich mich von meiner Überraschung erholt. «Du bist in der Absicht hergekommen, heute zu kochen?»

Kjer ist bereits die Leiter hinuntergestiegen und wartet nun auf halber Höhe, bis ich mit beiden Füßen sicher auf den Sprossen stehe, während ich die Klappe über uns schließe. «Ich hab dir doch gesagt, ich würde es dir schwermachen.»

«Na ja.» Unten angekommen, erwidere ich das vergnügte Grinsen, das noch immer auf Kjers Gesicht liegt. «Bisher hältst du dich ganz gut. Was gibt's denn?»

Kjer, der schon dabei ist, die ersten Tüten auszupacken, die er neben dem Küchentisch abgestellt hat, sieht auf. «Es gibt ein sehr, sehr leckeres *vegetarisches* Essen. Konnte selbst kaum glauben, dass so etwas existiert.»

«Jetzt bin ich gespannt.»

Neugierig setze ich mich neben Kjer an den Tisch. Der zieht gerade eine Flasche mit rotem Traubensaft hervor. «Wo ist der Gin?»

«Im Kühlschrank.»

«Sehr gut.»

Augenblicke später stehen zwei Weingläser vor mir, in denen sich jeweils eine Handbreit Gin und einige leise knackende Eiswürfel befinden.

«Und dazu jetzt Traubensaft?»

Meiner ungläubigen Frage begegnet Kjer mit einem gespielt tadelnden Blick, dann füllt er die Gläser mit Traubensaft auf und reicht mir eines davon. «Bitte sehr.»

Mit einem hellen Klirren stoßen wir die Weingläser aneinander, und ich probiere einen Schluck.

Nicht schlecht. Gar nicht schlecht. «Ich hätte nicht gedacht, dass ...»

Noch besser ist Kjers Kuss, der mich vergessen lässt, was ich gerade haben sagen wollen. Wenn ich in seine funkelnden Augen sehe, möchte ich am liebsten einfach dort anknüpfen, wo wir gerade ein Stockwerk über uns aufgehört haben.

Kjer jedoch hockt im nächsten Moment vor dem Küchenschrank und sucht nach passenden Töpfen. Während ich an meinem Weinglas nippe, mustere ich den Teil seines Rückens, der zwischen seiner Jeans und dem hochgerutschten Shirt zu sehen ist, die leichte Wölbung der Wirbelsäule, die glatte Haut.

Himmel, Kjer. Beeil dich mit dem Kochen.

✦ ✦ ✦

Trüffelpasta. Kjer serviert Trüffelpasta mit einer leicht scharfen Chili-Sahne-Soße. Unmittelbar nach dem ersten Bissen stöhne ich auf. «Du bist eingestellt!»

«Als was?»

«Als Koch natürlich. Dein kleines Reich wird ...», ‹diese wunderbare Küche›, wollte ich eigentlich sagen, verschlucke mich jedoch fast daran, als ich Kjers Blick bemerke. Wie kann man ... so gucken? Es ist ein ‹Du und ich, wir wissen genau, dass du mich nicht wegen meiner Fähigkeiten in der Küche hierbehalten willst›-Blick, wenn ich noch etwas länger hinsehe, kann ich sogar den Zusatz ‹Aber ich zeige dir meine Fähigkeiten auch jederzeit gern in der Küche› herauslesen.

Es gelingt mir erst, mich von Kjers Augen abzuwenden, als er die Lider senkt, um grinsend einen Schluck von dem Rotwein zu nehmen, den er auch noch mitgebracht hat.

Beim Nachtisch ist es dann endgültig um mich geschehen. Kjer hat ein Tiramisu vorbereitet, und dieses Zeug wandert ohne jeden Umweg direkt in die Top Five der leckersten Desserts, die ich je gegessen habe.

«Ist das mit Whiskey?», frage ich verzückt und tauche meinen Löffel erneut in die Creme.

Kjer nickt. «Und mit Schokolade», erwidert er.

«Du gehst auf Nummer sicher, was?»

«Wenn es um was Wichtiges geht.»

Er steckt sich den Löffel in den Mund, und für den Moment tritt das Tiramisu in den Hintergrund. Besser, ich verrate ihm nicht, dass er mir auch einen Apfel hätte auf den Tisch legen können – unwahrscheinlich, dass es ein Aphrodisiakum gibt, durch das ich ihn noch sehnsüchtiger würde berühren wollen.

Das Tiramisu ist leider viel zu schnell aufgegessen. Erwartungsvoll lege ich den Löffel beiseite. «Und jetzt? Gibt's Feuerwerk?»

Ich wusste, er würde mich auf diese Frage hin mit genau diesem Blick mustern, ich wusste es. Überhaupt deshalb habe ich es nur gesagt. In meinem Magen beginnt sich ein Glühen auszubreiten.

«Jetzt», erwidert Kjer, «spülen wir das Geschirr. Gemeinsam. So was stärkt die Verbundenheit.»

Ich verschränke die Arme und überlege, ob ich ihn darauf hinweisen sollte, dass ich mir den Höhepunkt eines sinnlichen Abendessens irgendwie anders vorgestellt habe, da beugt er sich über den Tisch und schiebt dabei mit dem Unterarm die leeren Gläser beiseite. «Oder aber ...»

Diesmal schmeckt sein Kuss nach Whiskey und Schokolade, nach Wein und nach Kjer. Er zieht mich vom Stuhl und weiter durchs Zimmer, wir stolpern mehr zum dritten Stock hinunter, als dass wir gehen, weil weder er noch ich auf unsere Schritte achten. Ein Wunder, dass wir auf diese Art überhaupt heil unten ankommen.

Kjers Shirt landet auf dem Boden, noch bevor wir den Treppenabsatz erreicht haben, und als er den Kopf senkt und seine weichen Haare meine Wange streifen, umklammere ich seine Oberarme, spüre die Bewegungen seiner Muskeln unter meinen Händen. Das Gefühl seiner Zungenspitze in der Mulde meines Schlüsselbeins macht mich wahnsinnig – vermutlich würde mich fast alles, was Kjer in diesem Moment tun könnte, wahnsinnig machen, gestehe ich mir ein, während er mit dem Ellbogen die Tür zum Schlafzimmer aufstößt. Im nächsten Moment hebt er mich hoch, automatisch schlinge ich meine Beine um seine Hüften und lege ihm die Arme in den Nacken. Gestützt von seinen Händen unter meinem Hintern, schiebe ich ihm die Haare aus der Stirn. Die Erregung lässt seine silbergrauen Augen glitzern, dann beugt er sich vor, um mich sanft auf dem Bett abzusetzen, und plötzlich ist von der Hast von eben nichts mehr da. Kjers Berührungen sind langsam, forschend. Seine Hände gleiten über meine Hüften hinweg nach oben, wobei sie mein Top mit in die Höhe schieben, seine Daumen die Wölbung meiner Brüste entlangfahren. Jeder Quadratzentimeter Haut, den Kjer berührt, will anschließend mehr, mir war nicht klar, dass so etwas überhaupt möglich ist, und noch weniger war mir klar, was solche Gefühle anrichten können. Innerhalb von Minuten setzt mein Verlangen jeden klaren Gedanken außer Kraft.

Wenn ich jemals wirklich mit einem Mann schlafen wollte, dann jetzt, doch Kjer lässt sich Zeit. Es dauert viel zu lang, bis er mir das Top über den Kopf streift und bis auch Hose und Unterwäsche zu Boden gleiten. Als ich meinerseits versuche, Kjer von seiner Jeans zu befreien, packt er meine Handgelenke und drückt sie links und rechts von meinen Schultern in die Matratze, während sein warmer Atem, seine Lippen, seine Zunge meine Haut elektrisch aufzuladen scheinen.

Das hier ist etwas völlig Neues. Es ist das, was man sich immer vorstellt, wenn man an Sex denkt, doch was in der Realität so nie stattfindet. Dachte ich. Bis jetzt.

Als Kjer endlich meine Handgelenke loslässt, fühle ich mich so empfindsam und verletzlich wie noch nie zuvor in meinem Leben. Ich sehe ihm zu, wie er sich aufrichtet und seine Hand in die Tasche seiner Jeans gleitet.

Klar. Mein Hirn funkt ein schwaches *Natürlich hat ein Typ wie Kjer Kondome dabei*, bevor es auch schon wieder still ist, weil Kjer sich Sekunden später behutsam zwischen meine Beine schiebt. Jetzt, denke ich, jetzt, jetzt, jetzt, und als ich endlich spüre, wie er langsam in mich gleitet, ziehe ich ihn so nah an mich heran wie möglich, presse mein Gesicht in seine Halsbeuge und atme scharf ein, denn in genau dieser Sekunde könnten unsere Körper nicht enger miteinander verbunden sein.

Vorsichtig beginnt Kjer sich zu bewegen, fast schon zu vorsichtig, doch er lässt sich von mir nicht drängen, beantwortet meinen Versuch, ihm entgegenzukommen, indem er sich schwer auf mich niedersinken lässt, sodass ich keine Möglichkeit mehr habe, irgendetwas zu beschleunigen.

Ich kann nur noch fühlen und ihn ansehen, seine angespannten Oberarme, sein Brustkorb, der sich hebt und senkt, sein schönes Gesicht, auf dem ein ernster, fast schon konzentrierter Ausdruck liegt. Die dunklen Haare fallen ihm in die Stirn, er erwidert meinen Blick, und mich überschwemmt eine Sehnsucht, die mir unwillkürlich Angst macht.

So weit sollte es besser nicht gehen.

Doch mir bleibt keine Zeit, um weiter darauf zu achten,

denn mit jeder von Kjers Bewegungen tastet sich etwas näher an mich heran, das sich meiner Kontrolle entzieht, und als Kjer plötzlich ein paar Zentimeter zurückweicht, als kühle Luft über meinen feuchten Bauch und meine Brüste streicht, nur ein paar Sekunden lang, bevor er fast schon in Zeitlupe wieder in seine vorherige Position zurückgleitet, explodiert etwas in mir, eine Unterwasserexplosion, kein aufflackerndes Feuerwerk, sondern ein langsames, tiefes Sich-Ausbreiten bis in jeden einzelnen Teil meines Körpers hinein.

«Kjer», flüstere ich, doch ich schließe dabei die Augen. Ich will nicht wissen, was sich gerade in seinem Gesicht widerspiegelt, will nicht nach Gefühlen suchen, ohne sie entdecken zu können.

Ich umschlinge seinen Nacken in dem Moment, in dem sein Körper sich erst anspannt, seine Hüften sich sekundenlang gegen meine pressen, bevor sein Kopf nach vorne sinkt und seine Lippen meine suchen.

Mir bleiben meine eigenen Gefühle.

❖ ❖ ❖

«Liv?»

«Mh?», erwidere ich, bereits im Halbschlaf. Kjer liegt hinter mir auf der Seite, mit beiden Händen halte ich mich an seinem Unterarm fest, mit dem er mich umfasst hält.

«Warum hast du heute Nachmittag geweint?»

«Über verpasste Chancen», murmele ich nach einigen Sekunden. «Über eine verlorene Liebe.»

Ich war mir sicher, Kjer würde nachfragen, was genau ich damit meine, doch er drückt mich nur fester an sich, und ich kuschele mich gegen seine Brust. Sein Herzschlag begleitet mich in den Schlaf. Sollte ich morgen früh aufwachen und alles war nur ein Traum, werde ich weinen.

✦ 15 ✦

Kjer bleibt zum Frühstück. Zwischen dem Aufwachen und dem Moment, in dem ich ihn übers Meer davonfahren sehe, liegen gute drei Stunden, in denen sich alles fast so anfühlt, wie es sich anfühlen sollte. Wir unterhalten uns. Wir lachen. Während ich vor dem Herd stehe, um Espresso aufzusetzen, streicht Kjer mir die Haare über die Schulter, um meinen Nacken zu küssen. Alles ist perfekt, und deshalb weiß ich, es ist nur eine Illusion.

Doch die Wirkung von Max Wedekinds Briefen hallt noch nach, und ich bereue nichts.

Airin hat nie etwas darüber gesagt, wie lange Kjers Affären in der Regel andauern, und als ich jetzt auf dem Anlegesteg stehe und die Hand hebe, weil Kjer sich gerade umdreht und mir noch einmal zuwinkt, versuche ich mich darauf einzustellen, mich nun auf seiner Erledigt-Liste zu befinden.

Okay, das fühlt sich ... nicht perfekt an.

Trotzdem bereue ich es nicht.

Die Hände in die Taschen gestopft, wende ich mich ab, um zurück zum Leuchtturm zu gehen. Ich will mir nichts vormachen. Es wird nicht einfach werden, so zu tun, als hätten die letzten Stunden keine Bedeutung. Aber mein – zugegebenermaßen sehr spontan gefasster – Plan lautete: Eine Nacht mit Kjer. Sie war ... wunderbar. Und jetzt darf ich nur keine große Sache daraus machen.

Bewusst lockere ich die hochgezogenen Schultern, und als ich Matthew erreiche, verpasse ich ihm einen freundschaftlichen Klaps und laufe an ihm vorbei, stemme mich weiter gegen den Wind, bis zu meinem Lieblingsplatz an den Klippen, wo ich es zulasse, dass eine heftige Bö mir die Kapuze vom Kopf reißt.

Mit beiden Händen schiebe ich mir die umherflatternden Haare aus dem Gesicht, schließe die Augen und atme tief ein.

Die letzte Nacht war die beste Nacht meines Lebens, und genau so werde ich sie in Erinnerung behalten.

✦ ✦ ✦

Eine halbe Stunde später stoße ich die Tür zum Leuchtturm auf und fühle mich gleichzeitig verwundbar und seltsam getröstet. Ich stelle meine Stiefel ordentlich neben den Schrank im ersten Stock, steige auf Socken bis hinauf zur Küche und räume dort alles weg, was an unser gemeinsames Frühstück erinnert. Dann setze ich mich im Wohnzimmer an den Sekretär, rücke den Rechner akkurat an die Kante und öffne meinen aktuellen Artikel. Souverän.

Als das Telefon klingelt, quietschen die Stuhlbeine über die Bohlen, so eilig habe ich es, unsouverän aufzuspringen und meine Jacke an mich zu reißen, die ich in die Fensternische geworfen habe. Hastig durchwühle ich erst die falsche Tasche, bis ich das Handy endlich in den Händen halte und feststelle, dass es meine Mutter ist. Ein paar Sekunden lang blicke ich auf das summende Ding in meiner Hand. Klar. Seit unserem letzten Telefonat sind etwa vier Wochen vergangen. Wie soll sie auch ahnen, dass ich mich gerade alles andere als bereit für ein Gespräch mit ihr fühle? Ich lasse mich zwischen die Kissen sinken, reibe mir mit der Hand über die Stirn und rutsche tiefer in die Nische hinein. Kurz überlege ich, es einfach klingeln zu lassen, dann atme ich einmal tief durch.

Sekunden später raschelt mir ihre Stimme entgegen. «Hallo, Liv. Wie geht es dir?»

«Gut. Und dir?» Langsam ziehe ich die Beine an die Brust und lehne den Kopf gegen das Mauerwerk. Fast hoffe ich darauf, dass alles nach dem üblichen Muster ablaufen wird, aber natürlich tut es das nicht.

«Du wolltest dich eigentlich melden, sobald du wieder in Hamburg bist», sagt meine Mutter, ohne auf meine Frage einzugehen.

«Das wollte ich, aber ...»

«Bitte sag jetzt nicht, dass du immer noch auf dieser Insel sitzt.»

«Doch.» Viel zu kleinlaut. Ich bin kein Kind mehr, verdammt.

«Liv.» Ein Wort nur, drei Buchstaben, aber sie hätte auch ‹Du enttäuschst mich wieder und wieder› sagen können. Diesen Tonfall kenne ich nur zu gut. «Was also soll das Ganze jetzt werden? Hast du tatsächlich vor, dort bis zum Frühjahr zu bleiben?»

«Im Moment habe ich das Gefühl, dass es mir guttut und ich vorankomme.» Kurz lege ich eine Hand gegen Matthews Mauern und schließe dabei die Augen, dann klettere ich aus der Fensternische. Es ist keine gute Idee, bei diesem Gespräch geduckt wie ein Kaninchen zwischen den Kissen zu kauern. «Ich habe mit einigen Artikeln angefangen und ...»

«Diese fixe Idee hast du also immer noch nicht aufgegeben.»

«Es ist ... ich finde ... es ist keine fixe Idee!»

«Liv, was soll man dazu noch sagen? Letzten Endes ist es

natürlich deine Entscheidung. Erwarte bitte nur nicht, dass ich sie unterstütze.»

«Das hast du doch bisher ohnehin nie getan», erwidere ich trotzig, und meine Mutter springt prompt darauf an.

«Wieso sollte ich auch noch unterstützen, dass du dich von Berufs wegen in das Leben anderer Leute mischst, die darauf gern verzichten würden?», zischt sie. «Sieh dich doch an! Was bist du? Eine offenbar höchst mittelmäßige Klatschjournalistin! Dein Vater wäre vermutlich stolz auf dich!»

«Was?» Gerade eben habe ich noch nach Worten gesucht, um mich zu verteidigen, jetzt jedoch hallt ihr letzter Satz durch mein Hirn. «Was hat denn mein Vater damit zu tun?» Meine Mutter hat meinen Vater noch nie freiwillig erwähnt, was bedeutet, dass wir nicht mehr über ihn gesprochen haben, seit ich es mit fünf oder sechs Jahren aufgegeben habe, nach ihm zu fragen. Beim letzten Versuch hat sie eine Woche lang nicht mehr mit mir gesprochen. So wichtig war mir ein nicht vorhandener Vater dann doch nicht, um diesen Zustand noch einmal zu riskieren. «Wieso wäre mein Vater stolz …?»

«Lass es gut sein, Liv. Wir sollten an dieser Stelle aufhören.» Wie so oft verschanzt sie sich hinter kühler Selbstbeherrschung. Ihr noch immer vorhandener Zorn zeigt sich nur dadurch, dass sie es vorzieht, unser Telefonat zu beenden. Kontaktabbruch war schon immer das Mittel ihrer Wahl, wenn es galt, ihre Verstimmung auszudrücken.

«Aber was hast du damit gemeint? War mein Vater Journalist? Bist du deshalb …»

«Liv! Das sind Fragen, die ich nicht beantworten werde!»

«Wieso nicht? Ich habe ein Recht darauf, das zu erfahren!»

«Hast du das? Das sehe ich anders.» Fast erwarte ich, dass sie die Verbindung einfach unterbricht, die Strafe für mein

Aufbegehren. Doch sie hat sich im Griff, was letzten Endes darauf hinausläuft, dass die Form gewahrt werden muss. «Für heute sehe ich keinen Sinn mehr darin, sich weiter zu unterhalten. Vielleicht ...» Eine Spur Unsicherheit schwingt in ihrer Stimme mit, nur ein Hauch, und als sie weiterspricht, bin ich mir schon nicht mehr sicher, ob ich das wirklich herausgehört habe. «Wir telefonieren wieder. Bis dann, Liv.»

Ich starre das Handy an. Was zum Teufel ...? Mit drei langen Schritten bin ich einen Moment später am Rechner und öffne den Browser. Wie fange ich an? Wonach soll ich suchen? Ich habe keinen Namen, alles, was ich über meinen Vater weiß, ist, dass er neun Monate vor meiner Geburt meine Mutter gekannt haben muss. Und dass er möglicherweise Journalist war, hilft mir auch nicht. Verdammt.

Die Aufregung verpufft so schnell, wie sie gekommen ist. Ich habe keine Chance, etwas über meinen Vater herauszufinden, wenn meine Mutter es nicht will. Sie hat über ihn nicht einmal mit ihren Eltern gesprochen. Ich habe Opa danach gefragt. Er hätte es mir erzählt, da bin ich sicher.

Vielleicht hasst meine Mutter meinen Beruf so sehr, weil mein Vater Journalist war und sie damals sitzengelassen hat, als er erfuhr, dass sie schwanger ist?

Über diesen Gedanken grübele ich noch eine Weile nach, bevor ich aufstehe und die Treppen nach unten steige, um mir meine Stiefel wieder anzuziehen. Ich muss zum Meer.

✦ ✦ ✦

Airin meldet sich am späten Nachmittag. «Hi, Liv! Hast du nicht mal wieder Lust auf Besuch?»

«Klar, gern!» Die Aussicht, Airin zu sehen, heitert mich sofort auf, bis mir einfällt, dass sie nicht einfach am Ende der

Straße wohnt. «Wann hast du denn Zeit? Und ... wer bringt dich?»

«Ich frage einfach Kjer oder Ryan und sag dir dann Bescheid. Kjer fährt erst nächsten Freitag wieder, oder?»

«Ich denke schon.»

«Du denkst schon?»

«Also, wir haben nichts anderes ausgemacht.» Ob ich Airin von der letzten Nacht erzählen soll, weiß ich noch nicht. Wenn, dann nicht am Telefon.

«Gut, dann kläre ich das und melde mich wieder.»

Eine halbe Stunde später klingelt mein Telefon erneut. Das ging schnell. «Ich hab Kjer erwischt, er nimmt mich am Freitag mit. Soll ich irgendwas mitbringen?»

«Ahornsirup? Ich mach uns Pancakes.»

«Klingt gut. Dann bis Freitag!»

Ein paar Minuten lang blicke ich zum Fenster hinaus, bevor ich mich aufraffe und zurück zum Rechner gehe. Arbeit lenkt immer noch am besten ab, auch von der Frage, ob ich Kjer tatsächlich erst am Freitag wiedersehen werde.

Gegen sechs steige ich zur Küche hinauf, um mir etwas zu essen zu machen, und hinterlasse eine Spur brennender Lichter. Nach einem Teller Nudeln, über die ich der Einfachheit halber nur etwas Olivenöl gegossen und ordentlich Parmesan geraspelt habe, denke ich eine Weile über einen Blogbeitrag nach, bevor ich es aufgebe und beschließe, heute einfach früh ins Bett zu gehen.

Dort liege ich ziemlich lange, wälze mich von links zurück nach rechts und versuche, all die Gedanken zu sortieren, die sich statt Schlaf in den Vordergrund drängen.

Ungefähr hier hat Kjer gelegen. Ich vergrabe das Gesicht im Kissen und atme seinen Duft ein, dann drehe ich mich zurück auf den Rücken und starre an die Decke.

Vielleicht ist mein Vater Journalist. Vielleicht hat er meine Mutter verlassen. Vielleicht verachtet sie meinen Wunsch, Journalistin zu werden, deshalb so sehr.

Vielleicht, vielleicht, vielleicht.

Und zwei Stockwerke über mir ruhen Hunderte von Briefen. Ob Herr Wedekind sie eines Tages noch einmal lesen will? Oder wird er sie fortwerfen? Vielleicht hat er sie auch einfach vergessen. Was macht man mit dem Erbe seiner eigenen Trauer?

Noch einmal werfe ich die Decke zur Seite, aus dem plötzlichen Bedürfnis heraus, meinem Opa einen Brief zu schreiben. Es werden fast sieben Seiten, in denen ich ihm von meinen neuen Ideen erzähle, vom Gap of Dunloe Pass, dass ich mir wünschte, er würde mich hier besuchen, damit ich ihm Matthew vorstellen kann, und dass ich froh sei, einen Opa wie ihn zu haben.

Die gefalteten Bögen lege ich neben das Smartphone auf den Nachtschrank, bevor ich zurück ins Bett klettere. Am liebsten würde ich noch einmal zu den Klippen laufen und das nächtliche Meer betrachten, doch dazu müsste ich eine andere Liv sein.

Gerade versuche ich, mich mit angestrengt geschlossenen Augen an irgendeine Entspannungsübung zu erinnern, als das Handy einen Summton von sich gibt. Elektrisiert reiße ich die Augen wieder auf. Eine Nachricht von Kjer.

Bist du noch wach?

Die Frage lautet wohl eher: Werde ich jemals wieder schlafen?

Ja.

Erwartungsvoll kuschele ich mich mit dem Telefon tiefer unter die Decke.

> Wie wäre es morgen mit einem Sonntagsfrühstück?

> Gern!

Das habe ich so schnell getippt und abgeschickt, wie ich es ausgerufen hätte, stünde Kjer in dieser Sekunde vor mir. Ich Dummchen.
Nein, Moment, erinnere ich mich selbst. Kein Herumtaktieren mehr.

> Dann bin ich gegen zehn da.

> Ich freu mich.

Diese Worte verdankt Kjer meinem gerade eben getroffenen Beschluss.
Es dauert fast eine Minute, dann trifft noch eine Nachricht von ihm ein.

> Ich mich auch.

✦ ✦ ✦

Um kurz nach zehn öffne ich Kjer am nächsten Morgen die Tür, und es vergehen keine drei Sekunden, bevor ich zum einen registriere, dass er aus unerfindlichem Grund noch überwältigender aussieht als gewöhnlich, und wir uns zum anderen küssen, dass mir vorübergehend die Luft wegbleibt.

Ganz eindeutig dauern Kjers Affären mitunter länger als nur eine Nacht, denke ich, während ich an Kjers Hand hinter ihm her die Treppen zur Küche hinauflaufe, wo er nicht nur Brötchen auspackt, sondern auch noch zwei Avocados, Oliven, eingelegte Artischockenherzen und ein Glas Schokocreme.

«Ich wusste nicht, was du magst und was nicht», erklärt er, während ich Käse, Butter und Marmelade dazustelle.

«Das sieht alles lecker aus. Du hättest dir aber ruhig Schinken oder so etwas mitbringen können.»

«Ach, warum nicht mal vegetarisch? Ich probiere gern was Neues.»

«Weiß ich.» Ich bereue die Worte in der Sekunde, in der ich sie ausgesprochen habe. So harmlos sie klingen könnten, mein Tonfall war eindeutig ein wenig zu sarkastisch.

Kjer stutzt, dann lächelt er. «Ich vergaß – Airin hat dir ja alles über mich erzählt.»

«Alles vermutlich nicht. Aber einiges. Magst du einen Espresso mit Milch? Für zwei Tassen reicht sie noch.»

«Gern.»

Den Rücken zu Kjer gedreht, stehe ich am Herd, und während ich darauf warte, dass die Milch heiß wird und das Wasser in der Espressokanne zu kochen beginnt, überlege ich, ob ich noch etwas zu diesem Thema sagen sollte.

Kjers Arme legen sich von hinten um meine Taille, die Wärme, die von ihm ausgeht, und sein ganz besonderer Duft lassen mich die Augen schließen. Gar nichts werde ich noch dazu sagen oder fragen. Ich kenne die Antworten doch ohnehin.

«Ich dachte mir, wenn du Lust hast, könnten wir heute mal zu einer der Buchten fahren. Das Wetter soll schön bleiben.»

«Du meinst, es wird zwischendurch höchstens mal nieseln?», gebe ich lachend zurück.

«Vielleicht nicht einmal das.» Er murmelt das gegen meinen Hals, unwillkürlich halte ich den Atem an, und dass es in der Kanne leise zu zischen beginnt, lässt mich um ein Haar unwillig aufseufzen. Kjer greift an mir vorbei nach der Kanne und verteilt den Espresso gleichmäßig auf die beiden Tassen, die ich neben den Herd gestellt habe. Ich sehe ihm zu, wie er auch noch Milch einschenkt.

Es wäre so einfach, so einfach, sich vorzustellen, für Kjer sei das, was zwischen uns passiert, ebenso besonders wie für mich. Mir einzubilden, dass hier gerade etwas entsteht, und zu verdrängen, dass ich nur Kjers neueste Eroberung bin. Doch es wäre naiv, das zu tun.

Eine Sekunde lang frage ich mich, ob es auch naiv ist, daran zu glauben, ich könne das hier unbeschadet überstehen, dann gebe ich mir einen Ruck und folge Kjer zum gedeckten Frühstückstisch. Ich kann ja jederzeit die Notbremse ziehen.

❖ ❖ ❖

Der Himmel ist strahlend blau ohne eine einzige Wolke. Das ändert zwar nichts am schneidend kalten Wind, der mich den Reißverschluss meiner Jacke bis unter die Nase hochziehen lässt, doch ich bin geneigt, Kjer zu glauben, dass wir von Regen verschont bleiben werden.

«Es gibt hier einige Buchten, aber nur eine, in der wir heute an Land gehen können», erklärt er gerade, während wir über matte Wellen schaukeln. «Für die anderen braucht man entweder ein Beiboot oder muss schwimmen.»

Allein bei dem Gedanken daran, auch nur eine einzige Schicht Kleidung abzulegen, bekomme ich eine Gänsehaut.

«Aber wir können uns die Buchten vom Boot aus ansehen», setzt Kjer hinzu.

«Klingt gut», sage ich. «Ich glaube, das mit dem Schwimmen, das schenken wir uns heute.»

«Vielleicht morgen.»

«Spätestens übermorgen.» Ich erwidere Kjers Grinsen.

Gleich die erste Bucht, die wir ansteuern, beeindruckt mich mit meterhohen, schroffen Steilwänden, der schmale Streifen Kies und Geröll wirkt geradezu winzig unterhalb der grauschwarzen Klippen, doch Kjer versichert mir, es sei genügend Platz für eine größere Gruppe, um dort einen entspannten Tag am Meer zu verbringen. «Manchmal sieht man Delfine hier», bemerkt er, während er bereits dabei ist, das Boot wieder aufs freie Meer hinaus zu lenken.

Gebannt behalte ich die Wasseroberfläche im Auge, kann jedoch leider keinen einzigen Delfin entdecken.

Die nächste Bucht ist kleiner, doch deshalb nicht weniger schön.

«Die hier ist eher was für zwei», erklärt Kjer, «Siehst du dahinten die überhängenden Felsen? Egal, wie die Sonne steht, dort ist es schattig. Und man ist vor Blicken geschützt, wenn sich mal ein anderes Boot hierher verirrt.»

Obwohl Kjer dabei weder zwinkert noch sonst irgendeine zweideutige Geste macht, stelle ich mir unwillkürlich vor, dass er hier bereits mit anderen Frauen war. Vielleicht mit jemandem wie Abigail. Im Sommer. Praktisch, wenn man dann nicht gleich gesehen wird.

«In der nächsten legen wir an.»

Ich schüttele den Kopf, um alle blöden Gedanken zu zerstreuen.

Im Vergleich zu den vorherigen ist die dritte Bucht eher breit, doch die Felswände erheben sich ebenso mächtig aus dem Wasser wie im gesamten bisherigen Küstenabschnitt, vielleicht sogar höher. Über dem Strand werden sie von Terrassen durchbrochen, auf denen braungrüne, im Wind zitternde Grasbüschel wachsen.

Ein langer Steg ragt ins Meer hinein, um einiges länger als der Steg vor Caorach, und Kjer steuert darauf zu.

«Wenn es warm ist, kann es hier sogar voll werden», bemerkt er, springt auf die graubraunen Planken und vertäut das Boot an einem der Anlegepfähle. «Obwohl hier eigentlich nicht mehr als drei Boote gleichzeitig liegen sollten.»

An seiner Hand balanciere ich über den Steg und lasse mich direkt weiterziehen. «Ich zeig dir was.»

Ein gutes Stück von uns entfernt verhindert Felsgeröll auf den ersten Blick jedes Weiterkommen, die riesigen Steine wälzen sich bis ins Meer hinein. Über den Sandstrand hinweg folge ich Kjer fast bis zur Brandungslinie, und noch als wir direkt davorstehen, ist mir nicht klar, wie wir auf die andere Seite kommen sollen. Und warum überhaupt.

«Tritt einfach genau dorthin, wo ich auch hintrete», sagt Kjer, stellt einen Fuß in einen schmalen Spalt und zieht sich in die Höhe. Wenn ich wieder in Hamburg bin, werde ich großartig klettern können.

«Schaffst du's?»

«Klar.»

Ich ignoriere seine ausgestreckte Hand und strecke mich zu den Felsen hinauf, um mich ebenfalls in die Höhe zu ziehen. Der feuchte Stein ist eiskalt, und ich behalte jeden Schritt von Kjer im Auge, um es ihm gleichzutun. Als ich erstmalig über die Felsen hinwegsehen kann, halte ich inne. «Wow!»

Wenige Meter vor uns, bisher meinen Blicken verborgen, ergießt sich ein Wasserfall in ein im Laufe der Zeit tief ausgehöhltes Becken, und von dort über mehrere Rinnsale und Bäche hinein ins Meer.

«Dieser Teil des Strands ist immer als Erstes belegt», sagt

Kjer. «Man kann die Klippen hochklettern und von ein paar Vorsprüngen ins Becken springen, aber das ist nicht ganz ungefährlich.»

«Es ist wunderschön.» Wie oft habe ich das in den letzten Tagen und Wochen gesagt oder gedacht? Unmöglich, das zu zählen.

«Ja, ist es, nicht wahr?» Kjer fasst nach meinem Arm, und wir klettern vorsichtig zum Strand hinunter. Die Ausläufer der Felshänge verbergen den Blick auf den Anleger und Kjers Boot. Um uns herum ist nichts außer Klippen, Sand und Meer.

«Stell dir vor, wir wären hier gestrandet!», rufe ich ausgelassen.

Früher habe ich Robinson Crusoe gelesen und mich danach oft gefragt, wie lang ich auf einer einsamen Insel wohl überlebt hätte. Vermutlich nicht länger als eine Woche, dann hätte ich mit ziemlicher Sicherheit giftige Beeren gegessen oder wäre einem Alligator auf den Schwanz getreten.

Wenn ich nicht gleich in der ersten Nacht vor Angst gestorben wäre.

Ich deute auf die Bäche. «Mit dem Wasserfall hätten wir Trinkwasser. Damit wäre das Wichtigste schon mal erledigt», erkläre ich fachmännisch.

«Es gibt hier Höhlen, in denen wir schlafen könnten», geht Kjer auf mein Herumgealber ein.

«Oh, und wir könnten Affen zähmen, damit sie Obst für uns sammeln.»

«Ich fürchte, dafür hast du den falschen Ort zum Stranden ausgesucht.»

«Dann Schafe.»

«Das müsste gehen. Außerdem sollten wir jeden Tag den Strand abgehen, um zu überprüfen, ob noch etwas Verwertbares von unserem versunkenen Schiff angeschwemmt worden ist.»

«Du kennst dich aus.»

«Mein Bruder und ich haben oft Schiffbrüchige gespielt...»

Kjers Stimme scheint vom Wind davongetragen zu werden. Überrascht sehe ich ihn an. «Du hast einen Bruder?»

Einen Moment lang ist sein Gesicht ausdruckslos, dann wendet er sich ab. «Ich hatte einen Bruder, ja. Er ist vor fast vier Jahren gestorben. Bei einem Autounfall.»

Getroffen presse ich die Lippen zusammen. Wie viel Leid kann ein Mensch ertragen? Erst seine Eltern so kurz hintereinander und dann auch noch sein Bruder? «Kjer...» Ich schlinge meine Arme um ihn und presse meine Wange gegen seinen Rücken. «Wer ist für dich da gewesen?», murmele ich, ohne wirklich eine Antwort zu erwarten.

Kjers Hand umschließt meine.

Lange stehen wir so da. Meine Augen sind geschlossen, doch ich habe das Rauschen der Wellen in den Ohren und den Geruch von Salzwasser in der Nase, während ich mich frage, ob der Anblick des Meeres Kjer genauso zu trösten vermag, wie er mich tröstet.

✦ ✦ ✦

Als wir am späten Nachmittag mit der hereinbrechenden Dämmerung nach Caorach zurückkehren, sehen wir schon von weitem das Boot an der Anlegestelle, Ryans Boot. Die blaue Plane leuchtet in den letzten Strahlen der Sonne. Ryan selbst ist nirgends zu sehen.

«Du hast Besuch», stellt Kjer fest. Er klingt ähnlich überrascht wie ich mich fühle. «Seid ihr verabredet?»

«Nein», erwidere ich.

Kurz darauf springt Kjer über die Reling, um sein Boot an einem der Pfähle festzumachen. Gerade als wir gemeinsam über den Steg laufen, taucht Ryans Silhouette oben am Klippenrand auf. Ich werfe einen kurzen Blick auf Kjer, ohne den Ausdruck in seinem Gesicht deuten zu können. Die Minute, bis Ryan die Treppe hinabgeklettert und bis auf wenige Meter an uns herangekommen ist, zieht sich endlos.

«Hi.» Er bleibt stehen und fasst sich verlegen in den Nacken. «Tja, die Überraschung ging wohl daneben.»

«Hi», erwidere ich zurückhaltend. Mir gefällt der Gedanke überhaupt nicht, dass Ryan hier unangekündigt auftaucht, noch dazu bei beginnender Dunkelheit.

Kjer sagt nichts, starrt Ryan nur mit den Händen in den Taschen an.

«Erst wollte ich anrufen, aber dann dachte ich ...» Hilflos hebt Ryan die Schultern und bemüht sich um ein Lächeln. «Na ja. War wohl keine gute Idee. Irgendwie bin ich nicht davon ausgegangen, du könntest bereits verabredet sein, sorry.»

Bis gerade eben sah er an Kjer vorbei, das ändert sich jedoch, als Kjer einen Schritt auf ihn zugeht. Unwillkürlich weicht Ryan zurück, und so etwas wie Besorgnis blitzt in seinen Augen auf. Doch Kjer dreht sich zu mir um und streckt mir fragend seine Hand entgegen. Unter Ryans Augen verschränke ich langsam unsere Finger.

Im Gegensatz zu Kjer ist Ryan ein offenes Buch. Erstaunen, Unwillen, Gekränktheit, all das spiegelt sich in seinem Gesicht, und ohne noch ein Wort zu sagen, dreht er sich um und stapft in Richtung Steg.

Schweigend wandere ich neben Kjer den Trampelpfad entlang zum Leuchtturm. Er hat meine Hand nicht losgelassen, doch erst, als wir Matthew erreicht haben, sieht er mich an.

«Ich nehme an, Ryan hat dir auch einiges über mich erzählt?»

«Ja.»

«Natürlich.» Kurz senkt er den Kopf, und als er wieder aufblickt, lese ich so etwas wie Verbitterung in seinen Augen. «Es war ein schöner Tag.» Er drückt meine Hand, bevor er loslässt und sich zum Gehen wendet. Mein Herz fließt über, mein verfluchtes Herz.

«Kjer.»

Die Anspannung ist ihm anzusehen. Am liebsten würde ich in dieser Sekunde über seine zusammengezogenen Augenbrauen streichen, und warum sollte ich es eigentlich nicht tun?

Er weicht nicht zurück, schließt nur für einen Moment die Augen.

«Woher kommt diese Narbe?»

«Ausgerutscht», erwidert er leise. «Im Schwimmbad. Schon ewig her.»

«Willst du nicht noch bleiben?»

Kjers Schultern fallen herab, er taxiert mein Gesicht und wartet, wartet auf die unvermeidliche Frage: Stimmt es, was Ryan sagt? Doch ich öffne nur die Tür, greife nach seiner Hand und ziehe ihn ins Innere.

Ich werde sie nicht stellen.

Heute nicht.

Vielleicht nie.

16

«So kann's jedenfalls nicht weitergehen.»

Das ist Airins Fazit nach einer knappen Viertelstunde, in der sie mir am Telefon noch einmal jeden einzelnen Punkt aufgezählt hat, der dagegenspricht, dass sie mit dem *Seawinds* jemals auf einen grünen Zweig kommen wird. Die Gäste, die Airin zum Wochenende hin erwartet hat, haben kurzfristig abgesagt, gerade noch rechtzeitig, um keine Stornogebühr zahlen zu müssen.

«Sie reservieren einfach in mehreren Unterkünften ein Zimmer, weißt du, und entscheiden dann ganz spontan. Spontan! Wenn ich das schon höre!»

Wäre Airin jetzt hier, würde ich sie umarmen, so geknickt hört sie sich an, doch wir sehen uns erst übermorgen.

«Egal, was ich versuche, wann auch immer ich gerade ein Problem gelöst habe, taucht sofort ein anderes auf. Und manchmal habe ich das eine Problem noch nicht mal auf die Reihe gekriegt, bevor schon das nächste auf mich wartet. Ich weiß einfach nicht mehr, was ich tun soll.»

«Hast du mit Susannah gesprochen?»

«Was soll sie schon sagen? Sie kann das *Seawinds* auch nicht retten. Es ist ja kein Hobby. Wenn sich das B&B nicht von allein trägt, macht es keinen Sinn, weiter daran festzuhalten. Es ist nur ... es ist so ...» Airin macht eine Pause, und ich kann mir genau vorstellen, wie sie in diesem Moment zornig ihre Tränen wegblinzelt. «Jahrzehntelang lief es irgendwie immer, und dann übernehme ich das Ding, und es geht den Bach runter!»

«Was würdest du tun, wenn du das *Seawinds* nicht mehr hättest?»

«Keine Ahnung. Mich im Meer versenken.»

Während ich mit Airin rede, sitze ich mit ein paar Keksen auf dem Sofa, neben mir ein aufgeschlagenes Buch. Nach dem Abendessen habe ich den Ofen angeheizt, und fast fühle ich mich schlecht, weil ich mich hier in meinem kuscheligen Wohnzimmer so wohl fühle, während bei Airin so viel auf dem Spiel steht. Schade, dass ihr B&B kein Leuchtturm ist. Jeder würde sich darum reißen, in Matthew wohnen zu dürfen, Airin könnte dafür viel mehr Geld verlangen als für ein Zimmer im *Seawinds*.

«Ich wünschte, ich könnte dir irgendwie helfen», sage ich unglücklich.

«Kannst du nicht, wie auch? Ich muss mir endlich einen Plan B überlegen, aber ich schiebe die ganzen Probleme nur immer weiter vor mir her ... irgendwann wird einfach alles zusammenbrechen.» Sie seufzt. «Das hätte zumindest den Vorteil, dass ich mir dann wirklich etwas Neues überlegen muss.»

«Du kannst doch alles machen, was du willst. Studieren zum Beispiel.»

«Ich habe angefangen, Geowissenschaften und Meeresbiologie in Galway zu studieren. Aber nachdem mein Vater abgehauen ist, hab ich abgebrochen. Von Castledunns aus und mit der Arbeit im *Seawinds* war es einfach nicht mehr machbar. Ich hätte schon Lust, weiterzustudieren, aber ... ach, ich weiß auch nicht. Ich will das *Seawinds* nicht aufgeben.» Airin lacht freudlos. «Es ist eigentlich lustig. Damals war ich mir nicht sicher, ob ich das *Seawinds* allein übernehmen will. Und jetzt mag ich es nicht mehr hergeben.«

Auch nachdem wir uns schließlich voneinander verabschiedet haben, lassen mich Airins Probleme nicht los. Irgendwas muss man doch tun können, nur was? Wenn ich in ein paar Monaten hier ausziehen muss, könnte ich mich ja für den Rest meines Lebens bei Airin einquartieren. Sie müsste mir nur einen Sonderpreis machen.

Seufzend stehe ich auf und streiche mir die Kekskrümel vom Shirt. Ein einzelnes zum Sonderpreis vermietetes Zimmer würde Airin wohl auch nicht retten.

Ich nehme das Buch mit nach oben ins Schlafzimmer und lege es aufs Bett, während ich ins Bad gehe, um mir die Zähne zu putzen.

Kurz darauf habe ich mich unter die Decke gekuschelt und bin dabei, Fotos für Instagram und meinen Blog hochzuladen. Das Wetter schwankte heute zwischen strahlendem Sonnenschein und rasch vorüberziehenden Regenschauern, und mir sind ein paar tolle Aufnahmen von über dem Meer schwebenden Regenbögen gelungen. Auf einem Bild ist sogar Matthew mit einem Regenbogen im Hintergrund zu sehen; ich bin gerannt wie eine Wahnsinnige, um das Bild zu machen, bevor der Regenbogen sich auflöste. Das stelle ich als Erstes auf Instagram ein.

Die Reaktionen lassen nicht lange auf sich warten. Die Zahl meiner Follower wächst kontinuierlich, mein Regenbogen-Leuchtturm-Bild ist noch keine fünf Minuten online, da hat es bereits über hundert Likes.

Ein erster Kommentar poppt auf.

Awwwwww, Liv! Unglaublich! Ich beneide dich so sehr, ich will auch auf deine Insel! Was macht eigentlich dein schönster Mann der Welt? Hast du ihn dir tatsächlich aus dem Kopf geschlagen? Ich hätte ihn ja noch eine Weile weiter angeguckt. ☺

Das kommt von Leah1995, sie kommentiert oft und ist wirklich süß.

Ich tippe eine Antwort.

Ist nicht so leicht, sich so jemanden aus dem Kopf zu schlagen. Vor allem, wenn man ihn immer wiedersieht.

Und ihn berühren will, sobald man ihn sieht. Und ihn küssen will, sobald man ihn berührt. Und noch viel mehr will, sobald man ihn küsst. Das schreibe ich alles nicht.

Ich hätte so gern ein Foootooo.

Darunter setze ich als Antwort nur einen Zwinkersmiley. Obwohl Kjer vielleicht nicht mal was dagegen hätte, auf Instagram angehimmelt zu werden. Aber ich.

Eine Viertelstunde später klingelt mein Telefon.

«Was meinst du damit, es ist nicht so leicht, sich Kjer aus dem Kopf zu schlagen?», will Airin wissen. «Verschweigst du mir was? Ich dachte, du wolltest dich von ihm fernhalten?»

«Ich ... ähm ... wir haben ... es ist ein bisschen kompliziert», gebe ich im ersten Moment überrumpelt zurück. So viel zu der Frage, ob ich Airin von den allerneuesten Entwicklungen erzähle oder nicht. Ach, was soll's. «Ich mag ihn.»

«Du schläfst mit ihm.»

«Das auch.»

«Mann, Liv.» Airins Tonfall schwankt irgendwo zwischen Belustigung und Sorge.

«Ich weiß, worauf ich mich einlasse, Airin. Mir ist vollkommen klar, dass das nichts für die Ewigkeit ist.»

«Das ist deinem Kopf vielleicht klar, aber du ... magst ihn. Das hast du eben selbst gesagt. Ich hab das einfach schon einmal zu oft mit angesehen.»

«Jetzt komm schon. Du tust ja gerade so, als seist du die Therapeutin für alle von Kjer verlassenen Frauen.»

«Bin ich ja auch. Ich bin die, bei der sich hinterher alle ausheulen. Und es läuft immer nach demselben Schema ab, ich kapier's einfach nicht. Ich würde ja nie mit Kjer ins Bett steigen», setzt sie hinzu. «Man müsste ja irre sein. Oder masochistisch. Oder am besten gleich beides.»

«Vielen Dank auch.»

«Kannst du nicht einfach Ryan mögen? Der mag dich auch.»

«Ich weiß, dass Ryan mich mag», erwidere ich seufzend. «Er ist letzten Sonntag überraschend hier aufgekreuzt. Da kam ich gerade von einem Ausflug mit Kjer zurück.»

«Autsch.»

«Ja, autsch. Es war ... peinlich. Und ehrlich gesagt, fand ich Ryans Idee, unangemeldet hier aufzutauchen, schon etwas schräg.»

«Klar. Der Idiot.» Airin klingt nachsichtig. «Er kann ganz schön hartnäckig sein, aber dich mit Kjer zu sehen, dürfte deutlich genug gewesen sein. Zumindest hat er nichts davon erzählt.»

«Na ja, wie gesagt – die ganze Situation war ziemlich unangenehm.» Mir wäre es recht, wenn Ryan sich zukünftig zurückhalten würde, allerdings ist es etwas anderes, das mich immer noch beschäftigt, und ich würde mit Airin gern darüber reden. «Kjer hat mir mit dem Boot die Küste gezeigt. Und er hat von seinem Bruder gesprochen.»

«Von Jay? Oh. Was hat er dir erzählt?»

«Dass er bei einem Autounfall gestorben ist, vor vier Jahren. Und ich hatte das Gefühl, er spricht darüber nicht oft, obwohl es ihn immer noch belastet – wie könnte es auch anders sein, erst verliert er beide Eltern und dann auch noch den Bruder. Das ist ... er braucht doch wenigstens Freunde, Airin, irgendwie scheint er ganz allein zu sein und ... du bist immerhin mit Kjer befreundet, oder?»

Airin antwortet nicht gleich. «Mit Kjer befreundet», wiederholt sie endlich langsam. «Zumindest war ich das mal. Sehr gut sogar. Ich würde auch sagen, ich bin es immer noch, aber Kjer ... normalerweise spricht er nicht über Jay», erklärt sie unvermittelt. «Es wundert mich, dass er es bei dir getan hat.»

«Es ist ihm mehr so rausgerutscht, glaube ich. Es muss grausam für ihn sein.»

«Ja ... doch. Aus verschiedenen Gründen.»

Airins vage Antwort lässt mich aufhorchen. «Aus verschiedenen Gründen? Wie meinst du das?»

«Liv ... ich bin mir nicht sicher, ob es Kjer recht wäre ...»

«Ist es ein Geheimnis?»

«Eigentlich nicht.»

Airins immer noch spürbare Zurückhaltung lässt mich einlenken, obwohl ich liebend gern mehr darüber erfahren würde. Einfach um Kjer besser zu verstehen. «Schon in Ordnung, Airin, vergiss es. Du musst nicht ...»

«Nein, warte.» Ich höre Airin einmal tief ein- und wieder ausatmen. «Okay, ich erzähl's dir. Vielleicht kapierst du dann auch, warum es klüger wäre, wieder für etwas mehr Abstand zu sorgen.»

Das allerdings kann ich mir nicht vorstellen.

«Jay starb bei einem Autounfall, das weißt du. Was Kjer dir nicht erzählt hat, ist, dass auch Kjers Freundin Zoe bei diesem Unfall starb.»

«Oh Gott! Das ist … verdammt!» Warum hat er das nicht erwähnt? Meine Hand krampft sich fester um das Smartphone. Kjers Freundin … er hat jeden verloren, der ihm nahestand.

«Das war noch nicht mal das Schlimmste. Er hat dir auch nicht erzählt, dass dadurch aufflog, dass Zoe ihn mit Jay betrogen hat.»

«Was? Sie …?» Ich presse mir das Handgelenk gegen meine plötzlich brennenden Augen.

«Ja. Zoe hatte Kjer erzählt, sie fahre übers Wochenende zu ihrer Tante, Jay wollte angeblich einen Freund in Dublin besuchen. Tatsächlich aber hatten die beiden ein Hotelzimmer in Ballybunion gebucht. Kjer hat mich damals angerufen und zunächst nur völlig aufgelöst von dem Unfall erzählt, und dass Jay ebenfalls im Auto gewesen sei, dass beide tot wären. Ich glaube, zu diesem Zeitpunkt hatte er es noch gar nicht kapiert oder nicht kapieren wollen. Mir ging's ja auch nicht anders. Ich meine … ich kannte Jay schon so lange, und Zoe war mit Kjer bereits über drei Jahre lang zusammen. Dass die beiden gemeinsam in einem Auto saßen … irgendwie haben wir alle nach einer harmlosen Erklärung dafür gesucht. Aber dann hat Kjer die Buchungsbestätigung für das Hotelzimmer gefunden, und dadurch wurde es ziemlich eindeutig.»

Airin macht eine Pause, die ich nicht fülle. Mein Hirn ist noch immer damit beschäftigt, diese Informationen zu verdauen.

«Bei der Beerdigung wirkte Kjer wie ein Roboter. Jay und Zoe wurden am gleichen Tag begraben. Kjer half mit, Jays Sarg zu tragen, und ein paar Stunden später stand er an Zoes Grab, weit hinter den anderen Trauernden, ganz allein. Kurz darauf hat er begonnen, sich durch die Betten zu vögeln, anders kann man das wohl nicht ausdrücken. Und er hat sich mit Ryan zerstritten. Ich dachte, beides würde sich wieder einspielen, doch das hat es nicht. Und mittlerweile fällt es mir schwer, daran zu glauben, dass sich das irgendwann wieder ändern wird. Ich meine ... sieh ihn dir an. Was auch immer Kjer dir von sich zeigt, man sieht nie den echten Kjer. Den Kjer, wie er mal war. Und der war einfach so viel mehr als nur charmant und nett und freundlich. Heute ist das nur noch eine Fassade, und dahinter läufst du gegen eine unnahbare Wand. Susannah hat es dann gereicht, als auch noch die Sache mit Amber passiert ist.»

Meine Gedanken überschlagen sich. Bis zu diesem Moment war Kjer für mich nur ein Mann, der noch nie Interesse daran hatte, sich ernsthaft auf jemanden einzulassen. Einfach jemand, der aufgrund seines Aussehens keine Schwierigkeiten hat, ständig neue Frauen abzuschleppen – und das auch gern tut. Ein attraktiver, selbstsicherer, liebenswürdig ungezwungener Mann. Doch jetzt ist dieses Bild zerbrochen, so kaputt wie Kjer selbst.

«Verstehst du, was das bedeutet, Liv? Es ist nicht so, dass Kjer einfach keine Lust auf etwas Ernsthaftes hat. Er kann das nicht mehr. Und zwar in keinerlei Hinsicht. Er lässt sich auf keine Freundschaften ein, auf keine festen Jobs, auf gar nichts. Als seine Eltern gestorben sind, da war es Jay, der ihn da durchgebracht hat. Aber als dann Jay starb ... und mit ihm Zoe ...»

«Airin ... ich ... können wir morgen weitersprechen? Ich muss das alles erst mal verarbeiten.»

«Sicher. Du kannst mich jederzeit anrufen, okay? Es tut mir leid, Susannah hatte vermutlich recht. Ich hätte dir das früher erzählen sollen. Ich rede nur nicht gern ohne Kjers Wissen über seine Vergangenheit.»

«Ist schon okay», sage ich. «Würde ich auch nicht tun. Ich melde mich bei dir, ja?»

Nachdem wir uns verabschiedet haben, lege ich das Handy behutsam neben mich. Ich fühle mich eigenartig. Zweidimensional. Wie eine Figur aus einer Geschichte, der plötzlich Dinge zustoßen, die sie nicht greifen kann. Erst in diesem Moment wird mir bewusst, wie groß meine Hoffnung war, dass Kjer sich mir zuliebe ändern würde. Dieselbe Hoffnung, die wohl auch alle anderen Frauen vor mir hatten. Aber Kjer ist … eine Art Überlebender. Ein Zombie. Dieser wunderschöne Mann, der mit nur wenigen Worten Dinge in die richtige Perspektive rücken kann, der mehr versteht als nur das, was man ausspricht, der die Augen schließt, wenn er mich küsst – er ist in seinem Inneren zerbrochen.

Max Wedekind kommt mir in den Sinn. Ein weiterer zerbrochener Mann, mit Hunderten von Briefen in der Spitze eines Leuchtturms, darin hunderttausend ungesagte Worte.

Das Bedürfnis, irgendetwas zu tun, treibt mich aus dem Bett, ich streife mir die dicken Socken über, die auf dem weichen Teppich liegen, und steige hinauf in die Küche, klettere die Leiter bis zur Falltür empor und ziehe heftig an dem Eisenring. Die Klappe öffnet sich, und ich starre ins Dunkel. Es ist hier nicht so finster wie im Keller, durch die riesigen Glasflächen dringt schimmernd das Licht des Mondes, doch es reicht aus, um mich flacher atmen zu lassen. Hier muss es einen Lichtschalter geben, aber ohne Taschenlampe kann ich keinen einzigen Schritt weiter.

Die Angst in mir zurückdrängend, steige ich die Leiter wieder hinab und laufe zurück ins Schlafzimmer, um die Taschenlampe zu holen.

Bei meinem zweiten Vorstoß stecke ich den Kopf durch die Luke und suche mit der Taschenlampe die Holzwände nach dem Lichtschalter ab. Der grelle Lichtkegel findet ihn fast sofort, und im nächsten Moment stürze ich so schnell vorwärts, wie ich kann, klettere auf Händen und Knien ins Dunkel hinein, springe auf und schlage heftig auf den Lichtschalter, während sich in meinem Kopf weißes Rauschen auszubreiten beginnt.

Zwei Neonröhren an den Wänden flammen auf. Meine Hand zittert, als ich mir die Haare aus der schweißnassen Stirn streiche. Dann greife ich wahllos nach einem der Briefstapel in den Gucklöchern und öffne den obersten Umschlag.

> *Liebste.*
> *Heute saß ich lang bei den Klippen und habe mir den Mondaufgang angesehen. Das haben wir oft getan, erinnerst du dich? Diesmal warst du nicht dabei. Wärst du dabei gewesen, ich hätte dir sicher gesagt, wie sehr ich dich liebe.*

Ein zweiter Brief.

> *Ich wusste nicht, dass man so lange weinen kann, ich wusste nicht mal, dass ich in der Lage bin zu weinen.*

Der nächste.

> *Ich werde nie wieder ohne dich segeln. Ich will dieses Schiff nie wieder betreten. Ich werde es verkaufen, auch wenn ich weiß, dass du es geliebt hast, doch es erinnert mich zu sehr an dich. Ich suche dich darauf.*

Noch einer.

> *Früher, als du noch bei mir warst ... warum habe ich nicht jede einzelne Minute ausgekostet? Warum habe ich dir nicht gesagt, dass du mein Leben bist? Warum bist du fort?*

Ich weiß nicht, wie viel Zeit vergangen ist, als ich aufsehe. Mir ist kalt, um mich herum liegen die Briefe, die ich geöffnet und irgendwann nicht einmal mehr in ihre Umschläge zurückgeschoben habe. Erst jetzt fällt mir auf, dass mein Gesicht nass von Tränen ist, und ich wische mir mit beiden Unterarmen über die Wangen, bevor ich aufstehe und wieder hinunter in die warme Küche klettere.

Papier. Stift.

Mir fällt keine geeignete Anrede ein, also lasse ich sie weg.

> *Ich bin sicher, sie hat es gewusst.*
> *Ich bin sicher, sie hat Ihre Liebe gespürt.*
> *Sie spricht aus jedem Satz, aus jedem Wort. Ich glaube, es ist unmöglich, so zu lieben, ohne dass die Liebe aus jeder Handlung und jedem Blick herausleuchtet.*
> *Es sind die kleinen Gesten über die gemeinsame Zeit verteilt; ein Buch, von dem man weiß, es wird dem anderen gefallen, eine Umarmung in einem Moment, in dem der andere sie braucht, ineinander verschränkte Hände, Berührungen, Küsse ...*
> *War Ihr Leben nicht voll davon?*
> *Ich weiß nicht, was damals geschehen ist. Etwas Schreckliches, das nicht hätte geschehen dürfen. Doch sie hat sich geliebt gefühlt. Sie wurde geliebt, und ich*

> bin sicher, sie hat geliebt – ist es nicht auch ein kleines Glück, auf eine gemeinsame Zeit mit einem Menschen zurücksehen zu dürfen, mit dem man durch so eine Liebe verbunden war?

Kurz halte ich inne, ohne noch einmal zu lesen, was ich bisher geschrieben habe, aus der Angst heraus, einen Rückzieher zu machen, die Worte zu kümmerlich, zu blass, zu pathetisch vorzufinden. Dann setze ich noch einmal den Stift aufs Papier.

> Es tut mir leid, dass ich einige ihrer Briefe gelesen habe. Bitte verzeihen Sie mir.

Briefumschläge habe ich in einer der Schubladen des Sekretärs gesehen. Ich laufe hinunter ins Wohnzimmer und Minuten später steige ich mit zwei Umschlägen die Treppe wieder hinauf. Auf einen schreibe ich die Adresse von Herrn Wedekind. In den zweiten Umschlag kommen die Bögen an meinen Opa, die noch immer auf dem Nachtschrank neben meinem Bett lagen.

Kurz überlege ich, einen dritten Brief an Kjer zu schreiben, aber nein. Wir werden reden.

✦ ✦ ✦

Den nächsten Tag verbringe ich überwiegend draußen. Ich mache meinen üblichen Rundgang gleich zweimal und sitze so lang auf meinem Lieblingsplatz bei den Klippen, bis ich weder Füße noch Wangen mehr spüren kann.

Hunger habe ich keinen, auch nicht am Nachmittag, als ich zurück in den Leuchtturm komme. Mir reicht Kaffee, und mit von der Kälte noch schmerzhaft prickelnden Händen setze ich mich an den Rechner, um meine Arbeiten der letzten Tage durchzusehen.

Ich fühle mich ruhig, auf eine beunruhigende Art. Es ist die Ruhe vor einem Sturm, es ist, als müsste mein Körper Energie tanken für das, was noch kommen wird, was auch immer das sein mag.

Die Gedanken an Kjer lassen mich keine Sekunde los, nicht, als ich meine beiden neuen Artikel mit einem freundlichen Begleitschreiben an mehrere Redaktionen verschicke – eine davon ist der *Globus* –, und auch nicht, als ich nach dem hundertsten Durchlesen des Interviews mit Kristina eine letzte Mail an sie schreibe. Ich will es einfach nur wissen. Warum sie damit nicht zufrieden war. Die Frage fühlt sich nicht mehr so drängend an wie noch vor einigen Monaten, doch es ist ein ungeklärter Punkt, und mir ist gerade so verflucht danach, alles in meinem Leben zu klären, was ich einigermaßen unkompliziert klären kann. Eigentlich hatte ich mir nach dem Aufstehen heute Morgen vorgenommen, auch noch meine Mutter anzurufen, doch jetzt fehlt mir die Kraft dazu. Das muss warten. Vielleicht am Wochenende.

Immerhin raffe ich mich auf und steige bis nach oben unters Dach, um dort die über den Boden verstreuten Briefe aufzulesen, sie sorgfältig zurück in ihre Umschläge zu stecken und wieder in den Gucklöchern zu verstauen. Auf der Leiter stehend werfe ich einen letzten Blick in den Raum. Alles wirkt unberührt – falls die Briefe nicht nach irgendeinem System sortiert waren, das nur Herr Wedekind kennt, würde er nie bemerken, dass ich einige von ihnen gelesen habe.

Abends trudelt eine WhatsApp von Airin ein.

> Hi Liv. Ich habe mir gedacht, dass es zwischen dir und Kjer vielleicht ein paar Dinge zu klären gibt, und komme deshalb lieber erst nächste Woche, in Ordnung?

Für einen Moment blicke ich auf, ohne meine Umgebung wirklich wahrzunehmen, dann tippe ich eine Antwort.

> Okay.

Das macht es schwerer. Airin war der Schutzschild zwischen Kjer und meinen Gefühlen, doch sie hat recht. Wäre sie morgen dabei, würde sich alles nur noch weiter hinauszögern. Und ich glaube, ein paar Dinge muss ich tatsächlich einfach aussprechen und dabei in Kjers Gesicht sehen.

✦ ✦ ✦

Als Kjer Freitagnachmittag an Matthews Tür klopft, ist von der Ruhe, die mich gestern noch so watteweich durch den Tag begleitet hat, nicht mehr viel übrig. Tausend erste Sätze habe ich mir überlegt und wieder verworfen, eine Weile habe ich sogar versucht, mir einzureden, ich könne einfach alles so weiterlaufen lassen, aber das ist lächerlich. Kjer wird mir ohnehin anmerken, dass etwas nicht stimmt.

Es schmerzt, mir vorzustellen, wie sehr er gelitten haben muss, und es schmerzt zu wissen, was für ein Mensch dadurch aus ihm geworden ist. Ich wünschte, ich könnte ihm helfen, und weiß, dass ich es nicht kann. Trotzdem würde ich an jedem Tag und in jeder Stunde, die ich mit ihm verbringe, hoffen, dass eine Art Wunder geschieht.

Das kann ich nicht. Das will ich auch nicht.

Der Gedanke, ihn nie wieder zu berühren, tut weh, und das macht mir nur klarer, dass ich es beenden muss. Doch als ich Kjer die Tür öffne, lasse ich mich widerstandslos von ihm in die Arme ziehen, erwidere seinen Kuss, vergrabe meine Hände in seinen Haaren.

Oh verflucht – alles könnte sehr viel einfacher sein, wenn mein Körper nicht stur ignorieren würde, was mein Hirn ihm verzweifelt zu erklären versucht.

Kjer schiebt mich ein Stück von sich und sieht mich prüfend an. «Alles in Ordnung?»

Ich wusste es doch. «Klar.» Ich lache und höre selbst, dass es unecht klingt, schon allein, weil es gerade überhaupt keinen Grund zum Lachen gibt.

Die Skepsis, die nun in Kjers Gesicht zu sehen ist, verstärkt meine Nervosität, und ich greife hastig nach einer der Tüten, die er abgestellt hat. «Lass uns erst mal die Sachen nach oben bringen.»

In der Küche räume ich übertrieben sorgfältig die mitgebrachten Lebensmittel in den Kühlschrank, lege Äpfel und Bananen in die Obstschale, die mittlerweile auf der Fensterbank steht, und betrachte ein paar Sekunden lang ratlos den Whiskey, der nicht auf meiner Liste stand und den Kjer trotzdem mitgebracht hat.

«Also, was ist los?», will Kjer wissen, der mit verschränkten Armen am Tisch steht und mir in den letzten Minuten schweigend zugesehen hat. «Ist was passiert?»

«Was ist das für ein Whiskey?»

Kjer zieht nur die Augenbrauen in die Höhe, und ich stelle die Flasche seufzend auf den Tisch. «Möchtest du einen?»

«Kommt darauf an, was du mir gleich erzählst.»

Ich erwidere sein Lächeln ein wenig verkrampft, trete

einige Schritte zurück und lehne mich schließlich gegen die Arbeitsfläche zwischen der Spüle und dem Herd. Tausend erste Sätze, und alle waren sie blöd.

«Ich hab gestern mit Airin gesprochen, und sie hat mir ein paar Dinge erzählt, die ... ich bisher noch nicht wusste.»

Tausendundein Satz, alle blöd.

«Du meinst, du hast mit Airin mal wieder über mich gesprochen.»

Ich nicke, obwohl es keine wirkliche Frage war. Hilflos hebe ich eine Hand und lasse sie wieder sinken. «Es tut mir leid.»

«Was tut dir leid? Dass du mit Airin über mich redest?»

Spontan schüttele ich den Kopf, obwohl mir im selben Moment klarwird, dass er vielleicht auch dafür eine Entschuldigung verdient. Er sieht angespannt aus, wie er da so steht, sein Blick ist auf die Leiter zum Leuchtfeuer gerichtet.

«Airin ist deine Freundin, aber ... sie versucht auch, mich zu beschützen. Sie ... hat von Jay erzählt. Und von Zoe.»

Kjers Gesicht wird völlig ausdruckslos. Ich fühle mich, als hätte ich ihm ein Messer zwischen die Rippen gebohrt. Eigentlich wollte ich jetzt zu einer langen Erklärung ansetzen, darüber, wie ich mich fühle und warum ich denke, dass es nicht gut wäre, wenn wir uns weiter sehen, und dabei hätte ich mein kleines Hoffnungsflämmchen hochgehalten und mir gewünscht, er würde mir versichern, dass das zwischen uns etwas ganz anderes sei als bisher, doch all meine Worte verpuffen angesichts dieser Ausdruckslosigkeit.

«Es tut mir leid, weil ich mich in dich verliebt habe», sage ich. Wenigstens das. Um es nicht irgendwann in einem Brief schreiben zu müssen, der nie gelesen werden wird.

Für den Bruchteil einer Sekunde huscht so etwas wie Bestürzung über Kjers Gesicht, dann hat er sich wieder im Griff. Schweigend sieht er mich an, doch ich habe alles gesagt. Alles, was wichtig war. Jetzt sollte er besser gehen, damit ich losheulen kann.

Als Kjer sich schließlich von der Wand abstößt, zucke ich beinahe zusammen. Sechs Schritte bis zu mir, drei, nur noch einer. Mit herabhängenden Armen steht er vor mir, und mich beschleicht die vage Ahnung, dass er gerade genauso wenig weiß wie ich, was er als Nächstes tun oder sagen soll.

«Es tut mir auch leid.» Er beugt sich zu mir, langsam, ohne seine Augen zu schließen. Ein paar Sekunden lang ruht seine Stirn an meiner – einen unendlichen Augenblick lang –, bevor er sich wieder aufrichtet und geht. Ich sehe ihm nach, wie er die Treppe hinunter verschwindet, höre seine Schritte leiser werden und eine Tür ins Schloss fallen.

Erst jetzt wische ich mit einem Arm die verfluchten Tränen fort.

17

In den nächsten Tagen stürze ich mich in die Arbeit an neuen Artikeln. Airin hat sich bei Susannah für mich erkundigt, ob sie mir einige Fragen zum Zusammenleben mit ihrer Mutter beantworten würde, und Susannah hat zugestimmt, solange ich keine Namen oder Wohnorte nenne.

Wenn ich nicht am Rechner sitze, stapfe ich über meine Insel oder sehe aufs Meer hinaus. Ich habe Airin alles erzählt, und sie hat mich gefragt, ob ich ein paar Tage zu ihr kommen wolle. Ryan würde mich bestimmt abholen. Im Moment hat sie zwar eine größere Reisegruppe da, und die Zimmer sind ausnahmsweise mal alle belegt, doch ich könne auf dem Sofa oder auch bei ihr im Bett schlafen. Groß genug ist es, und schnarchen tut sie auch nicht.

Daraufhin musste ich schon wieder heulen, einfach, weil es so nett von ihr ist. Angenommen habe ich ihr Angebot nicht. Mir ist im Moment mehr nach Alleinsein. Es ist nicht so, dass ich keinen Trost brauche, aber ich bin noch nicht so weit, mich trösten zu lassen.

Mein Hirn kreiselt verbissen um die Frage, ob ich irgendetwas hätte anders machen können, ob es irgendeine Chance für Kjer und mich gegeben hätte, wenn ich etwas gesagt oder nicht gesagt, getan oder nicht getan hätte. Doch letztlich gelange ich immer wieder zu dem Ergebnis, dass es am besten gewesen wäre, ich hätte mich nie auf ihn eingelassen.

Allein an ihn zu denken schmerzt. Verdammt, Kjer.

Die Tage verstreichen, und dem sich nähernden Freitag blicke ich mit zunehmender Beklommenheit entgegen. Ich möchte ihn sehen und mich gleichzeitig verkriechen, denn ich weiß jetzt schon, dass es mich in meinem Bemühen, über diese ganze Geschichte hinwegzukommen, um ziemlich genau eine Woche zurückwerfen wird, sobald er vor mir steht.

Bevor es so weit ist, erhalte ich allerdings erst einmal eine Mail von einer Zeitschrift, die mir ein Angebot für den Artikel über junge, selbständige Frauen macht. Die Redakteurin ist begeistert über die Art, wie ich den Text aufgebaut habe, und zum ersten Mal, seit Kjer Freitagabend gegangen ist, atme ich etwas leichter – na also! Das ist kein Text über die Kleiderauswahl irgendeiner Prinzessin, und er kommt trotzdem an.

Als hätte er das irgendwie mitbekommen, trifft am selben Tag auch noch eine Mail von Jan Brehmer ein. Er findet beide Artikel ‹sehr ordentlich›, wenn auch nicht passend für den *Globus*, aber ich solle ihm ruhig weitere Vorschläge machen. Das werde ich, Jan Brehmer, das werde ich. Du wirst schon noch begreifen, was ich kann.

«Das ist so toll, Liv!», freut sich Airin am Abend mit mir. «Siehst du, ich hab dir von Anfang an gesagt, dass dein dämlicher Exchef schon noch merken wird, dass ohne dich sein blödes Blatt den Bach runtergeht.»

Ich muss lachen. «Hast du das gesagt?»

«Na ja, vielleicht nicht exakt mit diesen Worten. An was schreibst du gerade? Immer noch an dem Artikel für den du mit Susannah gesprochen hast?»

«Ja. Wenn der fertig ist, werde ich ihn direkt an die Redakteurin schicken, die schon den Text über dich mochte.»

«Du meinst den, wo du mich als toughe, junge Unternehmerin hingestellt hast?»

«Das bist du ja auch.»

«Vermutlich nicht mehr lange.» Airin klingt plötzlich sehr viel weniger fröhlich. «Ich hab gestern mit Susannah über alles gesprochen. Sie war ziemlich schockiert über die Zahlen. Meinte, ich hätte ihr das früher sagen müssen. Als ob das was geändert hätte.»

«Und jetzt?»

«Jetzt werden wir das *Seawinds* wohl doch bei zwei größeren Buchungsportalen anmelden, die wir bisher vermieden haben, weil die Jahresgebühr für die Vermittlung so horrend teuer ist. Und Susannah will eine Freundin fragen, ob die unsere Homepage ein bisschen schicker macht. Wenn das aber alles nichts bringt ...»

«Dann?»

«Wir geben dem *Seawinds* noch ein halbes Jahr. Dann hat sich entweder irgendwas zum Positiven geändert, oder wir ziehen die Reißleine. Ich informiere mich schon über unterschiedliche Studiengänge und Einschreibungstermine. Und das macht mir sogar Spaß. Auch ... auch wenn ich das *Seawinds* nicht aufgeben muss, mach ich vielleicht ein Fernstudium oder so.»

Airins bemühte Fröhlichkeit lässt mich einmal mehr wünschen, ich könnte ihr irgendwie helfen, doch im Moment bin ich nur jemand, der darauf hinarbeitet, sich in einigen Monaten zumindest die Miete für die eigene Wohnung wieder leisten zu können. Für die eigene Wohnung in Hamburg-Ottensen, in die mich gar nichts mehr zurückzieht.

Aber vielleicht ändert sich dieses Gefühl ja wieder. Wenn ich aufhören könnte, mir zu wünschen, ich könne hierbleiben, weil Kjer hier lebt, obwohl ich mir lieber wünschen sollte, die sechs Monate wären bereits vorbei. Solange ich Kjer sehen muss, werde ich leiden, das steht fest.

Vielleicht sollte ich morgen Abend ins *Brady's* gehen. Dieser Gedanke kommt mir beim Zähneputzen. Im ersten Moment schnaube ich verächtlich auf, doch noch während ich die daraus resultierenden Spritzer vom Spiegel wische, spinnt mein Hirn den Gedanken schon weiter.

Wieso eigentlich nicht? Der Donnerstagabend mit Kjer – und Abigail – im *Brady's* war das einzige Mal, wo ich so etwas wie Unwillen ihm gegenüber verspürt habe. Es würde die Dinge vielleicht zurechtrücken. Statt an unsere Küsse, unsere Berührungen, unsere Gespräche zu denken, an all das, was mich zu ihm hinzieht, sollte ich mir eher noch einmal vor Augen holen, was mich von ihm fortstößt. Noch einmal zu erleben, wie er Abigail küsst so wie zuvor mich ... wenn das nicht hilft, hilft gar nichts. Dann sollte ich vermutlich darüber nachdenken, meinen Aufenthalt hier vorzeitig abzubrechen.

✦ ✦ ✦

«Liv, das ist vollkommen bescheuert», stellt Airin fest, nachdem ich ihr am Telefon von meiner Idee erzählt habe.

Ich ignoriere ihre Bemerkung. «Kennst du jemanden außer Ryan, der mich abholen könnte?»

«Kjer.»

«Airin!»

«Liv! Sei nicht irre! Wenn du da morgen auftauchst, wird es dir danach richtig, richtig mies gehen. Du hast Kjer doch schon zweimal im *Brady's* singen hören – das sind die Momente, wo jede anwesende Frau sich wünscht, er würde das Mikro beiseitelegen und mit ihr ins Bett steigen! Wenn er jemals beschließen würde, seine Musik professionell anzugehen, hätte er mehr Groupies als Geld. Glaub mir, das ist einfach eine total dämliche Idee.»

«Aber darum geht es doch. Ihn so zu sehen, wie er nun mal ist.»

«Aber das hast du doch schon. Erinnere dich nur daran, wie schlecht du dich nach der Sache mit Abby gefühlt hast. Du solltest ihn am besten gar nicht wiedersehen.»

«Airin, ich werde ihn übermorgen so oder so sehen. Und in den nächsten vier Monaten jeden Freitag. Soll ich mich jetzt tatsächlich verstecken, wenn er vorbeikommt? Wenn es wirklich eine blöde Idee ist, werde ich das ja morgen feststellen, und dann werde ich es nicht wiederholen. Also, kennst du jemanden, der mich abholen und zurückbringen würde?»

«Ja.»

«Würdest du denjenigen bitte fragen, ob er morgen Zeit hat?» Airin antwortet auf diese Frage nicht gleich. «Airin ... bitte.»

«Ich glaube, du hast dich da völlig verrannt ...»

«Ich will nur ...»

«... aber gut, ich frage. Komm danach bei mir vorbei, okay? Ich muss meinen Gästen zwar morgen ein typisch irisches Abendessen kochen, aber um elf müssten eigentlich alle in ihren Zimmern sein. Und ich glaube, wenn du mit deiner Kamikaze-Aktion durch bist, brauchst du eine Freundin, die dir einen Whiskey reicht. Oder Taschentücher. Oder beides.»

«Airin?»

«Mh?»

«Höchstens eine halbe Chili ins Essen, okay? Und – danke.»

✦ ✦ ✦

Es ist schon ziemlich spät, als ich am nächsten Abend das *Brady's* betrete. Ein rundlicher, älterer Mann namens Theo hat mich abgeholt, und netterweise hat er weder wissen wollen, warum ich nicht zumindest runter zum Steg gekommen bin, noch mir das Gefühl gegeben, er hätte Besseres zu tun, als irgendeine Frau, die er nicht einmal kennt, von einer Insel zum Festland zu schippern. Stattdessen hat er mich während der Fahrt fröhlich nach meinen Eindrücken über Castledunns und Caorach ausgefragt und mir überdies auch noch versprochen, die Briefe für Herrn Wedekind und meinen Opa einzuwerfen.

Eine Weile bin ich noch im Licht der Straßenlaternen langsam an der breiten Mauer zwischen dem Meer und Castledunns entlanggegangen, um nicht zu riskieren, Kjer bereits vor seinem Auftritt über den Weg zu laufen. Einige Häuser sind mit Lichterketten geschmückt, und zum ersten Mal kommt mir der Gedanke, dass bald Weihnachten ist. In den letzten Jahren hat dieses Fest kaum eine Rolle in meinem Leben gespielt. Opa lädt mich zwar immer zu ihm und Ernest ein, doch bisher habe ich nur einmal tatsächlich die Feiertage in Cheddar verbracht. Zu wenig Zeit, wie immer zu wenig Zeit – und man kann schließlich auch Heiligabend mit einer Fertigpizza vor dem Rechner sitzen.

Meine Mutter meldet sich in schöner Regelmäßigkeit immer erst am 1. Januar, um mir ein erfolgreiches neues Jahr zu wünschen. Auch als ich noch bei ihr gewohnt habe, wurde Weihnachten nicht richtig gefeiert, vermutlich hängt mein Herz deshalb nicht sonderlich daran.

Die Stimmung im *Brady's* ist ausgelassen wie immer, vielleicht sogar noch etwas mehr. Warum, wird mir klar, sobald meine Ohren in der Lage sind, den Lärm aus Stimmen, Gläserklirren und Musik zu entwirren – heute scheint eine komplette Band aufzuspielen.

Es dauert ein bisschen, bis ich mich nah genug an die Bühne herangedrängt habe, um etwas sehen zu können, wobei ich darauf achte, nicht zu weit nach vorn zu geraten. Kjer steht da, in einem grauen Shirt und zerrissenen Jeans, umgeben von anderen Musikern. Das schwarze Tuch über dem Piano ist verschwunden, und ein Typ mit Vollbart und einem runden Hut sitzt daran. Ein blonder Kerl im Norwegerpulli spielt Violine, und sogar ein kleines Schlagzeug findet im hinteren Teil noch Platz.

Der Laden tobt, und ich vergesse schnell, dass ich mich eigentlich im Hintergrund halten wollte. All meine vernünftigen Vorsätze verblassen beim Klang von Kjers Stimme, seine Lippen berühren das Mikro beim Singen, und es ist verflucht noch mal unmöglich, nicht daran zu denken, wie weich sie sich anfühlen.

Reiß dich zusammen, Liv. Du bist nicht hier, um dich noch mehr in ihn zu verlieben!

Mühsam wende ich mich von Kjers Anblick ab, versuche aus meinem Hirn zu ätzen, wie er die Augen schloss, als wir uns das letzte Mal gesehen haben. Stattdessen richte ich meine Aufmerksamkeit auf das Geschehen vor der Bühne, auf all die Frauen, die dort stehen und Kjer anstrahlen, die kreischen und … ja, ich sehe richtig, in einem Fall sogar mit einem BH herumwedeln.

Oh Gott.

Ein Aufschrei geht durch die Menge, als die Band den nächsten Song anstimmt. Den kenne ich, wie heißt er noch gleich? Ich höre auf, darüber nachzudenken, als eine blonde Frau sich plötzlich aus der Menge herauswindet und Anstalten macht, auf die Bühne zu klettern. Abigail. Mit offenem Mund beobachte ich, wie Kjer ihr eine Hand reicht und sie neben sich zieht. Abigail lacht ihn an, Kjer schenkt ihr ein Lächeln, bevor er zu singen beginnt.

Autsch. Das … schmerzt. Muss es echt ausgerechnet Abigail sein, die jetzt mit erhobenen Händen die Leute zum Mitmachen auffordert? Andererseits – das ist gut, oder? Deswegen bin ich doch hergekommen.

Jemand drückt Abigail ein Mikro in die Hand, und in dem Moment, in dem ihre Stimme zu hören ist, ihre wirklich schöne Stimme, fällt mir der Name des Songs ein. *Fairytale of New York*. Eigentlich mag ich den sogar. Jetzt allerdings stehe ich starr da und lasse mir von meinen tanzenden Nachbarn die Ellbogen in die Seite rempeln, während Abigail auf der Bühne Kjer am Jeansbund zu sich zieht und sogar bei der Zeile ‹cheap lousy faggot› noch so aussieht, als würde sie ihm gern das Shirt vom Leib reißen.

Am Ende des Songs küsst sie ihn einfach, küsst ihn mit weit aufgerissenem Mund, und die Leute grölen, als Kjers Hand sich auf ihren Hintern legt.

In meinem Kopf beginnt es zu hämmern. Genau so etwas wollte ich doch, oder? Deutlicher kann ich es mir eigentlich nicht abholen.

Ich sollte jetzt gehen, es reicht, mehr will ich nicht sehen, nicht, wie Abigail Kjer noch etwas ins Ohr ruft, und auch nicht das Grinsen, dass sich dabei auf Kjers Gesicht ausbreitet.

Für das nächste Stück setzt er sich auf einen Barhocker, sowohl der Schlagzeuger als auch der Pianist lehnen sich zurück, und nur der Typ im Norwegerpulli mit seiner Violine stellt sich zu Kjer. Jeder scheint zu wissen, welcher Song nun folgen wird, abgesehen von mir. Eine fast besinnliche Stimmung breitet sich aus, und der Kerl neben mir versucht, einen Arm um meine Schultern zu legen. Als ich darunter wegtauche, zieht er einfach den Typen hinter mir näher zu sich, der nichts dagegen zu haben scheint.

Geh einfach, Liv.

Abigail steht zwischen ihren Freundinnen, die sie kichernd

wieder in Empfang genommen haben, ihre Blicke kleben an Kjer. Niemand, der sie gerade auf der Bühne zusammen gesehen hat, dürfte sich fragen, wie die Nacht für die beiden enden wird.

Ich drehe mich um und beginne, mich aus der schwankenden Menge herauszudrängen, ohne auf das zu achten, was mir hinterhergerufen wird, während ich miteinander verschweißte Leute zur Seite stoße. Fast habe ich die Tür erreicht, da dringen die ersten Töne an mein Ohr.

Der Song.

Kjers Song.

Ich friere in meinen Bewegungen ein.

Sanft fließt die Musik über mich hinweg, hüllt Kjers Stimme mich ein, und ich meine zu verstehen.

Diesmal schubse ich niemanden auf meinem Weg zurück, stattdessen gleite ich in jede Lücke, so lange, bis ich fast direkt vor der Bühne stehe, wo Kjer noch immer auf dem Barhocker sitzt. Er hält den Kopf gesenkt, scheint sich ganz auf seine Gitarre zu konzentrieren, und das Gefühl der Verlorenheit, das von ihm ausgeht, legt sich auf mein Herz. Ich habe Kjer nie auf das Lied angesprochen, trotzdem bin ich mir in diesem Moment sicher: Dieser Song ist für Jay, für Jay und für Zoe, und ich möchte auf die Bühne klettern und meine Arme um Kjer legen, während um mich herum die Leute bloß an ihren Biergläsern nippen oder sich halblaut unterhalten. Sie warten darauf, dass Kjer wieder etwas Fröhlicheres bringt, für sie hat der Song keine besondere Bedeutung. Kjer hat das Lied bisher jedes Mal im Brady's gesungen, wenn ich dabei war, und vielleicht muss er das. Vielleicht ist es eine Art Ritual.

Plötzlich sieht er auf, und sein Blick fällt auf mich.

Seine Augen weiten sich, bevor ich hastig einen Schritt zurücktrete. Ich habe nicht mehr darauf geachtet, hinter irgendwelchen breiten Rücken in Deckung zu gehen, sondern bin einfach immer weiter vorgegangen.

In diesem Moment fühle ich mich offen und verletzlich, mein Gesicht ist nass von Tränen, und ich schüttele kurz den Kopf, als könne ich dadurch die letzten Sekunden ungeschehen machen, als hätte er mich nie gesehen, wenn ich mich wieder in der Menge verberge.

Ich muss hier raus.

Das hätte nicht passieren dürfen. Ein zweites Mal arbeite ich mich zwischen schwitzenden Menschen hindurch in Richtung Ausgang, wütend über mich selbst. Warum musste ich auch noch einmal zurückgehen?

Ein Typ im Schrankformat tritt mir in den Weg, und um ein Haar pralle ich mit ihm zusammen. «Pass doch auf, Kleine.»

Mit einer gemurmelten Entschuldigung quetsche ich mich an ihm vorbei. Hinter mir ertönt die fröhliche Musik, auf die die Menge gewartet hat, und als ich endlich den schweren Vorhang zur Seite schlage, atme ich erleichtert auf.

Im Vorraum steht ein knutschendes Pärchen, sie sehen nicht einmal auf, als ich die dunkle Holztür aufreiße und ins Freie stolpere.

Oh Gott. Die eiskalte Luft sticht mit Nadeln in mein Gesicht, doch viel mehr beschäftigt mich die Erinnerung an Kjers Blick. Was soll ich ihm morgen bloß sagen? Dass ich im *Brady's* aufgetaucht bin, um mich damit zu quälen, ihn mit Abigail rummachen zu sehen? ‹Weißt du, Kjer, ich musste mir unbedingt beweisen, dass du einfach ein oberflächlicher Arsch bist, und wenn ich jetzt heule, hat das gar nichts mit dir zu tun.› Klar, das wird er mir abnehmen.

«Was machst du hier?»

Mit einem Keuchen fahre ich herum. Kjer hat sich nicht

einmal eine Jacke übergezogen, er muss mir direkt hinterhergekommen sein.

«Aber ... solltest du nicht auf der Bühne stehen?»

«Das schaffen die auch ohne mich. Was machst du hier?», wiederholt er seine Frage.

«Ich guck dir beim Vorspiel zu», erwidere ich kratzbürstig, allein schon, um zu überspielen, wie nah es mir gerade im *Brady's* gegangen ist, Kjer über Jay und Zoe singen zu hören.

Eine Sekunde lang starrt Kjer mich ungläubig an, dann zuckt ein Lächeln um seine Mundwinkel. Im nächsten Moment hat er mir eine Hand in den Nacken gelegt und mich gegen seine Brust gezogen. «Mit wem bist du hier?», murmelt Kjer in meine Haare hinein.

«Mit niemandem. Ich ...»

«Wartest du? Ich hol nur eben mein Zeug.»

Verblüfft sehe ich ihm hinterher, wie er durch die Tür wieder ins *Brady's* hinein verschwindet. Was wird das? Er kann doch jetzt nicht einfach so gehen?

Doch, er kann, stelle ich Minuten später fest, als er mit seiner Jacke über dem Arm und einer Umhängetasche wieder vor mir steht.

«Okay, zwei Möglichkeiten», sagt er und legt mir einen Arm um die Schultern. «Entweder ich bringe dich jetzt nach Caorach, oder wir gehen zu mir.»

«Zu dir?» Vor Überraschung vergesse ich um ein Haar, den Mund wieder zu schließen. Kjer versteht das nicht als Antwort, abwartend sieht er mich an, und das Licht der Straßenlaterne ist hell genug, um die Anspannung in seinen Augen zu erkennen. «Ich ... also ... okay. Okay, gehen wir zu dir.»

Meine innere Stimme verhöhnt mich den kompletten Weg über. Großartig, wie konsequent ich meinen Vorsatz umsetze, mich zu entlieben, ja, geh mit ihm nach Hause, dann ein letztes Mal Sex, und ab morgen fängst du einfach von vorn an. Doch die Neugier ist zu groß und – ehrlicherweise – die Sehnsucht nach ihm auch.

Wir schweigen, bis wir auf unebenem, sprödem Asphalt vor einem zweigeschossigen Haus stehen, das links und rechts von ähnlich aussehenden Gebäuden eingerahmt wird. Dachgauben und Sprossenfenster, in einem der unteren flackern Kerzen.

Kjer lässt mir den Vortritt, nachdem er die Haustür aufgeschlossen hat, und ich trete in einen dunklen Vorraum, wo ich mit klopfendem Herzen stehen bleibe, bis Kjer endlich das Licht einschaltet. Eine enge Treppe führt nach oben, die Holzstufen knarzen unter meinen Schritten. Im ersten Stock angekommen, sehe ich mich nach Kjer um.

«Weiter. Bis ganz nach oben unters Dach.»

Der Absatz, den wir schließlich erreichen, ist so eng, dass Kjer die Arme um mich legen muss, bevor er den Schlüssel ins Schloss gleiten lässt. Als die Tür sich nach innen öffnet, umklammere ich automatisch Kjers Unterarm. Es ist einfach, verflucht noch mal, überall viel zu finster.

«Moment.» Jetzt drückt Kjer sich an mir vorbei, und in der nächsten Sekunde leuchtet eine Stehlampe neben einem breiten Sofa auf. Während ich einige Schritte in den Raum hineingehe, knipst er weitere Lampen an, eine kleine Leuchte, die auf einer Kiste neben einem riesigen Bett steht, und im hinteren Bereich eine orangefarbene Neonröhre, die ihr Licht auf eine schwarze Küchenzeile wirft. Die Tür daneben dürfte wohl in ein Badezimmer führen. Die Dachschrägen beginnen auf der rechten Seite bereits einen knappen Meter über dem Boden, links zieht sich eine gemauerte Wand bis hoch unter die Dachbalken. Durch die beiden Giebelfenster ist es tagsüber sicher schön hell, eigentlich ist das Zimmer ganz gemütlich, wenn auch etwas karg und lieblos eingerichtet.

Kjer lässt seine Jacke achtlos auf das Bett fallen. Ohne seine Schuhe auszuziehen, geht er quer durch den Raum zu einem großen, separat stehenden Kühlschrank. «Magst du etwas trinken? Wasser? Bier? Oder einen Gin Lemon vielleicht?»

«Wasser ist okay, danke», sage ich, streife mir die Jacke ebenfalls von den Schultern und setze mich aufs Sofa.

Mit einer Handbewegung schiebt Kjer kurz darauf Bücher, Notenblätter und einen Laptop beiseite, die vor mir auf dem niedrigen, abgenutzten Holztisch liegen, um ein Glas Wasser darauf abzustellen. Ich hatte erwartet, dass er sich zu mir setzen würde, doch erst geht er zurück zum Kühlschrank, wo er sich ein Bier herausnimmt, dann macht er sich an seiner Musikanlage zu schaffen. Erstaunt folge ich ihm mit Blicken und versuche dabei herauszufinden, was mir an seinem Verhalten so ungewöhnlich vorkommt, bis mir klarwird, dass Kjer einfach nervös zu sein scheint. Noch nie habe ich auch nur den Hauch von Unsicherheit an ihm wahrgenommen, doch jetzt tigert er rastlos durchs Zimmer, und einen Moment lang frage ich mich, ob er es vielleicht bedauert, mich zu sich eingeladen zu haben.

Warum hat er das überhaupt getan? Auf dem Weg zu ihm dachte ich noch, es ginge um Sex, aber jetzt ... ich mustere ihn genauer. Er ist nicht nur nervös. Er ist so angespannt, dass ich auf die Entfernung zwischen uns zu erkennen meine, wie er die Zähne aufeinanderpresst, und aus einer plötzlichen Eingebung heraus stelle ich das Wasser zurück auf den Tisch und stehe auf. Er ist viel zu weit weg. Nicht nur räumlich.

«Kjer.»

Kjer sieht mich an und wendet den Blick nicht ab, als ich jetzt meinen dicken Pullover über den Kopf ziehe und aus meinen Stiefeln schlüpfe, bevor ich die Decke auf Kjers Bett zurückschlage und mich darunterkuschele. Meine Wange liegt auf dem kühlen, glatten Stoff des Kopfkissens, während ich zusehe, wie Kjer es mir zögernd nachmacht. Schuhe und Socken landen auf dem Boden, im Gegensatz zu mir zerrt er sich auch das Shirt über den Kopf, dann rutscht er unter die Decke, unter der ich gerade anfange, warm zu werden. Ich drehe mich um und schmiege mich mit dem Rücken an seine Brust, umfasse den Arm, den er um meinen Oberkörper legt und atme aus.

Rede mit mir, Kjer. Bitte.

Kjer hat sein Gesicht in meinen Haaren vergraben, mit dem Daumen streicht er immer wieder über meine Schulter. Es ist ganz still im Zimmer, nichts ist zu hören, außer dem gleichmäßigen Brummen des Kühlschranks.

«Machst du dir eigentlich nie Sorgen, ich könnte ausflippen und dich bedrohen oder sonst was?» Er fragt das leise, es stört die uns umgebende Stille fast gar nicht.

«Nein», erwidere ich schlicht.

Seine Hand streichelt jetzt über meine Arme, auf und ab, so leicht, dass ich die Berührung mitunter kaum mehr spüre.

«Willst du wissen, ob es stimmt, was man über Amber und mich erzählt?»

Ganz kurz zögere ich. «Ja.»

«Es stimmt.»

Bis jetzt war ich ruhig, doch nun schlägt mir das Herz plötzlich bis in den Hals. Die orangefarbene Röhre am anderen Ende des Zimmers flackert.

«Du hast sie ... verprügelt?»

«Das hast du von Ryan, nicht wahr?» Kjers Stimme hat einen bitteren Klang angenommen. «Nein. Nein, ich habe sie nicht verprügelt. Aber ich habe sie wirklich gegen eine Wand geschleudert. Es war ... ich wollte nicht ... ich war ein Arsch.»

«Warum?», flüstere ich. «Warum hast du das getan?»

«Ist das wichtig? Ich hätte es nicht tun sollen.»

«Warst du betrunken?»

«Nein.»

Kjers sanfte Berührung hört auf. Der warme Druck seines Brustkorbs verschwindet, als er sich auf den Rücken dreht. Einen Moment lang starre ich noch die Küchenzeile an, dann rolle ich mich herum, um ihm ins Gesicht sehen zu können.

«Was ist passiert?»

Kjer, der gerade eben noch zu den Dachschrägen geschaut hat, blickt mich an. «Sie kam vorbei», beginnt er langsam. «Wollte noch mal über alles reden. Warum wir nicht zusammen sein können, so was halt. Sie fing an, mich anzuschreien, sagte, ich wäre ein mieses Arschloch ohne Gefühle, ein erbärmlicher Wichser, all diese Dinge, die vermutlich sogar stimmen.» Kurz schweift sein Blick zu irgendetwas hinter mir, dann kehrt er zurück. «Ich habe sie gebeten zu gehen, genau genommen habe ich ihr gesagt, sie soll abhauen. Das hat dann dazu geführt, dass sie sich ihr Top ausgezogen hat. Danach ... ihre Hände hatte sie in mein Shirt gekrallt, ich wusste nicht, wo ich sie anfassen sollte, um sie loszuwerden.» Eine Grimasse taucht auf seinem Gesicht auf und verschwindet wieder. «Sie schrie, ich würde immer noch Zoe hinterherhängen, obwohl die eine dreckige Schlampe war. Und da ... habe ich sie gepackt und von mir gestoßen.» Für einen Moment presst er die Lippen zusammen. «Ich habe nicht mehr darauf geachtet, wie hart dieser Stoß ausfiel, ich wollte nur noch, dass sie ihre verfluchte Klappe hält und sich einfach verpisst.»

Okay. Okay, also das ist jetzt ... bis zu dieser Sekunde war ich davon überzeugt, dass nichts von dem, was Ryan über Kjer erzählt, der Wahrheit entspricht, dass er einfach gelogen oder nur wiederholt hat, was Amber behauptet. Vor meinem inneren Auge tauchen Bilder auf, die ich im ersten Moment zurückzudrängen versuche. Sie müssen hier gestanden haben, hier direkt vor dem Bett, Kjer, der sich mit einer gesichtslosen Frau streitet. In meiner Vorstellung sieht sie Abigail ähnlich, blond und langhaarig und hübsch und völlig außer sich, weil Kjer ihre Gefühle nicht erwidert, weil er sie fallengelassen hat. Sie ist wütend, natürlich ist sie wütend, doch so weit zu gehen ... hat Amber wirklich gehofft, sie könne Kjer umstimmen, indem sie sich halbnackt auf ihn wirft? Wie unendlich frustriert muss sie gewesen sein ... trotzdem hatte sie nicht das Recht, ihn auf diese Art zu bedrängen. Wäre es umgekehrt gewesen, alles wäre ganz eindeutig, doch Kjer ist ein Mann, er konnte sie abwehren, und das hat er irgendwann getan. Als Amber angefangen hat, seine Freundin zu beleidigen. Seine tote Freundin.

«Hast du dich deshalb mit Ryan gestritten? Weil er denkt, du hättest Amber ...?»

«Nein», unterbricht mich Kjer. «Nein, Ryan und ich sind schon früher aneinandergeraten, weil er es die ganze Zeit über gewusst hat. Er hat gewusst, dass Jay und Zoe etwas miteinander hatten, schon Monate vor dem Unfall. Er hat es gewusst und es mir nicht gesagt. Und ich hielt ihn für meinen besten Freund ...» Seine Stimme verklingt. Erst nach Minuten fügt er hinzu: «Das mit Amber war ein beschissener Fehler. Ich wollte nur, dass sie ihre Finger von mir nimmt, aber ich hätte sie nicht ...»

«Kjer», beginne ich, als er nicht weiterspricht. «Du hast sie von dir fortgestoßen, nachdem sie auf nichts reagiert hat, du hast sie nicht geschlagen, und schon gar nicht hast du sie verprügelt. Ihr wart beide verzweifelt. Ihr habt beide Mist gebaut.»

Kjer antwortet nicht, und ich füge leise hinzu: «Warum hast du nie jemandem erzählt, wie es dazu gekommen ist?»

Kaum merklich schüttelt Kjer den Kopf. «Ich bin ... so kannte ich mich nicht, verstehst du? So will ich mich auch nicht kennen.» Sein Atem geht flach, mit geschlossenen Augen liegt er da, fast könnte man meinen, er sei gestorben. Er bestraft sich, denke ich. Er bestraft sich noch immer, deshalb hat er nie jemandem erzählt, was wirklich passiert ist. Vorsichtig lege ich meine Wange auf seine Brust, spüre, wie er unter meiner Berührung für einen Moment erstarrt.

«Das solltest du nicht mehr tun.» Seine Worte sind fast ein Seufzen. «Jetzt, wo du weißt, wie ich bin.»

In dieser Sekunde gibt es nichts, das durch seinen Selbsthass und seine Trauer dringen würde, eine Trauer, die so viel mehr umfasst als nur die Sache mit Amber. Ich schlinge meine Arme um ihn, und es dauert lang, es dauert ewig, bis sein Herzschlag ruhiger wird.

«Irgendwie kenne ich mich schon lange nicht mehr», höre ich ihn noch murmeln, bevor mir die Augen zufallen.

✦ ✦ ✦

Ich erwache aus einem unruhigen Halbschlaf, weil Kjer vorsichtig von mir abrückt, bemüht, mich nicht zu wecken, während er aufsteht. Blinzelnd sehe ich ihm hinterher, als er im Badezimmer verschwindet. Es ist hell im Zimmer und kalt, und ich ziehe die Decke fester um meine Schultern. Die Erinnerung an letzte Nacht tastet sich heran, und mit ihr Trauer und Beklommenheit und ... Hoffnung. Hoffnung.

Blicklos starre ich vor mich hin. Da ist sie wieder.

Bisher gab es nichts, woran ich glauben konnte, nicht einmal, dass wir miteinander geschlafen haben, hatte wirklich eine Bedeutung, doch das, was er mir in der vergangenen Nacht erzählt hat ... dass er sich mir überhaupt anvertraut hat ...

Im Bad wird die Dusche angestellt, das sanfte Rauschen des Wassers vermischt sich mit meinen Gedanken. Ob Kjer Lust hat, heute auf Caorach zu übernachten? Wir könnten noch zusammen einkaufen und dann zur Insel fahren, wir könnten ... reden über all das, was Kjer mir anvertraut hat, oder auch einfach nur zusammen schweigen oder ganz andere Dinge tun.

Hoffentlich hat er Zeit, hoffentlich ... mir kommt der Gedanke, dass Kjer gerade nackt unter der Dusche steht, und meine Vorstellung von anderen Dingen wird konkreter.

Ein bisschen störend drängelt sich plötzlich die Frage dazwischen, was in ungefähr vier Monaten sein wird ...

Komm wieder runter, Liv, befehle ich mir selbst. Es war nur ein Gespräch. Ein erster Schritt. Ein wichtiger Schritt, okay, aber er bedeutet noch lange nicht, dass Kjer sich wirklich ändern will oder kann.

Das Wasser wird abgedreht, und meine Gedanken kehren ins Hier und Jetzt zurück. Obwohl Kjer nur wenige Meter entfernt von mir steht, obwohl uns nur Sekunden trennen, überkommt mich eine so heftige Sehnsucht, das ich trotz aller Fragen lächeln muss. Das ist verrückt. Dieses Gefühl ist völlig verrückt und gleichzeitig so großartig, dass ich zerspringen könnte.

Natürlich sind nicht alle Probleme aus der Welt, aber es gibt einen Anfang, etwas, woran ich mich festhalten kann. Mein Gott, ich war noch nie in meinem Leben so verliebt.

Die Badezimmertür öffnet sich, und ich stütze den Kopf auf den Arm, um Kjer ansehen zu können. «Guten Morgen», sage ich lächelnd.

«Guten Morgen – hab ich dich geweckt?» Kjer wirft mir

einen kurzen Blick zu, bevor er zu einem Schrank geht und die Tür aufreißt. Er hat sich ein Handtuch um die Hüften gewickelt, die Haare sind noch feucht.

«Kommst du nicht noch mal ins Bett?», frage ich, während ich ihn dabei beobachte, wie er ein paar Kleidungsstücke aus einem der Fächer zieht, und ganz nebenbei seine Rückenmuskulatur bewundere.

«Das geht leider nicht, ich hab's ein bisschen eilig.»

Er hat es eilig? Die Vorstellung von einem gemeinsamen Tag auf Caorach löst sich in Luft auf.

«Schade.»

Darauf erwidert Kjer nichts. Er hat das Handtuch fallen lassen, um erst in eine Boxershorts und dann in die Jeans zu steigen, und mein Herz klopft schneller. Doch nicht deshalb, weil ein nackter Kjer einfach jedes Herz dazu bringen würde, schneller zu schlagen, sondern in erster Linie, weil er es vermeidet, mich anzusehen.

«Kjer?»

Er streift sich ein T-Shirt über den Kopf, bevor er sich zu mir umdreht. «Magst du noch schnell was essen?»

Verwirrt schlage ich die Decke zurück und setze mich auf.

«Ich weiß nicht – wollen wir denn nicht zusammen frühstücken?»

Kjer schüttelt den Kopf und fährt sich ein paarmal mit der Hand durch die Haare. «Heute leider nicht, ich muss echt los.»

«Okay, dann ...» Benommen setze ich meine bloßen Füße auf den Boden. Die Ereignisse überfahren mich gerade. «Hast du ein Handtuch für mich?»

«Handtücher sind im Bad.»

Mit meinen Sachen über dem Arm gehe ich ins Badezimmer, in dem es warm ist und gut riecht. Die Tür in meinem Rücken schließt sich, ein paar Sekunden lang mustere ich ein

Duschgel, das tropfend auf der Ablage in der Dusche steht. Was passiert hier gerade? Wo ist die Nähe von letzter Nacht geblieben? Da war doch Nähe, oder? Kjer hat mir Dinge über sich erzählt, die er garantiert nicht jedem erzählt – was also ist jetzt plötzlich los?

Während ich ebenfalls dusche und danach in meine Sachen schlüpfe, merke ich, dass ich den Moment hinauszögere, in dem ich das Bad wieder verlassen muss. So was Bescheuertes! Vielleicht ist Kjer einfach kein Morgenmensch.

Meine innere Stimme ignorierend, die mir mitteilt, dass ich Kjer morgens durchaus schon völlig anders erlebt habe, öffne ich schließlich die Tür, bemüht, möglichst unbeschwert zu wirken.

Kjer hat Kaffee gemacht, mit einer Tasse in der einen und dem Handy in der anderen Hand lehnt er vor der Küchenzeile und nickt zur Maschine hin. «Bedien dich.»

Die ohnehin nur dünn aufgetragene Unbeschwertheit fällt von mir ab, als ich in sein Gesicht sehe. Glatt, unnahbar, das Lächeln darauf so attraktiv wie unverbindlich. So sah er aus, als er mich vor einigen Wochen vom Flughafen abgeholt hat.

«Stimmt was nicht?», platzt es aus mir heraus.

«Wieso?» Kjers Gegenfrage kommt schnell. So distanziert, dass es fast schon an Arroganz grenzt, grinst er mich jetzt an. «Nein, alles okay.»

Mein Hirn beginnt endlich Fahrt aufzunehmen, während ich mich automatisch der Kaffeemaschine zuwende und nach der Tasse greife, die dort neben einem Glas mit Zucker und einer geöffneten Milchpackung steht. Heiße Flüssigkeit schwappt über den Rand und auf meine Finger, als ich erst Kaffee einschenke und dann zu viel Milch dazugieße.

«Kjer, was soll das?» Es kostet mich einige Anstrengung, meine Stimme nicht brüchig werden zu lassen.

Als hätte er mich gar nicht gehört, setzt Kjer die Tasse an die Lippen und starrt dabei aufs Handy, und plötzlich weiß ich, was los ist. «Du bereust es, oder? Du bereust, dass du letzte Nacht so viel über dich erzählt hast.»

Er blickt nicht einmal auf. «Quatsch.»

«Natürlich tust du das! Kannst du mich bitte wenigstens ansehen, wenn ich mit dir rede?»

Beinahe widerwillig hebt er den Kopf. «Liv, keine Ahnung, wie du darauf jetzt kommst. Es war okay letzte Nacht.» So wie er das sagt, könnte man meinen, wir hätten nur mittelmäßigen Sex gehabt. «Ich hab also ein paar Dinge erzählt, na und?»

«Aber ... du hast ...» Es fällt mir schwer, unter Kjers Blick weiterzureden. Es liegt eine Kälte darin, die ich von Kjer bisher nicht kenne. «Ich dachte, die letzte Nacht ...», bringe ich mühsam hervor. Keine Szene, Liv, mach hier keine Szene.

«Was dachtest du?» Seinen Tonfall reserviert zu nennen, wäre die Untertreibung des Jahrhunderts. Ist es also so weit? Lässt er mich jetzt fallen? Ist das der Kjer, den auch Amber gesehen hat, Amber und all die Frauen vor mir, die Kjer nach ein paar Tagen oder Nächten wieder abgeschossen hat? Den nächsten Satz würge ich geradezu hervor. «Ich dachte, die letzte Nacht wäre etwas Besonderes gewesen.»

«Liv.» Kjer stellt seine Tasse hinter sich auf die Arbeitsfläche und stützt sich dann mit beiden Händen an der Kante ab. «Mach's jetzt nicht dramatisch, okay?»

«Was?» Mühsam halte ich die Tränen zurück. Scheiße. Scheiße, verflucht ... warum hab ich damit nicht gerechnet? «Was mach ich?»

Kjer geht auf mich zu, und mir wird bewusst, dass ich noch immer die tropfende Kaffeetasse in meiner Hand halte.

«Du liest gerade zu viel in alles rein», erklärt Kjer freundlich. «Was auch immer ich dir erzählt habe, hat keine Bedeutung. Vergiss es einfach wieder, okay?»

Das gibt's doch alles gar nicht. Die wenigen Zentimeter zwischen uns fühlen sich an wie ein Abgrund. «Das ist jetzt nicht dein Ernst, oder?»

In seinen Augen meine ich etwas herauslesen zu können, das ich unbedingt herauslesen will, dann schüttelt er langsam den Kopf, und alles zerbricht, alles wird gewöhnlich.

Es gibt überhaupt nichts Besonderes zwischen uns.

Ich würde gern wenigstens nicht heulen, doch nicht einmal das funktioniert.

«Liv», sagt Kjer sanft. «Ich hatte dich gewarnt, erinnerst du dich? Ich mag es einfach, allein zu sein.»

Ein paar Sekunden lang erwidere ich seinen Blick. Dann reiße ich mit Schwung die Tasse in die Höhe.

Kjer weicht zurück, doch nicht schnell genug. Die warme Flüssigkeit trifft ihn mitten ins Gesicht, ergießt sich über seine Haare, sein Shirt, klatscht auf den Küchenfußboden.

Eine Schocksekunde lang geschieht überhaupt nichts, dann zieht Kjer sich langsam das Shirt über den Kopf und wischt sich damit über die Augen, bevor er es fallen lässt. Sein Gesicht ist ausdruckslos, aber ich habe auch mit nichts anderem gerechnet.

«Du bist …», ich tippe ihm gegen die Brust, «… ein Feigling. Du machst einen Scheißrückzieher, damit du weiter einen auf unangreifbar machen kannst, und du bist …», an dieser Stelle versagt meine Stimme, und ich schlucke, wische mir meinerseits die Tränen von den Wangen, «… du bist ein verdammter Feigling», wiederhole ich kläglich.

Dann stelle ich meine Tasse neben die von Kjer und verschwinde.

✦ 18 ✦

Es regnet. Feiner Nieselregen, den man kaum spürt, während er einem das Gesicht benetzt. Ich stehe trotzdem an meinem Lieblingsplatz bei den Klippen und blicke aufs Meer hinaus.

Theo hat mich vor ungefähr einer Dreiviertelstunde netterweise zurück nach Caorach gebracht, auf irgendwelche Einkäufe habe ich heute verzichtet. Bis zum nächsten Freitag werde ich eben noch mit dem klarkommen, was ich dahabe. Ich war schon froh, dass Airin für mich Theo angerufen hat, obwohl sie gerade alle Hände voll zu tun hatte – weshalb sie auch nicht nachgehakt hat, als ich auf ihre Frage hin zugab, bei Kjer übernachtet zu haben. Garantiert wird sie sich heute noch melden, und wenn sie es nicht tut, rufe ich an. Ich muss reden, mit irgendjemandem über alles reden.

Was auch immer zwischen Kjer und mir vielleicht auch nur für ein paar Minuten existierte, ist vorbei, und meine Kehle ist so eng, dass sogar das Atmen schmerzt. Wieso nur habe ich das nicht kommen sehen, warum war ich so naiv? Und wieso fällt es mir so schwer, einfach nur wütend auf ihn zu sein? *Du hast dich verliebt. Du hast jede einzelne Warnung der letzten Wochen in den Wind geschossen, und jetzt sieh dich an.*

Meine eingefrorenen Glieder protestieren, als ich sie in Bewegung setze, um zum Leuchtturm zurückzukehren. Matthew erhebt sich weiß und stoisch vor dem bewölkten

Himmel, die Möwen, die ihn umkreisen, stoßen ihre rauen Schreie aus. Caorach ist nicht einfach nur eine Insel. Sie ist ein Zufluchtsort, eine eigene Welt, in deren Abgeschiedenheit es mir sogar beinahe gelingt, meine Sehnsucht nach Kjer vor dem Rauschen der Brandung zu verdrängen, mich in dem salzigen Geruch des Meeres und dem Gefühl von Wind und Regen auf meiner Haut zu verlieren – beinahe, aber nicht ganz.

Im Wohnzimmer heize ich den Ofen an und setze mich mit einem Buch in meine Fensternische. Ohne es auch nur aufzuschlagen, blicke ich hinaus in die beginnende Dämmerung. Meine Wut löst sich immer weiter auf, obwohl ich sie festzuhalten versuche, denn nur Trauer bleibt zurück. Trotz allem, was geschehen ist, würde ich Kjer gern anrufen oder ihm wenigstens eine Nachricht schreiben, doch was soll das bringen? Er hat komplett dichtgemacht, könnte er die Zeit zurückdrehen, würde er es vermutlich tun. Er hat es einfach zu lange durchgezogen; die Schutzmauer, die er um sich herum hochgezogen hat, ist ein Teil von ihm geworden, ein so wichtiger Teil, dass er sich ohne sie nicht mehr vollständig fühlt.

Und er wird mich nicht hindurchlassen.

Es wäre sinnlos, ihm hinterherzulaufen, mich noch weiter zu offenbaren. Wer ich bin, was ich fühle – er weiß es ohnehin.

Ich schlage die erste Seite des Buchs auf und beginne zu heulen.

✦ ✦ ✦

Airin lässt früher von sich hören als erwartet. Normalerweise meldet sie sich nicht vor neun, nachdem sie alles für den nächsten Tag vorbereitet hat, doch mein Handy summt bereits gegen sieben, und ich schlucke die Enttäuschung beim Anblick ihres Namens auf dem Display hinunter.

«Hi, Liv, bist du gerade mit irgendwas beschäftigt?»

«Nein, gar nicht», erwidere ich und werfe die Kühlschranktür zu. Die Tatsache, dass sich darin nicht allzu viel befindet, harmoniert zumindest mit der Tatsache, dass ich ohnehin keinen Hunger habe. Ich setze mich auf einen der Küchenstühle.

«Okay, dann erzähl – was war los? Du hast bei Kjer übernachtet? Wie kam es denn dazu? Und warum musste dich statt Kjer Theo heute Vormittag zurück nach Caorach bringen?»

In wenigen Sätzen fasse ich zusammen, wie ich vom *Brady's* in Kjers Bett geraten bin. Airin unterbricht mich nur ein einziges Mal, um zu fragen, ob Kjer die Band tatsächlich auf der Bühne sitzengelassen habe, und am Ende meines Berichts atmet sie zischend aus. «Ich glaube nicht, dass das schon mal vorgekommen ist: Du warst in seinem Bett, aber ihr habt nicht miteinander geschlafen? Ich glaub dir kein Wort.»

«War aber so.»

«Ist er betrunken ins Koma gefallen?»

«Nein.»

«Ich würde ja sagen, du bist versehentlich irgendwie in seine Friendzone gerutscht, allerdings legt Kjer genauso wenig Wert auf Freunde wie auf Beziehungen. Also, was lief da zwischen euch?»

Obwohl Airin die beste Freundin ist, die ich jemals hatte, zögere ich, ihr zu erzählen, worüber Kjer und ich letzte Nacht gesprochen haben. Das muss von ihm kommen. Es ist nicht meine Geschichte. «Wir haben nur geredet», weiche ich aus. «Über alles Mögliche. Über Jay und Zoe, und es war sehr ... intim, auf eine andere Art, als du jetzt vielleicht denkst. Es hat sich kurz sogar so angefühlt, als sei es etwas Besonderes ...»

Airin seufzt. «Aber?»

«Aber dieser besondere Moment war ziemlich schnell wieder vorbei.» Diesmal reiße ich mich zusammen und gestatte mir nicht, noch einmal deshalb zu heulen. «Am nächsten Morgen hat Kjer sich verhalten wie der letzte Idiot und mich quasi fast aus seiner Wohnung geworfen. Es konnte ihm gar nicht schnell genug gehen, bis ich endlich draußen war.»

«Das ist ... Scheiße, das tut mir leid, Liv.»

«Muss es nicht. Muss es echt nicht, wieso auch? Du hast mir das prophezeit, und ich hab nicht auf dich gehört. Selbst schuld, würde ich sagen. Ich hab mich übrigens auch nicht gerade souverän verhalten und ihm eine Tasse Kaffee ins Gesicht geschüttet.»

«Was hast du?»

Mit Daumen und Mittelfinger massiere ich mir die Schläfen. Dieser Teil meiner Auseinandersetzung mit Kjer ist mir im Nachhinein einigermaßen peinlich. «Ich hatte sie gerade in der Hand ... und ... ach, vergiss es lieber wieder. Ich wünschte, ich hätte es nicht getan.»

«Solange du die Tasse nicht im Anschluss nach ihm geworfen hast, würde ich sagen, es ist verzeihlich.» Airin macht eine kurze Pause. «Trotzdem, Liv, es tut mir leid. Ich kann mir vorstellen, wie du dich jetzt fühlst.»

«Bescheuert fühle ich mich.» Außerdem möchte ich ununterbrochen weinen, aber man muss ja nicht alles aussprechen.

«Liv ... hör mal, wenn du über Heiligabend nicht allein sein willst, könntest du nächsten Mittwoch einfach mit mir zu Susannah und meiner Mutter nach Cork fahren. Wir werden noch einiges vorbereiten, deshalb wollen wir schon drei Tage früher los, aber wenn dir das zu lang ist, kannst du auch einfach nachkommen. Es würde dich vielleicht ein wenig ablenken – wir sind lustig», fügt sie hinzu.

Ich muss lächeln. «Danke, Airin, aber ich glaube, ich werde lieber hierbleiben und arbeiten. Und mir noch mal ein paar Gedanken über alles machen.»

«Wenn du meinst ...» Airin klingt nicht überzeugt. «Du hast ja noch ein paar Tage Zeit, es dir zu überlegen, sag mir einfach Bescheid, okay?»

Eigentlich weiß ich selbst nicht so genau, warum ich Airins Angebot abgelehnt habe. Nachdem wir uns verabschiedet haben, kratze ich eine Weile an einem unsichtbaren Fleck auf der Tischplatte herum. Vielleicht wollte ich nur die mitleidigen Blicke vermeiden, mit denen Airin und Susannah mich heimlich mustern würden, und ich will mir auch nicht anhören, was für ein Idiot Kjer ist – zumindest Susannah dürfte in dieser Hinsicht sehr klare Worte finden. Ich sehe ihren Gesichtsausdruck direkt vor mir, wenn ich dann auch noch versuchen würde zu erklären, warum er das eben nicht ist, ein Idiot.

Ganz egal, wie sehr Kjer heute Vormittag versucht hat, es abzutun: Letzte Nacht hat er mir eine Seite von sich gezeigt, die er normalerweise verborgen hält, und es wird alles nicht leichter dadurch, dass ich meine, ihn nun besser zu verstehen. Er hat jeden Menschen, der ihm nahestand, verloren, einfach jeden, und der Verrat von Jay und Zoe hat ihn endgültig dazu gebracht, sich zurückzuziehen – ihn muss das Grauen packen bei dem Gedanken, noch einmal jemanden zu lieben. Und die Sache mit Amber hat alles zusätzlich verdreht. Vielleicht hält Kjer jetzt nicht nur Abstand zu anderen, um sich selbst zu schützen, vielleicht denkt er mittlerweile, dass andere vor ihm geschützt werden müssen.

Großartig.

Ich stehe auf, um den Kühlschrank erneut aufzureißen.

Tonic. Gin.

Was genau bringt es mir, dass ich Kjer zu verstehen meine? Eben.

✦ ✦ ✦

In den nächsten Tagen versuche ich, mich auf die Arbeit zu konzentrieren. Nachdem ich den Artikel über junge Menschen, die ihre Eltern bei sich aufnehmen, beendet habe, beginne ich mit einem Text, für den ich mir jede Menge Bloggerinnen und Blogger suche und sie nach ihren Erfahrungen in der virtuellen Welt, nach ihren Zielen und Träumen befrage. Ihre Geschichten bieten so viel Stoff, dass ich überlege, ob man nicht eine ganze Artikelserie dazu schreiben könnte.

Dem nächsten Zusammentreffen mit Kjer sehe ich mit gemischten Gefühlen entgegen. Auf die Nachricht mit meiner langen Einkaufsliste habe ich von ihm nur ein mittlerweile vertrautes Thumbsup erhalten, und auf die beiden Flaschen Tonic, um die ich ihn später noch gebeten habe, hat er gar nicht mehr reagiert.

Freitagvormittag hole ich mir wieder und wieder sein abweisendes Verhalten von vergangener Woche zurück ins Hirn, in der Hoffnung, dadurch so etwas wie Ärger zu empfinden, doch bereits gegen Mittag fühle ich mich nur noch rastlos und verzweifelt, und als er schließlich am späten Nachmittag mit seinem Rucksack und einer Tüte vor dem Leuchtturm steht, verzieht sich fürs Erste jeder halbwegs normale Gedanke ins Nirwana. Hinter seinem gewohnten Lächeln meine ich so etwas wie Erschöpfung wahrzunehmen, und ich wünsche mir, alles wäre anders zwischen uns gelaufen.

«Soll ich dir das Zeug kurz hochbringen?»
«Das wäre nett, danke.»
«Kein Problem.»

Er geht an mir vorbei, und ich muss mich zwingen, ihn nicht aufzuhalten, festzuhalten, seine Jacke zu öffnen und mein Gesicht gegen seine Brust zu drücken. Meer. Wind. Salz. So würde er riechen.

Schweigend steige ich hinter ihm die Treppen nach oben, stehe wie ein Fremdkörper in der Küche herum, während Kjer die Einkäufe aus dem Rucksack holt.

«Butter, Eier und Tonic sind in der Tüte. Fehlt noch irgendetwas?»

«Nein.» Ich schüttele den Kopf. «Nein, scheint alles da zu sein, danke.»

Die unnatürliche Höflichkeit, mit der wir einander umkreisen, verursacht mir Kopfschmerzen. Kurz habe ich das Gefühl, Kjer werde vielleicht gleich etwas sagen, das die neue Grenze zwischen uns durchbricht, doch letztlich schwingt er sich nur den leeren Rucksack über die Schulter, verabschiedet sich und verschwindet über die Treppen nach unten.

Als kein Geräusch mehr zu hören ist, atme ich einmal tief durch. Das sollte jetzt besser nicht jedes Mal so laufen, sonst werde ich Airin bitten, irgendjemand anderen zu fragen, ob er freitags Zeit hat.

Kjer hat nur den Rucksack ausgepackt, die Tüte steht noch unberührt vor dem Kühlschrank, und ich hebe sie auf den Tisch. Zwei Flaschen Tonic. Butter. Tomaten. Eier, Karotten, Zwiebeln und dazwischen ... ein kleines Päckchen, sorgfältig mit dunkelblauem Papier umwickelt. Silberne Sterne sind darauf.

Ich vergesse alles um mich herum und setze mich geplättet an den Küchentisch. Ein Geschenk? Ein Weihnachtsgeschenk? Von Kjer?

Es gibt nicht viel, womit ich weniger gerechnet hätte.

Soll das vielleicht eine Art Entschuldigung sein?

Einigermaßen überfordert, trommele ich mit den Fingern auf der Tischplatte herum.

Es ist ein Weihnachtsgeschenk, beschließe ich. Also werde ich es morgen öffnen.

Um meine Entscheidung nicht sofort wieder umzuwerfen, lege ich das Päckchen in die Wäschetruhe im Schlafzimmer. Den ganzen Tag denke ich darüber nach, und abends im Bett bin ich zum ersten Mal seit langer Zeit vor Heiligabend aufgeregt. Vielleicht ist es auch so etwas wie ein Abschiedsgeschenk. Vielleicht ist Kjer mir zuvorgekommen und hat Airin bereits gefragt, ob zukünftig ein anderer jeden Freitag nach Caorach fahren könnte.

Wäre das nicht sogar das Beste?

Ja, wäre es.

Ich drehe mich auf die andere Seite.

Oder es ist doch nur ein Weihnachtsgeschenk.

Verflucht.

✦ ✦ ✦

Samstagmorgen springe ich aus dem Bett und laufe an der Wäschetruhe vorbei, wohl wissend, was darin auf mich wartet. Duschen. Frühstücken. Danach packe ich mich warm ein, um nach draußen zu gehen, und zögere den Moment, in dem ich mein Geschenk holen werde, immer weiter hinaus. Vielleicht warte ich auf so was wie Vorfreude, vielleicht ist es auch einfach nur Angst. Als ich vom Wind durchgeschüttelt am frühen Nachmittag in den Leuchtturm zurückkehre, steige ich erst nach oben in die Küche, um mir eine heiße Schokolade zu machen, und setze mich anschließend mit der dampfenden Tasse und dem Smartphone ins Wohnzimmer in die Fensternische. Ich werde jetzt meine Mutter anrufen, statt Abschiedsweihnachtspäckchen zu öffnen. Und etwas über meinen Vater herauskriegen.

Es klingelt viermal, bevor ihre Mailbox anspringt. War ja klar. Ich höre sie ihren knappen Text abspulen, dann räuspere ich mich. «Hallo, ich bin's, Liv. Ich wünsche dir fröhliche ...»

«Hallo? Liv?»

Fast verschlucke ich mich an meinen Weihnachtswünschen. «Hi. Ja, ich bin's, ich wollte nur ... ich ... wie geht's dir?»

«Gut. Wieso rufst du an?»

Außerhalb unseres Vier-Wochen-Rhythmus, vervollständige ich automatisch ihren Satz. Sie klingt gestresst, aber das ist ja nichts Ungewöhnliches.

«Nur so», behaupte ich. «Um dir frohe Weihnachten zu wünschen, zum Beispiel.»

Kurz bleibt es still am anderen Ende. «Wir wünschen uns nie frohe Weihnachten.»

«Macht ja nichts.»

«Und im Übrigen wünscht man sich erst am 25. Dezember frohe Weihnachten.»

Irgendwie bekomme ich gerade wieder Kopfschmerzen. «Okay, dann ... wünsche ich dir eben morgen frohe Weihnachten.»

«Liv, was ist los?»

«Ich will mehr über meinen Vater wissen.»

Stille.

«Ich wüsste gern, wer er ist.»

Stille.

«Was für ein Mensch er war.»

Stille.

«Wie ihr euch verliebt habt.»

«Wer sagt, dass wir verliebt waren?»

Getroffen sacke ich in mich zusammen. Natürlich. Vermutlich sollte mich das nicht überraschen, aber hat es denn nicht mal für einen kurzen Moment Liebe im Leben meiner Mutter gegeben? Blöderweise muss ich jetzt an Kjer denken, und ein fieses Ziehen beginnt, sich in meinem Magen auszubreiten. «Weiß er, dass es mich gibt?», frage ich leise.

«Nein.»

«Du hast ihm nie erzählt, dass du schwanger warst?» So etwas wie Wut legt sich dankenswerterweise über den Schmerz.

«Wieso hätte ich das tun sollen?»

«*Wieso?*» Meine Stimme überschlägt sich beinahe. «Vielleicht hätte er das wissen wollen! Vielleicht hätte das alles geändert! Vielleicht hätte ...», mich wenigstens einer von euch beiden geliebt. Diesen Satz schlucke ich mühsam hinunter.

«Es hätte nichts geändert, Liv.» Dass die Stimme meiner Mutter plötzlich sehr viel sanfter klingt, lässt mich wachsam werden. «Dein Vater war nur ein schäbiger Journalist, der mich gevögelt hat, um an Interna heranzukommen. Ein verkommenes Individuum, dessen einzige Fähigkeit es war zu lügen.» Noch immer fließt mir ihre Stimme katzengleich freundlich entgegen. Der Druck in meinem Kopf nimmt zu. «Dass ich aufgrund dieser Geschichte schwanger werden würde», sie lacht bitter auf, «das war natürlich eine unschöne Überraschung.»

Ich. Eine unschöne Überraschung.

«Wieso hätte ich ihm also von dir erzählen sollen? Meinst du, das hätte ihn interessiert?» Jetzt klingt sie wieder so kühl wie gewohnt. «Er war aus meinem Leben wieder draußen. Das war gut so. Du warst drin. Damit kam ich klar.»

Ich nicht. Ich kam nie besonders gut damit klar. Aber ich gehe davon aus, dass meine Mutter das nicht einmal bemerkt hat.

«Du hättest abtreiben können», bringe ich mit gepresster Stimme heraus.

«Dafür war es zu spät.»

✦ ✦ ✦

Ich weiß nicht, ob ich jemals wieder aufhören könnte zu weinen, säße ich jetzt in meiner kleinen Wohnung in Hamburg-Ottensen. Doch das Meer in seiner Weite scheint einen Teil meiner Trauer irgendwann in sich aufzunehmen.

Es ist ja nicht so, dass ich es tief in mir nicht gewusst hätte. Meine Mutter hat mir schon immer gezeigt, dass sie mit mir nichts anzufangen weiß. Ich dachte nur lange, wäre ich besser, perfekter, wäre ich mehr das Kind, das sie sich gewünscht hat ... Aber sie hat sich gar kein Kind gewünscht. Nicht mich und auch kein anderes.

Eine Möwe segelt mit einem wilden Schrei über den Klippenrand. Weit draußen über dem Meer fliegt sie einige Kreise, lässt sich plötzlich ein Stück herabfallen und schießt dann wieder zu den Wolken empor.

Ich stütze das Kinn auf die Knie und umschlinge meine Beine. Vor mir im struppigen, vertrockneten Gras sehe ich ein kleines Mädchen, das Mädchen, das ich einmal war. Seine langen Haare wehen im Wind, und es schaut mich an.

Weißt du, denke ich, du hast gar nichts falsch gemacht. Du hast nie etwas falsch gemacht, du hast nur leider immer eine falsche Mutter gehabt.

Ich schließe die Augen, und als ich sie wieder öffne, ist das Mädchen nicht mehr da. Eine Weile noch sitze ich auf dem flachen Felsen, denke an meine Mutter, an meinen unbekannten Vater, an meine Großeltern.

Ich denke an Kjer.

Dann gehe ich zurück.

✦ ✦ ✦

Ich wusste, irgendwo habe ich Kerzen gesehen. Sie liegen in dem großen Schrank im ersten Stock in einem Schuhkarton, und ich trage gleich drei der dicken, runden Stumpen die Treppen hinauf. Eine kommt auf die Fensterbank neben dem Küchentisch, eine stelle ich in meine Fensternische und die letzte auf den Schrank an meinem Bett. Dann klappe ich die Wäschetruhe auf und hole das kleine Geschenk heraus.

Ich will es im Wohnzimmer öffnen, und ich will es zelebrieren. Meine Großeltern haben mir früher natürlich auch Weihnachtsgeschenke geschickt, aber meistens erhielt ich sie später, und wenn sie einmal rechtzeitig kamen, hat meine Mutter sie nur wortlos in mein Zimmer gelegt. Sie schienen mir immer seltsam fehl am Platz zu sein, und als ich später bei meinen Großeltern wohnte, kam ich mir Heiligabend gleich selbst fehl am Platz vor. Der Baum, die Lieder, die kitschige Weihnachtsdekoration überall – obwohl ich mir nichts anmerken ließ, passte ich in dieses Bild nicht hinein.

Hier im Leuchtturm dagegen, zwischen den Kissen in der Fensternische sitzend, neben mir die brennende Kerze und in meinen Händen dieses kleine Päckchen, fühlt sich alles genau richtig an.

Ich muss lächeln. Zumindest kann Kjer nicht für sich in Anspruch nehmen, die einzige verkorkste Person zu sein.

Sorgfältig entferne ich die Klebestreifen, jeden einzelnen, bevor ich das Geschenkpapier aufschlage. Eine einfache dunkelblaue Schachtel. Es ist ein Schmuckkästchen, und ich beiße mir von innen in die Wange, während ich den Deckel aufklappe.

Auf dunklem Stoff liegt eine feingliedrige, silberne Kette mit einem winzigen Stern.

Hier bin ich, einfach ich in einem Leuchtturm, und in den Händen halte ich das schönste Geschenk, das ich jemals erhalten habe.

Behutsam löse ich die feine Kette von ihrem Platz, lasse sie in meine Handfläche gleiten, bewundere den hellen Schimmer, der von ihr ausgeht, bevor ich den Verschluss öffne und sie umlege. Der Stern ruht in der kleinen Mulde an meinem Hals, ich kann ihn nicht sehen, aber einige Sekunden lang fühlen, bevor er sich der Temperatur meiner Haut anpasst.

Ich rutsche aus der Nische heraus. Es ist kein wirklicher Plan, mehr eine Idee, die ich beginne umzusetzen, bevor mein Hirn sich Gegenargumente zurechtlegen kann.

Wenige Minuten später stehe ich mit einer Taschenlampe in der Hand im Erdgeschoss, die Deckenlampe ist das einzige Licht, das im Leuchtturm noch brennt. Diesmal zögere ich nicht minutenlang, bevor ich den letzten Schalter drücke. Dunkelheit umgibt mich, aber der helle Strahl der Lampe erfasst die Wendeltreppe. Meine Fingerspitzen berühren den winzigen Stern, und ich laufe los, den Blick stur auf das Licht gerichtet. Die Wendeltreppe nach oben in den ersten Stock. Von dort aus die Treppen hinauf ins Wohnzimmer. Mittlerweile habe ich eine Faust um den Stern geschlossen, und ich kann fühlen, wie mein Körper zum Angriff ausholt. Der Lichtstrahl beginnt zu zittern, während ich die Stufen emporsteige, die zum Schlafzimmer führen. Hinter mir zieht sich die Schwärze zu einem saugenden Loch zusammen, ich darf mich nicht umdrehen, sonst werde ich fallen.

Der dritte Stock ist geschafft, nur noch eine Treppe. Nur noch eine. Nur noch ... Ich stolpere, und die scharfe Kante einer Stufe ratscht mein Schienbein entlang, weil ich zu hastig die letzten Stufen zur Küche hinaufeilen will. Aber ich fange mich. Meine Zähne sind so fest aufeinandergepresst, dass es schmerzt.

Dann habe ich es geschafft, mit einer verschwitzten Hand schlage ich auf den Lichtschalter neben dem Kühlschrank, und es wird wieder hell. Ich lasse den Kopf in den Nacken sinken und hole das erste Mal, seit ich aus der Fensternische geglitten bin, tief Luft. Oh Gott, ich hab's geschafft. Den ganzen Weg vom Erdgeschoss bis hinauf zur Küche, ich hab's geschafft! Vor Glück lache ich auf, meine Hand umfasst noch immer Kjers Stern. Ich würde es ihm so gern erzählen, und zwar persönlich, nicht nur durch ein paar blasse Worte auf dem Display seines Handys, und wenn wir uns das nächste Mal sehen, werde ich das vielleicht auch tun.

Noch immer voller Adrenalin, blicke ich mich um. Airin feiert gerade Weihnachten mit Susannah und ihrer Mutter, und auch wenn ich ihr zunächst einmal von meiner absurden Angst vor der Dunkelheit erzählen müsste, fällt mir außer ihr nur noch mein Opa ein, dem ich von meinem Erfolg würde berichten wollen. Kurz sehe ich auf die Uhr. Das mache ich wohl besser morgen. Aber ich könnte ...

Ich zünde die Kerze in der Küche wieder an und eile hinunter ins Wohnzimmer. Dass ich dabei jedes einzelne Licht wieder anmache, ist okay. Man muss ja nicht gleich zu viel erwarten.

Der Rechner liegt auf dem Sekretär neben dem Globus, und ein paar Tastenklicks später strahlt mir meine Blogseite entgegen.

Tag 53 von 181
Frohe Weihnachten, ihr Lieben!
Ich hoffe, ihr feiert gerade alle ein wunderbares Fest, vielleicht im Kreis eurer Familie, vielleicht allein – Hauptsache, es geht euch gut und ihr seid glücklich.
Ich bin es in diesem Moment, denn erinnert ihr euch noch an den zweiten Punkt meiner Challenge?
Einmal den Leuchtturm hinauf und wieder hinunter, und zwar um kurz vor Mitternacht – ich hab's geschafft! Und ich lasse das gelten, auch wenn es noch nicht Mitternacht ist! ☺
Wollt ihr wissen, was mir dabei geholfen hat? Das beste Weihnachtsgeschenk aller Zeiten, mein eigener Stern, mein eigenes Licht.

Das Bild vom Anhänger um meinen Hals wird ein wenig pixelig, die Beleuchtung ist zu schwach, doch das ist mir egal. Euphorisch lade ich es hoch, ohne auch nur noch einen zweiten Versuch zu unternehmen, es schärfer hinzubekommen, und Sekunden später tippe ich auf ‹Veröffentlichen›.

So.

Und jetzt gibt's ein Weihnachtsessen, irgendwas, mal gucken, was der Kühlschrank so hergibt, dann beantworte ich noch all die Glückwünsche, die in der nächsten halben Stunde sicherlich eintreffen werden, und danach geh ich ins Bett.

Wer hätte gedacht, dass ich mich nach dem Telefonat mit meiner Mutter heute noch einmal so fühlen würde?

Ein Schatten legt sich auf meine beglückte Stimmung, doch ich schüttele ihn ab. Vergiss es. Heute nicht. Heute wird sie mich nicht mehr runterziehen, auch wenn ich ziemlich sicher bin, dass es ihr noch einige Male gelingen wird.

In der Küche reiße ich den Kühlschrank auf und starre hinein.

Eigentlich wollte ich mir wirklich Mühe mit dem Essen geben, allerdings bin ich schon jetzt viel zu neugierig auf den Applaus meiner Follower. Es werden daher nur gebackene Süßkartoffeln, und noch während die im Ofen rösten, eile ich wieder hinunter an den Rechner.

> *Frohe Weihnachten, Liv, und WOW! Du Heldin! So was machst du ausgerechnet heute?* ☺

> *Herzlichen Glückwunsch und fröhliche Weihnachten!*

> *Awwwww, die Kette ist so süß – von wem ist die denn?* ❤

> *Gratuliere. Hätte ich auch nur geahnt, dass diese Kette über Zauberkräfte verfügt ...* ☺

Mein Kopf ist plötzlich wie leergefegt. Die letzte Nachricht kommt von einem k_inthecastle, auf dem Avatarbild ist eine Gitarre zu sehen. Sekundenlang starre ich den Bildschirm an, dann richte ich mich langsam auf.

Jetzt ... muss ich erst mal alles nachlesen, was ich bisher auf meinem Blog über Kjer geschrieben habe.

19

Airin kehrt nach den Weihnachtsfeiertagen nach Castledunns zurück, nach eigener Aussage um zehn Kilo schwerer und in zwiegespaltener Stimmung.

«Was Susannah an Callan findet, ist mir echt ein Rätsel», erklärt sie mir am Telefon. Ich sitze gerade mit meinem zweiten Kaffee in der Küche und schmiere Marmelade auf ein Brötchen.

«Dieser Typ ist den ganzen Tag am Nörgeln. Mach es so, mach es nicht so, kauf dies, kauf das nicht, wieso müsst ihr so laut sein, ich versuche hier zu schlafen. Um halb neun! Liv! Wer bitte legt sich um halb neun ins Bett und meckert dann rum, weil er nicht schlafen kann, wenn andere noch Karten spielen?»

«Hört sich schräg an.»

«Es war auch schräg», betont Airin. «Aber trotzdem schön, vor allem, meine Mutter mal wiederzusehen. Du hättest dabei sein sollen, noch eine Frau mehr im Haus, und Callan wäre vielleicht ausgezogen.» Sie kichert. «Aber jetzt zu den wirklich wichtigen Dingen: Du hast ein Weihnachtsgeschenk von Kjer bekommen?»

Unwillkürlich gleitet meine Hand zu dem Anhänger an meinem Hals.

«Das ist ja mal was völlig Neues – man könnte fast glauben, diesmal meint er es ernst.» Im nächsten Moment fügt sie hinzu: «Entschuldige, das war unsensibel. Es hat mich nur so überrascht, aber ich wollte jetzt keine neuen Hoffnungen bei dir wecken.»

«Keine Sorge. Wir reden ohnehin nicht mehr miteinander.»

«War er letzten Freitag nicht da?»

«Doch, aber das zählt nicht. Er hat mir nur meine Sachen gebracht und ist wieder gegangen. Ich hätte gedacht ...» Die Sternspitzen piken in meine Finger.

«Was denn?»

«Ich weiß auch nicht. Dass er noch mal herkommen würde. Nicht wegen der Einkäufe. Oder dass er wenigstens mal eine Nachricht schreibt.»

Nicht einmal auf meine WhatsApp, mit der ich mich für die Kette bedankt habe, hat er geantwortet.

«Er hat immerhin einen Kommentar auf deinem Blog hinterlassen», erinnert mich Airin.

Das stimmt, und ich bin immer noch froh, dass ich mich in meinem Blog – außer über sein Äußeres – nicht näher über ihn ausgelassen habe. Dass die ganze Welt ihn attraktiv findet, wusste er vermutlich schon vorher.

«Wir reden eben von Kjer», sagt Airin. «Dass ihr halbwegs normal miteinander umgehen könnt, ist doch besser als nichts, oder? Wenn man bedenkt, dass du noch eine Weile hier sein wirst.»

«Ja, sicher», murmele ich und stehe auf, um den Frühstücksteller abzuräumen.

«Hast du Lust, Silvester mit ins *Brady's* zu gehen?»

«Klar. Kann ich bei dir übernachten?» Ob Kjer wohl auch da sein wird?

«Natürlich! Soll ich Ryan fragen, ob er dich abholen kann?»

«Okay.»

Theo wäre mir sehr viel lieber, doch erstens kann ich das

Airin schlecht erklären, und zweitens hat ein älterer Mann vermutlich auch Besseres zu tun, als mich ständig hin- und herzuschippern, ganz egal, wie nett er die letzten Male war.

«Gut, ich sag dir Bescheid, wann Ryan Zeit hat, dich abzuholen, ja? Bis dann, Liv!»

Seufzend verabschiede ich mich und lege das Handy weg, bevor ich den Wasserhahn aufdrehe, um das Geschirr abzuspülen. Hoffnung. Man hofft einfach immer weiter und weiter. Ist das gut? Dass man niemals aufhört zu hoffen?

Kommt vermutlich darauf an, worum es geht.

✦ ✦ ✦

Kurz darauf sitze ich mit dem Rechner auf den Oberschenkeln am Fenster im Wohnzimmer und starre ungläubig auf den Absender der Mail, die beinahe ganz oben in meinem Mailordner liegt.

Mittlerweile habe ich nicht mehr damit gerechnet, dass Kristina sich melden würde, aber da ist sie, die Antwort, auf die ich seit Monaten warte. Jetzt bin ich gespannt. Ach was, ich sterbe vor Neugier!

Es dauert ein paar Sekunden, bis der Inhalt der Mail sich bequemt, auf dem Monitor zu erscheinen, und in dieser Zeit beiße ich mir auf die Fingerknöchel.

Liebe Liv,
es wundert mich wirklich, dass du wieder und wieder nachfragst, warum ich mein Einverständnis für die Veröffentlichung unseres Interviews zurückgezogen habe. Im Anhang findest du all die Stellen markiert, die unserer zuvor getroffenen Vereinbarung widersprechen.

Bitte sieh von weiteren Nachrichten ab, ich werde sie nicht mehr lesen.
Mit freundlichen Grüßen,
Kristina Atkins

All die Stellen? Was zum Teufel meint sie damit? Mit gerunzelter Stirn öffne ich den Anhang.

Es dauert nur Sekunden, bis mich ein böser Verdacht beschleicht, und noch ein paar Sekunden später senkt sich ein Stein in meinen Magen. Ich kenne das Interview mit Kristina in- und auswendig, ich habe es gefühlt eine Million Mal gelesen – und dieses Interview ist nicht meins.

Teilweise sind es nur geringfügige Änderungen, aber sie sind effektiv. Sie lassen Kristinas Antworten auf eine sehr subtile Art lächerlich wirken oder streuen gehässig Zweifel am Wahrheitsgehalt ihrer Aussagen. Einige Absätze sind verschwunden, dafür tauchen Sätze auf, die Kristina nie gesagt hat, jedenfalls nicht so. Es ist ein Interview, über das man lachen kann, bei dem man die Augenbrauen hochzieht oder den Kopf schüttelt, und es hinterlässt das Gefühl, Kristina sei eine bedauernswerte, überspannte Schauspielerin, die dem Druck der Filmindustrie nicht gewachsen war.

Es ist nicht mehr mein Interview.

Es ist Danas.

Es muss Dana gewesen sein.

Freundin, Arbeitskollegin, Konkurrentin.

Ersteres traf wohl nie zu.

Sie hat das Interview an Kristinas Management geschickt, sie hat mir angeboten, für mich nachzufragen, warum es zurückgewiesen wurde. Wie oft hat sie sich besorgt erkundigt, ob das Management sich zurückgemeldet habe? Ich dachte, sie sorgt sich um mich, dabei hatte sie wohl eher Angst, ihr mieser Plan könne auffliegen. Und das hätte ja auch ganz leicht passieren können. Hätte Kristina früher auf meine Mails reagiert, hätte sie in das Interview geguckt, das ich ihr extra noch mal geschickt hatte ... aber sie war wohl zu verletzt über meinen vermeintlichen Verrat.

Verdammt.

Kristina tut mir so leid. Ich tue mir leid. Und, verflucht, Dana wird es auch noch leidtun!

Wütend springe ich auf, um sie anzurufen, dann halte ich inne und setze mich zögernd zurück auf die Fensterbank. Nein. Nein, ich werde sie nicht anrufen. Und ich werde auch keine Zeit für eine Mail an sie verschwenden.

Menschen wie Dana oder meine Mutter – man kann sich an ihnen abarbeiten, doch meistens trifft man sich selbst dabei härter, als man sie treffen könnte.

Stattdessen werde ich Jan Brehmer schreiben. Ich werde ihm beide Versionen des Interviews zusammen mit einem entsprechenden Statement schicken, und danach schreibe ich Kristina. Wenn ich in die Betreffzeile die Worte DU HAST EIN VERFÄLSCHTES INTERVIEW ERHALTEN setze, klickt sie meine Mail vielleicht nicht einfach weg. Ob das Interview doch noch im *Globus* erscheinen wird, ist mir völlig egal. Aber ich will nicht, dass Kristina denkt, ich hätte sie nur ausgenutzt. Ich war zu leichtsinnig, zu naiv, doch wenn sie mich lässt, werde ich mich dafür bei ihr entschuldigen. Ich habe mich in Dana getäuscht, aber Kristina soll wissen, dass sie sich nicht in mir getäuscht hat.

✦ ✦ ✦

Wie ich mich Ryan gegenüber verhalten soll, weiß ich überhaupt nicht. Als er mich Samstagabend abholt, ist er so nett wie immer, und im Gegensatz zu den letzten Malen, die wir uns getroffen haben, scheint er darauf zu achten, einen angemessenen Abstand zu mir einzuhalten. Was ihn allerdings nicht daran hindert, mich mit Komplimenten zu überschütten. Kaum zu glauben, wie gut ich in meiner Antarktisjacke und mit bis zur Nasenspitze hochgezogenem Schal offenbar aussehen kann.

Fand ich es bisher nur schwierig, seine Flirtversuche einigermaßen elegant zu umschiffen, so ist mir die Rolle, die er in der Geschichte mit Kjer gespielt hat, derart zuwider, dass es mir schwerfällt, ihn das nicht spüren zu lassen.

Als wir am Pub ankommen, öffnet Ryan die Tür und zieht mit Schwung den Vorhang dahinter beiseite. Gemeinsam drängen wir uns in die erhitzte Menge hinein. So voll habe ich das *Brady's* noch nie erlebt – ganz Castledunns scheint hier zu sein, und die Band spielt auch wieder. Etwas beklommen denke ich an das letzte Mal, als ich bei einem von Kjers Auftritten zugesehen habe. Vielleicht bleibe ich heute einfach am Tisch sitzen und tu mir das gar nicht erst an.

«Liv! Ryan!» Airin steht halb auf dem Tisch, in ihrem Versuch, uns auf sich aufmerksam zu machen. «Hey!» Sie fällt mir in die Arme. «Na endlich! Wir verteidigen diesen Platz seit Stunden mit unserem Leben!»

«Glaub ihr kein Wort, wir sind erst seit zwanzig Minuten da, und netterweise hat Kjer uns zu einem Tisch verholfen. Hi», stellt sich die sommersprossige Frau vor, die sich ebenfalls erhoben hat. «Ich bin Madison. Und das ist mein Freund Henry. Schön, dich kennenzulernen.» Madison strahlt mich an. Sie hat ein schmales Gesicht und reicht mir gerade mal bis zur Schulter.

Ihr Freund Henry dagegen ist sogar noch größer als Ryan, stelle ich fest, als er sich von seinem Stuhl erhebt, um mir die Hand zu reichen. «Hi, Liv. Ryan!» Henry klopft Ryan freundschaftlich auf den Rücken. Zu fünft setzen wir uns an den runden Tisch, und Ryan hält Minuten später eine Frau mit Tablett in den Händen auf, die eilig an uns vorüberrennen will, und bestellt Getränke.

«Ist Seanna gar nicht da?», frage ich.

«Doch, bestimmt. Aber allein ist das hier heute nicht zu stemmen.» Ryan beugt sich zu mir, um sich in dem Lärm verständlich zu machen, seine Schulter berührt meine, und unwillkürlich weiche ich ein Stück zurück. Falls er das bemerkt hat, lässt er sich nichts anmerken.

In der nächsten Dreiviertelstunde bin ich überwiegend damit beschäftigt, Madison von meinem Inselleben zu berichten, bis sie mir plötzlich eine Hand auf den Arm legt und ruft: «Oh, Moment, Liv, ich liebe diesen Song! Henry! Lass uns vor zur Bühne gehen, ja?» Ohne abzuwarten, ob Henry ihr folgen wird, springt sie auf und ist im nächsten Moment zwischen den Leuten verschwunden. Henry erhebt sich gutmütig und drängt sich seiner Freundin hinterher – riesig, wie er ist, dauert es sehr viel länger, bevor er aus unserem Blickfeld verschwunden ist.

«Und du?» Airin hat gerade ihr Guinness geleert und sieht mich über das Glas hinweg an. «Willst du nicht mitgehen?»

«Vielleicht später», weiche ich aus. «Ich besorge uns mal neue Getränke, ja?»

«Lass nur, ich übernehme das.» Ryan, der unseren kurzen Wortwechsel mitverfolgt hat, steht auf. «Bleibt es beim Guinness?»

Wir nicken, und mit den leeren Gläsern macht er sich in Richtung Bar auf. Wie ich es erwartet habe, nutzt Airin die Gelegenheit, zu mir aufzurutschen. «Gehst du Kjer jetzt aus dem Weg?», fragt sie neugierig.

«Ich kann einfach darauf verzichten, ihn mit anderen Frauen rummachen zu sehen», gebe ich zurück und lächle dabei so unbekümmert, wie mir das in dieser Sekunde möglich ist.

«Ach, Liv.» Airin streicht über meinen Arm. Meine Schauspielkunst bewegt sich offenbar in enggesteckten Bereichen. «Denk einfach nicht mehr an Kjer. Sollen wir dich nicht doch mit Ryan verkuppeln?»

«Auf keinen Fall!» Meine Antwort fällt so vehement aus, dass Airin mich erstaunt ansieht.

«Was ist los? Hast du dich mit ihm gestritten?»

«Nein ... nein, es ist nur ...»

«Airin!» Eine Frau, die aussieht, als gehe sie bereits auf die sechzig zu, breitet die Arme aus. «Wir haben uns so lang nicht gesehen!»

Airin springt auf. «Hazel!»

Ich erwidere Airins entschuldigendes Lächeln, das sie mir zuwirft, bevor sie die Frau namens Hazel umarmt und auf Madisons Stuhl zieht. Kurz stellt Airin sie mir als gute Freundin der Familie und als Mutter von Dean, dem Barkeeper, vor, doch nach ein paar Minuten Smalltalk reden sie über gemeinsame Bekannte, und ich höre nur noch mit halbem Ohr zu. Den ganzen Abend schon versuche ich Kjers Stimme auszublenden, bemühe ich mich angestrengt, nicht daran zu denken, dass er nur ein paar Meter von mir entfernt hinter dieser Wand an Leuten steht. Jetzt, wo ich mich mit niemandem mehr unterhalte, gelingt es mir nicht mehr. Die Band stimmt gerade ein Cover von Nick Cave an, sie ist dazu übergegangen, Songs auf Zuruf zu spielen, und kurz entschlossen stehe ich auf. Nur ein paar Minuten.

Airin lächelt mir zu, als ich eine Kopfbewegung in Richtung Bühne mache und beginne, mich vorwärtszuarbeiten. Wenn ich sitzen bleibe, muss ich mich gleich mit Ryan unterhalten, erkläre ich mir selbst, nur deshalb quetsche ich mich jetzt Stück für Stück immer weiter nach vorn. Noch bevor ich es geschafft habe, auch nur einen kurzen Blick auf die Band zu werfen, entdecke ich Abigail. Heute steht sie nicht direkt vor der Bühne, und ich sehe auch, warum. Ein gutaussehender Typ hat ihr einen Arm um die Schultern gelegt, und sie hält seine locker herabhängende Hand umklammert. Irgendwie wirkt sie unzufrieden. Als spüre sie, dass ich sie ansehe, schaut sie plötzlich in meine Richtung, und hastig schiebe ich mich hinter einen breitschultrigen, bärtigen Typen, um ihrem Blick zu entgehen.

Als die letzten Töne des Nick-Cave-Covers verklingen, brüllen die Leute die Songs, die sie als Nächstes hören wollen, durch den Pub. Die Band sucht sich *Beds are Burning* von Midnight Oil aus, und in dem Moment, in dem Kjer zur ersten Zeile ansetzt, drängele ich mich etwas rabiat zwischen den letzten beiden Typen hindurch, die noch zwischen mir und der Bühne stehen. Sie sind beide größer als ich, und ich schenke ihnen ein entschuldigendes Lächeln, das sie glücklicherweise erwidern.

Dann sehe ich Kjer. Die anderen sind natürlich auch wieder da – der Kerl mit dem runden Hut am Piano, der blonde Typ mit seiner Violine, jemand bearbeitet das Schlagzeug, und heute ist sogar ein fünfter Musiker mit Ziehharmonika auf der Bühne, was dem Song eine beschwingte Note verleiht, die er im Original ganz sicher nicht hat – doch es ist Kjer, der die Musik für mich so besonders macht.

Seine Stimme ist nicht ganz so tief wie die des Sängers von Midnight Oil, aber sie passt trotzdem gut zu dem Lied, gerade in dieser Version. Er schafft es, jedem Song Leben und Gefühl einzuhauchen. Statt hier in Castledunns den Gelegenheitstouristenführer zu machen, sollte er es wirklich mal ernsthaft mit seiner Musik probieren. Ich möchte dann allerdings gern auf der anderen Seite der Erde sein. Oder vielleicht auch auf dem Mond. Irgendwo, wo man nichts darüber erfährt, dass sich der neuste irische Rockstar durch die Betten sämtlicher Victoria's-Secret-Models schläft.

Kjer hat mich noch nicht bemerkt, er geht zu sehr in dem Song auf, und als das Lied zu Ende ist, tritt er einige Schritte zurück und sagt lachend irgendetwas zu dem Typen mit der Violine. Die nächsten Wünsche fliegen durch die Luft, jemand will *The Final Countdown* hören, eine Frauenstimme ruft: «*We will rock you*», wird aber übertönt von *Fairytale of New York*. Darauf schießen sich die Leute ein, und angespannt schiebe ich die Hände in die Jeanstaschen. Wenn es das wird, gehe ich zurück zum Tisch. Das kann Kjer mit Abigail bestimmt auch, ohne dass ich dabei zuschauen würde – irgendwie bin ich mir sicher, dass ihr Date sie nicht davon abhalten würde, von Kjer zu nehmen, was sie kriegen kann.

Kjer allerdings schüttelt den Kopf, auch dann noch, als sogar der Violinenmann auf ihn einredet. Dann blickt er auf und sieht mich direkt an. Von wegen, er hat mich noch nicht bemerkt.

Seine Finger legen sich um den Gitarrenhals, und er schenkt mir ein kaum wahrnehmbares Lächeln. Ohne auf seine Bandkollegen zu warten, tritt er ans Mikro und beginnt zu singen, und mir bleibt das Herz stehen, als ich höre, was er da singt. Ich kenne das Lied. Es ist von 3 Doors Down. Und der Text ...

Der Typ am Piano fällt zuerst ein, das Schlagzeug folgt unmittelbar darauf. Kjer wendet seinen Blick nicht eine Sekunde von mir ab, und ein Schauer kriecht langsam meine Wirbelsäule hinauf.

I'm here without you baby, but you're still on my lonely mind ...

Er singt diese Worte, und er sieht mich dabei an. Nur mich. *I think about you baby and I dream about you all the time ...* Der Rest der Welt löst sich auf. Da sind nur noch Kjer und ich, und ich wünschte, dieser Moment würde niemals vorübergehen. Jede Faser meines Körpers will sich in seine Arme stürzen, doch ich bleibe stehen, und irgendwann wird es still. Die letzten Töne der Gitarre verklingen. Jemand hat einen Arm um meine Hüfte gelegt, ich sehe zur Seite und stelle fest, dass es Airin ist. Natürlich ist es nicht leise im Pub, die Leute unterhalten sich und lachen und rufen dem Barkeeper ihre Bestellungen entgegen, doch unmittelbar vor der Bühne scheinen alle den Atem anzuhalten.

Kjer senkt für einen Augenblick den Kopf, dann sieht er wieder auf. «Pause.» Er schiebt den Typen mit der Violine beiseite und steigt von der Bühne, drängt sich an einigen Frauen vorbei, die ihm entgeistert hinterherstarren. Dann verschwindet er zwischen den Leuten.

«Kommst du, Liv?»

Ich muss einige Male blinzeln, bevor zu mir durchdringt, dass Airin mich gerade etwas gefragt hat. «Was? Ja. Ja, sicher. Ich ...» Hab ich das gerade geträumt? Und wenn ich es nicht geträumt habe ... «Er hätte auch *We will rock you* singen können, oder, Airin?»

Airin lacht auf. «Ja, das hätte er.»

Sie beginnt, sich zurück zu unserem Tisch zu drängeln, und zieht mich hinter sich her. Benommen folge ich ihr. Wohin ist Kjer gegangen? Am liebsten würde ich ihn suchen, ich will ihn jetzt sehen. «Airin, warte mal.» Ich halte sie am Arm fest. «Weißt du ... wohin ...»

«Kjer ist bestimmt an der Bar.» Airin tritt zur Seite, weil Seanna sich gerade mit vier vollen Guinnessgläsern an uns vorbeidrückt, und ich blicke in die Richtung, aus der sie kommt, ohne zwischen all den Menschen Kjer ausmachen zu können.

«Na los», sagt Airin gutmütig. «Ich brauche eh was Neues zum Trinken.»

Diesmal bin ich es, die uns einen Weg bahnt. Suchend sehe ich mich um, kann Kjer jedoch nirgends entdecken. Es ist so verdammt voll hier drin. Wo ist er nur?

«Na, vermisst du jemanden?»

Ryan. Ich habe mich zu sehr darauf konzentriert, Kjer zu finden, und ihn dadurch glatt übersehen. Er hält ein Whiskeyglas in der Hand, das er jetzt auf dem Tresen abstellt, dann baut er sich vor mir auf. «Ich hab echt gedacht, du wärst nicht wie die anderen.» Sein Atem stinkt nach Alkohol, und meinen Versuch, zwischen ihm und mir etwas mehr Abstand herzustellen, quittiert er, indem er sich noch etwas weiter vorbeugt. «Aber du bist genauso bescheuert wie jede andere Schlampe auch.»

«Ryan!» Fassungslos tritt Airin neben mich. «Sag mal, geht's dir noch gut?»

Ryan beachtet sie gar nicht. «Meinst du, du bist die Erste, für die er hier gesungen hat? Bist du echt so beschissen dämlich, dass du nicht kapierst, dass das eine Masche von ihm ist? Du hast doch ...»

Er torkelt zur Seite. Kjers Hand hat ihn so hart an der Schulter zurückgerissen, dass Ryan einen Augenblick lang schmerzverzerrt das Gesicht verzieht, doch er fasst sich schnell wieder. «Wenn man von Arschlöchern spricht.» Gehässig grinst er Kjer an, der ihn jetzt loslässt und ausdruckslos ansieht. Dann wendet er sich einfach von Ryan ab, auf dessen Gesicht erst Verblüffung, im nächsten Moment so etwas wie Scham und schließlich Wut auftaucht. «Du verfickter ...» Ryan holt mit der Faust aus, und ich höre Airin aufschreien, doch bevor er zuschlagen kann, packt ein riesiger Kerl im Holzfällerhemd sein Handgelenk. «Immer mit der Ruhe. Hier drin prügelt sich keiner.» Ohne dabei auch nur eine Miene zu verziehen, verpasst er Ryan einen Stoß. «Mach keinen Ärger, sonst fliegst du hier raus.»

Ryan sieht sich um. In den Gesichtern der Umstehenden findet er offenbar nicht das, was er sucht. Rückwärts tritt er einige Schritte zurück, hektische rote Flecken sind auf seinem Hals aufgetaucht. «Dann lass dich doch von ihm ficken, Liv! Sei einfach irgendeine Nummer auf seiner beschissenen Liste, offenbar hast du's ja nö...»

Weiter kommt er nicht, da hat Kjer sich wieder zu ihm umgedreht. Im Gegensatz zu Ryan ist er ziemlich schnell, und nur weil ich ihn nicht aus den Augen gelassen habe, gelingt es mir noch, zwischen die beiden zu treten, bevor Kjers Faust ein Ziel finden oder der Typ im Holzfällerhemd wieder eingreifen kann.

«Kjer!»

Sein erhobener Arm sackt herunter, die geballten Finger jedoch lösen sich nicht. Mit schmalen Augen sieht er mich an, nur mühsam findet er zu seinem gewohnt entspannten Ausdruck zurück. Erst in dieser Sekunde wird mir so richtig klar, dass vermutlich mehr als einmal hinter genau diesem Gesichtsausdruck gänzlich andere Gefühle getobt haben als nonchalante Gelassenheit. Ohne Ryan noch einmal anzusehen, wendet er den Blick ab, schiebt ein paar Gaffer zur Seite und verschwindet in Richtung Ausgang.

Kjer hat seine Gefühle einmal mehr verborgen, mir gelingt das nicht, als ich mich jetzt zu Ryan umdrehe. Der hat die Arme verschränkt und grinst spöttisch auf mich herunter.

«Was bist du nur für ein armseliger Idiot.» Dass überall interessiert die Hälse gereckt werden, ist mir egal. «Krieg du erst mal deinen erbärmlichen Minderwertigkeitskomplex auf die Reihe, bevor du hier deine dämliche Klappe aufreißt!»

Ryans überhebliches Grinsen verschwindet, jetzt sieht er nur noch wütend aus. Um uns herum ist es verhältnismäßig leise geworden, und ich wappne mich gegen Ryans Antwort.

«Kjer muss es dir ja ziemlich gut besorgt haben, was?» Er stopft beide Hände in die Taschen seiner Jeans und bemüht sich um eine lässige Position.

«Kjer», erwidere ich, «hat gar nichts damit zu tun, dass du ein Dreckskerl bist. Und wer auch immer es mir besorgt, du jedenfalls fickst dich nur selbst.»

Nur am Rande bekomme ich mit, dass diese Antwort für Gelächter sorgt. Ryans Mund öffnet und schließt sich, er tritt einigen Leuten auf die Füße, die ihn umgehend von sich stoßen, bevor er mir noch einen zornigen Blick zuwirft und sich als Nächstes ruppig eine Lücke zwischen den Umstehenden verschafft. Ein paar Pfiffe begleiten ihn.

Ich halte mich nicht länger damit auf, ihm hinterherzusehen, und drängele mich meinerseits zum schweren Vorhang vor der Eingangstür hindurch.

Kjer ist verschwunden. Frostige Nachtluft kühlt mein erhitztes Gesicht, die Uferstraße liegt in beiden Richtungen verlassen im Licht der Laternen.

«Liv?», sagt Airin leise. Sie ist hinter mir zur Tür hinausgetreten. Im Pub fangen die Leute an, grölend den Countdown bis zum Jahreswechsel hinunterzuzählen, und schweigend hören wir ihnen zu. Als sie bei null ankommen, tastet Airin nach meiner Hand. «Weißt du ... Du bist die Erste. Du bist die Erste, für die Kjer jemals gesungen hat.» Sanft drückt sie meine Finger. «Frohes neues Jahr.»

✦ ✦ ✦

Am Sonntagnachmittag bringt Theo mich zurück nach Caorach. Ich habe Kjer heute schon zwei Nachrichten geschrieben, auf die er nicht geantwortet hat. Ich wüsste gern, wo er gerade ist. Wie es ihm geht. Warum, verflucht noch mal, er sich nicht zurückmeldet.

Theo hat es heute eilig. Noch bevor ich den schmalen Strand erreicht habe, tuckert er schon wieder davon, und während ich den Klippensteig nach oben klettere, muss ich daran denken, wie ich am ersten Tag hier hinaufgekrochen bin, schwitzend vor Panik, ich könne abstürzen, und mit klopfendem Herzen, weil ich Kjer hinter mir wusste. Zumindest Ersteres hat sich verändert. Letzteres nicht. Mein Herz beginnt immer noch zu klopfen, wenn ich an Kjer denke.

Ich bringe die steilen, schmalen Stufen hinter mich und trete auf den Trampelpfad. Matthew erhebt sich vor mir wie ein alter Freund, kein bisschen nachtragend, weil ich ihn letzte Nacht allein gelassen habe. Herr Wedekind wäre bestimmt sehr erfreut darüber, könnte er meine Gedanken lesen – Auftrag ausgeführt, Sir, persönliche Bindung zum Leuchtturm ist aufgebaut.

Vermutlich habe ich es mit der persönlichen Bindung an Matthew, an Caorach und an Castledunns sogar ein wenig übertrieben. Davon, dass ich mich in Matthews Hausmeister verlieben soll, hat Herr Wedekind jedenfalls nichts gesagt.

Kjer, Kjer, Kjer.

Sollte ich jemals meine Biographie schreiben, werde ich den Namen Kjer nicht halb so oft erwähnen, wie er mir im Kopf herumschwirrt.

Kurz bevor ich Matthew erreiche, fällt mir auf, dass ich mich auf das Rauschen der Brandung, das Pfeifen des Windes und die Schreie der Möwen tatsächlich konzentrieren muss, um sie wahrzunehmen – ich stelle mir jetzt besser nicht vor, was die Geräuschkulisse Hamburgs bei mir in etwa vier Monaten auslösen wird.

Mit einem sanften Klicken gleitet der Schlüssel ins Schloss, sogar der Geruch hier drin fühlt sich mehr nach zu Hause an, als sich mein Hamburger Ein-Zimmer-Apartment jemals nach einem Zuhause angefühlt hat.

Würde jetzt noch Kjer im Wohnzimmer auf mich warten ... aber nein. Nein, natürlich nicht. Seufzend öffne ich meine Jacke und gehe zur Treppe.

Irgendwann wird er wieder von sich hören lassen, da bin ich beinahe sicher. Beinahe.

✦ ✦ ✦

In den nächsten Tagen führt jedes Summen meines Handys dazu, dass ich wie von der Tarantel gestochen aufspringe, um das Ding an mich zu reißen. Jedes einzelne Mal ist es allerdings Airin, von der ich bei unserem ersten Gespräch nach Silvester erfahre, dass Ryan sich für seinen Auftritt im *Brady's* schämt, er sich entschuldigt hat und es ihm wirklich leidtut. Als sie tatsächlich damit beginnt, ihn zu bedauern, beiße ich kurz die Zähne zusammen. In der Silvesternacht habe ich nicht viel zu den Vermutungen gesagt, die Airin über Ryans Verhalten angestellt hat, jetzt jedoch bricht es aus mir heraus.

«Er braucht dir nicht leidtun, Airin, er hat das absolut verdient.»

«Liv! Ryan mochte dich! Natürlich hat es ihm etwas ausgemacht, dass du stattdessen mit Kjer ...»

«Ja, Ryan ist eifersüchtig auf Kjer, vermutlich schon viel länger, als du ahnst. Er ist ihm in den Rücken gefallen, sobald sich ihm die Gelegenheit dazu geboten hat, und ich wäre mir nicht so sicher, dass es Ryan wirklich um mich ging und nicht nur darum, Kjer einen reinzuwürgen. Er ...»

An dieser Stelle unterbreche ich mich abrupt.

«Was meinst du damit?», hakt Airin vorsichtig nach.

«Lass es gut sein, Airin», erwidere ich müde. «Ich kann dir nicht mehr darüber erzählen, es wäre nicht fair Kjer gegenüber.»

«Okay.» Airins Stimme klingt dünn. «Ich bin froh, dass du es geschafft hast, zu Kjer durchzudringen, Liv.»

«Hab ich gar nicht.» Plötzlich erschöpft, reibe ich mir über die Augen. «Ich höre ja nichts mehr von ihm.»

«Aber im *Brady's* ...»

«Ich bin mir nicht mehr so sicher, was das im *Brady's* gewesen ist. Kjer hat bestimmt schon zehn Nachrichten von mir auf seinem Handy, und ich hab ihm zweimal auf die Mailbox gesprochen. Er reagiert einfach nicht. Im Moment weiß ich nicht mal, ob er übermorgen hier vorbeikommen wird. Wenn meine letzten Reserven verbraucht sind, sag ich dir Bescheid. Schick mir dann bitte Theo, ja?»

«Kjer kommt bestimmt», sagt Airin. «Und ich will dann alles über euer Treffen wissen, hörst du? Jeden einzelnen Satz. Am besten, du schreibst mit.»

✦ ✦ ✦

Der Mittwoch zieht vorbei, und der Donnerstag zieht vorbei. Nicht einmal auf meine Einkaufsliste hin erhalte ich ein verdammtes Thumbsup.

Freitagvormittag versuche ich noch einmal, bei Kjer anzurufen, und es klingelt und klingelt und klingelt, bevor ich mitgeteilt bekomme, dass der sture Teilnehmer nicht zu erreichen ist. Er hat sogar die Mailbox ausgeschaltet.

Was zum Teufel soll das? Wenn er nicht vorhat, mir jemals wieder zu begegnen, sollte er mir das zumindest mitteilen. Immerhin Airin geht sofort ans Telefon.

«Airin? War Kjer gestern im *Brady's*?»

«Ja, sicher. Wieso? Sag jetzt nicht, er hat sich immer noch nicht gemeldet.»

«Nein.»

«Er kommt immer nachmittags, oder? Ich wette, er taucht wie immer bei dir auf, Liv. Weißt du schon, was du zu ihm sagen willst?»

«Nein, keine Ahnung.»

Jetzt, wo ich weiß, dass Kjer gestern im *Brady's* aufgetreten ist, fällt meine plötzliche Sorge, ihm könne etwas zugestoßen sein, in sich zusammen und macht Platz für schwelenden Ärger. Wenn er heute nicht kommt, werde ich am nächsten Donnerstag im *Brady's* sein und zu einem kreischenden Fan mutieren. Na ja, nicht wirklich zu einem Fan, aber ich werde definitiv kreischen. Wieso macht er das? Wenn er es bereut, mir gegenüber so viel von sich preisgegeben zu haben, dann tut mir das herzlich leid, aber ich habe ihn ja nun nicht dazu gezwungen.

Als am frühen Nachmittag das Telefon klingelt, breche ich mir beim Hinunterhasten vom Bad ins Wohnzimmer fast den Knöchel. Nächstes Mal nehme ich das blöde Handy mit aufs Klo, beschließe ich, während ich zum Sekretär humpele.

Und dann ist es nicht mal Kjer.

«Hallo?»

«Guten Tag, Fräulein Baumgardt.» Herr Wedekind klingt genauso heiter und entspannt, wie bei unserem letzten Treffen. «Ich rufe Sie an wegen des Briefs, den ich von Ihnen erhalten habe.»

Oh. Der Brief. Unsicher setze ich mich aufs Sofa. Ich weiß

nicht mehr genau, was ich im Wortlaut geschrieben habe, aber ich weiß, dass ich vorher einige der Briefe von Herrn Wedekind gelesen habe. Einige seiner sehr persönlichen, sehr privaten Briefe, die er mir sicher nicht zum Lesen anvertraut hätte.

«Es tut mir leid ...», setze ich an, bevor Herr Wedekind mir ins Wort fällt.

«Es muss Ihnen nicht leidtun. Ich hatte Ihnen ja nichts zu den Briefen an Hedda gesagt. Es ist mir schlichtweg entfallen. Ich war schon lange nicht mehr dort oben, wissen Sie. Und ich möchte Ihnen sagen, dass ich Ihnen dankbar bin.»

«Bitte?» Irgendetwas muss mir da gerade entgangen sein – er ist mir dankbar?

Max Wedekind räuspert sich. «Hedda sagte immer, es fehle mir an Phantasie, ich wäre zu pragmatisch. Dem Leuchtturm einen Namen – und ja, sogar eine Persönlichkeit – zu geben, das war meine Frau. Ich habe es nur um ihretwegen fortgeführt. Aber ich glaube tatsächlich, Fräulein Baumgardt, dass Sie Matthew einen Besuch abstatten mussten, dass Sie diese Briefe finden sollten.» Er macht eine kleine Pause, wie um sich zu sortieren. «Nachdem ich Ihren Brief gelesen hatte, verspürte ich zum ersten Mal seit elf Jahren Frieden in mir, obwohl ich an Hedda dachte. Ich will Ihnen nicht verschweigen, dass Ihre Zeilen mich ... emotional berührt haben. Und ich ... Nun, ich werde Sie jetzt nicht weiter mit den plötzlichen Erleuchtungen eines alten Mannes behelligen, aber ich möchte Ihnen sagen, dass Sie mir etwas zurückgegeben haben, das ich schon verloren glaubte. Und dafür danke ich Ihnen.»

Mit angehaltenem Atem suche ich nach passenden Worten. «Es ... es freut mich sehr, dass Sie mir nicht übelnehmen, in Ihre Privatsphäre eingedrungen zu sein», sage ich und hätte das gern weniger förmlich ausgedrückt.

«Ach was.» Ich sehe ihn vor mir, wie er mit einer Handbewegung meine Worte beiseitewischt. «Diese Briefe wollten von jemandem gelesen werden. Es war gut, dass Sie es waren. Würden Sie mir vielleicht einen Gefallen tun?»

«Sicher.»

«Verbrennen Sie sie.»

«Ich soll ... aber ...»

«Sie sind wie ein Anker, der etwas festhält. Der mich festhält. Verbrennen Sie sie, bitte. Verbrennen Sie die Verzweiflung und die Bitterkeit und die Reue in diesen Briefen. Ich behalte die schönen Erinnerungen.»

◆ ◆ ◆

Ich habe alle Briefe in meinen Trolley gepackt. Viel Platz ist nicht mehr darin, als ich den letzten Stapel dazulege und noch einmal mit der Hand behutsam über die vergilbten Umschläge streiche.

Obwohl die Dämmerung bereits ihre ersten Schatten über die Insel wirft, schlüpfe ich in Jacke und Stiefel, schlinge mir den Schal um den Hals und verlasse den Leuchtturm. Über Büschel brauner Halme und Felsgestein holpert der Trolley hinter mir her. Der Wind weht heute nur schwach, und das Wintergras ist feucht, ich glaube nicht, dass ich ein Risiko eingehe, wenn ich bei meinem Lieblingsplatz an den Klippen ein Feuer entfache. Trotzdem schichte ich aus herumliegenden Geröllbrocken einen Kreis auf dem nackten Felsen auf, bevor ich mich danebensetze, den Reißverschluss des Trolleys öffne und das Feuerzeug aus meiner Jackentasche hole.

Das alte Papier beginnt knisternd zu glimmen. An dem ersten Brief entzünde ich den zweiten und dritten, klemme sie unter einen der Steine und lege weitere Briefe darüber.

Liebste.
Finsternis und Licht.
Ich vermisse dich.
Jeden Tag, jede Stunde, jede Sekunde.

Ein Brief nach dem anderen wird zu Asche, ich stelle mir vor, dass die Worte wie freigelassene Vögel in den Himmel tanzen.

Ich wollte dir so oft sagen, wie sehr ich dich liebe.
Ich vermisse dich.
Gott, ich vermisse dich so sehr.

Weiße Flöckchen wirbeln auf, werden von den schwachen Böen mitgerissen und über die Klippen geweht. Es ist eine Beerdigung, und doch ist mir, als könne ich einen Phönix emporsteigen sehen.

«Was machst du da?»

Kjer tritt in den Lichtschein des Feuers. Ich habe ihn nicht kommen hören, doch ich blicke ohne jede Überraschung auf. Vielleicht deshalb, weil ich seit geraumer Zeit in die Flammen starre und sein Gesicht vor Augen habe.

«Ich vermisse dich», sage ich.

Einen Moment lang schweben die Worte über dem Feuer, dann macht Kjer eine Bewegung, die ich zuerst nicht einordnen kann. Seine Gitarre. Er hat seine Gitarre dabei und sich den Gurt übergestreift. Die Melodie, die jetzt dem Meer entgegenweht, fügt sich ein in die Dunkelheit und in das Licht und die Wärme des Feuers.

Laughing with all, disguising the truth.
The laughter echoes in my heart, hidden in emptiness.

Für einen Moment wird alles in mir ruhig, eine Anspannung löst sich auf, von der ich bisher nicht bemerkt habe, wie fest sie mich in ihrem Griff gehalten hat.

Every corner of my mind holds a well-prepared goodbye.
There's no place to run, just the urge to move.
Want to rewrite the story of my life, only broken pencils, torn papers around.

Diesen Kjer, den Kjer, der sein Innerstes teilt, habe ich bisher nur auf der Bühne erlebt und dort auch nur einen schwachen Abglanz davon. Die Sekunden, in denen er plötzlich für niemanden mehr zu singen schien, außer für sich selbst.

Jetzt singt er für mich – und das, was er singt, ist kein Coversong.

Wake up in the night, looking for answers, nothing in sight.
I want to kill all these memories that enslave my soul.
Can't stay with me, but not letting go.

Kjers Arm fällt herab, die letzten Töne verklingen. Abschiedssong, wispert es in mir. Es ist ein Abschiedssong. Das Rauschen der Brandung dringt erst jetzt wieder zu mir durch. Aber dieses eine Mal beruhigt mich das Geräusch nicht. Verzweifelt wünsche ich mir, Kjers Stimme möge noch einmal Wind und Wellen und Feuer in den Hintergrund drängen. Nur noch ein Mal, und dann werde ich für jetzt und für immer damit klarkommen, mich in einen Mann verliebt zu haben, der nicht mehr lieben kann.

Dann gleiten seine Finger tatsächlich noch einmal über die Saiten. Er hat die ganze Zeit in meine Richtung gesehen, doch jetzt brennt sich sein Blick über das Feuer hinweg in meinen.

And now my walls are tumbling down through your touch.
Now my heart can't resist as you are too close.
This time I won't say goodbye, this time I will try ...

Kjer zieht den Gitarrengurt über seinen Kopf. Langsam

umrundet er den Steinkreis und geht vor mir in die Hocke. «Es gibt nichts in meinem Leben, auf das ich stolz bin.» Es ist zu dunkel, um in seinem Gesicht irgendetwas lesen zu können, das Feuer wirft mehr Schatten, als dass es die Nacht erhellt. «Ich bin nur irgendein Typ, der reihenweise Frauen flachlegt.» Er macht eine kurze Pause. «Du musst mich nicht retten.»

Die Flammen fallen mehr und mehr in sich zusammen, brennendes Papier knistert. Ich lege die letzten Briefe hinein. Der Wind ist etwas stärker geworden, bald wird das Rauschen der Brandung die Geräusche des sterbenden Feuers verschlucken, und nur Asche wird zurückbleiben.

«Ich hatte nie Freunde», sage ich leise. «Und dauernd Angst. Ich habe mich fast kaputtgemacht, um meiner Mutter zu gefallen, und ich fange gerade erst an, herauszufinden, auf was ich überhaupt stolz sein will. Du musst mich nicht retten», füge ich hinzu. «Ich werde es selbst tun.»

Ich stehe auf und greife nach dem Griff des Trolleys. Der Himmel ist nachtblau, der Mond wirft einen matten Streifen Licht auf die sich kräuselnden Wellen. Matthews helle Silhouette steht gar nicht so weit von uns entfernt, und ich beginne darauf zuzugehen, ohne meine Taschenlampe einzuschalten. Unzählige Sterne funkeln am Himmel, in ihrem Glanz setze ich einen Schritt vor den anderen. Als Kjer an meiner Seite auftaucht, fasst er nicht nach meiner Hand.

Ich fühle mich leicht, beinahe schwebend. Die Angst ist da, ich spüre sie in mir, doch in diesem Moment hat sie nur weiche Tatzen, vermag sie mich nicht zu zerfetzen.

Mit einem schwachen Quietschen schwingt die Tür des Leuchtturms auf, ein Klicken, und trübes Licht ergießt sich über die Schachbrettfliesen. Keiner von uns spricht ein Wort, auch nicht, als wir die Treppen in den dritten Stock hinaufsteigen und Kjer die Tür des Schlafzimmers hinter uns schließt, indem er sich bedächtig mit dem Rücken dagegenlehnt.

Ich habe die Lampe eingeschaltet und zünde jetzt die Kerze an, die noch immer auf dem Nachtschrank steht. Ganz kurz flackert meine Sicherheit, als Kjer die Hand auf den Lichtschalter legt, dann nicke ich, und Dunkelheit erfüllt den Raum. Es dauert nicht lang, bis meine Augen sich auf das Kerzenlicht eingestellt haben und ich mich auf das Bett setze. Noch während Kjer auf mich zugeht, zieht er sich das Shirt über den Kopf und lässt es achtlos auf den Boden fallen, er beugt sich über mich und drückt mich sanft nach hinten. Ein verletzlicher Ausdruck liegt auf seinem Gesicht, der ihn jünger wirken lässt, und ich schlinge meine Arme um seinen Nacken, küsse seinen Hals, sein Kinn, seine Stirn, fahre mit beiden Händen über seinen bloßen Rücken. Kjer streift zart meine Wange, ein paar Sekunden lang sehen wir uns einfach nur an. Dann schließt er die Augen und legt seine Stirn an meine, nur für einen kurzen Moment, bevor er mich küsst.

Es fühlt sich an wie ein erster Kuss, vielleicht ist es sogar ein erster Kuss, denn alles, was jetzt geschieht, steht unter einem unausgesprochenen Versprechen.

Wir retten uns selbst, und wir tun es gemeinsam.

Ohne Hast ziehen wir uns aus. Das Kerzenlicht malt tanzende Muster auf unsere Haut, und wir küssen uns, und wir küssen uns, und wir küssen uns, und als er in mich eindringt, wende ich den Blick nicht von ihm ab, meine Angst davor ist verschwunden.

«Liv», murmelt er und verschränkt seine Hände über meinem Kopf mit meinen. «Liv.» Er flüstert es gegen meine Lippen. «Liv...»

Hoffnung. Nicht nur in mir, sondern auch in Kjers Augen.

Hoffnung. Und Liebe.

✦ 20 ✦

Sie können so lange auf Caorach bleiben, wie Sie möchten. Ich denke, ich werde nicht auf die Insel zurückkehren.

Diese Zeilen von Max Wedekind lese ich an einem warmen Samstagmorgen im April, während ich nur in Unterhosen und mit einem von Kjers Shirts bekleidet am Frühstückstisch sitze und darauf warte, dass der Espresso fertig wird.

Kjer selbst steht barfuß, in Jeans und mit nacktem Oberkörper vor dem Kühlschrank und starrt nun schon seit einigen Sekunden hinein. Er behauptet steif und fest, diese Angewohnheit habe er von mir übernommen und deshalb sei seine Stromrechnung im letzten Monat doppelt so hoch gewesen.

Als es in der Kanne zu knistern beginnt, wirft er die Tür zu, ohne etwas herausgenommen zu haben, und gießt die dampfend heiße, schwarze Flüssigkeit in die bereitstehenden Tassen mit warmer Milch. Vorsichtig stellt er sie anschließend auf dem Tisch ab und setzt sich zu mir.

Wortlos schiebe ich ihm den Rechner hin.

«Ändert das was an unseren Plänen?», fragt Kjer und nippt am Kaffee.

«Ich glaube nicht, oder?»

«Wüsste nicht, wieso. Oder willst du für alle Ewigkeit hier

wohnen bleiben? Könnte ich mir mit dir natürlich auch vorstellen.» Er stellt die Tasse ab und beugt sich vor, um mich zu küssen. Immer, immer, immer wird die Welt eine Sekunde lang stehenbleiben, sobald unsere Lippen sich berühren, genau wie sich immer, immer, immer mein Herzschlag verdoppelt, nur weil ich ihn länger ansehe.

«Wir haben ja schon die neue Wohnung», sage ich irgendwann. «Und das Bett, das du ausgesucht hast, passt auf keinen Fall hier rein.»

«Es ist ein tolles Bett», erwidert Kjer und sieht so zufrieden aus wie immer, wenn die Sprache darauf kommt.

Es ist Mitte April, und in einer knappen Woche werde ich nach Hamburg fliegen, um meine Wohnung leerzuräumen, die ich zum Ende des Monats gekündigt habe. Das Einzige, abgesehen von meinen Klamotten und etwas Kleinkram, das ich daraus mitnehmen werde, ist Harvey. Es wird ein halbes Vermögen kosten, ihn nach Irland zu transportieren, aber das ist es mir wert.

Airin war erst fassungslos und unmittelbar danach entzückt, als ich ihr erzählt habe, dass Kjer und ich zusammenziehen wollen.

Noch einmal lese ich Herrn Wedekinds Mail. Nein, ich und Kjer werden nicht für immer im Leuchtturm wohnen können. Schon allein, weil Kjer ab diesem Semester wieder studieren wird. Tiermedizin. Ich habe ihm erklärt, dass ich es aufregender finden würde, mit einem Rockstar zusammen zu sein, aber im Zweifelsfall auch einen Kerl mögen könnte, der Kätzchen im Arm hält. Noch weigert er sich, mir entsprechenden Content für meine Instagram-Follower zu bieten. Dabei müsste es nicht mal ein Foto mit Katze sein, draußen vor dem Leuchtturm springen im frühlingsgrünen Gras die süßesten Lämmchen herum.

Das Pendeln zwischen Castledunns und Dublin dürfte schon nervig genug werden, auch ohne dass immer noch eine Bootsfahrt eingeplant werden muss. Eine Weile stand im Raum, nach Dublin zu ziehen, doch Kjer will hier nicht weg, und so haben wir eine kleine Wohnung in Castledunns und ein winziges WG-Zimmer in Dublin gemietet. Auch wenn ich liebend gern weiterhin im Leuchtturm wohnen würde, es wäre wirklich unpraktisch. Aber ich habe da eine andere Idee, und vielleicht ... Ich drehe den Laptop wieder zu mir, um die Mail zu beantworten.

Lieber Herr Wedekind,
ich habe nicht vor, nach Hamburg zurückzukehren, ich bleibe in Castledunns und würde mich jederzeit über Besuch von Ihnen freuen. Leider muss ich Matthew verlassen, sosehr es mich auch schmerzt. Aber ich habe hier eine sehr, sehr wundervolle Freundin und einen Vorschlag, wie man ein großes Problem von ihr lösen und gleichzeitig dafür sorgen könnte, dass Matthew nicht vereinsamt ...

Nachdem ich die Mail abgeschickt habe, sehe ich zum Fenster hinaus. Caorach hat sich mit einem hellgrünen Schleier überzogen. Seit Anfang März teile ich mir die Insel mit einundzwanzig Schafen – und inzwischen sieben Lämmern –, die allesamt besser klettern können als ich. Wenn ich mitunter beobachte, wie sie auf den Klippen herumturnen, frage ich mich jedes Mal, ob die überhaupt wissen, dass sie nur Hufe haben.

«Noch einen zweiten Espresso mit Milch?»
«Auf jeden Fall. Wann musst du eigentlich los?»
«Gleich.» Kjer steht auf und beginnt, den Kaffeesatz aus dem Sieb der Espressokanne zu klopfen. «Ein bisschen Zeit hab ich noch.»

Ich verkneife mir ein Seufzen, während ich seinen muskulösen Rücken betrachte. Was ich nicht alles mit einem halbnackten Mann in meiner Küche anstellen könnte, wenn wir mehr als nur *ein bisschen* Zeit hätten. Ich wünschte, er müsste heute nicht ein Ehepaar aus Glasgow zu den Buchten fahren.

Kjer dreht sich zu mir um. Er merkt es. Jedes Mal. Ich werde ihn nie heimlich anstarren können, weil er, was das betrifft, genauso gut ein Chamäleon sein könnte. Oder irgendein anderes Tier, das seine Augen in alle Richtungen drehen kann.

Er grinst mich an und wendet sich wieder dem Espresso zu.

Zum Glück muss ich ihn gar nicht mehr heimlich anstarren, ich kann es jederzeit und immer ganz offiziell tun.

Die Stuhlbeine scharren über die Holzbohlen, als ich aufstehe und hinter Kjer trete, weil mir danach ist, mich an ihn zu schmiegen und meine Arme um ihn zu legen. Ich schließe die Augen, als er mit der Hand meine Finger umfasst.

Auf den ersten Blick beginnt mein neues Leben mit so wenig. Eine kleine Wohnung in einem winzigen Dorf, ein unsicherer Job, eine Freundin, die viel arbeiten muss, und ein Freund, der bald in einer anderen Stadt studiert.

Aber ich liebe Castledunns, ich liebe meinen Job, ich liebe meine beste Freundin, und ich liebe Kjer.

Mein neues Leben könnte gar nicht mit mehr beginnen.

Danksagung

An erster Stelle umarme ich vier Frauen, Kolleginnen, Freundinnen, meine Ink Rebellinnen Julia, Franziska, Jenny und Daniela, ohne die mein Leben als Autorin einsam und nicht halb so unterhaltsam wäre. Danke für eure Gedanken, für euren Beistand und für jedes unserer unzähligen Gespräche in den letzten Jahren. Ich liebe euch.

Außerdem danke ich meiner Lektorin Anne für ihre unendliche Geduld, für tausend gute Gedanken und noch mehr kluge Einwände, für ihre unglaubliche Energie und nicht zuletzt für die Chance, die sie mir geboten hat, obwohl ihr die Protagonistin, durch die wir uns kennenlernten, eindeutig nicht nett genug war. Ohne dich, Anne, wäre «Show me the Stars» nicht das, was es jetzt ist – danke, danke, danke.

Ebenso sehr danke ich meiner großartigen Agentin Kathrin, die unerschütterlich an mich und meine Geschichten geglaubt hat und das selbst dann noch, als es mir schwerfiel. Kathrin, ich feiere den Tag, an dem wir erstmalig miteinander telefonierten (es war der 21. Juni 2017).

Ich danke Tatjana, Ivonne und Hadassa, die immer bereit waren, ihren kritischen Blick auf meine Geschichte zu werfen (und deren Enthusiasmus mich mehr als einmal beflügelt hat), und ich danke Jens, Nina und vor allem Bregetta, die zusammen mit mir an Songtexten herumfeilten.

Im Laufe der letzten Jahre habe ich so viele Menschen

kennengelernt, die mich virtuell und im echten Leben immer wieder aufs Neue bestärkt und motiviert haben, Blogger/innen (allen voran meine Sparkles), Leser/innen, Freunde und Freundinnen – Sina M., Susanne, Monika, Nessi, Christine, Marie-Isabel, Vanessa, Michelle, Sina P., Jessie, Kerstin, Manja, Nicole, Marta, Rabea, Carina, Katie, Carmen, Veronika, Petra, Daniela, Tabea, Jennifer, Stephi Ho., Astrid, Carmi, Andrea, Jessi, Mo, Maike, Stephi Ha., Svenja, Sabine, Prudi, Sarah, Katharina, Jasmin, Tamara – es ist schön, dass es euch gibt.

Mein ganz besonderer Dank gilt meiner Familie, meinen beiden Kindern und meinem Mann, die mit mir hoffen und sich mit mir freuen, auf deren Unterstützung ich immer zählen kann und die mir wichtiger sind als alles andere auf der Welt. Ihr seid mein Leben.

Leseprobe

KIRA MOHN
SAVE ME FROM THE NIGHT

Roman

KYSS by Rowohlt Polaris
Erscheint am 17. 09. 2019

Neue Gefühle, die alte Wunden aufreißen …

Ein schrecklicher Schicksalsschlag hat Seanna aus ihrem alten Leben fliehen lassen. In dem kleinen Dorf Castledunns versucht sie nun, wieder zu sich selbst zu finden. Die weite, wilde Landschaft der irischen Westküste tut ihr gut, ebenso wie das gemächliche Dorfleben. Auch ihr Job als Kellnerin im einzigen Pub des Ortes bringt eine angenehme Routine mit sich. Doch dann bekommt die Bar mit Niall Kennan einen neuen Besitzer, und der attraktive Mann stürzt Seannas Gefühle ins Chaos. Denn sie fühlt sich nicht nur zu Niall hingezogen, er erinnert sie auch an ihre Vergangenheit. Und das ist mehr, als Seanna ertragen kann …

Weitere Informationen unter www.endlichkyss.de und www.rowohlt.de
Copyright © 2019 by Rowohlt Verlag GmbH, Hamburg

1

«*Hey, Seanna!* Hast du uns hier vergessen?»

«Würde ich ja gern, aber dafür brüllst du zu laut. Bin gleich bei euch.»

Theo lacht, und ich lächle ihm im Vorübereilen entschuldigend zu. Er und sein Kumpel Rory hoffen seit bestimmt fünfzehn Minuten auf ihr Guinness. Es hat seine Nachteile, wenn man die Bedienung im Pub näher kennt: Sie lässt dich auf dem Trockenen sitzen, weil sie weiß, dass du Verständnis für sie hast, wenn sie sich mal wieder klonen müsste, um alle durstigen Gäste mit Getränken zu versorgen, bevor die zur Selbstbedienung übergehen.

Als ich Theo und Rory endlich ihre Gläser bringe, stelle ich beiden jeweils ein Schnapsglas dazu. Es hat auch seine Vorteile, die Bedienung im Pub näher zu kennen. «Tut mir leid, dass es so lang gedauert hat.»

«Kein Problem. Sag Dean endlich, dass du eine Kollegin brauchst. Rory hier wünscht sich das schon lange, wo er doch weiß, dass du nur auf mich stehst.»

Ich muss lachen, während Rory den Kopf schüttelt und brummend sein Bier an die Lippen hebt. Sowohl er als auch Theo sind weit über sechzig, zwei dicke, bärtige Seebären, ehemalige Fischer, die sich mittlerweile nur noch um die Stangenbohnen in ihren Gärten kümmern und mit ihren Frauen darüber streiten, wie lang sie im *Brady's* versumpfen dürfen.

«Hey, Seanna!»

Ganz kurz tätschele ich noch Theos Unterarmbehaarung, dann schnappe ich mir mein Tablett und haste weiter, um die nächste Bestellung aufzunehmen.

Theo hat recht, ich könnte Hilfe gebrauchen. Aber das muss er mal Dean erklären, der stur die Ansicht vertritt, das *Brady's* sei schon immer mit nur einer Kellnerin ausgekommen. Bei meiner Einstellung vor knapp einem Jahr hat das noch ganz gut funktioniert, mittlerweile jedoch findet sich hier nicht nur halb Castledunns Abend für Abend ein, sondern zusätzlich jede Menge Leute aus den umliegenden Dörfern. Ich schätze, der Laden ist so beliebt geworden, weil Nelly vor sechs Monaten begonnen hat, hier zu kochen – im Gegensatz zu Yorick, dem früheren Küchenchef, kann sie das nämlich.

«Seanna, können wir bei dir noch was bestellen?»

«Klar.» Ich bremse neben dem Tisch von Airin und ihrer besten Freundin Liv ab. Beide sind fast jeden Donnerstag hier, denn an diesem Abend sorgt Livs Freund Kjer für Livemusik. Der größte Trubel wird sich nachher entsprechend von der Bar zur kleinen Bühne im hinteren Teil des *Brady's* verlagern. Es ist schade, dass Kjer nach dem Sommer zumindest phasenweise in Dublin wohnen wird, um dort sein Tiermedizinstudium zu beenden, allerdings wird es die Donnerstage für mich sehr viel leichter machen. So voll wie an diesen Tagen ist es im *Brady's* nicht mal an den Wochenenden.

«Zwei Guinness, und kannst du Nelly fragen, ob sie zweimal Spezial-Stew für uns hat?»

«Mach ich.»

Gerade habe ich die Bar erreicht, da rufen schon wieder Leute nach mir.

«Dean, hörst du das?» Ich stelle das Tablett mit den leeren

Gläsern neben dem Spülbecken ab und nicke in den gut besetzten Pub hinein.

«Sie lieben dich.» Dean ist immer die Ruhe selbst. Mit wenigen Handgriffen hat er das Tablett geleert und beginnt, meine vorherige Bestellung aufzuladen. «Die beiden Ales hier sind für Tisch zwölf.»

Na toll. Wieder mal haben welche direkt an der Bar bestellt. Es ist nicht nur die Tatsache, dass es eigentlich mein Job wäre, genau das zu verhindern, damit es dort nicht noch voller wird, als es ohnehin ist – es schadet auch empfindlich meinem Trinkgeld.

«Einer von denen kam wohl gerade auf dem Rückweg vom Klo vorbei», fügt Dean hinzu.

«Natürlich.» Mit einem Ruck hieve ich das Tablett hoch. Als ob er das bei dem Gedrängel vor der Theke mitbekommen haben könnte. «Wir brauchen eine zweite Bedienung, Dean.»

«Oder du musst einfach schneller arbeiten.» Er grinst mich frech an und scheucht mich mit einem Handwedeln davon.

Ich verdrehe die Augen. Dean kann sich glücklich schätzen, dass ich ihn so gernhabe, sonst würde ich jetzt irgendetwas nach ihm werfen. Er könnte sich problemlos eine zweite Kellnerin leisten, es ist nur noch nicht in seinem Dickschädel angekommen, dass es mittlerweile wirklich notwendig ist. Irgendwann werden die Leute einfach wegbleiben, weil sie keine Lust haben, auf ihr Bier länger warten zu müssen als auf einen Arzttermin.

Während ich meine Fracht vorsichtig zwischen den dicht nebeneinanderstehenden Leuten hindurchbalanciere, fällt mein Blick auf eine dunkelhaarige Frau, die Dean gerade genauer ins Visier nimmt. Kein Wunder, er ist ein gutaussehender Typ mit Undercut, Man-Bun und einem gepflegten, dichten Bart, und dass er eine Freundin in Kilkenny hat, weiß ja nicht jede.

Erst als ich bereits die Biergläser für Tisch elf verteile, fällt mir ein, dass ich vergessen habe, Nelly nach dem Spezial-Stew zu fragen. Seufzend fahre ich mit meiner Runde fort. Die Nachteile, die Bedienung näher zu kennen, überwiegen an einem Tag wie heute eindeutig die Vorteile.

Gegen halb zwei sitze ich endlich an einem Tisch und bin mit der Abrechnung beschäftigt. Meine Rippen schmerzen von der Umarmung, mit der Theo sich vor wenigen Minuten verabschiedet hat, während Rory, die Hände über seinem mächtigen Bauch verschränkt, geduldig danebenstand.

«Hätten wir uns doch früher kennengelernt.»

Das sagt Theo zum Abschied jedes Mal.

«Nimm jetzt deine Finger von der hübschen Lady, dicker Brocken, und lass uns gehen.»

Und das ist Rorys Teil unseres kleinen Rituals. Ich liebe sie beide.

«Füllst du noch den Handtuchspender im Damenklo auf, oder willst du das morgen machen?», ruft Dean von der Theke aus herüber. «Da gibt's anscheinend kein Papier mehr, vorhin hat jemand Bescheid gesagt.»

«Mach ich sofort.» Beim Aufstehen schiebe ich die Quittungen zusammen.

Es sitzen nur noch wenige Leute an den Tischen, die meisten von ihnen kommen aus Castledunns, und ihre Gesichter sind mir mittlerweile vertraut. Airin und Liv haben sich gleichzeitig mit mir erhoben, Liv steht dicht neben Kjer, der ihr in diesem Moment die Locken aus dem Gesicht streicht, um sie zu küssen.

Unwillkürlich wandert mein Blick zu Abigail, die mit zwei Freundinnen noch an Tisch vierzehn sitzt. Abigail hat langes, glattes, hellblondes Haar, ein herzförmiges Gesicht, eine perfekte Figur und es im Übrigen noch immer nicht völlig verdaut, dass Kjer sich seit einigen Monaten in einer ernsthaften Beziehung befindet, und zwar nicht mit ihr.

Als Kellnerin bekommt man einiges mit. Es ist, als würdest du mit der Inneneinrichtung verschmelzen, sobald du ein Tablett mit Gläsern vor dir herträgst. Die wenigsten warten mit dem Ausbreiten ihres Innenlebens, bis du dich wieder außerhalb ihrer Hörweite befindest.

Abigail mochte Kjer, mag ihn noch immer, schätze ich. Vermutlich mochte sie ihn sogar mehr, als irgendjemand es ihr zugetraut hätte. Abby ist beliebt, und viele Männer wären froh, würden sie von ihr beachtet werden. Wenn die Typen unter sich sind, tun einige von ihnen sogar so, als sei das der Fall – hätte Abigail mit jedem Mann geschlafen, den ich das schon habe behaupten hören, hätte sie eine bewegte Vergangenheit vorzuweisen, doch ich bin ziemlich sicher, dass sie die meisten dieser Kerle links liegengelassen hat. Ihr Herz hing nun mal an Kjer. Seit der allerdings nur noch Augen für Liv hat, treibt Abby sich tatsächlich häufiger mal mit irgendwelchen Typen herum.

In der Damentoilette fülle ich den Papierspender auf und fahre mir anschließend vor dem Spiegel erst durch die kurzen Haare am Hinterkopf, bevor ich mir den Pony aus der Stirn streiche, der mir aktuell bis über die Augen fällt. Bis zu meinem fünfzehnten Geburtstag waren meine dunkelbraunen Haare noch beinahe hüftlang. Mein fünfzehnter Geburtstag war der Tag, an dem mein Vater mich an den Haaren hinter sich her in mein Zimmer geschleift hat, weil ich es morgens gewagt hatte, beim Föhnen zu überhören, dass er mir durch die geschlossene Badezimmertür zurief, ich solle mich beeilen. Er erklärte mir, er werde Pearl, meine Wellensittichdame, zerquetschen, sollte ich es wagen, mein Zimmer zu verlassen. An diesem Tag ging ich nicht zur Schule, und die Geburtstagsfeier fand nicht statt. Ich durfte meinen Freundinnen nicht mal absagen, es hat ihnen einfach niemand auf ihr Klingeln hin geöffnet.

Meine Zimmertür stand erst am Abend wieder einen Spaltbreit auf, und direkt am nächsten Tag sorgte ich dafür, dass mein Vater sich meine Haare nie wieder um die Faust wickeln konnte. Meine Mutter hat geweint, als ich mit der neuen Frisur nach Hause kam, doch ich habe seitdem kein einziges Mal das Bedürfnis verspürt, die Haare wieder wachsen zu lassen.

Seit ich in Castledunns lebe, schneide ich meine Haare mangels Friseur selbst. Hazel, Deans Mutter, hat mir zwar eine ihrer Freundinnen empfohlen, doch nach meinem ersten und einzigen Besuch bei dieser durchaus netten älteren Dame sah ich eine Weile aus wie der junge Justin Bieber. Dean, der miese Kerl, hat sich kaputtgelacht und meinte, das hätte er mir vorher sagen können. Wenigstens hat er mir später gezeigt, wie er den Rasierer bei seinen eigenen Haaren handhabt, und mittlerweile kann ich ganz gut mit dem Ding umgehen.

Ich schließe die Augen und gebe mir Mühe, meine Gesichtsmuskulatur zu entspannen. Ich weiß, dass die hauchzarte Falte zwischen meinen Augenbrauen auch jetzt nicht verschwindet. Sie verschwindet nicht mal, wenn ich lache. Dean hat mich irgendwann darauf aufmerksam gemacht und mit seinem Daumen darübergestrichen, als könne er sie dadurch glätten. Wir waren spätnachts noch im *Brady's*, ich war mit meiner Abrechnung beschäftigt und hatte gar nicht bemerkt, dass Dean zu mir gekommen war. «Wieso möchte ich dich eigentlich immer fragen, was bei dir nicht stimmt?», hat er gesagt und mir mehr als offensichtlich kein einziges Wort der blöden Floskel abgenommen, die ich daraufhin von mir gegeben habe. Ich glaube, ich habe sogar noch übertrieben gelacht, weil mich Deans unerwartete Berührung einigermaßen aus der Fassung gebracht hatte.

Dean ist ... ein Freund. Oder zumindest so etwas Ähnliches. Er weiß einiges über mich, als Einziger hier in Castledunns, und was er nicht weiß, ahnt er vermutlich, obwohl ich nicht über meine Vergangenheit spreche. Stattdessen gebe ich mir jeden Tag aufs Neue Mühe, nicht ständig daran zu denken, und das Letzte, was ich gebrauchen kann, sind Menschen, die mich an all den Scheiß in meinem Leben erinnern, durch unsichere Pausen, durch Mitleid in ihren Augen.

In Castledunns habe ich die Möglichkeit, mir etwas Neues aufzubauen, und auch wenn ich mich manchmal einsam fühle, bin ich noch nicht bereit für zu enge neue Freundschaften.

Freunde stellen zu viele Fragen.

Als ich von der Toilette zurückkehre, sind auch die letzten Gäste verschwunden. Ich mache die Abrechnung fertig und wische im Anschluss ein letztes Mal über die Tische.

«Brauchst du mich heute noch?», frage ich, während ich an der Bar den Lappen auswringe.

«Nein, geh ruhig. Bis morgen.»

«Okay, bis morgen.» Wir werden uns höchstwahrscheinlich schon vor meiner Schicht wiedersehen, mein winziges Ein-Zimmer-Apartment befindet sich nämlich direkt über dem Pub neben Deans Wohnung. Aber noch will ich nicht nach Hause.

Es ist frisch draußen, doch schon seit einigen Wochen nicht mehr wirklich kalt. Jetzt, Anfang Mai, merkt man, dass der Sommer sich langsam anschleicht. Ich vergrabe die Hände in den Jackentaschen und atme tief die feuchte, salzig schmeckende Nachtluft ein. Das *Brady's* liegt direkt an der langen Küstenstraße, die Castledunns vom Meer trennt. An das stetige Rauschen der Brandung habe ich mich mittlerweile so sehr gewöhnt, dass ich es nur dann noch wahrnehme, wenn ich darauf achte. In meinem Zimmer lasse ich jede Nacht das Fenster auf, weil die heranrollenden Wellen zuverlässiger als jeder Dreamcatcher die Finsternis in mir auf ein handliches Format zusammenpressen, mit dem ich bis zum nächsten Morgen klarkomme. Eher schlafe ich mit dicken Socken unter zwei Decken, bevor ich nachts das Fenster geschlossen halten würde.

Eine breite, hüfthohe Mauer läuft auf der anderen Straßenseite entlang. Einige hundert Meter weiter öffnet sie sich mit mehreren sandverwehten Betonstufen hinunter zum Meer, doch ich setze mich einfach auf den rissigen Stein und schwinge die Beine darüber. Das habe ich bereits nach meinem allerersten Abend im *Brady's* getan, und es ist mir mittlerweile zur Gewohnheit geworden. Über struppiges Gras und Felsen schlendere ich im Licht der hohen Straßenlaternen bis zu dem schmalen Streifen Sand, bis fast zum Wasser. In der Dunkelheit spiegelt es manchmal das Mondlicht wider, und manchmal, wenn so wie heute dichte Wolken den Himmel beherrschen, scheint es einfach nur tintenschwarz träge aus der Ewigkeit heranzuschwappen.

Ich liebe das Meer. So sehr, dass es mitunter schmerzt. Alles fühlt sich leichter an, wenn ich hier stehe, gerade so weit von der Brandungslinie entfernt, dass meine Stiefel nicht nass werden – und manchmal auch einen Schritt näher. Scheiß doch auf nasse Schuhe. Das saugende Gefühl, wenn das Wasser zurückweicht und den Sand unter meinen Füßen mit sich zu nehmen versucht, ist es wert. Allein deshalb würde ich auf keinen Fall wieder zu meiner Familie nach Tullamore zurückkehren.

Ich war noch nie in meinem Leben so weit, dass ich ernsthaft daran gedacht hätte, mich auszulöschen, nicht einmal in meinen schwärzesten Stunden. Ich kann gut hassen, und diesen Sieg würde ich meinem Vater nie zugestehen. Doch wenn ich es jemals in Erwägung ziehen sollte, würde ich eines Nachts einfach immer weiter und weiter den Wellen hinterhergehen, mit Steinen in den Taschen.

Ich denke an meine Schwester.

An meine Mutter.

Irgendwann finden wir wieder zusammen, daran glaube ich. Und dann werden die Risse verschwinden, die Nacht in mir wird sich auflösen, ich werde heilen und wieder ein ganzer Mensch sein.

Eine knappe Woche später schubst Dean mich mit einem einzigen Satz aus meiner sorgfältig aufrechterhaltenen Routine.

«Ich zieh zu Alannah nach Kilkenny.»

«Was?» Gerade habe ich noch den Kühlschrank im *Brady's* auf seinen Inhalt hin kontrolliert, jetzt halte ich mich unwillkürlich an dessen Griff fest. Mit plötzlich zitternden Fingern schließe ich die Kühlschranktür. Dean will nach Kilkenny? Einfach so? Das kann er doch nicht machen!

«Wann denn?»

«Zum ersten Juni.»

«So schnell?» Verdammt. Das sind nicht einmal mehr vier Wochen. In den ersten Schock hinein, mit Dean meinen einzigen Freund in Castledunns zu verlieren, mischt sich eine zweite Sorge. «Und was passiert mit dem *Brady's*? Willst du den Pub verkaufen?»

«Nein, aktuell nicht.» Dean, der am Tresen lehnt, beugt sich ein wenig zu mir, seine Stimme nimmt einen beruhigenden Tonfall an. «Ein Freund von mir, er heißt Niall, übernimmt fürs Erste. Er kommt Ende Mai und wird bei Airin wohnen, bis ich meine Wohnung geräumt habe. Alannah und ich wollen erst mal abwarten, wie es läuft, Zusammenzuziehen ist ja immer so 'n Ding.» An dieser Stelle wirkt er so, als müsse er sich selbst gut zureden, bevor er hinzufügt: «Ich will in Kilkenny einen alten Schuppen aufmöbeln, eine Bar, in die keine Sau jemals einen Fuß hineinzusetzen scheint. Ich glaube, die spielen dort einfach nur die falsche Musik.»

«Kjer kannst du aber nicht mitnehmen.» Ich lächle tapfer, und Dean lacht.

Das ist alles kein Weltuntergang, sage ich mir. Solange Dean das *Brady's* nicht verkauft, kann dieser Niall ja kaum allzu viel verändern. Es sei denn, er bringt jemanden mit, der Interesse an meinem Job hat, seine Freundin vielleicht. «Weißt du, ob ...» Ich muss mich erst räuspern, bevor ich weitersprechen kann. «Weißt du, ob ich mir Sorgen um meinen Job machen muss? Nur, damit ich weiß, ob ich mich besser schon mal nach etwas anderem umhören sollte.»

«Machst du Witze?» Überrascht starrt Dean mich an. «Ich trete Niall in den Arsch, wenn er dich feuert. Groß ändern wird er hier vorerst nichts. Er macht aus dem *Brady's* jetzt kein Vier-Sterne-Restaurant oder so. Es ist nicht mal sicher, dass er den Laden weiterführen wird, sollte ich tatsächlich in Kilkenny bleiben, dein Job ist dir also sicher.»

«Gut.» Ich verberge meine Erleichterung hinter einem unbekümmerten Tonfall.

«Und du wirst Niall mögen, er ist cool.»

«Okay.»

Überraschenderweise legt Dean einen Arm um meine Schultern und drückt mir einen Kuss auf den Kopf. Eine Sekunde lang fühle ich mich wie ein Hundebaby, dann lässt er mich los, um die Tür aufzuschließen.

«Ich könnte übrigens auch hervorragend in einem Vier-Sterne-Restaurant arbeiten», rufe ich ihm hinterher.

«In solchen Läden lassen sie garantiert keine tätowierten Kellnerinnen rumlaufen.» Er zieht den schweren Vorhang beiseite, der das Innere des *Brady's* vor der Zugluft schützen soll.

«Eine einzige Tätowierung!»

«Aber am Handgelenk, wo's jeder sieht.»

«Eine kleine!»

«Am Handgelenk.»

«Auf der Innenseite!»

«Handgelenk.»

Hinter Dean betreten die ersten Gäste den Pub, und damit ist unser Geplänkel beendet. Sollte Dean in Kilkenny bleiben und Deans Freund tatsächlich auf die Idee kommen, aus dem *Brady's* einen Vier-Sterne-Laden zu machen, hätte er im Übrigen ganz andere Probleme als eine tätowierte Kellnerin. Als ob Leute wie Theo und Rory ihre kümmerliche Rente für ein paar Austern mit Petersilie verprassen würden – so was haben sie früher im Dutzend nebenbei gesnackt. Das *Brady's* passt sehr viel besser zu ihnen und auch zu allen anderen hier in Castledunns, einschließlich mir selbst. Kurz blicke ich auf mein Handgelenk, während ich mir die Geldtasche um die Hüften gurte.

Never

Never

Never

Give up

In vier untereinanderstehenden Zeilen zieren die feinen Buchstaben meine blasse Haut. Das Tattoo war mein Abschiedsgeschenk an mich selbst. Mein Abschiedsversprechen.

Was auch immer dieser Niall für ein Typ ist – ich kriege das schon irgendwie hin!

Das für dieses Buch verwendete Papier ist FSC®-zertifiziert.